MIRA®

Der Preis dieses Bandes versteht sich einschließlich
der gesetzlichen Mehrwertsteuer.

Umwelthinweis:
Dieses Buch wurde auf chlor- und säurefreiem Papier gedruckt.

Im Schatten des Mörders

War es wirklich nur ein Unfall, als Jane vor siebzehn Jahren beim Schwimmen beinahe ums Leben gekommen wäre, oder doch ein Mordanschlag? Die Frage konnte nie geklärt werden, doch mittlerweile sind die körperlichen Wunden verheilt, und Jane lebt an der Seite des Schönheitschirurgen Ian Westbrook als erfolgreiche Künstlerin in Dallas. Bis eine Serie von Morden die Stadt erschüttert, in die ihr Mann auf dubiose Art verwickelt zu sein scheint. Und als sich dann auch noch der Täter von damals bei ihr meldet, überschlagen sich die Ereignisse. Janes junges Glück droht zu zerbrechen und führt sie in eine Zerreißprobe zwischen Liebe und Verzweiflung.

Erica Spindler

Im Schatten des Mörders

Roman

Aus dem Amerikanischen von
Judith Heisig

MIRA®

MIRA® TASCHENBUCH
Band 25129
1. Auflage: Mai 2005

MIRA® TASCHENBÜCHER
erscheinen in der Cora Verlag GmbH & Co. KG,
Axel-Springer-Platz 1, 20350 Hamburg
Deutsche Erstveröffentlichung

Titel der nordamerikanischen Originalausgabe:
See Jane Die

erschienen bei: MIRA Books, Toronto
Published by arrangement with
Harlequin Enterprises II B.V., Amsterdam

Konzeption/Reihengestaltung: fredeboldpartner.network, Köln
Umschlaggestaltung: pecher und soiron, Köln
Titelabbildung: by pecher und soiron, Köln
Autorenfoto: © by Harlequin Enterprise S.A., Schweiz
Satz: D.I.E. Grafikpartner, Köln
Druck und Bindearbeiten: Ebner & Spiegel, Ulm
Printed in Germany
ISBN 3-89941-168-4

www.mira-taschenbuch.de

PROLOG

Freitag, 13. März 1987
Lake Ray Hubbard
Dallas, Texas

Mit vor Anstrengung hämmerndem Herzen kämpfte sich die fünfzehnjährige Jane Killian durch das Wasser. Die spiegelglatte Oberfläche des Sees reflektierte das Sonnenlicht gleißend hell. Jane blinzelte nach oben, wo eine einzelne dünne Wolke über den postkartenblauen Himmel zog.

Sie sah zurück zum Ufer und schwenkte triumphierend die Arme. Ihre zwei Jahre ältere Halbschwester Stacy hatte sie zu dem Bad im kalten Wasser herausgefordert. Stacys neunmalkluge Freundinnen hatten anschließend den Wettstreit noch weiter angeheizt und Jane lautstark verspottet.

Jane hatte die Herausforderung angenommen, war sogar bis jenseits des Stegs geschwommen und an der schmalen Landzunge vorbei, die als Grenze des Schwimmbereichs galt.

Stacy war nicht nur die ältere Schwester, sie war auch sportlicher, kräftiger, schneller. Jane dagegen vergrub sich lieber in Bücher, träumte vor sich hin – eine Neigung, mit der Stacy sie nur zu gerne aufzog.

Na komm schon, dachte Jane. Wer ist jetzt der Schwächling? Wer der Angsthase?

Beim Aufheulen eines Motors wandte Jane den Kopf. Ein elegantes Rennboot raste über den ansonsten verlassenen See, sein Weg drohte den ihren zu kreuzen. Als erfahrene Wasserski-Sportlerin schwenkte Jane die Arme, um dem Fahrer ihre Anwesenheit zu signalisieren.

Das Boot drehte ab, schien zu schwanken, kam dann wieder auf sie zu.

Janes Herz schlug bis zum Hals. Wieder winkte sie, diesmal verzweifelt.

Trotzdem nahm das Boot weiter Kurs auf sie, als ob der Fahrer mit Absicht auf sie zuhielte.

Voller Panik warf sie einen Blick zurück zum Ufer und sah, wie Stacy und ihre Freunde schreiend auf- und absprangen.

Das Boot kam immer näher. Es steuerte direkt auf sie zu.

Ein Angstschrei entfuhr ihrer Kehle, der Lärm der Maschine verschluckte ihn. Sie sah das Boot auf sich zurasen, das kurz darauf ihr ganzes Blickfeld ausfüllte.

Einen Moment später, als der Bug ihren Körper erfasste, wurde ihre Angst von dem Schmerz überlagert.

1. KAPITEL

Sonntag, 19. Oktober 2003
Dallas, Texas

Jane Killian fuhr erschrocken hoch. Der Bildschirm flackerte in dem ansonsten dunklen Raum. Sie blinzelte, bewegte den Kopf. Er fühlte sich schwer an, irgendwie dick. Allmählich begriff sie, dass sie im Schneideraum eingeschlafen war. Sie hatte eines ihrer Interviews bearbeitet, um sich auf ihre Ausstellung *Puppenteile* vorzubereiten.

„Jane, ist alles in Ordnung mit dir?"

Sie wandte den Kopf. Ian, seit knapp einem Jahr ihr Mann, stand in der Tür zum Atelier. Sofort durchströmten sie die unterschiedlichsten Gefühle: Liebe, Staunen, Ungläubigkeit. Dr. Ian Westbrook – klug, charmant und attraktiv wie James Bond – liebte *sie*.

Jane runzelte die Stirn, als sie seinen Gesichtsausdruck bemerkte. „Ich habe geschrien, nicht wahr?"

Er nickte. „Ich mache mir Sorgen um dich."

Sie machte sich ebenfalls Sorgen. Dreimal war sie in den letzten Wochen schreiend aufgewacht. Nicht aus einem Alptraum. Es waren nicht Bilder ihres Unterbewusstseins, sondern ihrer Erinnerung. Ihrer Erinnerung an den Tag, der ihr Leben verändert hatte. Den Tag, der sie von einem hübschen, beliebten und glücklichen Teenager in ein hässliches Monster verwandelt hatte.

„Möchtest du mir davon erzählen?"

„Die alte Geschichte. Rennbootfahrer überfährt Teenager. Die Bugspitze zermalmt ihr halbes Gesicht, zerstört ihr rechtes Auge, trennt um ein Haar ihren Kopf ab. Das Mädchen überlebt. Der

Fahrer wird nie gefasst, und die Polizei legt das Ganze als Unfall zu den Akten. Ende der Durchsage."

Außer dass der Fahrer im Traum kehrtmacht und erneut auf sie zuhält.

Und sie wacht schreiend auf.

„Von wegen Ende", murmelte Ian. „Das Mädchen überlebt nicht nur, sie triumphiert. Über eine schier endlose Reihe von schmerzhaften Operationen, über das jahrelange Starren und Tuscheln von Fremden."

Ihren erschrockenen Blick. Ihr Mitleid.

„Und dann trifft sie einen schneidigen Arzt", ergänzte Jane. „Sie verlieben sich und leben glücklich bis ans Ende ihrer Tage. Hört sich doch an wie eine TV-Schnulze, bei der man literweise Tränen vergießt und für die man mindestens drei Packungen Taschentücher braucht."

Ian kam näher, zog sie auf die Füße und in seine Arme. Sie rieb ihre Wange an seinem Pullover. Die kalte Nachtluft hing noch in seiner Kleidung, also war er draußen gewesen.

„Den Zynismus kannst du dir bei mir sparen, Jane. Ich bin dein Mann."

„Aber den Zynismus beherrsche ich am besten."

Er lächelte. „Nein, tust du nicht."

Gerührt erwiderte sie sein Lächeln. Ihr wurde bewusst, dass sie ihn jede Minute mehr liebte. „Sprechen Sie womöglich von einer Fähigkeit, die unter großer Geheimhaltung von einer Dallas-Debütantinnen-Generation zur nächsten weitergegeben wurde? Und die sich für die gute Gesellschaft nicht eignet?"

„Davon spreche ich, ja."

„Freut mich zu hören, da dies zufällig mein Spezialgebiet ist, Dr. Westbrook."

Er wurde ernst, suchte ihren Blick. „Du bist keine typische Dallas-Debütantin. Wirst du nie sein."

„Sag mir etwas, was ich noch nicht weiß, Blödmann."

Er runzelte die Stirn. „Du tust es schon wieder."

„Tut mir Leid. Manchmal atme ich aber auch."

Er umfasste ihr Gesicht mit den Händen. „Wenn ich eine perfekt frisierte Puppe mit Perlenkette im kleinen Schwarzen gewollt hätte, hätte ich sie haben können. Aber ich habe mich in dich verliebt." Sie sagte nichts, und er zeichnete mit den Daumen ihre Wangenknochen nach. „Du hast gesiegt, Jane. Du bist so viel stärker, als du weißt."

Jane fühlte sich fast wie eine Betrügerin. Wie konnte sie die Vergangenheit überwunden haben, wenn doch die Erinnerung an jenen Tag so viel Macht über sie hatte?

Sie presste ihr Gesicht an seine Brust. Ihr Fels, ihr Herz. Die große Liebe, von der sie geglaubt hatte, sie nie zu finden.

„Wahrscheinlich liegt es am Baby", sagte er sanft. „Das ist der Grund. Deshalb ist der Alptraum wieder da."

Gerade gestern hatte der Arzt bestätigt, was sie seit Tagen ahnte – dass sie schwanger war. In der achten Woche. „Aber ich fühle mich gut", protestierte sie. „Keinerlei Morgenübelkeit, keine Müdigkeit. Und es ist ja nicht so, dass wir kein Baby haben wollten."

„Schon richtig, aber die erste Zeit der Schwangerschaft ist hart. Deine Hormone spielen verrückt. Und so euphorisch wir beide auch sind: Ein Baby verändert das Leben grundlegend."

Alles, was er sagte, war richtig, und Jane spürte eine gewisse Erleichterung. Überzeugt war sie aber noch immer nicht, obwohl sie nicht hätte sagen können, warum.

Als ob er wüsste, was sie dachte, legte er seine Stirn an ihre. „Glaub mir, Jane. Ich bin Arzt."

Sie musste lächeln. „Aber Gesichtschirurg, kein Geburtshelfer und kein Psychiater."

„Du brauchst keinen Psychiater, Liebling. Aber wenn du mir nicht glaubst, ruf deinen Freund Dave Nash an. Er wird mir Recht geben."

Dr. Dave Nash war Psychotherapeut, gelegentlich Gutachter für das Dallas Police Department und seit der Highschool ihr bester Freund. Er hatte ihr beigestanden, als die anderen sie wie eine Aussätzige behandelten, hatte sie zu Festen und Feierlichkeiten mitgenommen, als kein anderer Junge mit ihr ausgehen wollte. Er war für sie da gewesen, hatte mit ihr gelacht und, wenn nötig, eine Schulter zum Ausweinen geboten. Mit zwanzig hatten sie es sogar mal mit einer Beziehung versucht, waren aber schnell wieder bei der angenehmeren Freundschaft gelandet.

Die Jahre zwischen dem Unfall und ihrer allmählichen Wiederherstellung wären ohne Dave Nash wesentlich schwieriger gewesen.

Vielleicht würde sie ihn anrufen.

Jane drückte ihre Wange an Ians Brust. „Wie spät ist es?"

„Kurz nach zehn. Höchste Zeit fürs Bett, kleine Mama."

Sie errötete vor Freude über den Kosenamen. Sie hatte immer davon geträumt, Mutter zu werden, nun wurde sie es.

Wie viel Glück konnte eine Frau haben?

„Wie wär's mit einer Tasse Kamillentee?" fragte Ian. „Wird dir beim Einschlafen helfen."

Jane nickte und löste sich widerwillig aus seiner Umarmung. Sie langte über den Tisch, um das Band mit dem Interview aus dem Rekorder zu holen und ihn auszuschalten.

„Wie läuft es mit der Bearbeitung?" fragte er, während er das Licht ausschaltete und sie aus dem Schneideraum ins Atelier traten.

„Ganz gut. Aber die Ausstellung rückt näher."

„Aufgeregt?"

„Furchtbar."

„Dazu gibt es keinen Grund." Sie liefen die Wendeltreppe hoch in ihr Loft-Apartment. „Ich prophezeie dir, dass dir die ganze Kunstwelt bewundernd zu Füßen liegen wird. Und zwar mit Recht."

„Und worauf basiert deine Voraussage?"

„Ich kenne die Künstlerin. Sie ist ein Genie."

Jane lachte. Er drückte sie auf das gepolsterte Sofa, beugte sich herab und gab ihr einen kurzen Kuss. „Bin gleich wieder da."

„Lass Ranger aus seinem Zwinger", rief sie ihm hinterher und meinte damit ihren drei Jahre alten Retriever-Mischling. „Er winselt."

„Das größte Baby in ganz Texas."

„Eifersüchtig?" neckte sie ihn.

„Verdammt ja, ich bin eifersüchtig." Um seine Augen bildeten sich Lachfältchen. „Du kraulst ihn viel öfter hinter den Ohren als mich."

Einen Moment später stürzte Ranger aus der Küche. Sie hatte ihn als ungewöhnlich hässlichen, aber sehr klugen Welpen aus dem Tierheim geholt. Um ehrlich zu sein, hatte sie ihn gewählt, weil sie wusste, dass niemand anders ihn nehmen würde. Mit der Größe und Statur eines Retrievers, der Färbung eines Spaniels und Dalmatiner-Punkten war er wirklich einzigartig.

Der Hund rutschte auf sie zu, kam zum Stehen und legte seinen großen Kopf in ihren Schoß. Sie streichelte seine seidigen Ohren, und er schielte vor Behagen.

„Was meinst du, Ranger?" murmelte sie und dachte daran, wie die Vergangenheit begonnen hatte, in ihren Schlaf einzudringen, ihr

Gefühl von Sicherheit und Zufriedenheit zu untergraben. „Ist es nur die Aufregung wegen des Babys? Oder ist es etwas anderes?"

Er winselte als Antwort, und sie beugte sich nieder, legte ihre Stirn auf seinen Kopf. „Vielleicht sollte ich Dave anrufen. Was meinst du?"

In dem verspiegelten Kästchen auf dem Tisch erhaschte sie einen Blick auf sich selbst, wobei ihr Bild durch die Perspektive und die schrägen Kanten des Glases leicht verzerrt erschien.

Leicht verzerrt. Wie passend, dachte sie. Denn sie selbst würde sich niemals mehr anders sehen, auch wenn die meisten Menschen sie als eine attraktive dunkelhaarige Frau wahrnahmen. Einige mochten sich über die lange dünne Narbe wundern, die sich über ihren Kiefer zog. Sie dachten vielleicht, dass sie irgendeine Schönheitsoperation hinter sich hatte, ein Lifting möglicherweise. Den Aufmerksamsten fiel eventuell auf, dass ihre braunen Augen das Licht nicht auf genau die gleiche Weise widerspiegelten, doch sie würden sich kaum etwas dabei denken.

Wie andere sie sahen, hatte jedoch wenig Einfluss darauf, wie sie sich selbst sah. Tatsache war, dass sie sich jeden Tag zwingen musste, nicht in den Spiegel zu schauen, weil sie dann das junge Mädchen mit dem von unzähligen Narben verwüsteten Gesicht erblickte. Jenes Mädchen, dessen Augenklappe eine grässlich leere Augenhöhle verbarg.

In einer Reihe plastischer Operationen hatte man ihr Gesicht wiederhergestellt. Mit einer speziell angefertigten Prothese, ihrem Auge. Doch keine Operation hatte ihr ihren Platz im Leben zurückgeben können, kein medizinischer Fortschritt konnte sie die Welt so sehen lassen wie früher – oder umgekehrt.

Das sorglose, selbstsichere Mädchen, das sie an jenem schönen, aber kalten Märztag gewesen war, gab es nicht mehr.

Sie war nicht fähig, wieder dieses Mädchen zu werden. Und wollte es auch nicht, selbst wenn sie könnte. Denn dann wäre aus ihre niemals die Künstlerin Jane Killian, genannt Cameo, geworden.

Weil sie nichts Bedeutendes zu sagen hätte.

„Zweimal Tee", rief Ian, als er mit Bechern zurückkehrte. Er stellte beide auf Untersetzer, gab Ranger einen kleinen Schubs und ließ sich neben ihr nieder.

Einen Moment saßen sie still da und nippten an ihrem Getränk. Sie fing seinen Blick Richtung Uhr auf. „Herrje, es ist nach Mitternacht", stellte sie bestürzt fest.

„Das kann doch nicht sein." Er blinzelte, als ob er versuchte, klarer zu sehen. „Verdammt, morgen wird der Horror."

„Es ist bereits morgen." Sie schmiegte sich an ihn.

Sie saßen still da. Ian brach das Schweigen als Erster. „Wann wirst du Stacy von dem Baby erzählen?"

Bei der Erwähnung ihrer Schwester stieg ein Unbehagen in ihr auf. Der schöne Moment war verdorben.

Ian rückte ein wenig von ihr ab und sah ihr in die Augen. „Sie wird sich für dich freuen, Jane. Ganz bestimmt."

„Das hoffe ich. Es ist nur so, dass ich jetzt alles habe, was ..."

Alles, was ihre Schwester sich gewünscht hatte.

Und schlimmer noch: Stacy war zuerst mit Ian zusammen gewesen.

Jane presste die Lippen zusammen, ihr tat ihre einzige Schwester Leid. Sie wünschte, sie und Ian hätten sich anders kennen gelernt. Obwohl Stacy und Ian nur eine kurze Zeit miteinander ausgegangen waren, hatte Jane das Gefühl, ihn ihr weggenommen zu haben.

Sie sah ihre Schwester an jenem Tag vor sich, als sie und Ian ihre Heiratspläne verkündet hatten: Groß und blond wirkte sie wie eine nordische Kriegerin. Doch Stacys Gesichtsausdruck strafte ihre äußere Stärke Lügen. Ihr Blick war weich, verletzt.

Ian hatte Stacy etwas bedeutet. Viel bedeutet.

Ian nahm sie in den Arm. „Ich weiß, da gibt es eine Vorgeschichte. Unendlich viele verletzte Gefühle. Aber hab ein bisschen Verständnis für sie, okay?"

Stacys Vater war Polizist gewesen und im Dienst erschossen worden, als Stacy gerade mal drei Monate alt war. Ihre Mutter hatte sehr schnell wieder geheiratet und war mit Jane schwanger geworden, noch bevor die Tinte auf der Heiratsurkunde getrocknet war.

Jane kam auf die Welt. Und obwohl ihr Vater Stacy wie seine eigene Tochter behandelte, hatte seine hochnäsige Highland-Park-Familie Stacy nicht akzeptiert und Jane bei jedem Besuch bevorzugt behandelt. Vor allem seine Mutter, die Matriarchin der Familie. In Janes Adern fließe ihr Blut, pflegte sie gerne zu sagen. In Stacys nicht.

Es wäre leichter, wenn ihre Eltern noch lebten. Stacy hatte die Unterstützung und Liebe von Großmutter Killian nie gebraucht, sie konnte ihre Ablehnung verschmerzen. Doch als beide Eltern vor etwas sechs Jahren starben – an einem Herzinfarkt und an einem Schlaganfall –, hatten Jane und Stacy nur noch sich und Großmutter Killian. Kein Zweifel, ihre Schwester hatte zwanzig Millionen Gründe, sauer auf Jane zu sein – so hoch war der Dollarwert von Großmutter Killians Vermögen, das sie Jane hinterlassen hatte, als sie vor einem Jahr starb.

Stacy hatte nichts bekommen, nicht einmal ein Erinnerungsstück an jenen Mann, der in jeder Hinsicht ihr Vater gewesen war, außer in biologischer.

Wenn sie das nur alles hinter sich lassen könnten, dachte Jane. Sie sehnte sich nach der Nähe, die Schwestern normalerweise empfinden. Wenn sie bloß eine Möglichkeit fände. Der Vorschlag, das Erbe zu teilen, hatte ihre Schwester nur wütend gemacht. Großmutter Killian habe sie nie geliebt, hatte Stacy gefaucht, sie wolle nichts von dem haben, was Jane gehöre. Keinen Cent.

„Hör auf damit", sagte Ian sanft.

„Womit?"

„Dir wegen Großmutters Vorurteilen Vorwürfe zu machen."

„Du bildest dir wohl ein, meine Gedanken lesen zu können?"

„Ich weiß, dass ich das kann." Er lachte zärtlich. „Ich kenne all deine Geheimnisse, Liebling."

„Alle?"

„Sogar das allerkleinste."

„Und wie gedenkst du dieses Wissen zu verwenden?"

Er beugte den Kopf, bis ihre Lippen sich fast berührten. „Tja, das bleibt wohl mein Geheimnis. Du kannst ja versuchen, es herauszufinden."

Nicht viel später schlief Ian neben ihr im Bett, und ihr fiel ein, dass sie ihn gar nicht gefragt hatte, warum er so spät noch draußen gewesen war.

2. KAPITEL

Montag, 20. Oktober 2003
12.20 Uhr

Detective Stacy Killian musterte den Tatort: das luxuriös ausgestattete Hotelzimmer, das Opfer auf dem Bett, ihren Partner Mac McPherson, der mit dem Gerichtsmediziner sprach, den Polizeifotografen und die Leute von der Spurensicherung, die herumwuselten.

Der Anruf war während ihrer Mittagspause eingegangen. Einige der Jungs hatten ihre Mahlzeit einfach eingepackt und mitgebracht – ein fettiges Menü aus Burger und Fritten oder ein Sandwich von zu Hause. Nun standen sie hinter dem Absperrungsband und aßen zu Ende. Ein paar von ihnen sahen genervt aus. Die anderen resigniert.

Mord kam nie zur richtigen Zeit.

Der Geruch nach Essen hing im Gang, und Stacy malte sich mit hämischer Freude aus, wie die Leute vom Hotelmanagement beleidigt und empört ihre Nase rümpfen würden. Ein Toter im Zimmer war eine Sache, Fast Food im Gang eine ganz andere.

Stacy hatte keinerlei Verständnis für solch aufgeblasenes Getue.

Einige Männer nickten ihr zu, als sie den Raum betrat. Sie erwiderte den Gruß und ging zu ihrem Partner, wobei ihre Schuhe in dem dicken grauen Teppich versanken.

Stacy ließ ihren Blick über die prunkvolle Einrichtung schweifen, prägte sich Details ein: die Tatsache, dass die schweren Vorhänge sorgfältig geschlossen worden waren; die Schale mit in Schokolade getauchten Erdbeeren und eine kleine Flasche Champagner auf dem Queen-Anne-Tischchen neben dem Fenster; den Strauß frischer Blumen daneben.

Das Arrangement aus Iris und Lilien konnte den Geruch nach Tod nicht überdecken. Der Körper entleerte sich manchmal im letzten Moment, vor allem wenn das Ende plötzlich und gewaltsam kam. Stacy rümpfte die Nase, versuchte aber nicht, flacher zu atmen – ein verbreiteter Fehler von Anfängern. Innerhalb weniger Minuten, sobald sich ihre Geruchsrezeptoren beruhigt hatten, würde sie den Gestank nicht mehr wahrnehmen.

In den schlimmsten Fällen, wenn sich der Körper bereits im fortgeschrittenen Stadium der Verwesung befand – oder noch schlimmer, wenn der Körper in warmem Wasser gelegen hatte –, war der Gestank so durchdringend, dass man nicht dagegen ankam, nicht einmal indem man sich Mentholsalbe unter die Nase rieb. Aus diesem Grund hatte jeder Mitarbeiter des Morddezernats Zitronenshampoo und Kleidung zum Wechseln in seinem Spind.

Vor dem Wandschrank blieb sie stehen. Sie zog ein Paar Latexhandschuhe aus der Jacke, streifte sie über, öffnete dann die verspiegelte Tür und sah hinein. Ein beigefarbenes Kleid und eine weiße Bluse hingen dort. Sehr elegant. Sehr teuer. Sie warf einen Blick auf die Marke. Armani. Auf dem oberen Regal stand ein Paar brauner Wildlederschuhe mit niedrigem Absatz. Ebenfalls sehr teuer.

„Hey, Stacy."

Sie drehte sich zu Mac um und nickte ihm zu. Er war Anfang dreißig, lächelte gern und hatte Augen wie ein Hundewelpe. Er war vor wenigen Wochen von der Sitte herübergekommen und ihr als Partner zugeteilt worden.

Laut ihren früheren Partnern hatte sie einen der gefährlichsten und unangenehmsten Jobs im Dezernat. Sie und eine Reihe anderer Kollegen nannten sie Killer-Killian, hielten sie für eine männerfeindliche frigide Zicke. Die schlimmste überhaupt im Dallas Police Department, das kurz DPD genannt wurde.

Der Spitzname berührte sie schon lange nicht mehr. Tatsache war, dass in dem Männerverein, den das DPD darstellte, Frauen toleriert wurden. Bestenfalls. Eine Frau musste um ihren Platz in der Hierarchie kämpfen. Indem sie schlau war, hartnäckig und zäh bei der Arbeit. Und indem sie sich möglichst schnell ein dickes Fell zulegte. Für die meisten dieser Kerle gab es vier Kategorien von Frauen: Opfer, Täter, Luder und Schreckschrauben.

Angesichts der Auswahl war sie mehr als glücklich, dass man sie der letzten Kategorie zurechnete.

Außerdem war sie eine gute Polizistin, die ihren Job tadellos erledigte. Darin würden ihr wohl sogar ihre Ex-Partner zustimmen.

Mac kam zu ihr rübergeschlendert, stellte sich neben sie. „Wo warst du? Die Party ist schon in vollem Gange."

„Sie musste noch ihre Nägel trocknen", rief einer von der Spurensicherung, ein Trottel namens Lester Bart. „Das ist immer so."

„Verpiss dich", entgegnete sie ungerührt.

„Die Wahrheit tut weh, Baby."

„Es wird wehtun, wenn ich dir in den Hintern trete. Und sollte ich mir dabei einen Nagel abbrechen, werde ich wirklich sauer."

Kichernd machte sich der Techniker wieder daran, das Pulver für die Fingerabdrücke zu verteilen. Mac deutete auf das beigefarbene Kleid. „Schicker Fummel."

Stacy antwortete nicht. Sie drehte sich um und ging zum Badezimmer. Er folgte ihr.

„Du redest nicht viel, oder?" sagte er.

„Nein." Sie ließ ihren Blick über die Einrichtung schweifen. Auf dem Tischchen stand nur eine Reisetasche. Keines der Handtücher war benutzt; die anderen Badezimmerutensilien lagen unberührt auf einem kleinen verspiegelten Tablett.

Stacy durchsuchte vorsichtig den Inhalt der Tasche. Lotionen, Cremes, Parfums. Gleitmittel. Kondome. Ein Vibrator. Ein Dutzend Seidenschals, wahrscheinlich für Bondagespielchen.

Eindeutig ein Mädchen, das gerne seinen Spaß hatte. Und das bestens ausgerüstet war.

„Offenbar sind nicht nur Pfadfinder immer auf alles vorbereitet“, sagte Mac.

Verärgert, dass seine Gedanken den ihren so nahe kamen, warf sie Mac einen Blick zu. Er stand im Türrahmen, den seine breiten Schultern nahezu ganz ausfüllten. Sie runzelte die Stirn. „Soll das witzig sein?“

„Besser lachen als heulen, oder?“

„Sagt man so.“

„Findest du nicht?“

Stacy deutete auf den Türrahmen. „Ich möchte bitte durch.“

Er zögerte, trat dann einen Schritt beiseite. Als sie an ihm vorbeischlüpfte, hielt er sie am Arm fest. „Musst du immer so auf hart machen, Killian?“

„Ja“, erwiderte sie und blickte demonstrativ auf seine Hand. „Wenn es dir nicht gefällt, dann bitte darum, versetzt zu werden.“

„Ich will nicht ...“ Mac verschluckte den Rest des Satzes und zog seine Hand zurück. „Okay, spielen wir nach deinen Regeln.“

Stacy trat aus dem Badezimmer und ging zum Bett. Sie blickte hinunter auf das Opfer. Die Frau war eine Weiße, die für Sexspielchen gekleidet war. Ein aufreizender schwarzer Satinmantel, schwarzer Stringtanga mit dazu passendem BH, Strapse und Strümpfe. Der Satinmantel war offen; der Mörder hatte die Schärpe benutzt, um sie zu erwürgen. Ihr ehemals hübsches Gesicht war mit dunkelroten Flecken übersät, ihre Augenlider und Lippen waren mit kleinen punktförmigen Hautblutungen gesprenkelt, die von dem Druck auf die Blutgefäße herrührten.

Sie schien um die dreißig zu sein, vielleicht auch älter. Sie sah sehr gepflegt aus: seidige Haut, manikürte Hände, die Fingernägel in einem dezenten Hellrosa lackiert, das blondierte Haar elegant frisiert. Wirklich geschmackvoll. Sogar tot sah die Frau sehr wohlhabend aus.

Stacy schätzte, dass ihre Kunden nicht weniger als zweihundertfünfzig Dollar die Nacht lockermachen mussten.

„Silikontitten", bemerkte Mac.

Stacy, die an solche Ausdrücke gewöhnt war, nickte nur und trat näher ans Bett. Sie schlug ihr Notizbuch auf und fertigte eine kurze Skizze der Szene an. Sie wusste, dass Mac auch eine gezeichnet hatte. Auf dem Blatt notierte sie Einzelheiten bis hin zur Lage des Körpers. Außerdem schrieb sie die Uhrzeit auf.

Als sie fertig war, sah sie Mac an. „Was haben wir bis jetzt?"

„Ihr Name ist Elle Vanmeer. Das Zimmermädchen …"

„Stimmt das mit ihrem Ausweis überein?"

„Jawohl. Unter dem Namen hat sie eingecheckt. Allein."

Sie tat, als bemerke sie seine Verärgerung nicht. „Weiter."

„Das Zimmermädchen fand sie, als sie den Raum reinigen wollte. Sie dachte, sie hätte ausgecheckt. Sie benachrichtigte den Hotelmanager, der die Polizei gerufen hat."

„Portemonnaie? Brieftasche? Schmuck?"

„Alles noch da. Jede Menge Bargeld in der Brieftasche." Er blickte zu der Frau, dann wieder zurück zu Stacy. „Raub war nicht das Motiv."

„Bestimmt nicht. Sie kannte ihren Mörder. Hat ihm vertraut. Sie wollten sich hier treffen. Für Sex, wie's aussieht."

Sie ließ ihren Blick über die Einrichtung wandern. „Er dürfte jemand sein, der in diese Welt passt. Jemand, der sich in ähnlichen Kreisen bewegt wie sie."

„Laut Führerschein wohnte sie in der Hillcrest Avenue. Im Zentrum der Reichen und Schönen."

Highland Park. Das vornehmste Viertel in Dallas. Mit Geldadel so alt wie Dallas selbst. Sie presste die Lippen zusammen. „Ich wette, einer von ihnen ist verheiratet. Vielleicht sogar beide."

„Kein Ring."

Mac hatte Recht. Ihr linker Ringfinger war nackt, zeigte nicht einmal eine verräterische weiße Linie. „Aber ich wette, er war es."

„Vielleicht waren es Muschilutscher."

Das kam von Lester. Stacy drehte sich zu ihm um. „Wie bitte?"

„Du weißt schon, Lesben."

„Du bist einfach ekelhaft, weißt du das?"

„Hast du etwa was für die Sorte Frauen übrig, Killian? Möchtest du auch mal?"

Sie konnte schon hören, wie sich das Getuschel im ganzen Department ausbreitete: *Stacy Killian ist 'ne Lesbe. Endlich wissen wir, warum sie den Kerlen die Eier abreißt, statt sie zu streicheln.*

Na super.

„Ich finde bestimmte Bezeichnungen beleidigend. Das würdest du auch tun. Wenn du ein Mensch wärst."

„Warum hältst du nicht einfach die Klappe, Lester", zischte Mac. „Wir haben hier zu arbeiten."

Im Gesicht des anderen stieg Röte auf. Er öffnete den Mund, als ob er etwas erwidern wollte, dann klappte er ihn zu. Einige der anderen lachten in sich hinein, und Stacy schätzte, dass Mac wegen dieser Sache noch Theater bekommen würde.

Aber das war nicht ihr Problem.

Mac lenkte ihre Aufmerksamkeit wieder auf Elle Vanmeer. „Ich sage nicht, dass du mit dieser Ehebruchgeschichte Unrecht hast, aber denkbar ist auch ein anderes Szenario. Ein Paar, das etwas zu feiern hat. Einen Jahrestag oder Geburtstag. Den Abschluss eines Vertrages. Sich hier zu treffen ist Teil der Feier."

„Könnte sein", gab sie zu. „Aber es macht nicht den Eindruck auf mich."

„Wenn der Typ verheiratet ist, hat ihm vielleicht seine Frau eins ausgewischt. Er kommt herein, findet seine Geliebte tot und rennt in Panik weg."

Sie spielte die Möglichkeit im Kopf durch. „Man braucht verdammt viel Kraft, um jemanden zu erwürgen. Aber könnte sein." Sie sah den Gerichtsmediziner an. „Komm nur dazu, Pete."

Pete Winston, ein ziemlich kleiner, kahl werdender Mann, der eher wie ein Buchhalter und nicht wie ein Pathologe aussah, stand am Kopfende des Bettes. „Sie ist seit zehn bis zwölf Stunden tot. Nach den Hautblutungen auf Lidern und Lippen zu urteilen ist genau das passiert, wonach es aussieht. Aber die Autopsie wird das natürlich klären."

„Hatte sie Verkehr, bevor sie getötet wurde?" fragte Stacy hoffnungsvoll. Sex bedeutete Sperma oder Schamhaare, was wiederum DNA bedeutete.

„Weiß ich noch nicht. Sie hat das Höschen an, aber das heißt nichts." Er kam um das Bett herum zu ihnen. „Schaut euch das mal an."

Mit einem behandschuhten Finger deutete er auf eine Reihe feiner Narben: an ihrem Bauch, ihrer Hüfte, den inneren und äußeren Oberschenkeln. „Fettabsaugung", sagte er. „Und seht hier." Er zeigte auf winzige Narben an ihrem Haaransatz und am Kiefer. „Sie hat sich auch liften lassen."

„Diese Weiber heutzutage", sagte Lester. „Da hast du ein Date und merkst später, dass du deine Großmutter gevögelt hast."

Ein paar der Jungs johlten vor Vergnügen. Stacy warf Lester einen vernichtenden Blick zu, bevor sie ihre Aufmerksamkeit wieder dem Pathologen widmete. „Was kannst du mir noch sagen?"

„Nicht viel", gab er zurück und zog seine Handschuhe aus. „Du kriegst meinen offiziellen Bericht morgen gegen acht."

„Morgen früh? Ich bitte dich, Pete, hier handelt es sich um Mord. Jede Minute zählt, das weißt du. Jede Minute …"

Er unterbrach sie. „Ich habe schon einige andere in der Warteschleife. Diesmal musst du warten bis du dran bist, da gibt's kein Überreden."

„Sicher, klar." Sie hob beide Hände. „Ich würde mich nie vordrängeln. Ich möchte nicht, dass irgendjemand mir vorwirft, mich nicht an die Regeln zu halten. Auch wenn diese arme Frau von jemandem ermordet wurde, dem sie vertraut hat. Auch wenn jede Minute, die vergeht, es wesentlich schwieriger macht, ihren Mörder zu finden. Auch wenn …"

„Okay, schon gut. Ich ruf dich an, egal wie spät es wird. Aber bevor du ja sagst, solltest du wissen, dass ich dich aus einem sehr tiefen und friedlichen Schlaf reißen werde."

Stacy lächelte ihn freundlich an. „Du bist ein Schatz, Pete. Ich kann's kaum erwarten."

3. KAPITEL

Montag, 20. Oktober 2003
12.45 Uhr

Rick Deland, der Hotelmanager, wirkte erschüttert. Richtig grün war er um die Kiemen, fand Stacy. Er hatte allen Grund dazu. In einem seiner Hotelzimmer war eine Frau ermordet worden. Polizisten liefen herum, riegelten die Fahrstühle und den achten Stock mit Absperrungsband ab, wollten eine Gästeliste und die Erlaubnis, die auf der Liste stehenden Personen zu verhören.

„Das La Plaza", erklärte er umständlich, „beherbergt Menschen, die einen diskreten, unaufdringlichen Service bevorzugen. Menschen, die das Beste gewöhnt sind, was man für Geld kaufen kann – und die dabei anonym bleiben wollen. Wenn ich Ihnen Zugang zu ihnen gewährte, würde ich unsere Verpflichtung zu diesem hochklassigen Service verletzen. Ein Service, auf den wir stolz sind. Der unser Markenzeichen ist."

Stacy sah den dunkelhaarigen Manager, der um die vierzig war, abschätzend an. Ein durchschnittlicher Mann in einem überdurchschnittlichen Anzug, entschied sie. Er würde wahrscheinlich gute Noten für Umgangsformen, Diplomatie und Tischmanieren erhalten. Sie fragte sich, wie viel der Hotelmanager eines Hauses wie das La Plaza im Jahr verdienen mochte. Mit Sicherheit eine verdammte Menge mehr als ein Detective des DPD. Auch wenn sie schon zehn Dienstjahre auf dem Buckel hatte.

Er hatte absolut keine Ahnung, mit wem er sich da anlegte.

Die Kunst, ein Nein zu akzeptieren, hatte sie nie gelernt.

„Eine Frau wurde ermordet, Mr. Deland. Und zwar ein Gast Ihres Hotels."

„Das ist natürlich sehr bedauerlich. Aber ich sehe nicht ..."

„Bedauerlich?" schnitt Stacy ihm das Wort ab. „Ein Mord ist mehr als nur bedauerlich."

„Eine unglückliche Wortwahl." Sein Blick glitt zu Mac, der dicht hinter Stacy an der Tür stand. Als er dort keine Hilfe fand, sah er wieder Stacy an. „Ich entschuldige mich."

„Worte helfen nicht weiter, Mr. Deland." Sie beugte sich vor. „Einer Ihrer Gäste kann etwas oder jemanden gesehen haben, kann vielleicht etwas gehört haben. Wir finden das nur heraus, wenn wir fragen. Die meisten Mordfälle werden tatsächlich innerhalb von achtundvierzig Stunden nach der Tat gelöst. Allerdings nur, *wenn* sie gelöst werden."

„Das stimmt, Mr. Deland", schaltete sich Mac ein. „Mit jeder Stunde, die verstreicht, sinkt die Wahrscheinlichkeit, dass der Fall gelöst wird, enorm. Die Erinnerung verschwimmt, Spuren erkalten."

„Haben Sie schon mal dran gedacht, dass jemand von Ihrem Personal der Täter sein könnte?" fragte Stacy.

Er sah entsetzt aus. „Von meinem Personal? Wie können Sie überhaupt denken ... Warum sollte ..."

„Zugang, Mr. Deland. Zu jedem Winkel des Hotels. Inklusive Gästezimmer."

Er schüttelte den Kopf. „Wir überprüfen jeden, den wir einstellen. Drogentests sind obligatorisch. Unsere Ausbildung ist hart. Ich kann Ihnen versichern, dass niemand von meinem Personal in die Sache verwickelt ist."

Unbeeindruckt versuchte Stacy es mit einer anderen Taktik. „Ich habe eine Schale mit in Schokolade getauchten Erdbeeren und eine kleine Flasche Champagner im Zimmer gesehen. Hat das der Zimmerservice gebracht?"

„Wenige Minuten nach der Ankunft. Das gehört zum Aufenthalt im La Plaza. Wir nennen es das Plazaerlebnis."

„Aber das kostet extra?"

„Selbstverständlich."

„Außerdem fielen mir frische Blumen auf. Gehören die auch zum Plazaerlebnis?"

„Nein. Möglich, dass Mrs. Vanmeer sie bestellt hat. Oder ein Freund hat sie vielleicht ins Hotel liefern lassen."

Stacy und Mac tauschten Blicke. Sie sah die Erregung in seinen Augen. Sie spiegelte die ihre. Simpel. Sauber. Der Liebhaber hat Blumen zum Rendezvous liefern lassen. Beide streiten, und er bringt sie um. Die Blumen führen direkt zum Liebhaber, und die Polizei kann einen weiteren Fall als gelöst abhaken.

Es schien zu simpel, aber eine erstaunliche Zahl von Verbrechen wurde aufgrund der Dummheit des Täters aufgeklärt.

„Könnten Sie das nachprüfen?"

„Selbstverständlich. Ich habe hier die Rechnung von Mrs. Vanmeer." Er überflog sie. „Hier ist es, ein Posten für die Blumen." Er nahm ihre Enttäuschung wahr. „Tut mir Leid."

„Darf ich sie sehen?"

„Sicher." Er gab ihr die Rechnung. „Sie hat eine Flagge neben ihrem Namen."

„Eine Flagge? Was bedeutet das?"

„Sie zeigt an, dass es sich bei ihr um einen unserer Spezialgäste handelt."

„Meinen Sie damit einen Stammgast? Oder eine wichtige Persönlichkeit?"

„Jemand, der gelegentlich unser Gast ist und seine Vorlieben kundgetan hat, sei es in Bezug auf das Zimmer oder auch andere Annehmlichkeiten."

„So wie Raucher oder Nichtraucher, Kingsize- oder Doppelbett?“ fragte Mac.

„Genau“, strahlte der Mann ihn an. „Mitunter werden wir um ein Schaumstoffkissen statt eines Federkissens gebeten, oder darum, dass die Minibar mit Schokoladenriegeln und Perrier gefüllt wird, solche Sachen.“

Stacy machte sich Notizen, während er sprach. Als er fertig war, suchte sie seinen Blick. „Wie waren die Vorlieben von Mrs. Vanmeer?“

Er bedeutete ihr, dass er es nachprüfen würde, griff zum Hörer und sprach mit jemandem namens Martha. Er befragte die Frau, bedankte sich und legte auf. „Das Geheimnis ist gelüftet. Mrs. Vanmeer verlangte frische Blumen bei der Ankunft, ebenso eine kleine Flasche Champagner – am liebsten White Star – und die Erdbeeren. Außerdem wollte sie ein Zimmer mit extra großem Jakuzzi und dass im Badezimmer die Waage und der beleuchtete Kosmetikspiegel entfernt würden.“

Stacy dachte an die Lifting-Narben, die Pete ihnen gezeigt hatte. Elle Vanmeer war eine Frau gewesen, die von ihrem Aussehen besessen und gleichzeitig deswegen verunsichert war.

„Der Spiegel und die Waage“, murmelte Mac. „Das ist seltsam.“

„Für Sie vielleicht. Wie auch immer, bei uns im La Plaza sollen sich unsere Gäste nicht nur wohl fühlen, wir wollen sie auch verwöhnen.“

Stacy blickte zu Mac, der die Augen verdrehte und dann wieder den Hotelmanager ansah. „Sie stieg oft bei Ihnen ab?“

Der Manager zögerte, dann nickte er. „Ein paarmal im Monat.“

„Mit ihrem Mann?“

„Ich glaube, sie war geschieden."

„Hat sie sich immer mit demselben Mann getroffen?"

„Das weiß ich nicht. Ich kümmere mich nicht um die Angelegenheiten meiner Gäste."

„Um was kümmern Sie sich dann?"

„Wie bitte?"

Stacy lächelte dünn. „Würden Sie einen ihrer Freunde wiedererkennen?"

„Ich? Nein. Vielleicht jemand vom Personal."

„Oder einer der Gäste."

Röte überzog sein gebräuntes Gesicht. „Ich gewähre Ihnen Zugang zu den Videobändern. Aber nicht zur Gästeliste."

„Wir können einen richterlichen Beschluss besorgen."

„Tun Sie das. Denn ohne den werden Sie nicht an die Liste kommen. Und wenn ich Sie dabei erwische, dass Sie auch nur einen einzigen Gast belästigen, verlieren Sie Ihre Marke."

Ihre Augen verengten sich vor Wut. „Es wäre doch eine Schande, wenn die Presse Einzelheiten des Mordes erführe. Ich kann es schon vor mir sehen. *Tödliche Sexspiele im La Plaza. Mörder auf freiem Fuß.* Ich schätze, das wäre nicht gut fürs Geschäft."

Rick Deland erhob sich ruckartig. „Drohen Sie mir? Wenn Sie das nämlich ..."

„Selbstverständlich nicht", schaltete sich Mac ein und bedeutete dem Mann, sich wieder zu setzen. „Detective Killian ist sehr engagiert in ihrem Job. Ich bin sicher, dass Sie das verstehen."

„Natürlich. Ich bin schockiert wegen dieser ganzen Sache. Aber meine Gäste haben nichts damit zu tun."

„Eine ziemlich gewagte Aussage, Mr. Deland. Zumal Sie uns bereits versichert haben, dass niemand von Ihrem Personal damit zu tun hat. Wer bleibt dann noch? Der Weihnachtsmann? Ein Geist?“

„Ich bedaure, dass Sie meinen, sarkastisch werden zu müssen, Detective Killian. Ich tue, was ich kann, doch die größte Verantwortung habe ich gegenüber meinen Gästen.“

„Elle Vanmeer war ein Gast. Aber natürlich ist sie jetzt tot. Brutal ermordet in Ihrem wertvollen …“

„Wir begrüßen Ihre Hilfe sehr“, murmelte Mac, während er nach vorn trat. „Vor allem Ihre Erlaubnis, uns sofortigen Zugang zu den Videoaufzeichnungen zu verschaffen.“ Er streckte seine Hand aus. „Wenn die Bänder einen Verdächtigen zeigen, können wir doch auf Ihre Hilfe zählen?“

Der Mann erhob sich, nahm Macs Hand. „Sicher.“

„Danke, Mr. Deland. Die Bänder?“

„Ich bin gleich wieder da.“

Als sich die Tür hinter dem Hotelmanager geschlossen hatte, wandte sich Stacy an ihren Partner. „Was, verdammt noch mal, hast du dir dabei gedacht?“

„Ich wollte die Situation entschärfen.“

„Vergiss es. Du bist eingeknickt. Gute Polizeiarbeit …“

„Er muss uns die Bänder nicht geben, Stacy. Er kann darauf bestehen, dass wir einen Gerichtsbeschluss haben.“

„Ich will alles. Ein bisschen mehr Druck und …“

„Und er hätte uns aus seinem Büro geworfen. Und wir müssten warten. Du weißt ebenso gut wie ich, dass jede Minute zählt.“

Er hatte Recht. Er wusste es, und sie wusste es auch. Es machte sie wütend.

„Na schön. Was auch immer.“

Er runzelte die Stirn. „Ich versteh dich nicht, Stacy.“

„Ach ja?“ Sie verschränkte die Arme vor der Brust. „Und sollte mich das irgendwie bekümmern?“

„Was bringt es dir, so eine Zicke zu sein? Willst du jeden, der mit dir arbeitet, vor den Kopf stoßen?“

„Ich bin eine gute Polizistin. Ich bin hartnäckig und gründlich. Wenn du damit ein Problem hast, musst du dich an den Captain wenden.“

„Ich habe kein Pro...“ Er hielt die Worte zurück, sah enttäuscht aus. „Ich mag die Art, wie du arbeitest. Wie ernst du alles nimmst. Ich bewundere deine Intelligenz, wie du die Fakten durchgehst und sie dann in einen logischen Zusammenhang bringst.“

„Ein scharfsichtiger Mann. Da habe ich wohl den Hellsten des Wurfs abbekommen.“

Er schüttelte den Kopf. „Was soll das, Stacy? Warum kann ich denn nicht irgendetwas an dir bewundern? Warum dieses ganze Getue?“

„Weil Bewunderung nicht umsonst ist. Es sind Bedingungen damit verbunden. Im Gegenzug willst du etwas von mir. Was?“

Er schwieg einen Moment. „Okay, ich will tatsächlich etwas. Ich will wie ein Mensch behandelt werden. Oder vielleicht wie ein gleichberechtigter Partner. Dein Partner.“

„Statt als was?“

„Statt als dämlicher Lakai. Als nerviger Amateur. Als Anfänger, der mehr stört, als er behilflich ist.“ Er beugte sich zu Stacy. „Ich mag neu sein beim Morddezernat, Stacy, aber ich bin schon länger im Dienst als du. Du bist zwar eine verdammt gute Polizistin, wirklich, aber ich habe auch einiges ins Rennen zu führen.“

„Das glaubst du jedenfalls. Wir werden sehen.“

Ein Lächeln zuckte in ihren Mundwinkeln. Er erwiderte es. „Nun gut. Wir werden sehen."

Dann kam Rick Deland zurück und unterbrach das Gespräch. Er wurde von einem Mann begleitet, den er als Hank Barrow vorstellte, den Leiter des Sicherheitsdienstes im La Plaza. Groß und massig wie er war, mit einer dicken Mähne schneeweißen Haars, machte er ziemlich Eindruck.

„Guten Tag." Der Mann schüttelte ihnen die Hand. „Ich habe gehört, dass wir uns bereit erklärt haben, Ihnen unsere Sicherheitsaufzeichnungen zur Verfügung zu stellen."

„Das ist richtig." Mac lächelte. „Wir begrüßen Ihr Entgegenkommen."

„Ich fürchte, ich habe schlechte Nachrichten für Sie." Der Mann sah den Hotelmanager an, blickte dann wieder zu Mac und Stacy. „Die Bänder vom Fahrstuhl sind kein Problem, aber die Überwachungsbilder aus dem achten Stock zeigen nichts. Oder so gut wie nichts."

„Verdammter Mist. Was ist passiert?"

„Wir tun unser Bestes, damit die Kameras nicht auffallen. Im achten Stock haben wir einen großen Pflanzentopf in die Ecke gestellt. Offenbar wurde dieser künstliche Ficus beim Saubermachen so verstellt, dass die Blätter die Linse bedeckten. Ehrlich gesagt, ist das nicht zum ersten Mal passiert."

Stacy runzelte die Stirn. „Und Sie haben den Fehler erst jetzt bemerkt?"

„Wir zeichnen ausschließlich für Haftungszwecke auf. Wir machen keine Bildschirmüberwachung."

„Wie lange bewahren Sie die Bänder auf?"

„Achtundvierzig Stunden."

Wenn der Täter schlau war, was Stacy allmählich vermutete,

hatte er gewusst, wo sich die Kameras befanden, wie lange das Hotel die Bänder aufbewahrte und dass sie keine Bildschirmüberwachung durchführten.

Wenn sie Recht hatte, war dies kein Verbrechen aus Leidenschaft, sondern vorsätzlicher Mord.

„Ich habe aber auch gute Nachrichten. Wir haben Bänder von allen Treppenhäusern. Die habe ich ebenfalls mitgebracht."

„Sie haben sicher Verständnis dafür, dass es keinen Ton zu den Bändern gibt."

„Selbstverständlich."

„Und ich muss Sie warnen, dass Sie vielleicht einige anstößige Szenen auf den Bändern sehen. Viele Gäste wissen nichts von den Kameras und ..."

„Und einige liefern eine Vorstellung, *weil* sie davon wissen", sagte Stacy trocken. „Trotzdem, vielen Dank für die Warnung."

4. KAPITEL

Montag, 20. Oktober 2003
14.00 Uhr

Das Morddezernat des Dallas Police Department war im Gebäude der Stadtverwaltung an der Ecke Commerce und Harwood Street untergebracht. In einem klassischen Gebäude des öffentlichen Dienstes: grau, abweisend, aber zweckmäßig. Im ersten Stock wurden Strafzettel bezahlt und die Termine des Verkehrsgerichts koordiniert. In den oberen Stockwerken befanden sich die Räume des Verkehrsgerichts, die Polizeidirektion sowie die Büros einer Reihe städtischer Beamter. Das Morddezernat befand sich im dritten Stock. Im SV, wie Stacy das Stadtverwaltungsgebäude nannte, war immer Betrieb.

Sie und Mac bahnten sich ihren Weg durch Trauben von Menschen, die sich in Richtung der Fahrstühle drängten. Gesprächsfetzen, manche in Spanisch, andere in Englisch, drangen an ihr Ohr.

„*Hijo de una perra!*"

Da sie ihr ganzes Leben in Texas verbracht hatte, verfügte Stacy über ausreichende Spanischkenntnisse. Nach seinem Vokabular zu urteilen hatte der Herr einen ausgesprochen schlechten Tag.

Aber natürlich gehörten das SV und ein schlechter Tag zusammen. Wenn man dort durch die Tür ging, steckte man in einer unangenehmen Situation. Oder falls man dort arbeitete, musste man sich mit den unangenehmen Situationen anderer Menschen befassen.

In ihrem und Macs Fall handelte es sich dabei um Mord.

Tatsächlich verdammt unangenehm.

Stacy stieg der Duft eines teuren Parfums in die Nase; er vermischte sich höchst unerfreulich mit Körpergerüchen und dem Gestank eines Kettenrauchers. Dallas, Heimat der Reichen und der Armen, der Erfolgreichen und der Abgestürzten. Und irgendwann, auf die eine oder andere Art, früher oder später, landeten alle einmal hier.

Mit einem Nicken in Richtung des Beamten, der neben dem Informationsschalter stand, gingen sie zu den Fahrstühlen. Die rostfreien Stahltüren mit ihrer senkrechten Reihe goldener Sterne öffneten sich.

Stacy trat ein, und Mac folgte ihr. Er drehte sich zu ihr. „Was denkst du?"

„Wir setzen den Captain ins Bild und bitten um Hilfe mit den Bändern. Unser Mörder ist auf einem dieser Bänder, und ich will ihn haben."

Der Aufzug hielt, und sie betraten den dritten Stock. Von der Decke hing ein Schild: Nur für befugtes Personal. An der Wand gegenüber stand eine Reihe zerbeulter, defekter Schreibtischstühle. Wenn einer seinen Geist aufgab, rollte ihn der Detective einfach nur zum Friedhof, wie dieser Teil des Flurs genannt wurde, und da stand er dann rum.

Sie betraten die Abteilung und griffen nach ihren Zetteln mit eingegangenen Anrufen. Stacy blätterte ihren Stapel durch. „Ist der Captain da?" fragte sie die Sekretärin, ohne aufzusehen.

„Ja", antwortete das Mädchen, das ausgerechnet Kitty hieß. Sie schnalzte mit ihrem Kaugummi, und Stacy bemerkte, dass er das gleiche Pink hatte wie ihr Angora-Pullover und ihr Lippenstift. „Er erwartet dich. Hi, Mac."

Bei der Einladung, die in der Stimme der jungen Frau mitschwang, sah Stacy auf.

„Hallo, Kitty. Geht's dir gut?"

„Großartig."

Das *Gr* klang wie ein Schnurren. Stacy rollte mit den Augen.

„Schön zu hören. Ich muss los."

Sie drehten ab und gingen zum Büro des Captains. Als sie außer Hörweite der Sekretärin waren, beugte sich Stacy zu Mac. „Hi, Mac", murmelte sie, wobei sie die andere nachäffte. „Grrrroßartig."

„Sie ist eben jung."

„Warum wirst du dann rot, McPherson?"

„Killian! McPherson! Wir haben ein Hühnchen mit euch zu rupfen."

Der flapsige Anraunzer kam von Beane, einem der anderen Detectives. Sein Partner Bell stand neben ihm. Die beiden, die im Department liebevoll B & B genannt wurden, sahen aus, als ob sie einen harten Vormittag gehabt hätten.

„Ach. Und worum geht's?"

„Wie habt ihr zwei es ins La Plaza geschafft? Wir haben die letzten vier Stunden mit einer Leiche bei der Bachman-Verteilungsstation verbracht."

Die Bachman-Verteilungsstation war eine von drei großen Müllsammelstellen der Stadt Dallas. „So riecht ihr auch", warf Stacy ihnen über die Schulter zu. „Ich würde an eurer Stelle etwas dagegen unternehmen."

„Ich fühle mich als Mann diskriminiert", rief Bell ihnen nach. „Es liegt nur daran, dass du ein Mädchen bist."

„Da musst du durch", gab Mac lachend zurück. „Du bist nur eifersüchtig."

„Wenn Beane hier in Pension geht, nehme ich mir auch ein Mädel als Partner. Wirst schon sehen."

Immer noch kichernd setzten sie ihren Weg zum Büro des

Captains fort. Tom Schulze, seit vierundzwanzig Jahren beim Morddezernat, hatte sich als harter, aber fairer Vorgesetzter bewährt. Während ihrer Zusammenarbeit hatte Stacy seinen untrüglichen Instinkt ebenso zu respektieren gelernt wie seinen aufbrausenden Zorn. Gnade dem Detective, den dieser Zorn traf.

Sie klopfte an die Tür seines Glaskastens. Er telefonierte gerade, winkte sie aber rein. Mac setzte sich. Sie zog es vor zu stehen.

Kurz darauf beendete Schulze sein Gespräch. In den zehn Jahren, die sie ihn kannte, war sein hellrotes Haar dünner und grau geworden, doch seine Augen waren noch immer von einem fast elektrisierenden Blau. Dieser beunruhigende Blick richtete sich nun auf sie. „Setzen Sie mich ins Bild."

Stacy begann. „Der Name des Opfers ist Elle Vanmeer. Sieht so aus, als ob sie erwürgt wurde. Pete hat versprochen, seinen Bericht vor morgen zu liefern."

Der Captain hob eine Augenbraue. „Weiter."

Mac übernahm. „Sie hat gestern Abend gegen elf eingecheckt, allein. Das Zimmermädchen fand sie heute Morgen gegen viertel nach elf. Der Hotelmanager hat es abgelehnt, uns die Gästezimmer betreten oder mit einem der Gäste sprechen zu lassen."

„Trotzdem", sprang Stacy ein, die seine Reaktion vorhersah, „konnten wir den Hotelmanager überzeugen, uns die Sicherheitsaufzeichnungen aus dem Fahrstuhl und auch aus den Treppenhäusern zu überlassen."

„Wie viele Fahrstühle?"

„Zwei öffentliche. Einer fürs Personal. Drei Treppenhäuser."

Captain Schulze rechnete. „Je nachdem, wie Pete den Todeszeitpunkt ansetzt, sind das fünfzehneinviertel Stunden für jedes Band. Das Gleiche gilt für die Treppenhäuser."

„Er meinte, dass sie seit zehn bis zwölf Stunden tot war."

„Das hilft."

„Offenbar war Mrs. Vanmeer Stammgast im La Plaza. Sie hatte einen Dauerauftrag für frische Blumen, Champagner und Erdbeeren in Schokolade in ihrem Zimmer."

„Theorien?"

„Auf jeden Fall war sie dort, um sich mit einem Liebhaber zu treffen. Ich glaube, dass einer oder beide verheiratet waren."

„Sie hatte leichtes Gepäck", warf Mac ein. „Nur das Zeug, das man für eine heiße Nacht braucht."

„Sie glauben, ihr Liebhaber ist unser Mann?"

„Ja." Stacy blickte zu ihrem Partner. „Oder ein eifersüchtiger Partner."

„Sie werden Hilfe bei der Durchsicht der Bänder brauchen."

„Ja, Sir."

„Ich geben Ihnen Camp, Riggio, Falon und ..."

„Falon hat sich mit Grippe krank gemeldet", wandte Mac ein. „Moore ebenso."

Der Captain fluchte. Ein Magenvirus hatte sich im Department ausgebreitet. Manche Abteilungen waren nur noch halb besetzt, wer gesund war, schob Doppelschichten.

„Dann legen Sie so los." Er griff nach dem Telefonhörer, womit er ihr Gespräch für beendet erklärte. „Dieser Fall scheint nicht sonderlich kompliziert zu sein. Lassen Sie ihn uns bald abschließen."

5. KAPITEL

Montag, 20. Oktober 2003
15.15 Uhr

Jane blickte angestrengt durch den Sucher ihrer Videokamera. Ihr Modell, eine Frau namens Anne, saß etwa drei Meter vor ihr auf einem Podest. Jane hatte das Podest mit weißem Stoff überzogen. Eine weiße Papierbahn bildete den Hintergrund.

Jane wollte das Licht so grell wie möglich haben. Unbarmherzig, grausam. Ihr Modell sollte ganz nackt aussehen. Ohne die ganzen Tricks, hinter denen sie sich normalerweise versteckte – warmes Licht, Make-up, vorteilhafte Kleidung, frisiertes Haar.

Stattdessen war das Gesicht der Frau ungeschminkt und ihr Haar hinten zu einem strengen Knoten gebunden. Sie trug nichts als ein Krankenhaus-Hemd, das in der Taille von einem Gürtel gehalten wurde.

Völlige Entblößung. Psychisch. Emotional.

„Ted“, sagte Jane und blickte zu ihrem Assistenten, der neben ihr stand. „Würdest du den Scheinwerfer rechts etwas verstellen? Da ist ein leichter Schatten auf ihrer linken Wange.“

Er tat, was sie verlangte, und wartete, während sie erneut durch den Sucher blickte.

Ted Jackmann hatte sie vor einigen Jahren wegen eines Jobs angesprochen. Er habe eine ihrer Ausstellungen gesehen, sagte er, und sei begeistert gewesen. Sie hatte damals eigentlich keinen Assistenten gesucht, wohl aber gelegentlich mit dem Gedanken gespielt, einen einzustellen.

Also hatte sie es versucht, und Ted hatte sich als Glücksgriff erwiesen. Effektiv. Loyal. Klug. Sie vertraute ihm völlig. Und wenn

Ian manchmal Teds Charakter in Zweifel zog, erinnerte sie ihn daran, dass sie Ted schon länger kannte als ihn.

Auch wenn sie die Befürchtungen ihres Mannes nicht teilte, verstand sie doch, warum er sie hegte. Ted hatte ziemlich viel erlebt in seinen achtundzwanzig Jahren, war unter anderem bei der Navy und Gitarrist einer mäßig erfolgreichen lokalen Rockband gewesen, hatte dann eine Kehrtwendung ins bürgerliche Leben gemacht und zuletzt, bevor er zu ihr kam, als Maskenbildner für einen Bestattungsunternehmer gearbeitet.

Äußerlich war er schön und abschreckend zugleich. Klassisch gebaut, muskulös und schlank, mit einem dunklen, fast schon hypnotischen Schlafzimmerblick. Außerdem hatte Ted jede Menge Piercings und Tätowierungen, sein langes dunkles Haar war vorn von weißen Strähnen durchzogen.

Schön und abschreckend. Nicht viel anders als sie selbst.

„Soll ich so sitzen?“ fragte Anne und zog auf dem harten Podest die Beine unter ihren Körper.

„Wie es bequem für Sie ist.“

Anne schauderte, als ihr Blick Ted traf, und sah dann wieder zu Jane. „Ich muss furchtbar aussehen.“

Jane erwiderte nichts. Die Frau hob die Hand, um durch ihr Haar zu streichen, als ihr einfiel, dass Jane ihre dichte kastanienbraune Mähne nach hinten gebunden hatte. Sie lachte nervös und faltete die Hände in ihrem Schoß.

Die meisten Künstler bemühten sich, es ihrem Modell behaglich machen, damit es sich wohl und entspannt fühlte. Sie bemühte sich um das Gegenteil.

Sie wollte die dunklen Seiten ausloten. Über Angst, Verwundbarkeit und Verzweiflung sprechen.

Jane legte los. „Sagen Sie mir, wovor Sie sich fürchten, Anne.

Wenn Sie ganz allein mit sich sind, wovor haben Sie dann Angst?"

„Angst?" wiederholte die Frau nervös. „Sie meinen ... Spinnen oder so was?"

Meinte sie nicht, doch sie ermutigte die Frau, damit anzufangen, wenn sie wollte. Einige ihrer Modelle wussten genau, worauf sie abzielte; andere, wie Anne, hatten sich auf ihre Anzeige gemeldet, ohne mehr über die Künstlerin Cameo zu wissen, als dass sie hundert Dollar für wenige Stunden Arbeit bezahlte.

Jane hatte Modelle jeden Alters und jeder Rasse befragt und die ganze Skala von magersüchtig bis fettleibig, von atemberaubend schön bis grausam entstellt vor sich gehabt.

Interessanterweise teilten sie eine verbreitete Angst, eine Furcht, die alle Frauen zu verbinden schien.

„Ich hasse Spinnen", sagte sie.

„Warum, Anne?"

„Sie sind so ... schaurig. So hässlich." Sie überlegte, dann schüttelte sie sich. „Sie haben diese kleinen Härchen an ihren Beinen."

„Dann ist es etwas Visuelles? Eine körperliche Reaktion auf das Aussehen der Tiere?"

Sie runzelte die Stirn, doch die Stelle zwischen ihren Augenbrauen blieb starr. Botox, registrierte Jane, die diesen Effekt schon mehrfach beobachtet hatte.

„So habe ich das noch nie gesehen", sagte Anne.

„Haben Sie diese Reaktion auch bei Menschen, die hässlich oder missgestaltet sind? Bei fettleibigen Menschen?" Jane hasste die Worte, die Etikettierungen. Sie benutzte sie hier mit Absicht.

Annes Wangen röteten sich. Sie schaute weg.

Hatte sie, aber es war ihr peinlich, es zuzugeben.

Eine Form der Diskriminierung, mit der Jane sehr vertraut war.

„Sagen Sie mir die Wahrheit, Anne. Deshalb sind wir hier. Darum geht es bei meiner Arbeit."

„Sie werden mich nicht mögen. Sie werden denken, ich sei arrogant."

„Ich bin hier, um zu dokumentieren, nicht um zu werten. Wenn Sie nicht aufrichtig sein können, sagen Sie es jetzt. Ich möchte nicht unsere Zeit verschwenden."

Anne zögerte noch einen Moment, dann stellte sie sich Janes unverwandtem Blick. „Ich weiß, dass es falsch ist, aber irgendwie ... es tut weh, sie anzusehen."

„Warum?"

„Ich weiß nicht."

„Ich glaube, Sie wissen es."

Anne rutschte unbehaglich hin und her. „Wenn ich diese Menschen ansehe, dann ... auf eine gewisse Weise ... ja, wirklich, dann hasse ich sie."

„Hass ist ein starkes Gefühl. Vielleicht stärker als Liebe."

Anne antwortete nicht. Jane machte weiter. „Warum, glauben Sie, empfinden Sie so?"

„Ich weiß es nicht."

Jane schwieg einen Moment, um nachzudenken. Dann versuchte sie es mit einer anderen Taktik. „Glauben Sie, dass Sie eine schöne Frau sind, Anne?"

„Ja." Sie errötete. „Ich meine, für mein Alter."

„Für Ihr Alter?"

Sie schaute weg, dann wieder zurück. „Nun, ich bin keine Zwanzig mehr."

„Niemand bleibt für immer zwanzig."

„Richtig", sagte Anne mit Schärfe in ihrer Stimme. „Alt werden. So hat Gott es vorgesehen."

„Ja." Jane achtete auf ihre Stimme, versuchte, sie neutral, fast ausdruckslos klingen zu lassen. Sie hatte die Erfahrung gemacht, dass ihr Mangel an Emotionen die der Modelle oft steigerte.

„Wie alt sind Sie?" fragte Anne.

„Zweiunddreißig", sagte Jane.

„Ein Kind. Ich weißt noch, wie ich zweiunddreißig war."

„Sie sind nur wenig älter als das."

„Ich bin dreiundvierzig. Eine Ewigkeit entfernt von zweiunddreißig! Sie haben keine Ahnung. Können Sie nicht, weil ..."

Sie hielt die Worte zurück. Jane zoomte auf Annes Gesicht, das den Sucher ausfüllte. Die Kamera nahm die Tränen in ihren Augen auf. Ihre Verzweiflung und Verwundbarkeit. Wie ihre Lippen bebten, wie sie sie zusammenpresste.

Ehrlich, dachte Jane. Überzeugend.

Jane zeigte Annes Mund. Sie befeuchtete die Lippen, begann dann zu sprechen.

Jane richtete die Kamera auf die Augen ihres Modells. „Jeden Morgen, wenn ich in den Spiegel sehe, suche ich mein Gesicht ab. Nach Spuren des Alters. Ich nehme jede neue Linie in Augenschein, jede Falte. Wie das Kinn weicher wird."

Sie ballte ihre Hände. Jane fing die Reaktion ein.

„Ich kann nichts essen, weil es sofort auf meinen Bauch geht oder mein Körper Wasser einlagert. Und trinken ..." Sie lachte bitter auf. „Ein Cocktail zu viel, und meine Augen sind tagelang geschwollen."

Jane wusste, wie aus Angst und Unsicherheit eine allumfassende Verzweiflung werden konnte. Oder, was noch schlimmer war, Selbsthass.

„Können Sie sich vorstellen, wie viele Stunden ich im Fitnesscenter verbracht habe? Auf dem Stepper und dem Laufband? Wie viele Kübel Schweiß ich vergossen habe bei dem Versuch, Größe 36 zu behalten? Oder wie viel Geld ich für Collagen-Spritzen, Botox und Hautpeelings ausgegeben habe?“

„Nein“, murmelte Jane, „das kann ich nicht.“

Die Frau lehnte sich vor, schlang die Arme um ihren Körper. „Genau, das können Sie nicht. Und wissen Sie, warum Sie das nicht können? Weil Sie *zweiunddreißig* sind. Ein Jahrzehnt jünger als ich. Ein ganzes *Jahrzehnt*.“

Jane antwortete nicht. Sie ließ das Schweigen zwischen ihnen angespannt und unangenehm werden.

Als Jane das Wort ergriff, wiederholte sie ihre frühere Frage und schloss so den Kreis. „Wovor fürchten Sie sich, Anne? Wenn Sie allein in der Dunkelheit sind, was macht Ihnen dann Angst?“

Annes Augen füllten sich mit Tränen. „Alt zu werden“, brachte sie hervor. „Schwammig zu werden. Und faltig. Und ...“ Sie atmete kurz durch. „Und hässlich.“

„Manche Menschen sind anderer Meinung. Einige finden die Auswirkungen der Zeit auf einem Gesicht schön.“

„Wer?“ Sie schüttelte den Kopf. „Vom Tag der Geburt an beginnt man zu sterben. Denken Sie mal darüber nach.“ Sie lehnte sich vor. „Finden Sie das nicht deprimierend? Physisch gesehen sind Sie bei Ihrer Geburt am perfektesten.“

Jane versuchte ihre Aufregung zu verbergen. Dieses Stück konnte eins ihrer besten werden. Es fühlte sich so an. Sie würde das später entscheiden, wenn sie das Videoband nach ausdrucksvollen Details absuchte, danach, wie sich die Gefühle in Annes Gesicht spiegelten, wie ihre Körpersprache ihre Worte unterstrich oder sie Lügen strafte.

„Das war's, Anne", sagte Jane und schloss damit die Sitzung ab.

„Es ist vorbei? Das war leicht." Sie sprang von dem Podest. „War es okay?"

Jane lächelte warm. „Es war großartig. Wahrscheinlich kann ich es für meine nächste Ausstellung verwenden, wenn die Skulpturen dazu rechtzeitig fertig werden. Ted wird die Termine für die Sitzungen abstimmen."

Während dieser Sitzungen würde Jane Gipsabdrücke von Annes Gesicht und verschiedenen anderen Körperteilen machen. Danach würde sie die Abdrücke mit geschmolzenem Metall ausgießen, das in die Form getröpfelt wurde. Das flüssige Material verfloss zu einem spitzenartigen, maschendrahtähnlichen Relief. Der organische Eindruck, der durch die Glätte und Geschmeidigkeit des Metalls entstand, stand im dramatischen Kontrast zu der Härte des Materials. Kritiker hatten ihr Werk sowohl lyrisch als auch provokant genannt. Feministinnen hatten es sowohl als Anklage gegen die Gesellschaft als auch als üble Ausbeutung von Frauen verstanden.

Jane dachte nichts in dieser Richtung – ihr Werk war einfach nur der sichtbare Ausdruck dessen, was sie für wahr hielt. In diesem Fall, dass die westliche Gesellschaft Schönheit in einem ungesunden Maß verehrte, vor allem bei Frauen.

Ebenso wie Schriftsteller, Musiker und sogar Komiker griff ein bildender Künstler auf seine eigenen Erfahrungen zurück, um sich zum Zustand der Gesellschaft zu äußern. Manchmal war das, was Jane zu sagen hatte, schwer zu begreifen; jeder interpretierte es anders, keiner wie der andere. Und doch war es das Universelle der Botschaft, was ihre Werke wirken ließ. Dieses undefinierbare Etwas, das viele berührte, aber niemanden auf die gleiche Weise.

Anne ging in Richtung Umkleideraum. „Ist es okay, wenn ich mich umziehe?“

„Tun Sie das.“

Die Frau heftete ihren Blick auf Ted, als sie hinter der Tür des Umkleideraums verschwand. „Ich bin gleich wieder zurück.“

Als sie die Tür hinter sich ins Schloss gezogen hatte, sah Ted Jane an. „Diese Wirkung habe ich auf eine Reihe deiner Modelle. Meiner Mutter sagt, ich sei unheimlich.“

„Mütter wissen es immer am besten.“

Obwohl sie den Satz leicht dahin gesagt hatte, runzelte er die Stirn. „Mache ich dir Angst, Jane?“

„Mir? Der wahren Braut von Frankenstein? Wohl kaum.“

„Ich hasse es, wenn du so von dir sprichst. Du bist schön. Ein schöner Mensch.“ Ted deutete in Richtung Umkleideraum. „Sie hingegen tut mir Leid.“

„Anne? Warum?“

„Nicht nur sie. Die meisten deiner Modelle. Ihre Sicht des Lebens ist so eingeschränkt.“ Sein Gesichtsausdruck veränderte sich leicht. „Frauen wie sie haben keinerlei echtes Gefühl. Sie wissen nicht, was echter Schmerz ist, also erfinden sie welchen.“

Der heiße Zorn in seiner Stimme ließ sie aufhorchen. „Ist das so schlimm? Wem schaden sie denn außer sich selbst?“

„Sag du es mir. Würdest du deinen Schmerz aufgeben, um so zu werden wie sie?“

Anne kam aus dem Umkleideraum, bevor Jane antworten konnte. Ihre Kleidung war sorgfältig drapiert, das Gesicht geschminkt, das Haar frisiert. „So ist es viel besser, meinen Sie nicht?“

„Sie sehen großartig aus“, sagte Jane.

Sie strahlte und schaute erwartungsvoll zu Ted.

Anstatt ihr ein Kompliment zu machen, wandte er sich ab. „Ich hole den Terminkalender."

Nachdem sie die Termine vereinbart hatten, führte Jane die Frau hinaus, dankte ihr noch einmal und versicherte ihr, dass die Sitzung ein großer Erfolg gewesen sei.

Als sie ins Atelier zurückkehrte, stand Ted dort, wo sie ihn zurückgelassen hatte. Ein seltsamer Ausdruck lag auf seinem Gesicht.

„Ist irgendwas?"

„Sie wollte eine Kompliment hören", sagte er. „Frauen wie sie wollen das immer."

„Hätte es dir wehgetan, ihr eins zu machen?"

„Es wäre gelogen gewesen."

„Du findest sie nicht schön?"

„Nein", sagte er matt, „absolut nicht."

„Dann bist du wahrscheinlich der Einzige in Dallas, der das nicht tut."

Er sah sie irgendwie grimmig an. „Sie kann nicht unter die Oberfläche sehen. Ich hingegen kann nur das Innere sehen. Und was ich in ihr sehe, ist hässlich."

Jane wusste nicht, was sie erwidern sollte. Seine heftige Reaktion überraschte sie.

„Wenn du mir dein Okay gibst", sagte er plötzlich, „kann ich die Einladungen zur Vernissage morgen Mittag in die Post geben."

Erleichtert, dass er das Gesprächsthema gewechselt hatte, schaute sie auf die Uhr. „Ich treffe mich mit Dave im Künstlercafé auf einen Kaffee. Wenn ich zurück bin, geht es los."

„In der Zwischenzeit werde ich die einzelnen Ausstellungsstücke katalogisieren."

Mit einem mulmigen Gefühl sah Jane ihm hinterher. Ihr wurde bewusst, wie wenig sie über sein Privatleben wusste. Über seine

Freunde, ob er sich mit jemandem traf, wie er seine Freizeit verbrachte. Bis heute hatte er niemals eine Familie erwähnt.

Seltsam, dachte sie. Seit mehr als einem Jahr arbeiteten sie zusammen, und noch immer wusste sie so wenig über ihn. Wie war das möglich? Weil er so verschlossen war? Oder weil sie so wenig Interesse gezeigt hatte?

6. KAPITEL

Montag, 20. Oktober 2003
16.00 Uhr

Jane trat hinaus in den grauen, kühlen Tag. Sie legte den Kopf in den Nacken und sog die Luft tief und kräftig ein. Sie liebte ihre Arbeit, liebte ihr Atelier, aber nach einem ganzen Tag unter künstlichem Licht und in stickiger Luft genoss sie es, draußen zu sein – auch wenn es dort dunkel und kalt war.

Zum Leben und Arbeiten hatte sie sich Deep Ellum ausgesucht. Ein alternatives Viertel östlich des Stadtzentrums unten an der Elm Street. Der Name des Viertels rührte daher, wie die Einheimischen Elm aussprachen. Bekannt für sein Nachtleben, zog es vor allem die Jugend an, die Unangepassten und Außenseiter, Künstler, Musiker und alle, die in die standesbewusste, vermögende Gesellschaft von Dallas nicht so recht hineinpassten.

Das war es, was Jane daran mochte.

Hier fühlte sie sich zu Hause.

Jane spazierte zielstrebig los und grüßte alle, die sie kannte – Künstlerkollegen, Ladeninhaber, die Kellnerinnen des benachbarten Restaurants, in dem sie oft aß, Musiker. Sie alle kannten einander. Deep Ellum war klein, umfasste nur drei Straßen – Elm, Main und Commerce Street.

Sie wohnte in der Commerce Street, der Straße, die sich rühmte, mehr Wohn- als Gewerberaum zu haben. Die Elm Street mit ihren Restaurants und Clubs bildete das lärmende Zentrum von Deep Ellum. Main Street war eine Mischung aus beidem.

Der Inhaber des Tätowierstudios an der Ecke saß auf den Stufen und rauchte eine Zigarette. Er war ein wandelndes Werbeschild für seine Arbeit, Jane hatte ihn niemals mehr als ein Muscle-Shirt tragen sehen. Der heutige Tag bildete keine Ausnahme.

„Hey, Snake“, grüßte sie ihn. „Wie läuft das Geschäft?“

Er zuckte die Schultern und blies eine lange Rauchwolke aus. Sie schwebte einen Moment in der kalten Luft, bevor sie sich auflöste. „Ich hab da ein nettes kleines Motiv, das nur auf dich wartet, Süße. Zeit hätte ich jetzt auch. Wird deinen Alten antörnen, ihn richtig scharf machen.“

Sie lächelte: „Mein Alter braucht nicht angetörnt zu werden. Außerdem hasse ich Nadeln.“

Tatsache war, dass nach all den Operationen und den vielen Jahren, in denen sie sich sehnsüchtig eine glatte, makellose Haut gewünscht hatte, allein der Gedanke an eine Tätowierung sie schaudern ließ.

Jane winkte zum Abschied und ging in Richtung Main Street. Sie und Dave hatten sich im Künstlercafé verabredet. Eines von Janes Stammlokalen: Hier bekam man nicht nur den besten Latte Macchiato des Viertels, es wurden auch Werke von unbekannten Künstlern der Gegend vorgestellt. Tatsächlich hatte der Besitzer ihr die erste Einzelausstellung ermöglicht.

Sie betrat das Café. Die momentane Ausstellung, eine Reihe expressionistischer Gemälde mit dem Titel „Schrei“, beleidigte ihren Geschmack. Die verstörenden Bilder und gewalttätigen Farben kamen ihr irgendwie nachgeahmt vor, waren aber nichtsdestotrotz ausdrucksvoll. Sie würde darauf wetten, dass der Maler in ein paar Jahren in der Kunstszene von Dallas etabliert wäre.

Dave saß an der Bar, nippte an einem Espresso. Er war groß, blond und auf jungenhafte Weise gut aussehend. Als er Jane erblickte, erhob er sich, um sie zu begrüßen, und ein Lächeln huschte über sein Gesicht.

„Die große Cameo, wie sie leibt und lebt."

Jane umarmte ihn lachend. „Dave, du bist so ein Idiot."

Er ließ sie los, legte einen Finger an ihre Lippen. „Pssst, sei still. Ich bin Psychiater. Wenn meine Patienten rauskriegen, dass ich in Wahrheit ein Idiot bin, bleibt mir nichts anderes übrig, als zu dir zu kommen und mit dir zu leben."

„Und wäre das eine so üble Sache?"

„Ich liebe dich, Jane, wirklich. Aber ehrlich gesagt, diese Nummer von wegen gückliches Paar wie bei dir und Ian wäre hinderlich für meinen Lebensstil."

„Versuch es, du wärst vielleicht überrascht."

„Das Junggesellenleben aufgeben?" Er hakte sie unter und führte sie zu einem Tisch am Fenster. „Es gibt nur eine Frau, für die ich das getan hätte, und die hat mich gerettet, indem sie sich in einen anderen verliebt und ihn geheiratet hat."

„Dich gerettet?" Sie lachte und drückte seinen Arm. Mit Anfang zwanzig hatten sie sich versprochen, einander zu heiraten, falls sie mit vierzig noch ohne Partner sein sollten. Als letztes Aufbäumen, bevor sie senil würden.

„Was möchtest du? Übrigens lade ich dich ein."

„Einen großen entkoffeinierten Latte Macchiato. Und einen von diesen leckeren Hafer-Nuss-Muffins."

Er legte eine Hand auf sein Herz. „Entkoffeiniert? Du?"

Sie zögerte, sagte dann leichthin: „Es ist nie zu spät, etwas Neues anzufangen. Du solltest es probieren."

Er musterte sie einen Augenblick, als ob er wüsste, dass sie log, dann nickte er.

Sie sah ihm nach, als er zur Theke ging. Sie hatte sich entschieden, Ians Vorschlag zu folgen und mit Dave über ihre emotionale Verfassung zu sprechen. Aber nun war sie nervös.

Nicht weil sie sich ihm offenbaren wollte. Sondern weil sie Angst davor hatte, in ihrer dunklen Vergangenheit herumzuwühlen.

Er kehrte mit den Getränken und ihrem Muffin zurück. Sie stürzte sich darauf – ob mit echtem Hunger oder um dem Grund ihres Treffens hinauszuzögern, wusste sie selber nicht.

Dave beobachtete sie mit amüsierter Miene. „Du hast wohl das Mittagessen ausfallen lassen."

„Ich habe gearbeitet."

„Was Gutes?"

„Richtig gut. Eine Frau namens Anne." Sie lächelte. „Ich hoffe, ich kann sie mit in die Ausstellung aufnehmen. Wird davon abhängen, ob ich die Skulpturen fertig bekomme."

Er holte ein *Texas Monthly* aus dem Rucksack und legte die Zeitschrift auf den Tisch. „Noch druckfrisch."

Ihr eigenes Konterfei blickte sie vom Titel an. Sie kämpfte mit widerstreitenden Gefühlen, nicht zuletzt mit dem Drang, sich zu verstecken. Immer hatte sie es vermieden, sich selbst anzuschauen, und nun konnte ganz Texas sie sehen.

„Woher hast du das?"

„Von einem Patienten, der dort arbeitet. Halt die Luft an: Sie haben die Ausgabe Montag rausgeschickt."

Sie antwortete nicht, ihre Stimme versagte.

„Du siehst wunderschön aus", sagte Dave.

Sie würde nie schön sein. Aber es war eine gute Aufnahme. Interessant. Aussagekräftig. Der Fotograf hatte die grellen Scheinwerfer so ausgerichtet, um ihre eine Gesichthälfte im Licht und die andere im Schatten zu zeigen.

„Die brutale schöne Welt der Cameo", las sie die Titelzeile murmelnd vor. Sie hob den Blick.

„Ich habe beinahe Angst, den Artikel anzusehen."

„Du wirst als brillant bezeichnet."

„Zieh mich nicht auf."

„Würde ich nie." Er deutete auf die Zeitschrift. „Los, lies!"

Das tat sie. Der Reporter verwies auf ihre Vergangenheit, den Unfall, wie die Kunst sie gerettet hatte. Im Rest des Artikels ging es um ihre Arbeit. Um den Entstehungsprozess, die landesweite Aufmerksamkeit und das Kritikerlob, das sie erhalten hatte.

Obwohl sich die Geschichte auf ihre Kunst konzentrierte, hatte die Zeitschrift ein Bild von ihr und Ian abgedruckt und eins von ihr, auf dem sie fünfzehn war und das kurz nach dem Unfall aufgenommen worden war.

Sie starrte auf das grobkörnige Bild, ihr Mund wurde trocken.

„Das mussten sie natürlich zeigen", sagte sie bitter. „Das obligatorische Ekel-Foto."

„Hör auf, Jane."

„Man kann die Schöne nicht ohne das Biest zeigen."

„Du kannst dich vor deiner Vergangenheit nicht verstecken. Das bist nun mal du."

„Ich sehe aus wie ein Monster. Und genauso unerwünscht war ich."

„Jane." Sein Ton ließ sie aufblicken. „Lass das."

„Ich weiß, aber ..."

„Lass es." Er senkte seine Stimme. „Deine Kunst ist eine Reflexion dessen, was du bist und was du durchgemacht hast. Das sagst du in dem Artikel. Da ist es nahe liegend, dass sie das Foto zeigen."

Sie dachte darüber nach, wusste, dass er Recht hatte. Doch sie hasste es, sich so zu sehen. Und zu wissen, dass jeder sie so sehen würde. „Es tut einfach weh", gab sie zu.

„Natürlich tut es das."

„Ich möchte, dass die Leute meine Werke anschauen, nicht mich."

„Du kannst beides nicht voneinander trennen, Liebes", sagte er. „Tut mir Leid."

„Mistkerl. Vollidiot."

„Ich wurde schon übler beschimpft."

„Von den meisten Frauen, mit denen du was hattest."

„Damit kann ich leben."

Er beherrschte die Fähigkeit, sie von sich selbst abzulenken. Sie lächelte und schob die Zeitschrift über den Tisch.

„Behalt sie." Er schob sie zurück, blickte sie dann ernst an. „Genug mit dem Vorspiel, Jane. Spuck es aus."

„Was ausspucken?"

„Was dich beunruhigt."

„Kann ich nicht einfach einen alten Freund treffen, ohne irgendwelcher Hintergedanken verdächtigt zu werden?"

Er zog eine Augenbraue hoch. „Weniger als zwei Wochen vor deiner Einzelausstellung im Dallas Museum of Art? Ehrlich gesagt, nein."

„Klugscheißer."

„Einfach nur klug, du Lästermaul."

Normalerweise hätte sie gelächelt. „Der Alptraum ist wieder da."

Er musste nicht fragen, welcher, er kannte ihn. „Irgendwelche Veränderungen?"

„Eine." Sie verschränkte ihre Finger. „Der Fahrer des Boots kehrt um, um mich noch mal zu erwischen. Um es zu beenden. Ich wache schreiend auf."

„Wie oft ..."

„Dreimal in zwei Wochen."

„Gibt es irgendwas Ungewöhnliches in deinem Leben, außer einer perfekten Ehe und wachsendem Ruhm?“

Sie zögerte. Sie und Ian waren sich einig, die Neuigkeit vorerst für sich zu behalten. Und wenn, sollte Stacy als Erste davon erfahren.

Aber Dave konnte ihr nicht helfen, wenn sie ihm gegenüber nicht aufrichtig war.

„Ich bin schwanger.“

Sein Gesicht zeigte kurz Überraschung, dann Freude. Er sprang auf, kam um den Tisch und zog sie in eine überschwängliche Umarmung. „Das freut mich so für dich. Das sind wundervolle Neuigkeiten!“

Sie klammerte sich an ihn, hatte urplötzlich entsetzliche Angst.

Er ließ sie einen Augenblick gewähren, löste sich dann. „Wovor fürchtest du dich, Jane?“

Sie dachte an ihre Sitzung mit Anne, wie sie ihrem Modell fast die gleiche Frage gestellt hatte. *Sagen Sie mir, wovor Sie sich fürchten. Wenn Sie ganz allein mit sich sind, was macht Ihnen dann Angst?*

Die Frau war ehrlich gewesen. Konnte sie das auch?

„Lass uns uns wieder setzen“, sagte sie. Er nickte und kurz darauf sahen sie sich über den Tisch hinweg an. „Fängst du an?“ fragte sie.

„Na gut.“ Er legte die Hände gefaltet vor sich auf den Tisch. „Wie geht es dir?“

„Großartig.“

„Tatsächlich?“

„Ja … Mein Gott, ja. Ich bin der glücklichste Mensch auf Erden.“

„Glaubst du das wirklich?“

„Ja. Ich habe in letzter Zeit viel über Glück nachgedacht.“ Sie machte eine Pause, um ihre Gedanken zu ordnen. „Nicht nur wegen Ian und des Babys und der Ausstellung. Am Tag des Unfalls — wenn dieser Arzt nicht zu Hause gewesen wäre, wenn er die Schreie nicht gehört und die Ambulanz nicht gerufen hätte, *bevor* er angerannt kam, wenn der Krankenwagen aufgehalten worden wäre oder die Jungs vom Rettungsdienst nicht so erfahren gewesen wären oder wenn das Boot auch nur einen halben Zentimeter näher dran gewesen wäre ... Ich wäre tot." Sie faltete die Hände im Schoß; sie zitterten. „Und jetzt habe ich einfach alles. Liebe. Erfolg in einem Beruf, der mir viel bedeutet. Und bald ein Baby."

„Warum dann die Alpträume?"

„Du bist der Seelenklempner. Sag du es mir."

„Okay." Er beugte sich vor. „Vielleicht hast du Angst, dass das Glück dich verlässt? Dass du alles verlieren wirst?"

„Aber warum sollte ich ..."

„Was passiert, wenn sich für jemanden all seine Träume erfüllen?"

„Er ist glücklich?"

Er ignorierte ihren Sarkasmus. „Es gab mal eine Zeit, da erschien dir dein Leben selbstverständlich. Du hattest eine glückliche Familie, Freunde, warst beliebt. Und von einem Moment zum anderen hat dir jemand das alles weggenommen. Du weißt jetzt, wie schnell so etwas geschehen kann, Jane. Du weißt, wie wankelmütig das Schicksal ist, wie kostbar jeder einzelne Augenblick. All deine Träume sind wahr geworden." Er nahm ihre Hände. „Und du hast Angst davor, alles wieder zu verlieren. Dass das Glück dich verlässt."

Sie presste ihre bebenden Lippen zusammen, während seine Worte und ihre Bedeutung in ihr widerhallten.

„Das bedeutet dieser Traum, Jane. Alles zu verlieren. Mit der

Verzweiflung zu leben. Du hast das erste Mal überlebt, du hast es überwunden. Also wird er wieder versuchen, es zu beenden, wie du es formuliert hast."

Lieber Gott, er hatte Recht. Jetzt passte es zusammen. Sie hatte alles.

Das ergab Sinn.

Ein Laut der Erleichterung entfuhr ihr. „Du hast Recht, Dave. Gott sei Dank. Ich ... ich hatte Angst, es zu verlieren. Dass ich irgendwie wieder in diese Finsternis rutsche. Ich möchte dort nie wieder hin. *Niemals.*"

Er drückte kurz ihre Hände. „Du willst deine Ängste besiegen? Sieh sie als das, was sie sind."

„Dumm, übersteigert, ohne Grund."

„Nichts davon", tadelte er sie in sanftem Ton. „Du hast ein schlimmes Trauma erlebt. Das Unterbewusstsein passt sich an, schützt sich. Im extremsten Fall durch eine Multiple Persönlichkeitsstörung."

Sie lächelte. „Ich fühle mich, als ob eine Riesenlast von meinen Schultern genommen wäre."

„Dave Nash, Supergenie."

„Oder wie Stacy und ich immer sagten, Superblödmann."

„Wo wir bei deiner Schwester sind. Wie hat Stacy die Neuigkeit aufgenommen?"

„Sie weiß es noch nicht."

Seine Augenbrauen schnellten nach oben. „Du hast es ihr noch nicht gesagt?"

Hastig rechtfertigte sie sich. „Wir haben es gerade erst erfahren. Und wollten es ihr zuerst sagen. Ich wollte es wirklich, aber ..." Sie sah den Freund hilflos an. „Du kennst Stacy."

Er schwieg einen Augenblick. „Zu einer Beziehung gehören

immer zwei, Jane. Und du bist mitverantwortlich für dein gespanntes Verhältnis zu Stacy."

„Dann sag mir, wie ich es verbessern kann. Ich finde es furchtbar, wie wir zueinander stehen."

„Ich glaube nicht, dass das stimmt."

Hitze stieg ihr in die Wangen. „Wie kannst du so etwas sagen?"

„Sieh es mal von außen. Sie ist deine Schwester, deine einzige. Trotzdem hast du ihr nicht gesagt, dass du schwanger bist. Normalerweise hättest du sofort zum Hörer greifen sollen, um sie anzurufen. Du hältst dich immer zurück."

„Ich hatte Angst, dass sie sich vielleicht aufregt, dass sie sich nicht für mich freut."

„Also hast du ihr noch nicht mal die Chance gegeben, sich mitzufreuen? Eine muss diesen Teufelskreis durchbrechen."

„Sie ist diejenige mit den Vorbehalten."

„Ist sie das?"

Jane stöhnte. „Seelenklempner-Geschwätz."

„Ich spreche als Freund zu dir, Jane. Nicht als Arzt. Durchbrich den Kreis."

„Besserwisser."

„Superblödmann", berichtigte er.

Ein Lächeln zuckte in ihren Mundwinkeln, obwohl es sie ärgerte, dass er nicht ihrer Meinung war. „Ich liebe dich, weißt du das?"

„Ja, ich weiß. Ich liebe dich auch."

Sie sprachen noch ein paar Minuten, wobei Jane das Thema auf ihn und seine Praxis lenkte. Auf die Rothaarige, mit der er mehrmals ausgegangen war. Sie erfuhr, dass die Rothaarige bereits der Vergangenheit angehörte, dass die Praxis weiter gedieh und dass er einen Frühlingstrip nach Paris plante.

Als sie sich voneinander verabschiedeten, küsste er sie auf die Wange. „Ich bin froh, dass du angerufen hast. Ich habe dich vermisst."

„Ich bin auch froh. Und danke für die Einsichten. Ich schätze, ich werde heute besser schlafen."

„Schön, das zu hören." Sein Lächeln erstarb. „Ruf Stacy an, Jane. Sie braucht dich auch."

„Ich wünschte, ich könnte das glauben."

„Es ist wahr." Er küsste sie noch einmal. „Versprich, dass du es tun wirst."

Sie versprach es, doch als er ging, fragte sie sich, wovor sie sich mehr fürchtete: vor der Konfrontation mit ihrer irrationalen Angst oder der mit ihrer Schwester?

7. KAPITEL

Montag, 20. Oktober 2003
17.30 Uhr

Stacy saß zusammengesunken vor dem Bildschirm und starrte auf die flackernden Schwarzweißbilder. Sie streckte sich und sah auf die Uhr. Zweieinhalb Stunden. Und bis jetzt absolut null. Nichts Außergewöhnliches. Paare. Kinder, die in dem Fahrstuhl spielten, auf und ab fuhren. Gehbehinderte.

Deland hatte gesagt, dass das Hotel noch nicht einmal zur Hälfte besetzt gewesen sei, nach drei Wochen hundertprozentiger Auslastung wegen der Texas-Messe und des Footballspiels der Universitätsmannschaft von Southern Methodist gegen die der Oklahoma State.

Dass nicht viel los gewesen war, konnte man auf den Bändern sehen.

Aber natürlich konnten es auch die Videos aus dem Treppenhaus sein, die zum Mörder führten.

Mac hatte sich angeboten, die Laufarbeit zu erledigen: Elle Vanmeers nächste Verwandte zu benachrichtigen, die Nachbarn zu befragen, Hinweisen nachzugehen. Stacy hatte ihn dazu ermuntert, wünschte sich aber jetzt, dass er hier wäre, um die Bänder mit anzusehen. Er war ein guter Polizist. Pflichtbewusst. Aufmerksam.

Camp und Riggio dagegen waren Drückeberger. Es juckte sie in den Fingern, die Arbeit der beiden zu kontrollieren. Sie traute ihnen nicht zu, nichts zu übersehen. Vielleicht bin ich ja tatsächlich ein Kontrollfreak, dachte Stacy, als ihr Macs Worte in den Sinn kamen.

Eher eine misstrauischer, zeternde Zicke.

Harter Job, dachte sie. Wenn ihre Bänder zu keiner Spur führten, würde sie die anderen ebenfalls durchsehen.

Elle Vanmeers Mörder musste irgendwie in den achten Stock gekommen sein. Und er war mit Sicherheit nicht geflogen.

Sie dachte an Kaffee. Und an einen Doughnut, der vom Morgen übrig geblieben sein mochte. Vielleicht ein mit Sahne gefüllter.

Keine Chance. Die halten sich selten länger als bis 10 Uhr. Ihr Magen knurrte, und sie blickte sehnsüchtig zur Tür. *Selbst einer mit Glasur und völlig ausgetrocknet wäre besser als nichts.*

Sie beugte sich vor, um den Rekorder auszuschalten, hielt dann inne, den Blick auf den Monitor gerichtet. Ein Mann, der im achten Stock ausstieg. Die Zeitanzeige stand bei 22:36.

Stacy spulte zurück.

Er bestieg den Fahrstuhl in der Lobby. Allein. Er war hoch gewachsen. Schlank, aber kräftig gebaut. Er trug Jeans, eine Bomberjacke aus Leder und eine Baseballmütze.

Stacy starrte auf den Schirm. Es konnte eine Kappe der Atlanta Braves sein, aber sie war sich nicht sicher. Die Mütze und der Winkel seines Kopfes verbargen sein Gesicht vor der Kamera.

Stacy beobachtete, wie er im achten Stock ankam und ausstieg.

Sie spulte die Szene zurück und sah sie sich noch einmal an. Dann noch einmal.

Er wusste, wo die Kamera war – er wandte sein Gesicht mit Vorsatz ab.

Sie hatte Recht gehabt. Er war clever. Er plante voraus. Er drückte den Knopf für den achten Stock ohne Zögern. Er trug Handschuhe. Sie versuchte sich zu erinnern. Wie kalt war es letzte Nacht gewesen? Zehn Grad? Weniger? Kalt genug, dass er mit Handschuhen nicht aufgefallen war?

Stacy überschlug, wie viel Zeit der Mörder gebraucht hatte. Sie stellte sich das Szenario vor. Er betritt den Raum. Begrüßt seine Geliebte. Sie ist bereits da. Erwartet ihn vielleicht auf dem Bett. Das gehört zum Spaß, ist Teil des Spiels. Er macht sie ein bisschen scharf, neckt sie, vielleicht sogar mit der Schärpe ihres Mantels. Lässt seine Handschuhe an. Möglicherweise auch seine Jacke. Pervers. Sie vertraut ihm, denkt sich nichts dabei.

Dann tut er es.

In weniger als zwanzig Minuten ist er wieder draußen. Eventuell schneller.

Die Zeitangabe auf dem Band passte genau zu Petes früher Schätzung des Todeszeitpunkts von Vanmeer.

Erregung stieg in ihr auf. Das Fieber, wie sie es immer nannte. Auch wenn die Chancen eins zu vier standen, dass er mit demselben Fahrstuhl wieder hinuntergefahren war, spulte Stacy vor.

Eins zu vier, aber da war er. Mr. Atlantamütze. Siebzehn Minuten nachdem er den achten Stock betreten hatte, machte er sich auf den Rückweg.

Hab dich, du Mistkerl.

Stacy spulte das Band zurück und sprang auf, um zu den anderen zu gehen.

8. KAPITEL

Montag, 20. Oktober 2003
18.15 Uhr

Stacy spulte das Band gerade zum vierten Mal zurück, als Mac sich zu der Gruppe gesellte. Er warf sein Jackett auf den Tisch. „Was ist los? Kein Popcorn?"

„Ist gerade ausgegangen", sagte Stacy. „Aber wir haben etwas viel Besseres anzubieten. Schau mal."

Mac griff nach einem Stuhl, drehte ihn um und setzte sich rittlings darauf. Schweigend verfolgte er das flackernde Video. Als der Verdächtige in der Lobby aus dem Fahrstuhl trat, hielt Stacy das Band an und sah ihren Partner an. „Was denkst du?"

„Er wusste, wo die Kameras sind."

„Genau meine Meinung."

„Das Timing passt", warf Camp ein. „Sieht gut aus."

Mac schürzte die Lippen. „Haben wir jemand anders?"

„Bis jetzt nicht", erwiderte Riggio. „Ein paar allein stehende Frauen. Ein Teenager-Paar. Das ist alles."

„Irgendwas in den Treppenhäusern?"

„Nada." Camp sah auf die Uhr. „Ich muss noch etwa eine Stunde Band ansehen."

„Dann tu das." Stacy sah ebenfalls auf die Uhr. „Mac und ich werden schon mal den Hinweisen nachgehen, die wir bis jetzt haben."

Die anderen Detectives zerstreuten sich, ließen Stacy und Mac allein.

„Was hast du rausgekriegt?"

Er zückte sein Notizbuch. „Zweimal geschieden. Zuletzt vor

zwei Jahren. Beide Männer waren erheblich älter. Und vermögend."

„War sie berufstätig?"

„Sie nannte sich Innenarchitektin, aber die Nachbarn, mit denen ich sprach, sagten, sie hätte nicht viel gearbeitet. Sie gingen davon aus, dass sie ihre Visitenkarte nur benutzte, um in jedem Einrichtungsladen der Stadt Rabatt zu bekommen. Ihre Scheidungen haben ihr einiges eingebracht. Auf jeden Fall genug, dass sie es auch ohne Arbeit aushielt."

„Hatte sie einen Freund?"

„Leider nicht nur einen. Laut Aussage ihres Hausmeisters mochte sie Männer. Und zwar sehr."

„Interessant." Stacy trommelte mit den Fingern auf dem verschrammten Holztisch, während ein Gedanke den anderen jagte. Ein eifersüchtiger Ex-Mann. Oder einer, der durch die Scheidung finanziell ausgeblutet war.

„Glaubst du, dass da ein Motiv liegen könnte?"

„Mag sein."

„Mit Ehemann Nummer eins habe ich gesprochen. Er lebt in Atlanta und hat seit Jahren nicht mit Elle gesprochen. Er konnte es nicht fassen, dass sie tot ist. Hörte sich nicht wie ein Mann an, der seine Frau umgebracht hat."

„Und Ehemann Nummer zwei?"

„War auf einer Kreuzfahrt. Das Schiff legte heute Morgen in Miami an, sein Flieger soll heute Abend um viertel vor elf in Dallas/Fort Worth landen."

„Dann hat er ein Alibi."

„Aber nach dem, was ich höre, genug Geld, um jemanden für die Drecksarbeit zu bezahlen."

„Ich schlage vor, wir schauen, ob wir Rick Deland im La Plaza erwischen. Wir spielen ihm das Band vor und warten, ob er oder ein anderer den Typ als Gast oder Hotelbesucher wiedererkennt."

Mac stimmte zu. Stacy zog die Visitenkarte des Mannes aus der Hosentasche, ging zum Wandtelefon und wählte. „Rick Deland bitte", sagte sie und fügte dann hinzu: „Detective Stacy Killian."

Kurz darauf hatte sie den Mann in der Leitung. „Ich bin froh, dass ich Sie erreiche, Mr. Deland. Wir müssen Ihnen etwas vorspielen. Können mein Partner und ich jetzt gleich zu Ihnen kommen?"

Er willigte ein, und sie legte auf. „Wir können gehen." Sie nahm ihre Jacke von der Stuhllehne und schlüpfte hinein. „Wann, hast du gesagt, soll der Ex-Mann am Flughafen ankommen? Viertel vor elf?"

Er nickte. „Du meinst, wir sollten da mal hinfahren?"

„Es gibt nichts Besseres als den Überraschungsmoment, um eine Untersuchung voranzubringen." Sie sah auf die Uhr. „Sonst noch was?"

„Ja, eine Sache." Irgendwas in seiner Stimme sorgte dafür, dass sich ihre Nackenhaare aufrichteten. Sie sah ihn an.

„Rate mal, wer Elle Vanmeers Schönheitschirurg war? Dr. Ian Westbrook. Dein Schwager."

9. KAPITEL

Montag, 20. Oktober 2003
20.25 Uhr

Jane nippte an ihrem Mineralwasser, während sie Ian beobachtete. Er stand am Herd und rührte die Sauce um. Er bereitete eines ihrer Lieblingsgerichte zu – Rosmarin-Hühnchen mit Orangensauce. Der Geruch des gewürzten Brathähnchens und der süßen Orangen erfüllte bereits die Küche. Ian war ein hervorragender Koch und bereite die meisten ihrer Mahlzeiten zu. Sie übernahm mit Vergnügen die Rolle der Küchenhilfe und der Tellerwäscherin.

„Ich habe mich heute mit Dave getroffen."

„Ich hatte mich schon gefragt, wie lange du brauchst, um ihn anzurufen. Nicht einmal vierundzwanzig Stunden."

Sie horchte auf. Hörte sie etwa Ärger aus seiner Stimme heraus? Oder Eifersucht? „Wir sind seit langem befreundet."

„Das weiß ich, Jane." Sein Blick traf kurz den ihren. „Ich bin nicht sauer, dass du ihn angerufen hast. Herrje, ich habe es schließlich vorgeschlagen."

„Ja, das hast du. Und es war übrigens ein ausgezeichneter Vorschlag."

„Und?"

„Er hat mir eine Ausgabe des *Texas Monthly* mitgebracht."

Ian hört auf zu rühren und sah sie an. „Und? Was denkst du?"

„Urteile selbst."

Sie holte die Zeitschrift raus, legte sie auf den granitfarbenen Tresentisch und schlug die Seite mit dem Artikel über sie auf.

Ian stieß einen Pfiff aus. „Gut gemacht, Baby!" Er trocknete seine Hände ab, nahm die Zeitschrift und begann zu lesen. Als er fertig war, sah er sie wieder an. „Kaum zu glauben, dass du mich geheiratet hast."

„Das war ein Abstecher in die Niederungen."

„Ein Streifzug durchs Schnäppchen-Paradies auf der Suche nach einem billigen Nervenkitzel."

„Billig bist du nicht, Schatz", neckte sie ihn. „Aber auf jeden Fall ein Nervenkitzel."

Er beugte sich vor und küsste sie. Als er sich wieder aufrichtete, war seine amüsierte Miene verschwunden. „Das Foto hat dich aufgeregt."

Das war keine Frage; er kannte sie gut. Sie bestätigte es.

„Und was hatte Dave zu dem Thema zu sagen?"

„Dass ich darüber hinwegkommen soll. Meine Vergangenheit sei ein wesentlicher Teil meiner Persönlichkeit und der Künstlerin, die ich bin." Just bei diesen Worten streifte ihr Blick das schreckliche Foto. Schnell schloss sie die Zeitschrift.

„Jetzt bin ich eifersüchtig. Das hätte eigentlich ich dir sagen sollen."

Sie lächelte nicht. „Ich habe ihm von den Alpträumen erzählt."

„Und?"

Sie fasste kurz Daves Theorie zusammen, warum ihre Träume ausgerechnet jetzt wieder auftauchten. „Seiner Meinung nach habe ich Angst, alles zu verlieren."

„Was hältst du davon?"

„Was er sagte, klingt sinnvoll. Und ich war danach unglaublich erleichtert. Er meinte, allein dadurch, dass ich diese Angst anerkenne und sie verstehe, fange ich bereits an, sie zu überwinden." Sie schwieg einen Moment. „Ich habe ihm von dem Baby erzählt."

„Das dachte ich mir."

„Du bist nicht sauer?"

„Natürlich nicht."

„Du guckst so seltsam. Verschweigst du mir irgendwas?"

Er öffnete den Mund, schüttelte aber nur den Kopf. „Nein."

„Oh doch, da ist was. Sag es mir."

Er nahm einen Schluck Wein. „Ich dachte daran, dass deine Neuigkeiten ihm den Wind aus den Segeln genommen haben müssen."

Irritiert zog sie ihre Augenbrauen zusammen. „Das versteh ich nicht."

„Er ist verliebt in dich."

Entgeistert starrte sie ihren Mann an. „Ist er nicht."

„Bist du sicher?"

Jane konnte nicht glauben, was Ian da sagte. „Wir sind nur Freunde. So etwas gibt es tatsächlich zwischen Männern und Frauen, weißt du."

„Und darum treibt er sich hier all die Jahre herum?"

„Ja!" Zornesröte stieg ihr ins Gesicht. „Wir sind Freunde. Wir haben viel miteinander erlebt. Wir respektieren einander."

Ian hob die Hände, als ob er einen Angriff abwehren wollte. „Tut mir Leid. Ich nehme alles zurück. Vielleicht bin ich tatsächlich eifersüchtig auf eure Beziehung."

Sie trat zu ihm und schlang die Arme um seine Taille. „Das brauchst du nicht zu sein."

„Versprochen?"

„Hm-hm."

Er küsste sie und bat sie dann, sich wieder hinzusetzen – zumindest wenn sie bald etwas zu essen haben wolle.

Sie gehorchte. Nach einem Moment der Stille brach Jane das Schweigen. „Wir haben auch über Stacy gesprochen."

Er schaute auf. „Und?"

„Er meinte, dass ich für unser gespanntes Verhältnis ebenso verantwortlich sei wie sie."

„Aber du siehst das nicht so?"

„Das habe ich nicht gesagt." Ein defensiver Ton hatte sich in ihre Stimme geschlichen, den sie hasste. „Es ist nur so, dass ..."

Sie wurde von der Haustürklingel unterbrochen. Im Flur fing Ranger an zu bellen.

„Durch die Klingel gerettet", neckte Ian, womit er die Atmosphäre etwas auflockerte.

Sie schnitt ihm eine Grimasse, während sie zur Gegensprechanlage ging. „Ja?"

„Jane, hier ist Stacy."

Jane blickte ihren Mann an. Er grinste. „Dave hat gepetzt. Jetzt gibt's Ärger."

„Jane?"

Sie wandte ihre Aufmerksamkeit wieder der Schwester zu. „Komm rauf."

Jane empfing ihre Schwester an der Tür. Sie hatte einen Mann dabei. Er war etwa eins neunzig groß und sah ziemlich gut aus. „Ich wusste nicht, dass du nicht alleine bist", murmelte sie überrascht.

„Das ist mein Partner. Mac McPherson."

„Schön, Sie kennen zu lernen", sagte er und reichte ihr die Hand.

Jane schüttelte sie. „Freut mich auch."

„Wir müssen mit Ian sprechen." Stacy beugte sich hinab, um Ranger hinter den Ohren zu kraulen. „Ist er zu Hause?"

„Ian?" wiederholte Jane irritiert. Ihr Blick wechselte zwischen beiden hin und her. Stacys Gesicht drückte Bedauern, das des Mannes Entschlossenheit aus. „Worum geht's?"

„Eine dienstliche Angelegenheit, Jane. Tut mir Leid."

„Er ist in der Küche. Kommt rein."

Ian sah auf, als sie in die Küche kamen. „Stacy", sagte er warm. „Lange ist's her."

Er trocknete seine Hände mit einem Küchenhandtuch, ging zu ihr und küsste sie auf beide Wangen. „Du hast dich hier nicht oft blicken lassen. Wir haben dich vermisst."

Jane bemerkte, dass ihre Schwester errötete. Sie schien sich über Ians Aufmerksamkeit zu freuen. Warum hatte sie ihre Schwester nicht umarmt? Sie mit einem warmen Lächeln oder einigen freundlichen Worten begrüßt? Warum konnte sie sich nicht freuen, sie zu sehen?

Vielleicht hatte Dave Recht. Vielleicht waren sie beide der Spiegel des anderen geworden. Eine von ihnen musste diesen Teufelskreis durchbrechen.

„Das stimmt", echote Jane. „Wir haben dich vermisst."

Selbst in ihren Ohren klangen die Worte hohl.

Stacy blickte sie an. Jane errötete. Ian trat zwischen sie und legte einen Arm um Janes Schultern. „Ich hoffe, du bleibst zum Abendessen." Er lächelte Stacys Begleiter zu. „Ihr beide."

„Ian", sagte Jane, der aufging, dass er Stacys Besuch für einen privaten und ihren Begleiter für ihren Freund hielt. „Das ist Stacys Kollege."

Der Mann trat einen Schritt vor. „Mac McPherson. Wir sind in einer dienstlichen Angelegenheit hier, Dr. Westbrook."

Ians Augenbrauen schossen nach oben. Er schüttelte dem Mann die Hand. „Das ist eine unerwartete Wendung des Abends."

Stacy lächelte ermutigend. „Stimmt schon, obwohl ‚dienstliche Angelegenheit' ein bisschen zu ernst klingt. Tut mir Leid, wenn wir ungelegen kommen."

Ian deutete auf den Tisch. „Setzt euch. Kann ich jemandem ein Glas Wein anbieten? Oder Tee, oder …"

„Nichts", sagte Stacy. „Aber vielen Dank."

Die beiden Detectives und Ian setzten sich, Jane blieb stehen. „Ian", begann Stacy, „kennst du eine Frau namens Elle Vanmeer?"

Er sah überrascht aus. „Elle? Natürlich. Sie ist eine Patientin von mir. Warum?"

Stacy ignorierte seine Frage. „Seit wann kennst du sie?"

„Lass mich überlegen." Er tippte mit dem Zeigefinger auf die Tischplatte, als ob er nachzählen würde. „Sie kam zum ersten Mal zu mir, als ich am Dallas Center für Kosmetische Chirurgie arbeitete. Vor vier oder fünf Jahren, schätze ich. Ich könnte es in meinen Akten nachschlagen."

„Sie hat mehrere Eingriffe an sich vornehmen lassen, nicht wahr?"

„Ja", bestätigte er gedehnt.

„Was für welche?"

„Du verstehst sicher, dass diese Informationen geheim sind."

„Sie ist tot, Ian", sagte Stacy geradeheraus. „Ermordet."

„Mein Gott." Jane schlug die Hand vor den Mund. Sie blickte zu Ian, der erschüttert zu sein schien.

„Wie denn? Wann?"

„Irgendwann letzte Nacht. Sie wurde heute Morgen tot aufgefunden."

Mac ergriff das Wort. „Wir hoffen, dass Sie uns helfen können, ihren Mörder zu finden, Dr. Westbrook."

„Ich?" Er blickte zu Jane, dann wieder zu den Detectives.

„Ich könnte mir vorstellen, dass Sie sie gut kennen. Ihre Ängste und Sehnsüchte. Ihre intimsten Geheimnisse."

„Ich war ihr Schönheitschirurg“, sagte Ian steif, „nicht ihr Psychiater.“

Stacy schaltete sich ein, wobei sie ihrem Partner einen verärgerten Blick zuwarf. „Korrigiere mich, wenn ich falsch liege, Ian, aber es erscheint nahe liegend, dass deine Patienten dir vertrauen. Schließlich sind die Gründe, weshalb sie dich aufsuchen, eher emotionaler Art, oder? Ihre Männer schauen jüngeren Frauen hinterher. Ihre Freunde mögen lieber größere Brüste. Ihre Liebhaber haben sie verlassen. Sie kommen zu dir, damit du ihnen hilfst.“

„Richtig“, gab er zu. „Zum Schönheitschirurgen geht man freiwillig. Irgendwas treibt die Patienten, ihr Äußeres verändern zu wollen. Und ja, meistens hat diese Entscheidung etwas mit emotionalen Bedürfnissen zu tun. Doch inwieweit das hilft, ein Motiv für den Mord oder den Mörder …“

Mac unterbrach ihn. „Und was trieb Elle Vanmeer an, ihr Aussehen verändern zu wollen?“

Ian runzelte die Stirn. „Elle war besessen von ihrer äußeren Erscheinung und dem Älterwerden.“

„Warum?“

Die Stimme des Detectives war auf einmal sehr unfreundlich, und Jane griff ein. „Sie muss keine Tragödie hinter sich haben, um so zu fühlen. Tagein, tagaus spreche ich mit Frauen, die von der gleichen Sache besessen sind. Schöne Frauen, die – man muss es so sagen – verzweifelt sind.“

„Aber warum ist das so?“ fragte Mac. „Mir kommt das ein bisschen verrückt vor.“

„Das ist verrückt und nicht nur ein bisschen.“ Sie verschränkte die Arme vor der Brust. „Das ist eine Reaktion auf das verdammte Wertesystem unserer Gesellschaft. Wenn Sie irgendwelche Zweifel daran haben, schlagen Sie eine Zeitschrift auf, oder machen Sie den

Fernseher an. Sehen Sie sich die Frauen an. Sie sind alle jung, dünn und schön."

„Und?"

„Und das suggeriert den Frauen, dass sie so aussehen müssen, um in unserer Kultur nicht nur Erfolg zu haben, sondern auch, um geliebt zu werden."

„Also gehen sie zum Schönheitschirurgen."

Etwas in seinem Ton brachte sie auf die Palme. „Ich wette, wenn Ihr Selbstbild an Ihre äußere Erscheinung geknüpft wäre und Sie sich mit einem von den Medien propagierten unrealistischen Ideal messen müssten, würden Sie auch alles tun, um diesem Ideal zu entsprechen. Ich wette, dass Sie verängstigt, sogar verzweifelt wären, wenn dieses Ideal immer unerreichbarer würde. Habe ich Recht, Detective? Wäre es nicht so?"

„Wir machen nur unsere Arbeit", sagte Stacy sanft. „Das ist alles."

Ian nahm Janes Hand. „Wie du weißt, Stacy, ist Jane bei diesem Thema besonders engagiert. Was sie beschrieben hat, entspricht ganz und gar Elles Gefühlen. Den Gefühlen vieler meiner Patientinnen übrigens. Elle hat über jeden Mann geschimpft, den sie sah, doch am meisten hat sie sich über das Altern beklagt. Darüber, dass sie nicht mehr so gut aussah wie früher. Ich weiß, dass euch das wenig hilft, aber so war Elle."

„Wann hast du sie zuletzt gesehen?"

„Elle? Vor einem Monat, schätze ich. Sie kam zu mir, weil sie eine Rippenresektion in Erwägung zog."

„Was ist das?"

„Bei Patienten mit einem Rippenbuckel wird in schweren Fällen eine Rippe operativ verkürzt oder gar entfernt."

„Und warum zog sie diesen Eingriff in Erwägung?"

„Sie wollte sich Rippen entfernen lassen, um ihre Figur zu verändern. Um die Taille schmaler zu machen.“

„Sie machen Witze.“ Das kam von Mac.

„In den letzten Jahren kursierten Gerüchte, dass eine Reihe von Stars das haben machen lassen. Cher. Jane Fonda. Pamela Anderson. Und andere.“

„Und Sie haben sich geweigert, diesen Eingriff vorzunehmen?“

„Selbstverständlich. Wie ich vorhin erklärte, ist eine Rippenresektion kein kosmetischer Eingriff. Die Rippen schützen wichtige Organe. Ich schlug ihr vor, über Fettabsaugen nachzudenken, was genau das ist, was Stars wie Cher für ihre schmalere Taille haben machen lassen.“

„Elle war erst zweiundvierzig“, sagte Stacy. „Das kommt mir ziemlich jung für so viele Eingriffe vor. Hat sie sie nötig gehabt?“

„Die Antwort darauf ist völlig subjektiv. Offensichtlich hatte sie das Gefühl, dass sie es nötig hatte.“

„Hattest du auch das Gefühl?“ bohrte Stacy nach.

„Das geht mich nichts an. Hätte ich sie weggeschickt, wäre sie woanders hingegangen.“

Mac schnaubte.

„Es ist so“, erklärte Ian und lehnte sich vor. „Derzeit gibt es zwei unterschiedliche Auffassungen, wann man Schönheitschirurgie anwenden sollte. Die einen sagen, man sollte mit Liften und Straffen anfangen, noch bevor die Anzeichen des Alterns zu sehen sind. Die anderen sind die Traditionalisten …“

„Die warten, bis das Altern Spuren hinterlässt.“

„Und welchem Lager gehören Sie an?“ fragte Mac.

„Ich lasse mich von den Gefühlen der Patienten leiten. Und von der Vernunft.“

„Sicher tun Sie das." Der aggressive Ton des Mannes verblüffte Jane. Sie bemerkte, dass es Ian ebenso ging. Er wirkte genervt und verkrampft.

„Hatte sie irgendwelche Probleme?" fragte Stacy leise, fast schon entschuldigend.

Guter Bulle, böser Bulle, dachte Jane. Doch warum überhaupt dieses Spiel? Warum waren sie wirklich hier?

„Keine, von denen ich wüsste."

„Männerprobleme?"

„Noch einmal, keine, von denen ich wüsste."

„Gab es jemanden in ihrem Leben?"

„Tut mir Leid, Stacy, so nah standen wir uns nicht."

„Was kannst du uns über ihre Ehemänner sagen?"

„Sie war zweimal verheiratet. Beim ersten Mal war sie sehr jung. Ich glaube, sie haben sich vor vielen Jahren scheiden lassen. Offenbar in beiderseitigem Einverständnis, soweit das überhaupt möglich ist."

„Und beim zweiten Mal?"

Er dachte einen Moment nach, als ob er sich anstrengen müsste, sich zu erinnern. „Das ist nicht so lange her. Und war nicht so einvernehmlich. Ganz und gar nicht. Aber ich kann mich nicht an die Details erinnern."

„Gab es Kinder?"

„Nein."

„Was für Leute kannte sie? Gibt es jemanden, den du als seltsam charakterisieren würdest? Als labil oder gefährlich?"

„ Elle? Auf keinen Fall. Bei ihr ging es immer ums Image. Geld war wichtig für sie. Sie mochte schöne Dinge. Ihre Ehemänner waren beide erfolgreiche, zielgerichtete Charaktere. Sie hatte Verabredungen mit Ärzten, Geschäftsmännern, solche Typen."

„Du bist auch so ein Typ."

Er versteifte sich. „Aber ich war ihr Arzt."

„Hat sie dir von ihnen erzählt? Von den Männern?"

Ian sah verlegen aus. „Manchmal habe ich sie zufällig irgendwo getroffen. Bei einer Vernissage, im Theater oder auf einer Benefizveranstaltung"

„Und sie war mit einem Mann da?"

„Ja."

„Immer mit demselben?"

„Nein. Jedes Mal mit einem anderen."

„Erinnerst du dich ...?"

„An ihre Namen?" Er schüttelte den Kopf. „Tut mir Leid."

„Als du sie das letzte Mal gesehen hast, kam sie dir da irgendwie anders vor als sonst?"

Er antwortete nicht sofort. Als er es tat, schüttelte er den Kopf. „Tut mir Leid. Es war immer dieselbe alte Elle. Ich wünschte wirklich, ich könnte euch mehr helfen."

Stacy stand auf. Mac ebenso. „Rufst du uns an, wenn dir etwas einfällt?" „

„Natürlich." Sie gingen zur Tür. Ranger kam zu ihnen getrottet. An der Tür gab Mac Ian seine Karte.

Ian sah die Karte an, dann wieder die beiden Detectives. „Ich kann kaum glauben, dass Elle tot ist. Wie ist ... Was ist passiert?"

„Tut mir Leid, Ian", antwortete Stacy. „Wir dürfen darüber nicht sprechen."

Er öffnete die Tür. „Ich verstehe. Es ist nur so ... schwer zu glauben."

Stacy blickte Jane an. „Lass uns uns bald mal treffen."

„Das wäre großartig." Jane gelang ein Lächeln. „Vielleicht zum Mittagessen."

Stacy nickte, trat hinaus, hielt inne und drehte sich um. „Ein letzte Frage noch, Ian. Ging deine Beziehung zu Elle Vanmeer in irgendeiner Weise über das Professionelle hinaus?“

„Wie bitte?“

„Ging deine Beziehung zu Elle Vanmeer in irgendeiner Weise über das Professionelle hinaus?“

„Nein“, antwortete er rasch. „Nie. Warum fragst du?“

„Um alle Möglichkeiten abzudecken, das ist alles.“

Jane starrte ihre Schwester an, eine Gänsehaut kroch ihr über den Rücken. Die Frage schien unangemessen, sie passte nicht zu den anderen. Außerdem, was hätte es für eine Bedeutung, wenn es so gewesen wäre?

Mit dem sicheren Gefühl, dass ihr die Antwort darauf nicht gefallen würde, sah sie ihrer Schwester nach.

10. KAPITEL

Montag, 20. Oktober 2003
20.25 Uhr

Es war kälter geworden, während sie im Haus gewesen waren. Stacy fröstelte und zog ihre Tweedjacke enger um sich. Aus der Elm Street drangen Jazzklänge. Ein Wagen raste vorbei, der Fahrer hupte einer jungen Frau mit stacheligen roten Haaren zu. Clown Bozo mit Titten, dachte Stacy.

Sie gingen zu Macs Ford, der am Bordstein geparkt war. Stacy ging zur Beifahrerseite und stieg ein. Sie schlugen gleichzeitig die Türen zu.

Mac blickte sie an. „Was meinst du?"

Sie schloss den Sicherheitsgurt. „Wozu?"

„Hat der gute Doktor über seine Beziehung zum Opfer die Wahrheit gesagt?"

Stacy runzelte die Stirn. „Warum sollte er nicht?"

„Da gäbe es viele Gründe. Unter Umständen." Er steckte den Schlüssel in die Zündung.

„Er hat die Wahrheit gesagt."

Mac unternahm keine Anstalten, den Wagen zu starten, sondern starrte stattdessen aus dem Fenster.

Sie warf ihm einen neugierigen Blick zu. „Was ist?"

„Als du die ihm die Frage gestellt hast, sah er seltsam aus."

„Wie seltsam?"

„Wie ein Mann, der sich bemüht, unschuldig zu wirken."

„Ist mir nicht aufgefallen."

Mac startete den Wagen und lenkte ihn auf die Straße. „Lass uns über das Video sprechen", sagte er, um das Thema zu wechseln.

Sie arbeiteten noch nicht lange zusammen, doch sie durchschaute sein Manöver trotzdem. „Was ist damit?"

„Ist dir aufgefallen, dass der Typ auf dem Band und dein Schwager der gleichen allgemeinen Personenbeschreibung entsprechen würden?"

„Sicher. Aber das trifft auf zwanzig Prozent der männlichen Bevölkerung von Dallas zu. Du greifst nach einem Strohhalm."

„Würdest du das auch sagen, wenn er nicht dein Schwager wäre?"

Ihre Wangen wurden heiß. „Er war ihr Gesichtschirurg. Er …"

„Sieh mal, niemand vom Hotel hat unseren Mann auf dem Band wiedererkannt. Wahrscheinlich war er kein Hotelgast. Das ist also eine Sackgasse. Wir müssen jeder möglichen Spur nachgehen. Dein Schwager ist ein verheirateter Mann. Verheiratet übrigens mit einer sehr vermögenden Frau. Einer, die – da bin ich sicher – nicht gerade erfreut wäre, wenn sie erfährt, dass ihr Mann außerplanmäßige Beziehungen zu einer Patientin unterhalten hat."

Sie runzelte die Stirn. „Woher weißt du von Janes Vermögen?"

„Jeder weiß das." Er bremste langsam ab, um an der Ampel Ecke Commerce und South Walton Street zum Stehen zu kommen. „Dass sie geerbt hat und du leer ausgegangen bist. Die Welt ist klein, Stacy."

„Wunderbar", murmelte sie. „Das hat mir gerade noch gefehlt."

Er warf ihr einen mitfühlenden Blick zu. „Wenn es dir hilft: Die Jungs sind deshalb so sauer. Ein paar von ihnen hatten sich vorgestellt, dass du ihnen was leihen würdest."

Letzteres sagte er mit ausdruckslosem Gesicht, doch seine Augen verrieten ihn. Sie stellte fest, dass sie ihn mochte. Und er nicht annähernd so arrogant war wie die Typen, die sie bislang als Partner hatte.

„Kein Kommentar?“ fragte er.

„Ich möchte dich nicht ermutigen. Und Sie sind *nicht* komisch, Detective McPherson.“

„Doch, bin ich. Gib es zu.“

„Werde ich nicht. Aber ich weiß es zu schätzen, dass du deine Machoallüren auf ein Minimum beschränkst.“

Er nahm die Auffahrt zur Autobahn. „Was für einen Wagen fährt dein Schwager?“

„Einen Audi TT Roadster. Kirschrot. Warum?“

„Wir haben genug Zeit, lass uns beim La Plaza vorbeifahren. Wir befragen die Hoteldiener zu seinem Wagen und seinem Kennzeichen.“

„Du hast dich da in etwas verrannt“, sagte sie.

„Ich geh nur allen Spuren nach. Das tätest du auch, wenn du nicht persönlich involviert wärst.“

Die Hoteldiener notierten das Kennzeichen jedes Wagens, den sie parkten. Sie gingen zwar davon aus, dass der Mörder so klug war, das zu wissen, aber es war trotzdem einen Versuch wert.

„Gut. Dann los.“

Sie brauchten nicht lange bis zum La Plaza, parkten und sprachen mit beiden Hoteldienern. Der eine hatte am gestrigen Abend Dienst, der andere frei gehabt.

Während Stacy Andrew befragte, der den Abend vorher gearbeitet hatte, war Mac mit dem zweiten unterwegs, um die Eintragungen zu kontrollieren.

„Erinnern Sie sich an einen roten Audi TT Roadster, der letzte Nacht irgendwann zwischen halb elf und elf kam?“ fragte sie.

Er dachte kurz nach, schüttelte dann den Kopf. „Tut mir Leid,

Detective. So ein Wagen fällt hier überhaupt nicht auf. Solche haben wir dauernd, tagein, tagaus. Dieser dagegen …" – er deutete auf Macs Ford – „fällt auf."

Sie versuchte es anders. „Haben Sie einen großen Mann bemerkt, lederne Bomberjacke, Baseball-Mütze?"

Er blinzelte, als ob er sich bemühte, Details des gestrigen Abends abzurufen. „Ich weiß nicht … vielleicht, ja. Ich glaube, ja."

Ihr Herzschlag beschleunigte sich. „Würden Sie ihn wiedererkennen, wenn Sie ihn noch mal sähen? Oder könnten Sie ihn auf einem Foto identifizieren?"

„Tut mir Leid. Sein Gesicht habe ich nicht gesehen."

Natürlich nicht. Dieser Typ ist cleverer als der Durchschnittstölpel. Er hat alles genau durchdacht.

„Können Sie mir sagen, ob er blond war? Braun? Rothaarig?"

Ein schwarz schimmernder Jaguar stoppte; Andrew blickte hin. „Da bin ich nicht sicher. Wie gesagt, ich konnte ihn nicht …" Die Beifahrertür des Jaguars öffnete sich. „Ich muss zu dem Wagen."

„Gehen Sie schon." Sie gab ihm ihre Karte. „Und falls Sie sich noch an irgendwas erinnern, rufen Sie mich bitte an. Tag und Nacht, versprochen?"

„Mache ich."

„Hey!" rief sie ihm hinterher. Er stoppte und drehte sich um. „Wer hat letzte Nacht mit Ihnen Dienst gehabt?"

„Danny Witt."

Stacy sah ihm kurz hinterher und wandte sich um, als sie ihren Namen hörte. Mac kam auf sie zu. „Und?" fragte sie, als er sie erreicht hatte.

„Falls der Doktor hier war, hat er nicht parken lassen. Hast du was rausbekommen?"

„Andrew glaubt sich an unseren Mann zu erinnern, hat aber sein Gesicht nicht gesehen."

„Mist. Wer ist dieser Typ? Houdini?"

„Nein, er ist einfach nur schlau." Sie machten sich auf den Weg zum Ford. Stacy sah auf die Uhr. „Wann soll der Flieger mit Vanmeers Ex ankommen?"

„22.42 Uhr. Flug Nummer 1362. American Airlines."

„Passt genau."

Sie stiegen in den Wagen und fuhren zum Flughafen Fort Worth. Es herrschte wenig Verkehr, und sie schafften die Strecke in zwanzig Minuten. Sie erreichten die Halle rechtzeitig genug, um sich einen Hotdog und eine Cola zu genehmigen.

Stacy trank gerade aus, als die Ankunft des Miami-Flugs ausgerufen wurde.

Elle Vanmeers Ex-Mann war einer der Ersten, die aus dem Flugzeug stiegen. Business-Class, dachte Stacy. Nach allem, was Mac über ihn erzählt hatte – vermögender Geschäftsmann in Sachen Öl, Energie und Technologie –, hatte sie nichts anderes erwartet.

Er war in Begleitung einer äußerst attraktiven Blondine, die mindestens dreißig Jahre jünger war als er. Auch das war keine Überraschung. Beide sahen aus, als ob sie zu viel Sonne abbekommen hätten – und zu viel Champagner.

Stacy zog ihre Marke heraus und trat ihm in den Weg. „Mr. Hastings?"

Er blieb stehen, musterte aufmerksam ihre Marke und dann die von Mac. Seine Augen verengten sich, und seine Miene wurde kaum merklich wachsam.

„Charles Hastings", sagte er. „Kann ich Ihnen helfen?"

„Detective Killian, Dallas Police Department. Dies ist mein

Partner Detective McPherson. Wie müssen Ihnen einige Fragen stellen."

„Worüber?"

„Könnten Sie bitte hier mit herüberkommen?"

Er sah verärgert aus. „Liebling", sagte er zu der Frau, „geh doch schon mal zum Gepäckband. Ich treffe dich dort."

Die Frau nickte, warf Stacy einen ungnädigen Blick zu und stolzierte los. Stacy und Mac führten den Mann in eine ruhige Ecke.

„Wir müssen Ihnen einige Fragen zu Ihrer Ex-Frau stellen."

Er zog eine Augenbraue hoch. Offensichtlich hatte es mehr als eine Mrs. Hastings gegeben.

„Elle Vanmeer."

„Elle?" Er gab einen spöttischen Laut von sich. „Ich kann mir nicht vorstellen, warum."

„Wann haben Sie das letzte Mal mit ihr gesprochen?"

„Daran erinnere ich mich nicht."

„Sie erinnern sich nicht an das letzte Mal, als Sie mit Ihrer Ex-Frau gesprochen haben?" wiederholte Stacy ungläubig. „Das finde ich seltsam."

„Ich finde Ihre Fragen seltsam. In was ist diese Frau nun schon wieder geraten?"

Die Haltung des Mannes missfiel ihr, sie ignorierte seine Frage. „Wenn es Ihnen lieber ist, können wir in der Stadt weiterreden. In der Polizeidirektion."

„Rufen Sie morgen meinen Anwalt an. Ich bin müde, ich gehe nach Hause."

Er machte Anstalten zu gehen, als Mac sich ihm in den Weg stellte. „Ihre Ex-Frau ist tot, Mr. Hastings. Sie wurde ermordet. Letzte Nacht."

Etwas flackerte kurz in seinem Gesicht auf, war dann verschwunden. „Und was hat das mit mir zu tun?"

„Das sollen Sie uns sagen."

„Ich war zehn Tage lang auf einem Segeltörn. Ich kann mich nicht einmal erinnern, wann ich die Frau zum letzten Mal gesehen habe. Offensichtlich hat es also nichts mit mir zu tun, und ich sehe wirklich nicht ein …"

Stacys Augen wurden schmal. Er hatte eine Arroganz, die nur Menschen mit Geld verströmen konnten. Mit sehr viel Geld. Und genau deswegen gab sie nicht nach. „Wie ich sehe, sind Sie von der ganzen Sache zutiefst betroffen."

Der Mann stieß verärgert die Luft aus. „Der größte Fehler, den ich je gemacht habe, war, diese Frau zu heiraten. Nicht auf einem Ehevertrag zu bestehen grenzte an geistige Verwirrung."

„Und warum haben sie es getan, Mr. Hastings?" hakte Stacy nach. „Sie geheiratet?"

Er musterte sie abschätzend. Sie hatte den Verdacht, dass er sie für ziemlich dumm hielt. „Elle konnte … Dinge tun, die niemand sonst konnte."

„Dinge?"

„Ja, Dinge. Mit ihrem Körper. Und meinem. Ich dachte, sie zu heiraten würde bedeuten, dass sie diese Dinge nur noch mit mir tun würde."

„Doch das war nicht der Fall?"

„Elle war sexsüchtig und eine notorische Lügnerin." Er schaute voller Verlangen in die Richtung, in die seine Begleitung verschwunden war, und dann wieder zu ihnen. „Hören Sie, Detectives, Elle war eine egozentrische, oberflächliche Nutte. Dass sie tot ist, bedeutet für mich keinen großen Verlust. Für die Menschheit auch nicht."

„Warum sagen Sie nicht, was Sie wirklich denken, Mr. Hastings?"

Der Mann sah Stacy eisig an. „Ich schätze Ihren Sarkasmus nicht sonderlich, Detective."

Mac trat dazwischen. „Haben Sie eine Idee, mit was für Leuten sie zu tun hatte?"

„Nein."

„Hatte sie Feinde?"

„Ich hatte keinen richtigen Kontakt mit ihr seit der Scheidung. Doch so wie ich Elle kenne, hat sie einige Leute reingelegt. Fragen Sie rum."

„Das werden wir tun", murmelte Mac. „Danke für Ihr Entgegenkommen." Er reichte dem Mann eine Visitenkarte. „Wenn Ihnen was einfällt, rufen Sie uns an."

Hastings blickte auf die Karte und stopfte sie dann in die Hemdtasche. „Sie wollen etwas über meine Ex wissen. Warum sprechen Sie nicht mit ihrem Schönheitschirurgen? Während unserer Ehe hat sie mehr Zeit mit ihm als mit mir verbracht. In der Praxis und im Bett."

Stacy hatte das Gefühl, als ob man sie ins Gesicht geschlagen hätte. Sie blickte zu Mac.

„Kann ich jetzt gehen?"

Sie bejahten. Als er fortging, begriff Stacy, dass Janes Leben mit diesem Gespräch eine Wendung zum Schlechteren genommen hatte.

11. KAPITEL

Dienstag, 21. Oktober 2003
1.15 Uhr

Das nicht enden wollende Klingeln des Telefons holte Stacy aus dem Tiefschlaf. Sie fummelte nach dem Hörer, zog ihn dann ans Ohr. „Killian hier."

„Aufstehen und lächeln, Detective."

Sie setzte sich auf. „Pete?"

„Wer sonst. Ich habe dir einen nächtlichen Anruf versprochen, und hier ist er. Möchtest du bis morgen warten?"

„Verdammt, nein." Sie schüttelte den letzten Rest Schlaf ab. „Was hast du?"

„Die Todesursache ist Ersticken. Keine große Überraschung. Der Täter hat viel stärker zugedrückt als nötig, um sie zu töten. Das beweisen die schweren Quetschungen und der Bruch des Zungenbeins. Den Zeitpunkt des Todes setze ich bei 23 Uhr an, ein paar Minuten mehr oder weniger."

„Was ist mit Sex?"

„Nein danke, ich hatte einen harten Tag."

„Sei kein Idiot."

„Das hast du verdient. Und nein, keinerlei Anzeichen von Geschlechtsverkehr."

Mist. Das war's mit der simplen DNA-Analyse. „Irgendwas anderes?"

„Keine Medikamente, keine Drogen. Kein Anzeichen von Krankheiten. Wenn sie nicht tot wäre, befände sie sich in bester gesundheitlicher Verfassung."

Die Glückliche. „Du denkst, der Täter ist ein Mann?"

„Den schweren Quetschungen nach zu urteilen, ja. Oder eine verdammt kräftige Frau. Eine Sache ist noch ganz interessant. Ich schätze, dass unser Täter Linkshänder ist. Die Quetschungen auf der rechten Seite ihres Halses waren stärker, was darauf hinweist, dass die linke seine kräftigere Hand war."

Stacy wechselte den Hörer von ihrer linken in die rechte Hand. „Bist du sicher?"

„Ganz und gar nicht, das ist nur eine begründete Vermutung. Wie der ganze Rest. Kann ich jetzt nach Hause und ins Bett?"

„Wenn ich den Bericht morgen früh bekomme?"

„Nach zehn."

„Ich seh dich um halb neun."

„Killia…"

„Sieh zu, dass du ins Bett kommst, Pete, sonst fühlst du dich morgen früh wie gerädert."

Sie legte auf und wählte die Nummer ihres Partners.

Nach dem dritten Läuten meldete er sich mit verschlafener Stimme. „Ja?"

„Mac, hier ist Stacy. Pete hat den Autopsiebericht."

Sie vernahm ein Rascheln, dann etwas, das sich nach einer Frau anhörte. „Wie spät ist es?"

„Zwanzig nach eins."

„Um Himmels willen, Stacy, es ist mitten in der Nacht."

„Störe ich bei etwas Angenehmem?"

„O ja, ich habe gerade geträumt, dass ich meinen Scheißjob aufgebe und in Pension gehe, solange ich noch jung bin."

„Nun, tu das, wenn wir diesen Fall geknackt haben."

„Wir?" Sie konnte das Lächeln in seiner Stimme hören. „Fängst du jetzt tatsächlich an, mich als deinen Partner zu betrachten?"

Als ihr aufging, dass sie genau das tat, wurde sie sachlich. „Schlaf schnell, McPherson. Polizeidirektion, 7 Uhr. Ich bringe Kaffee mit.“

12. KAPITEL

Dienstag, 21. Oktober 2003
11.45 Uhr

Jane stand vor dem Gebäude der Stadtverwaltung und starrte die Art-déco-Fassade hinauf. Sie hatte letzte Nacht nicht gut geschlafen, sich hin und her geworfen, während ihr die Ereignisse des Tages durch den Kopf gingen: Daves Ratschlag, die Erkenntnis, wie zerrüttet ihr Verhältnis zu Stacy war, der Besuch ihrer Schwester am Abend. Der Anlass dafür.

Ging deine Beziehung zu Elle Vanmeer in irgendeiner Weise über das Professionelle hinaus?

Die Frage war angebracht. Stacy hatte nur alle Möglichkeiten abdecken wollen, wie sie es auch gesagt hatte. Schließlich war das der Job ihrer Schwester. Fragen zu stellen. Die Antworten zu prüfen, die Puzzleteile zusammenzufügen, das Verbrechen aufzuklären. Sie macht nur ihren Job, sagte sie sich erneut. Es hatte nichts zu bedeuten.

Und warum hatte sie die Frage dann so aus der Fassung gebracht? Sie bis in den Schlaf verfolgt und gequält?

Die so sachlich ausgesprochenen Worte ihrer Schwester gingen ihr wieder durch den Kopf.

Ging deine Beziehung zu Elle Vanmeer in irgendeiner Weise über das Professionelle hinaus?

Hatte sie es sich nur eingebildet, oder war Ian durch die Frage verunsichert gewesen? Hatte kurz ein schlechtes Gewissen in seinen Augen aufgeblitzt, bevor er die Frage verneinte?

Sie wusste, dass ihr Mann früher kein Heiliger gewesen war. Er war sogar kurz verheiratet gewesen, mit einer Frau namens Mona

Fields. Gut aussehend, erfolgreich und in einer Branche tätig, die Frauen – schöne Frauen – anzog, hatte Ian viele Affären gehabt. Das hatte er ihr gestanden. Von sich aus.

Warum also sollte er jetzt die Wahrheit leugnen? Weil die Frau eine Patientin war? Oder weil sie tot war?

Das Bild ihres Alptraums stieg in ihr auf, verschlug ihr den Atem.

Der Fahrer des Boots, der umdreht, um noch einmal auf sie zuzuhalten. Um es zu beenden.

Nein. Sie stand nicht kurz davor, ihr Glück zu verlieren. Das zu glauben war irrational. Ein Symptom des Traumas, das sie erlitten hatte. Sonst nichts.

Ian hatte nicht gelogen. Er war kein Lügner. Höchstwahrscheinlich hatte ihn die Frage nicht weniger überrascht als sie. Sie hatte ihm Stoff zum Nachdenken gegeben – ebenso wie ihr.

Jetzt, dachte sie und fühlte eine gewisse Erleichterung, habe ich meiner Angst ins Gesicht geschaut. Dem Anlass dafür. So wie Dave es mir geraten hat.

Dave hatte ihr auch geraten, mit ihrer Schwester über ihre Beziehung zu sprechen. Ihr die Hand zu reichen.

Doch deswegen war sie nicht hier. Jedenfalls nicht nur.

Jane atmete tief durch und stieg die Treppe hinauf. Sie wollte herausbekommen, worauf ihre Schwester hinauswollte – falls sie auf etwas hinauswollte.

Und falls nötig, wollte sie ihr beweisen, dass sie auf dem falschen Dampfer war.

Oben an der Treppe hielt ihr ein Polizist, der das Gebäude gerade verließ, die Tür auf. Sie dankte ihm und trat in die schwach beleuchtete, warme Halle. Wie Ameisen wuselten die Besucher durcheinander, und sie bahnte sich ihren Weg durch die Menschen, die in Schlangen darauf warteten, ihre Strafzettel zu bezahlen, und nahm Kurs auf den Informationsschalter.

Zwar hatte Jane ihre Schwester schon früher besucht, doch das war lange her. Sie begrüßte den uniformierten Angestellten. „Ich möchte zu Detective Killian im Morddezernat."

„Name?"

„Jane Westbrook. Ihre Schwester."

Der Mann war dürr wie ein Skelett und trug einen geschmacklosen Schnurrbart. Er musterte sie von oben bis unten, als suche er nach einer Familienähnlichkeit. „Einen Augenblick." Er griff zum Telefon, wählte und drehte ihr dann den Rücken zu, als er fragte, ob er sie hochschicken könne. Als er die Erlaubnis hatte, legte er auf und deutete auf die Fahrstühle, die sich direkt um die Ecke befanden. „Nehmen Sie den Fahrstuhl in den dritten Stock. Folgen Sie den Zeichen."

„Danke", sagte Jane, obwohl sich der Mann schon dem nächsten Ratsuchenden zugewandt hatte. Sie ging um die Ecke zu den Fahrstühlen. An die mit Sternen verzierten silbernen Türen erinnerte sie sich noch von ihrem letzten Besuch, ihre Pracht stand im Kontrast zu dem schäbigen, gewöhnlichen Eindruck, den der Rest des Gebäudes machte.

Sie drückte den Knopf, kurz darauf kam ein Aufzug. Die Türen glitten auf. Als sie hineintrat, fing ihr Herz an zu hämmern, ihre Handflächen wurden feucht. Wann hatte sie sich eigentlich das letzte Mal bei ihrer Schwester blicken lassen?

An dem Tag, als ihre Großmutter starb. Was für eine Katastrophe dieser Besuch gewesen war.

Der Aufzug hielt im dritten Stock, die Türen öffneten sich. Stacy stand davor und wartete auf sie. Sie blickte misstrauisch.

„Hallo, Stacy." Jane schauderte, als sie den Ton in ihrer Stimme wahrnahm. Sie klang schuldbewusst. Wie ein Kind, das mit der Hand in der Keksdose erwischt wird. Sie trat aus dem Fahrstuhl und registrierte, wie sich die Türen hinter ihr schlossen.

„Ist alles in Ordnung?“ fragte Stacy.

„Wunderbar. Ich habe mich nur gefragt, ob du vielleicht mit mir Mittag essen willst.“

„Mittag essen?“ wiederholte ihre Schwester. „Du und ich?“

„Warum nicht? Ich weiß aus vertrauenswürdigen Quellen, dass Schwestern das tun.“

„Manche Schwestern. Wir haben uns seit mindestens einem Jahr nicht mehr zum Lunch getroffen.“

„Vielleicht möchte ich das ändern.“

„Ich kann nicht“, sagte Stacy kurz. „Bedaure.“

Sie klang alles andere als bedauernd. Jane wollte nicht aufgeben. „Wie wär’s dann mit einer Tasse Kaffee?“

Stacys Mund verzog sich zu etwas, das einem Lächeln ähnelte. „Ich schätze, das könnte ich einrichten. Komm mit, ich gebe einen aus.“

Stacy führte Jane durch eine Tür, auf der „Morddezernat“ stand. „Irgendjemand in Verhörraum eins?“ fragte sie die Kaugummi kauende Sekretärin.

„Nein.“ Die junge Frau musterte Jane neugierig.

Stacy ignorierte sie. „Dann bin ich dort.“

Nachdem sie zwei Plastikbecher mit der schlammig aussehenden Brühe aus der Gemeinschaftskanne eingegossen hatte, gingen sie in den Verhörraum. Stacy schloss die Tür hinter ihnen. Sie deutete auf den einzigen Tisch im Raum, der außer diesem und zwei Stühlen kein weiteres Mobiliar enthielt.

Sie gingen hinüber, auch wenn sich keine von ihnen setzte. Sie sahen einander an, umklammerten ihre dampfenden Becher.

Schweigen breitete sich zwischen ihnen aus. Unangenehm. Zermürbend.

„Wie geht es dir?“ fragte Jane schließlich.

„Gut. Und dir?“

„Großartig. Ich bin aufgeregt wegen meiner Ausstellung.“

„Du bist sehr erfolgreich. Ich freue mich für dich.“

„Ich wünschte, ich könnte das glauben.“

„Warum sollte ich mich nicht für dich freuen?“

Ihre ruhig ausgesprochenen Worte klangen mehr wie eine Herausforderung als wie einer Frage. Doch eine Herausforderung wozu? Zu beweisen, dass sie Recht hatte? Oder das Gegenteil?

Ihre Beziehung war keine Einbahnstraße, ermahnte sich Jane. So wie Dave es gesagt hatte. Sie war ebenso verantwortlich für die Spannung zwischen ihnen wie Stacy.

Und es würde kein bisschen besser werden, bevor nicht eine von ihnen aufrichtig war.

Jane stellte ihren Kaffee ab, ging zu ihrer Schwester und baute sich direkt vor ihr auf. „Wann hat sich unser Verhältnis so verschlechtert, Stacy? Wann ist es so schwierig für uns geworden, überhaupt miteinander zu sprechen?“

„Dieser Mordfall lenkt mich ab.“

„Was war vor zwei Tagen? Und zwei Tage davor? Wir benehmen uns wie Fremde, die sich misstrauen.“

Als ihre Schwester nicht antwortete, fuhr Jane fort. „Früher waren wir einander nahe. Oder nicht?“

Ihre Schwester wirkte verlegen. „Ich schätze, ja. Aber wir haben uns auseinander entwickelt. Vielen Geschwistern geht das so.“

„Ich bedaure, was Großmutter getan hat.“

„Ich hab ihr Geld nicht gewollt.“

Stacy hatte ihre Liebe gewollt. Jane legte eine Hand auf den

Arm ihrer Schwester, weil sie sich nach einer Berührung sehnte. „Sie hatte Unrecht. Du bist ebenso sehr Dads Tochter wie ich."

Stacy stellte ihren Becher auf den Tisch. „Ich muss wieder an die Arbeit."

„Warte! Bitte, Stacy." Jane wunderte sich selbst über die Verzweiflung in ihrer Stimme und fragte sich nach dem Grund. „Was Großmutter dachte und fühlte, hat nichts mit uns zu tun. Mit dir und mir. Wir sind alles, was uns geblieben ist."

„Das ist nicht ganz richtig, oder? Du hast Ian."

Jane empfand die Worte ihrer Schwester wie eine Ohrfeige. Sie zog die Hand zurück, machte einen Schritt nach hinten. „Das ist nicht das Gleiche. Du bist meine Schwester. Meine Familie."

„Halbschwester."

„Tu das nicht, tu nicht so als ob ..."

Stacy unterbrach sie. „Du bist so eine Heuchlerin, Jane. Du stehst hier und sprichst von schwesterlicher Liebe und Besorgnis, dabei kenne ich doch den wahren Grund, warum du gekommen bist. Du bist beunruhigt wegen gestern Abend. Wegen der Fragen, die wir Ian gestellt haben. Insbesondere wegen einer Frage."

Ging deine Beziehung zu Elle Vanmeer in irgendeiner Weise über das Professionelle hinaus?

„Wie hättest du es gern?" forderte Stacy sie heraus. „Willst du ehrlich sein? Oder dich lieber dumm stellen? So tun, als ob es dir gestern nicht die Sprache verschlagen hätte?"

Angesichts des Sarkasmus in der Stimme ihrer Schwester stieg die Zornesröte in Janes Gesicht. Sie streckte das Kinn vor. „Und was, wenn er und diese Frau etwas miteinander gehabt hätten? Sogar miteinander geschlafen hätten? Das hat nichts mit der Gegenwart zu tun, mit unserer Ehe. Und es hat mit Sicherheit nichts mit dem Tod der Frau zu tun."

„Bist du da so sicher?"

„Ja."

„Wie gut kennst du deinen Mann, Jane?"

„Wie bitte?"

Stacy beugte sich zu ihr vor. „Vielleicht kennst du ihn nicht so gut, wie du denkst."

Jane wurde schwindlig. Sie wandte sich um, sah einen Stuhl und setzte sich ein wenig schwankend. Als sie sich erholt hatte, blickte sie ihre Schwester an.

„Ian hat mit dem Mord an der Frau nichts zu tun. Das ist unmöglich, und ich bin sicher, du weißt das."

„Und dieser Glaube basiert worauf? Wunschdenken?"

„Du kennst Ian."

„Menschen haben ihre Geheimnisse. Sie verbergen ihr Inneres. Verbergen ihre wahren Motivationen und Absichten."

„Ihre wahren Gefühle", fügte Jane hinzu und lenkte das Gespräch wieder zurück auf ihr Verhältnis. „Ihre verletzten Gefühle."

„Dafür habe ich jetzt keine Zeit."

Stacy machte Anstalten zu gehen, als Jane sie aufhielt. „Er war vorletzte Nacht zu Hause. Bei mir. Die ganze Nacht."

Stacys Augen wurden schmal. „Bist du sicher?"

„Ja. Zufrieden?"

Jane konnte sehen, dass sie es nicht war. Nun, damit musste sie wohl leben. „Um auf deine frühere Frage, oder besser deine Anschuldigung, zurückzukommen: Ja, du und dein Partner habt mich gestern Abend beunruhigt. Diese Frage hat mich beunruhigt. Und ja, ich bin hier, um mich beruhigen zu lassen. Doch nur zum Teil. Du bist meine Schwester. Und bis eben dachte ich noch, dass das, was zwischen uns nicht stimmt, aus der Welt zu schaffen wäre. Nun bin ich nicht mehr so sicher."

„Guter Versuch, Jane. Und dieses Theater, als ob du beinahe ohnmächtig werden würdest, das war gut. Für einen Augenblick habe ich mir tatsächlich Sorgen gemacht."

„Warum bist du so hart, Stacy? Warum hasst du mich so? Wenn es nicht wegen Großmutter ist – ist es dann wegen Ian? Weil du dich zuerst mit ihm getroffen hast?"

Die Wangen ihrer Schwester röteten sich. „Vielleicht liegt es nur an dir und mir. Daran, dass wir nichts gemeinsam haben."

„Aber das haben wir. Wir haben ein gemeinsames Leben." Jane stand zitternd auf. „Ich bin schwanger, Stacy. Ich dachte, das würde dich interessieren."

Ihre Schwester starrte sie an, die Farbe wich aus ihrem Gesicht. „Schwanger", wiederholte sie. „Wie weit …"

„Achte Woche." Jane legte sich ihre Handtasche über die Schulter. „Welche Gründe es auch haben mag, ich weiß, dass du dich nicht mit mir freuen kannst. Und weißt du, was? Es bricht mir das Herz, aber ich kann nichts tun, solange du nicht bereit bist, mir auf halber Strecke entgegenzukommen. Wenn du bereit dazu bist, weißt du ja, wo du mich findest."

Stacys Schweigen sagte alles. Ohne ein weiteres Wort ging Jane hinaus.

13. KAPITEL

Dienstag, 21. Oktober 2003
11.55 Uhr

Stacy stand im Eingang des Verhörraums und sah Jane hinterher. Sie widerstand dem Impuls, ihr zu folgen. Sich zu entschuldigen. Ihre Beziehung in Ordnung zu bringen.

Wann *hatte* sich ihr Verhältnis so verschlechtert? Als Kinder waren sie beste Freundinnen gewesen. Die liebste Spielkameradin der anderen. Ihr Verhältnis wurde anders, als sie zu Teenagern heranwuchsen. Jane war Stacy und ihren Freunden hinterhergelaufen und hatte in dem Bemühen dazuzugehören, immer versucht, sie zu beeindrucken.

Genauso wie an jenem Tag am See. Dem Tag, der alles verändert hatte.

Stacy runzelte die Stirn. Jane hatte Recht: Sie war gemein zu ihr gewesen, vorsätzlich grausam. Warum? War sie wirklich so wütend auf sie? War sie eifersüchtig?

Schwanger. In der achten Woche.

Sie fühlte die Sehnsucht in ihrer Brust. Und das Feuer des Neids tief in der Magengrube. Für ihre Schwester ging immer alles gut aus. Sogar der Unfall schien ihr Leben zum Besseren verändert zu haben.

„Entwickelst du gerade ein Heilmittel gegen Krebs?"

Sie wandte den Kopf und entdeckte Mac, der wenige Meter neben ihr stand und sie nachdenklich ansah. „Was?"

„Du scheinst ziemlich in Gedanken versunken zu sein."

Sie rang sich ein kleines Lächeln ab. „Tatsächlich – überwiegend in Erinnerungen."

Er trat näher. „Dann hatte die Gerüchteküche Recht. Deine Schwester war im Haus."

„Nicht nur im Haus." Stacy tat so, als ob ihr schauderte. „Sie war *hier*."

„Sie hat nicht einmal vierundzwanzig Stunden gewartet, bevor sie hier hereinstürmt, um sich beruhigen zu lassen. Gut. Das heißt, dass wir ihn wirklich erschreckt haben müssen."

Stacy ertappte sich dabei, das abstreiten zu wollen, obwohl sie gar nicht wusste, warum. Schließlich hatte sie ihrer Schwester eben genau dasselbe vorgeworfen. „Eigentlich ist sie wegen einer anderen Sache vorbeigekommen, die damit gar nicht zu tun hat."

Er schien auf Details zu warten. Als nichts kam, runzelte er die Stirn. „Wir müssen miteinander reden."

„Sicher." Stacy warf ihren Becher in den Papierkorb. „Mein Schreibtisch oder deiner?"

„Wie wär's mit hier?"

Er deutete auf den Verhörraum. „Meinetwegen."

Er folgte ihr und schloss die Tür. „Mir ist heute Morgen etwas zu Ohren gekommen. Ich muss dich fragen, ob es stimmt."

Sie kniff die Augen zusammen. „Okay."

„Bist du mit Ian Westbrook ausgegangen?"

Liberman, der Speichellecker. Ihr Ex-Partner. Sie hatte den Fehler gemacht, ihm zu vertrauen. *Früher*. „Wir waren ein paar Male aus. Es war nichts Ernstes."

„Du hast ihn mit deiner Schwester bekannt gemacht. Er hat dich fallen lassen und sich dann mit ihr getroffen. Ist das richtig?"

„Wenn das heißen soll, dass er mir das Herz gebrochen hat, nein. So war es nicht."

„Nein? Wie war es denn?"

„So, wie ich sagte. Wir hatten Spaß miteinander, aber der Funke sprang nicht über."

„Das glaube ich nicht."

Zornesröte stieg ihr ins Gesicht. „Ich bin keine Lügnerin, Mac. Mach diesen Fehler nicht noch einmal."

„Tatsächlich glaube ich, dass er derjenige ist, der lügt. Hast du dich je gefragt, warum er dich für deine Schwester hat fallen lassen, Stacy?"

„Worauf willst du hinaus?"

Er lehnt sich nach vorn. „Er hat dich ihretwegen verlassen, weil sie diejenige mit dem Geld ist."

Tatsache war, dass sie sich das damals auch eingeredet hatte. Sich damit getröstet hatte.

Doch sie war wütend und verletzt gewesen. Sie hatte es nicht wirklich geglaubt. Nicht, nachdem sie die beiden zusammen gesehen hatte.

Konnte diese Zusammengehörigkeit gespielt sein? Konnte Ian nur so vernarrt getan haben? So rettungslos verknallt?

Wohl kaum.

„Ian liebt Jane. Da bin ich sicher. Außerdem ist Ian Schönheitschirurg. Ein erfolgreicher Schönheitschirurg. Warum sollte er es nötig haben, sich als Mitgiftjäger zu betätigen?"

„Wir reden hier über ein Vermögen. Ein Ihr-könnt-mich-allemal-Vermögen. Geld, das Westbrook in einem ganzen Leben voller Silikonjobs nicht verdienen könnte."

Stacy presste nachdenklich die Lippen zusammen. So hatte sie es noch nie betrachtet. Ein Ihr-könnt-mich-alle-mal-Vermögen: genug, um sich von niemandem mehr etwas gefallen lassen zu müssen. Genug, um alles zu bekommen, was er wollte.

Durch die Heirat mit Jane hatte Ian den Jackpot geknackt.

Ich bin schwanger, Stacy. In der achten Woche.

Unbehagen überkam sie, eine Art dumpfe Vorahnung.

„Ich denke, wir sollten Westbrooks Sekretärin einen Besuch abstatten“, fuhr Mac fort. „Sie nimmt seine Anrufe entgegen, sortiert seine Mails und macht seine Termine. Anders gesagt, sie weiß alles, was in der Praxis vor sich geht. Wenn der Doktor ein Techtelmechtel mit Elle Vanmeer hatte, dann wette ich, dass sie davon weiß.“

„Mein Bauch sagt mir, dass du auf dem falschen Dampfer bist.“

Er senkte die Stimme. „Wie hast *du* ihn kennen gelernt, Stacy?“

Sie zögerte, weil sie wusste, wie vernichtend die Antwort war. „In einer Sprechstunde“, gab sie zu. „Aber ich war keine Patientin. Und er war nicht verheiratet.“

Als er sie einfach nur ansah, gab sie einen verärgerten Laut von sich. „Warum bist du so sicher, dass Ian Dreck am Stecken hat?“

„Warum bist du so sicher, dass es nicht so ist? Vanmeers Exmann hat gesagt, dass Westbrook mit Elle im Bett war. Das waren seine Worte. Und Westbrook ist die heißeste Spur, die wir haben. Ich finde, wir sollten dem nachgehen.“

Als sie nicht antwortete, drängte er weiter. „Bist du Polizistin, Stacy? Oder Westbrooks Schwägerin? Beides kannst du nicht sein.“

Verdammt, er hat Recht.

„Gut“, sagte sie. „Lass uns anrufen.“

14. KAPITEL

Dienstag, 21. Oktober 2003
17.15 Uhr

Jane summte leise, als sie aus ihrem Atelier in die Wohnung hochging. Sie hatte Abdrücke von Annes Gesicht, ihren Schenkeln, ihrer Scham, der rechten Hüfte, Schulter und Brust genommen. Ted hatte versprochen, so lange zu bleiben, bis sie für das Metall vorbereitet waren. Die Zeit drängte, und wenn sie *Anne* in die Ausstellung aufnehmen wollte, musste sie morgen den nächsten Arbeitsschritt in Angriff nehmen.

Die Bearbeitung war einfach, fast zu einfach. Tatsächlich hatte man sie wegen dieser Einfachheit schon kritisiert. Sie nahm die Abdrücke in Gips. War der getrocknet, wurden raue Oberflächen geglättet, kleine Löcher und Bläschen aufgefüllt und ebenfalls geglättet. Wenn die Abdrücke fertig vorbereitet waren, schmolz sie mit einem Schweißbrenner Lötdraht und tropfte das flüssige Metall in den Abdruck. Keine Gießerei, kein Feinguss, keine Spritzerei, keine Zentrifuge, keine Hebevorrichtungen, Flaschenzüge oder Ähnliches.

Auf der Hochschule hatte sie herkömmliche Metallgusstechniken angewandt. Ihre massiven Arbeiten hatten ein riesiges Atelier erfordert, eine ganze Gießerei und die Hilfe mehrerer Kommilitonen, um die einzelnen Teile zusammenzufügen.

Sie hatte diese Arbeitsweise als sehr hinderlich empfunden. Sie war mit ihren Visionen nicht zu vereinbaren.

Über ihre jetzige Methode war Jane gestolpert, als sie nach dem Tod ihrer Mutter deren Brautschleier aus Spitze gefunden hatte. Als sie den Schleier anprobierte, war sie begeistert gewesen von dem Effekt, wie ihre Gesichtszüge durch die Spitze gebrochen wurden.

Das hatte sie neugierig gemacht. Sie hatte sich gefragt, wie sie bei ihrer Arbeit den gleichen Effekt herbeiführen konnte.

Nach mehreren Jahren voller Versuche und Fehlschläge hatte sie sich auf das Lötmittel verlegt.

Wenn es ihrer Arbeitsweise auch an technischen Apparaten fehlte, so machte sie das durch den reinen Zeitaufwand wett. Nicht nur, dass sie ihre Skulpturen Tropfen für Tropfen gestaltete, sie hielt auch alle paar Augenblicke inne, um den Fortgang abzuschätzen und das entstehende Bild zu begutachten.

Das Material, eine Legierung aus Zinn, Blei und – in diesem Fall – Silber, sorgte dafür, dass das fertige Werk schön schimmerte und leichter als Bronze, aber trotzdem genauso haltbar war. Die Oberfläche konnte poliert oder mit einer Patina versehen werden.

Als Jane die Wohnung betrat, stürmte Ranger schwanzwedelnd auf sie zu.

„Hey, Kumpel“, sagte sie und kraulte ihn hinter den Ohren. „Hattest du einen schönen Tag?“

Er blickte sie ergeben an. „Wie wär's mit einem Spaziergang, bevor Ian kommt?“

„Zu spät. Ich bin schon da.“

„Ian?“ Stirnrunzelnd blickte Jane auf die Uhr und ging in die Küche. Sie fand ihren Mann, wie er am Panoramafenster stand und auf die Skyline von Dallas starrte. Ihr Loft bot einen freien Blick auf den Chase Tower, der wegen seiner originellen, Aufsehen erregenden Aussparung in der Mitte auch Schlüsselloch genannt wurde. Nachts, wenn das Glasdach von Strahlern in der Gebäudemitte beleuchtet wurde, war er besonders schön.

Sie trat an seine Seite und bemerkte, dass er ein Glas Rotwein in der Hand hielt.

„Du bist früh dran. Schlechter Tag?“

Er führte das Glas an die Lippen. „Das kann man wohl sagen.“

„Du hättest ins Atelier kommen können. Ich hätte früher aufgehört.“

„Ich brauchte etwas Zeit für mich.“ Endlich blickte er sie an. Seine Augen waren rot umrandet, als ob er geweint hätte.

„Was ist los?“ fragte sie sanft. „Was ist passiert?“

„Die Polizei ist heute Nachmittag da gewesen.“

„Die Polizei?“ wiederholte sie erschrocken. „Warum?“

„Dreimal darfst du raten. Sie haben mich weiter wegen Elle befragt. Über unsere Beziehung. Die gleichen Sachen, die sie gestern Abend gefragt haben.“

„War Stacy ...“

„Ja.“

Vor Zorn verschlug es ihr den Atem. Sie fühlte sich verraten. „Ich habe sie heute gesehen. Ich machte bei der Polizeidirektion Halt. Sie sagte nichts davon, dich ...“

Sie hielt die Worte zurück. Natürlich hatte sie nichts davon gesagt.

Jane verschränkte die Arme vor dem Bauch. „Ich habe ihr von dem Baby erzählt. Ich habe versucht, ihr entgegenzukommen. Es ist nicht gut ausgegangen.“

„Sie macht nur ihren Job.“

Jane sah zur Seite. Er legte einen Finger unter ihr Kinn und zog ihr Gesicht zu sich. „Wenn es dir hilft, sie hat sich entschuldigt. Es schien ihr fast peinlich zu sein.“

„Du trittst immer für sie ein.“

„Das muss ich."

„Und warum?"

„Sie hat uns miteinander bekannt gemacht. Ich schulde ihr was."

Janes Zorn war verflogen. Sie schlang ihre Arme um seine Taille und legte ihr Gesicht an seines. „Ich liebe dich."

Er küsste sie sanft, entzog sich dann ihrer Umarmung.

„Um die Wahrheit zu sagen, ich glaube nicht, dass sie da waren, um mit mir zu sprechen."

„Mit wem sonst?"

„Mit Marsha."

Marsha Tanner war Ians Sekretärin. Schon am Dallas Center für Kosmetische Chirurgie war sie seine Assistentin gewesen. Jane zog die Augenbrauen zusammen. „Aber warum?"

„Ich weiß es nicht." Er runzelte die Stirn. „Sie haben sie allein befragt."

„Hat sie danach irgendetwas gesagt? Dir irgendeinen Hinweis gegeben, worüber sie gesprochen haben?"

Er schüttelte den Kopf. „Sie waren nur ein paar Minuten mit ihr allein. Aber sie ..." Er verbiss sich den Rest.

„Aber sie was?" hakte sie nach.

„Sie benahm sich seltsam, nachdem sie weg waren."

„Was meinst du damit?"

Er sah ihr in die Augen. „Sie war zurückhaltend. Schuldbewusst. Als ob sie ..."

Wieder hielt er die Worte zurück, wieder hakte Jane nach, damit er seinen Gedanken zu Ende führte.

„Als ob sie mich verraten hätte", sagte er schließlich. „Unsere Freundschaft verraten hätte."

„Aber wie hätte sie das ..."

Dieses Mal war es Jane, die den Satz nicht beendete. Sie brauchte es nicht.

Ihn verraten hatte, indem sie der Polizei sagte, dass er und Elle Vanmeer eine Affäre gehabt hatten.

Bis zuletzt eine Affäre gehabt hatten.

Nein. Sie glaubte ihrem Mann. Er war ehrlich.

Wie gut kennst du deinen Mann, Jane?

Vielleicht kennst du ihn nicht so gut, wie du denkst.

Jane verdrängte die Fragen. Sie gaben ihr nur das Gefühl von Unsicherheit, Verletzlichkeit. Und machten sie misstrauisch.

Es stimmte nicht. Ian war ihr treu. Er liebte sie.

Als könne er ihre Gedanken lesen, reichte er ihr eine Hand. „Du glaubst mir, oder?“

„Natürlich.“ Sie nahm die Hand, schlang ihre Finger um seine. „Du bist mein Mann. Ich liebe dich.“

„Ich wünschte, ich könnte ihnen helfen. Ich wünschte, ich wüsste etwas. Ich weiß aber nichts.“

„Das geht alles vorbei“, sagte sie, wobei sich ein schriller Unterton in ihre Stimme schlich. „Das Problem ist, dass sie keine vernünftigen Spuren haben. Sie nehmen dich ins Visier, weil sie irgendjemanden ins Visier nehmen müssen.“

Sie schwiegen. Ranger neben ihnen winselte.

Ian sagte leise ihren Namen. Sie sah zu ihm auf.

„Ich weiß nicht, warum, aber ich habe ein schlechtes Gefühl bei der Sache.“

Jane schauderte und legte schützend eine Hand auf ihren Bauch. Ihr wurde bewusst, dass auch sie ein schlechtes Gefühl hatte. Und Angst.

15. KAPITEL

Dienstag, 21. Oktober 2003
19.50 Uhr

Die Spezialität des Chubby Charlie's waren riesige Burger, Barbecue und gegrilltes Holzfällersteak. Das Essen war nicht nur gut, sondern auch reichlich und preiswert, weshalb der Laden ein Lieblingstreff der DPD-Leute war.

Da machte es auch nichts, dass die Getränke in gigantischen gekühlten Bechern serviert wurden und aus der Jukebox Countrymusik plärrte. Im Moment schmetterte Shania Twain einen Song über die richtige Liebe mit dem falschen Mann.

Auf der Suche nach Dave ließ Stacy ihren Blick über die schummrig beleuchtete Bar schweifen. Sie erblickte ihn am anderen Ende, er telefonierte mit seinem Handy. Als er sie sah, winkte er ihr zu.

Aus Gewohnheit und Vertrauen entstandene Zuneigung durchströmten sie. Sie hatte ihn am Vormittag angerufen, als sie für einen Moment allein war. Die Nachricht, die sie auf seinem Band hinterließ, war kurz und prägnant: *Jane bekommt ein Baby. Hilfe.*

Er hatte sie zurückgerufen und vorgeschlagen, sich am Abend zu treffen.

Nun waren sie hier.

Ihre Verbindung bestand seit Jahren. Sie waren seit der Highschool befreundet, wo sie und Jane sich mit jedem Problem an Dave gewandt hatten – vor allem, wenn es mit der Schwester zu tun hatte. Er war immer die Stimme der Vernunft, die Ruhe im Sturm gewesen. Und immer hatte er das Problem gelöst und sie dazu gebracht, wieder miteinander zu sprechen.

Stacy hatte es nicht überrascht, dass Dave Therapeut geworden war. Er war der geborene Vermittler.

Als sie auf ihn zukam, beendete er gerade sein Gespräch. „Rufen Sie mich an, wenn sich ihr Zustand verschlechtert", sagte er und klappte sein Handy dann zu.

Er stand auf, um sie zu umarmen. „Entschuldigung. Schön, dich zu sehen, Stacy."

Sie umarmte ihn auch. „Ebenfalls."

Er deutete auf einen Ecktisch. „Hungrig?"

„Wie ein Wolf."

„Gut. Ich auch."

Sie setzten sich, bestellten Getränke, Sandwiches und frittierte Zwiebelringe.

„Wie geht es dir?" fragte er.

Sie lachte bitter auf. „Ich bin unglücklich und eifersüchtig. Das Zittern in meiner Stimme hätte dein erster Hinweis sein müssen. Der zweite die Zwiebelringe."

„Trostessen", murmelte er. „Du weißt, dass es tatsächlich einen psychologischen Grund dafür gibt. Ich sage immer, man soll tun, was cinem hilft. In vernünftigen Grenzen natürlich."

„Ich hasse es, dass ich so fühle. Ich weiß, dass es falsch ist. Ich sollte mich für meine Schwester freuen."

„Es ist nicht falsch. Es ist destruktiv." Er langte über den Tisch und nahm ihre Hand. „Wann hat sie es dir gesagt?"

„Heute Vormittag. Sie ist in der achten Woche ..." Sie schluckte, als ihr klar wurde, dass Dave es schon wusste. „Sie hat es dir zuerst gesagt, nicht wahr?"

Er verstärkte den Druck seiner Hand. „Das hat nichts zu bedeuten, Stacy."

„Das ist doch Quatsch, Dave. Natürlich hat es das."

„Sie machte sich Sorgen, dass du sauer sein könntest."

„Glücklich und klug zugleich." Stacy zog ihre Hand weg. „Sie hat wirklich alles."

„Sie vermisst dich."

„Das hat sie mir auch gesagt."

„Du glaubst ihr nicht."

„Das ist es nicht. Aber …" Sie hielt inne, als die Kellnerin ihre Getränke brachte. Sie nahm einen Schluck von der kalten Cola und nutzte den Moment, um ihre Gedanken zu ordnen.

„Warum vermisst sie mich?" fragte sie schließlich. „Nach meinem Eindruck ist ihr Leben ziemlich ausgefüllt."

„Sie vermisst dich, weil du ihre Schwester bist. Niemand kann ersetzen, was euch verbindet."

Stacy sah gequält zur Seite.

„Was du fühlst, ist Neid, ein ganz normales Gefühl. In diesem Fall eine verständliche Emotion mit klaren Wurzeln." Er zählte Janes Glücksfaktoren an den Fingern ab. „Eine Millionenerbschaft. Hochzeit mit einem gut aussehenden Arzt – mit dem du vorher ausgegangen bist. Eine Karriere, die sie nicht nur mag, sondern die ihr allmählich auch Ruhm einbringt. Und nun auch noch ein Baby."

Stacy lachte angestrengt. „Es ist leicht, sie zu hassen, oder?"

„Es ist ebenso leicht, sie zu lieben."

„Nicht von meiner Warte aus."

Er beugte sich zu ihr. „Du liebst sie, Stacy. Und genau das ist dein Konflikt."

„Dann heil mich, Doktor. Mach es wieder gut."

„Ich kann nur das hier tun. Wir sind Freunde. Freunde mit einer langen Vergangenheit. Ich kann dir die Namen von mehreren Kollegen …"

„Nein, danke. Ich möchte nicht, dass irgendein Fremder in meiner Psyche rumstochert."

„Du möchtest lieber, dass ein Freund dir ein Pflaster auflegt?"

„So was in der Art."

„Ein Pflaster wird nichts ausrichten, Kleines. Das hier wird nicht einfach vorübergehen. Du solltest dich eingehend mit deinem Leben beschäftigen. Das ändern, was nicht funktioniert, und dich an allem anderen erfreuen."

Sie sagte nichts. Die Kellnerin brachte das Essen. Sie machten sich darüber her, obwohl Stacy wenig Appetit hatte.

„Janes Alptraum ist wieder da", sagte er, nachdem er einen Bissen seines Sandwichs hinuntergespült hatte. „Hast du das gewusst?"

Sie schüttelte den Kopf, das Essen klebte ihr im Hals. Ihr Gedanken flogen zurück zu jenem Tag am See: die warme Sonne auf ihrem Gesicht, das Geräusch eines Rennboots, das näher kam, dann Janes Schreie.

Janes Schreie in jeder Nacht danach.

Sie schob ihren Teller fort, hatte keinen Hunger mehr.

„Deswegen hat sie mir von dem Baby erzählt", fuhr er fort. „Sie hat einiges durchgemacht. Ihr beide."

Sie schluckte schwer. „Es tut mir Leid, dass sie … Tut mir Leid."

Er blickte sie forschend an. „Warum willst du über jenen Tag nicht reden?"

„Da gibt es nichts zu reden. Jane ist diejenige, die damals verletzt wurde. Nicht ich."

„Wirklich? Du bist nicht verletzt worden?"

„Du kannst jetzt aufhören, mich zu therapieren."

„Ich kann das nicht abstellen, Kleines. Tut mir Leid."

Es schien ihm nicht wirklich Leid zu tun, und sie funkelte ihn böse an.

„Du warst Zeugin des Unfalls. Als ältere Schwester hast du dich verantwortlich für das Wohlergehen deiner Schwester gefühlt. Du warst diejenige, wegen der sie die Schule geschwänzt hat, und diejenige, die sie zum Schwimmen herausgefordert hat. Eine ganz schön schwere Last für eine Siebzehnjährige."

„Wenn du darauf hinaus willst, dass ich an posttraumatischem Stress leide, bist du auf dem falschen Dampfer."

„Die Vergangenheit ist eine mächtige Waffe."

„Die ich jetzt gegen mich selbst richte. Willst du das sagen?"

„Könnte sein."

„Wie ich schon sagte, falscher Dampfer, Dave."

„Bist du sicher?"

„Absolut."

Er nahm sich einen Zwiebelring. „Na, dann lass uns darüber reden. Es schadet ja nicht. Im Gegenteil, es ist gesund."

Sie kräuselte die Lippen. „Dr. Gib-niemals-auf."

„Hast du mich nicht deswegen angerufen?"

„Ich bin eine Nervensäge, nicht wahr?" Diesmal war sie an der Reihe, ihm die Hand zu reichen. „Ich habe dich angerufen, weil du mein ältester Freund bist. Danke, dass du hier bist."

Er nahm ihre Hand. „Das werde ich immer sein. Ich …"

Das Handy unterbrach ihn. Er schaute auf dem Display nach der Nummer. „Verdammt, es ist das Krankenhaus. Ich muss drangehen."

Sie nickte und stand auf. „Ich gehe auf die Toilette. Bin gleich zurück."

Im Korridor vor den Waschräumen traf sie Mac. Sie grüßte ihn und schlüpfte schnell in die Damentoilette. Als sie wenige Minuten später wieder herauskam, war er fort.

Sie ging zurück zum Tisch, wo Dave gerade seinen Mantel anzog.

„Was ist los?"

„Es tut mir Leid, Stacy. Ich muss gehen. Ich habe eine selbstmordgefährdete Patientin in der Klinik. Es geht ihr nicht gut. Ein anderes Mal?"

Sie versuchte, ihre Enttäuschung zu verbergen. „Jederzeit."

Er umarmte sie. „Sei nicht sauer auf Jane", sagte er. „Sie braucht unsere Liebe und Unterstützung jetzt genauso wie sonst auch."

Jane. Immer Jane.

Als ob er ihre Gedanken lesen könnte, lächelte er aufmunternd. „Was du fühlst, ist normal. Neid ist – wenn er nicht zerstörerisch wird – eine durchaus sinnvolle Reaktion."

Sie sah ihm nach und wünschte nicht zum ersten Mal, dass es zwischen ihnen gefunkt hätte. Warum hatte sie nie etwas anderes als Freundschaft für ihn empfunden? Er hatte alles, was sich eine Frau von einem Mann nur wünschen konnte: Er sah gut aus, war klug, erfolgreich, entgegenkommend. Und verlässlich. Dave Nash stand immer mit beiden Beinen fest auf dem Boden.

Vielleicht hatte sie ihn nie so gesehen, weil sie gewusst hatte, dass er sich zu Jane hingezogen fühlte – sogar schon, als sie noch ausgesehen hatte wie Frankensteins Braut.

„Noch einmal hallo."

Sie sah auf. Mac stand mit einem Bierglas in der Hand am Tisch. „Möchtest du Gesellschaft?"

Sie zuckte die Achseln und deutete auf den Stuhl ihr gegenüber. „Nimm Platz."

Er setzte sich, nahm einen Schluck von seinem Bier. „Dein Freund?"

„Ein Freund. Ein alter Freund."

„Willst du das noch essen?" Er deutete auf die unberührte Hälfte ihres Sandwichs.

„Alles deins." Sie schob den Teller in seine Richtung. Er aß das Sandwich mit drei Bissen auf. „Hast du Geldprobleme, Mac?"

Er grinste. „Ich kann es nicht ertragen, wenn Essen verschwendet wird. Außerdem werde ich nie richtig satt. Meiner Mutter sind bei der Lebensmittelrechnung immer die Tränen gekommen."

Neugierig beugte sie sich vor. Sein jungenhafter Charme wirkte sehr anziehend. „Hast du einen Bruder oder eine Schwester?"

„Beides. Ich bin der Mittlere."

„Die mittleren Geschwister sorgen meist für Frieden."

„Und jetzt bin ich Cop. Musste ich wohl werden, schätze ich."

„Verstehst du dich mit deinen Geschwistern?"

Er nickte. „Sie sind beide verheiratet, haben Kinder. Maryanne ist Lehrerin, Randy Buchhalter."

„Welche Stufe?"

„Wie bitte?" Er steckte sich einen längst kalt gewordenen Zwiebelring in den Mund.

„Deine Schwester. In welcher Stufe unterrichtet sie?"

„Junior Highschool. Englisch."

Stacy krauste die Nase, als sie daran dachte, wie unausstehlich sie und ihre Freundinnen in dem Alter gewesen waren. „Gott mit ihr."

„Darf ich dich was fragen?"

Sie zog eine Augenbraue hoch. „Und wenn ich nein sage?"

„Frage ich wahrscheinlich trotzdem."

„Vielleicht antworte ich nicht."

Er neigte den Kopf. „Was ist das für eine Sache zwischen dir und deiner Schwester?"

„Lange Geschichte. Und keine schöne."

„Ich habe Zeit."

„Aber ich habe nicht die Energie."

Er stützte sein Kinn auf die Faust und blickte sie an. „Anderes Thema?"

„Das wäre nett."

„Wir müssen morgen als Erstes bei Marsha Tanna vorbeifahren."

Das hatte Stacy erwartet. Und so ungern sie es auch zugab, sie stimmte ihm zu. Marsha war am Nachmittag sehr nervös gewesen, schien ihnen absichtlich auszuweichen, indem sie bei einigen Fragen behauptete, sich nicht mehr erinnern zu können. Wiederholt hatte sie in Richtung von Ians Büro geblickt; ob aus Angst, dass Ian sie hören könnte, oder um sich moralische Unterstützung zu holen, war Stacy nicht ganz klar gewesen.

„Du hast Recht. Aber warum bis dahin warten? Ich hab nichts Besseres vor."

Bevor Mac antworten konnte, klingelte sein Handy. Er signalisierte ihr mit einer Hand, dass sie dableiben solle. „Hier ist McPherson."

Er lauschte, während sein Gesicht ernst wurde. „Scheiße. Wo?" Er schwieg einen Moment. „Killian ist bei mir. Wir sind auf dem Weg." Er steckte das Handy ein und stand auf.

Stacy tat es ihm nach. „Was haben wir?"

„Dreifacher Mord. Im Fair Park."

Sie verschoben ihren Besuch bei Marsha Tanner und verließen das Restaurant.

16. KAPITEL

Mittwoch, 22. Oktober 2003
11.55 Uhr

Ian hatte sich den Norden von Dallas als Standort für seine Klinik ausgesucht. Teure Läden und Bistros, Kunstgalerien und Antiquitätengeschäfte prägten das Viertel; die meisten waren in alten Häusern im viktorianischen Stil oder in urigen Cottages untergebracht. Das charmante Viertel war nicht so überlaufen wie manch anderes Szeneviertel der Stadt und befand sich direkt an der Buslinie McKinney Avenue.

Die Klinik zu verlassen, in der er vorher Partner gewesen war, hatte ihn vor eine schwere Entscheidung gestellt. Die Klinik hatte sechs renommierte Chirurgen und eine dermatologische Abteilung umfasst, in der alle Arten von Hautbehandlungen angeboten wurden, vom chemischen Peeling bis zur Hautabschleifung.

Die Geschäfte liefen gut und brachten reichlich Geld ein. Doch die Arbeit hatte ihn nicht erfüllt. Ian war nicht nur der Letzte in der Hierarchie gewesen, die anderen Partner hatten ihn auch von seiner Leidenschaft, der Wiederherstellungschirurgie, abgehalten. Das sei zwar ein ehrenvolles Bemühen, hatten sie argumentiert, aber nicht sehr profitabel. Das große Geld war mit Implantaten, Augenlifting und Fettabsaugung zu verdienen. Und nicht damit, das Gesicht irgendeines armen Kindes wiederherzustellen, das verbrannt, geschlagen oder von einem Rennbot überfahren worden war.

Warum hätte er in einem Job bleiben sollen, der ihn nicht erfüllte, zumal Jane ja die Mittel hatte, ihn zu unterstützen. Die Mittel und den Wunsch. Sie liebte ihre Arbeit und wollte, dass er seine ebenfalls liebte.

Eines Tages hatte er eingewilligt, und sie eröffneten eine Praxis für kosmetische Chirurgie: Sie stellte die Geldmittel bereit, er das Know-how.

Ganz von null anzufangen war kostspielig gewesen. Sie hatten das ideale viktorianische Haus gefunden und es so renoviert, dass es seinen Anforderungen entsprach. Diese Praxis brauchte ja nicht nur die übliche Büroausstattung, sondern auch spezielles Mobiliar für kosmetische Chirurgie, das teilweise unerklärlich teuer war. Ein Untersuchungsstuhl kostete fast siebentausend Dollar, ein Tisch fünftausend. Ganz zu schweigen von den Kosten für den VascuLight-Laser, den UltraPulse Encore und die IPL Quantum DL Laser – um nur einige zu nennen.

Ian musste Personal einstellen. Gehälter und Versicherungsbeiträge zahlen. Marsha Tanner, die Büroassistentin im Dallas Center für Kosmetische Chirurgie, ging mit ihm, ebenso eine der Kosmetikerinnen. Die beste Kosmetikerin, wie Jane fand. Er hatte beide mit attraktiven Angeboten geködert, die Sonderzulagen einschlossen.

Ihr Geld zu nehmen hatte Ian nervös gemacht. Verlegen. Die Bank, so betonte er, würde ihm das Geld leihen. Aber zu welchem Zinssatz? Sie wollte nicht, dass solche Schulden ihn belasteten und ihm seine Arbeit diktierten. Soweit es sie betraf, war das Geld gut angelegt. Wenn er auch nur einem Menschen half, der sich sonst keine Wiederherstellung leisten konnte, war es das wert gewesen.

Wie hätte sie anders empfinden können? Sie wusste, wovon sie sprach. Sie kannte die Qual, mit einer sichtbaren Entstellung leben zu müssen.

Und sie hatte erlebt, welche Wunder ein talentierter Chirurg vollbringen konnte.

Jane hielt vor dem blauweißen Haus und lächelte. Sie freute

sich, dass es so schön geworden war. Und sie freute sich darüber, wie glücklich es Ian machte.

Schon komisch, dass sie einen Arzt geheiratet hatte. Sie hatte so viele Operationen über sich ergehen lassen, bis ihr Gesicht als „wiederhergestellt“ erklärt wurde, dass sie sich geschworen hatte, nie wieder die Praxis eines Chirurgen zu betreten.

Und nun hatte sie geholfen, eine aufzubauen.

Jane nahm ihre Handtasche und stieg aus dem Jeep. Sie aktivierte die automatische Türverriegelung und eilte den mit Blumen gesäumten Weg hinauf. Das Telefon klingelte, als sie eintrat. Eine Frau im Wartezimmer blätterte durch eine Zeitschrift. Der Empfangstresen war leer.

Ian steckte den Kopf aus seiner Tür. Er sah gehetzt aus. „Ach du“, sagte er. „Ich dachte, es sei die Aushilfe. Marsha ist krank.“

„Soll ich rangehen?“ Sie deutete auf das noch immer klingelnde Telefon.

„Du bist ein Schatz.“

Er verschwand wieder in seinem Büro. Jane ging ans Telefon, machte sich eine Notiz und wandte sich dann dem Wartezimmer zu. Und bemerkte, dass die Patientin sie anstarrte.

Die Frau sah aus, als ob sie einen schrecklichen Unfall erlitten hätte, die linke Seite ihres Gesichts war von Narben übersät.

„Hallo“, sagte Jane lächelnd.

Die Frau hielt die Zeitschrift hoch, die sie gelesen hatte. *Texas Monthly*. Janes Gesicht blickte sie vom Cover an.

„Das sind Sie, oder?“ fragte die Frau.

„Ja.“

Die Frau blickte auf das Magazin, dann wieder zu ihr. „Sie sind heute so schön“, sagte sie mit sehnsuchtsvoller Stimme. „War Dr. Westbrook … Hat er Ihr Gesicht wiederhergestellt?“

„Nein“, sagte Jane weich. „Dr. Westbrook ist mein Mann. Aber er ist sehr gut. Ich weiß, dass er Ihnen helfen kann.“

Die Frau rang um Worte. „Ich ... das hoffe ich. Ich ... Danke.“

„Es wird nicht mehr lange dauern. Kann ich Ihnen was zu trinken bringen?“

Die Frau lehnte dankend ab, und Jane machte sich daran, den Empfangsbereich aufzuräumen, wo es aussah, als ob eine kleine Bombe eingeschlagen hätte.

Ian erschien mit einer jungen Frau, die ein Kleinkind auf dem Arm truge. Jane sah, dass das Mädchen eine Gaumenspalte hatte. Es drückte einen ausgefransten Plüschhasen an sich.

„Rufen Sie morgen an“, sagte Ian zu der Frau. „Meine Sekretärin sollte dann wieder da sein. Sie vereinbart einen Termin für den ersten Eingriff und geht mit Ihnen alles durch, was Sie vorher erledigen müssen.“ Er lächelte das kleine Mädchen an. „Bis zum nächsten Mal, Karlee. Und vergiss nicht, Mr. Hase mitzubringen.“

Die Kleine lächelte schüchtern, versteckte dann ihr Gesicht an der Schulter der Mutter. Jane beobachtete die Szene mit einem Kloß im Hals. Ian würde ein wundervoller Vater sein.

Nachdem sie ihm herzlich gedankt hatte, verließ die Mutter mit ihrer Tochter die Praxis. Jane ging zu Ian, stellte sich auf die Zehenspitzen und küsste ihn. „Du siehst mitgenommen aus.“

„Es war furchtbar“, sagte er. „Marsha ist einfach nicht aufgetaucht. Kein Anruf, nichts.“

„Wo ist Elise?“ fragte sie und meinte die Kosmetikerin, die ihm bei Bedarf assistierte.

„Hat eine Patientin. Ihr Terminkalender ist heute voll.“

„Hast du es bei Marsha zu Hause versucht?“

„Mehrmals. Elise ebenfalls. Geht niemand ran.“

Jane runzelte die Stirn. Das passte nicht zu Marsha. Überhaupt nicht. Das sagte sie auch Ian.

„Sag bloß. Und das nach gestern Nachmittag ...“ Er warf einen Blick auf die Frau im Wartezimmer. „Ich fand das irgendwie unheimlich.“

Bevor sie antworten konnte, wechselte er das Thema. „Was machst du überhaupt hier? Ich dachte, du hättest im Atelier zu tun.“

„Ich war zu einer Planungssitzung im Museum. Ich habe einen Abstecher hierher gemacht, weil ich hoffte, wie könnten zusammen essen gehen. Aber ich sehe, dass daraus nichts wird.“

„Tut mir Leid. Wie war die Sitzung?“

„Großartig. Wir haben uns geeinigt, wie wir die einzelnen Stücke gruppieren und wie wir die jeweiligen Objekte anordnen.“ Sie bemerkte, dass sein Blick erneut in Richtung Wartezimmer schweifte. „Du hast zu tun. Heute Abend erzähle ich dir mehr davon.“

Er schien erleichtert. „Ich begleite dich hinaus.“ Er brachte sie zur Tür. „Ein anderes Mal?“ fragte er.

„Natürlich, Dummerchen.“ Sie ging durch die Tür, drehte sich dann um. „Marshas Viertel ist nicht allzu weit entfernt. Ich könnte bei ihr vorbeischauen und sehen, was los ist.“

Er sah verwirrt aus. „Woher weißt du, wo sie wohnt?“

„Wir haben mal darüber gesprochen. Sie wohnt bei den M Streets. In der Magnolia Street. Ein paar Blocks entfernt von Stacy.“

Die M Streets war eines der begehrtesten, aber noch immer erschwinglichen Viertel in Dallas – zumindest gemessen an dem inflationären Preisniveau der Stadt. Es hatte breite schattige Straßen zu bieten, große Gärten und entzückende alte Häuser, die zum großen Teil restauriert waren. In Gehweite befand sich die Greenville Street mit ihren Restaurants, Geschäften und Clubs.

„Ich möchte nicht, dass du das tust, du hast genug zu tun."

„Es macht mir nichts aus. Ich ..."

„Lass es, Jane", sagte er scharf. „Im Ernst. Wahrscheinlich fühlt sie sich hundeelend und schläft. Lass es."

Verletzt trat sie einen Schritt zurück. „Ich wollte dir nur helfen."

„Ich weiß, Liebling. Es tut mir Leid." Ein Stoßseufzer entrang sich ihm. „Ich bin nicht mehr ich selbst. Die ganze Geschichte mit Elle und der Polizei ... Dass Marsha heute nicht kam, ist das Tüpfelchen auf dem i."

Sie strich ihm über die Wange. „Es wird wieder besser, Ian. Das verspreche ich dir."

Seine Mundwinkel hoben sich ein wenig. „Kein Wunder, dass ich dich liebe."

Dann kam die Aushilfe, und Jane eilte zu ihrem Wagen. Als sie ihn erreicht hatte, blickte sie zurück runzelte beunruhigt die Stirn. Sie machte sich Sorgen um Ian, wegen der Auswirkungen, die die Nachforschungen der Polizei auf ihn hatten. Welche Folgen hätte es für seine Reputation, wenn die Sache an die Öffentlichkeit kam? Welche Frau würde einem Chirurgen vertrauen, der in Verdacht stand, eine Patientin ermordet zu haben? Wer würde mit ihm arbeiten wollen?

Könnte Marsha die erste Abtrünnige sein? fragte sie sich und stieg ein. Sie schnallte sich an und startete den Wagen. Was hatte Ian gesagt? Dass sie nach dem Verschwinden der Polizei schuldbewusst gewirkt hätte. Und als ob sie irgendwie ihre Freundschaft verraten hätte.

Jane bog auf die Straße und fuhr in Richtung McKinney Avenue. Es musste schrecklich sein, so etwas zu empfinden. Und sehr belastend für das Arbeitsverhältnis.

Sie konnte sich zwar nicht vorstellen, dass eine so pflichtbewusste Frau wie Marsha Tanner ohne ein Wort oder eine Nachricht einfach den Job hinschmiss, aber es waren schon seltsamere Dinge passiert.

Wut auf die Polizisten stieg in ihr auf. Ihnen war die Reputation eines unschuldigen Mannes egal. Sie machten sich keine Gedanken über die langfristigen Folgen ihrer Verfolgungskampagne und über den Druck, den sie auf private und berufliche Beziehungen ausübten.

Je mehr sie darüber nachdachte, desto wütender wurde sie. Und immer überzeugter, dass Marsha nicht krank war, sondern einfach nur verlegen. Oder eingeschüchtert.

Der Fahrer hinter ihr hupte, und sie bemerkte, dass die Ampel auf Grün geschaltet hatte. Sie fuhr an, doch statt nach links in Richtung Deep Ellum zu fahren, bog sie rechts ein, wo es zu den M Streets ging.

17. KAPITEL

Mittwoch, 22. Oktober 2003
13.15 Uhr

Marsha wohnte in der Magnolia Avenue. Jane war sich mit der Hausnummer nicht sicher, wusste aber, dass es dicht an der Ecke zur Matilda Street sein und sich um einen weißen Bungalow mit blauen Fensterläden handeln musste.

Sie hatte ein Foto gesehen, kurz nachdem Marsha den Bungalow gekauft hatte. Falls sie die Fensterläden zwischenzeitlich in einer anderen Farbe gestrichen hatte, war sie allerdings verloren.

Jane bog in die Morningside Street. Als sie sich der nächsten Kreuzung näherte, ging sie langsamer und hielt nach beiden Seiten Ausschau. Letztlich erkannte sie Marshas Haus an dem unverwechselbaren kanariengelben VW Beetle, der in der Auffahrt parkte.

Jane stellte ihren Wagen hinter den VW. Sie stieg aus und ging zu der schattigen Veranda. Hinter dem Haus hörte sie ein aufgeregtes Kläffen. Tiny, Marshas Spitz. Der Hund war ihr Baby. Sie hatte nicht weniger als ein halbes Dutzend Fotos von ihm im Büro stehen und sogar einmal lachend erzählt, dass sie dem Hund jedes Jahr ein Rentierkostüm für ein Foto mit dem Weihnachtsmann anzog.

Jane stieg die Stufen hinauf und ging zur Tür. Dort angekommen zögerte sie kurz; sie hatte das Gefühl, dass irgendetwas nicht stimmte. Marsha würde Tiny niemals allein draußen lassen, schon gar nicht an einem so kalten Tag.

Vielleicht war die arme Frau tatsächlich krank. So krank, dass sie ärztliche Hilfe brauchte. Hilfe, die sie allein nicht rufen konnte. Das würde erklären, warum sie sich nicht krank gemeldet hatte und nicht erreichbar war.

Jane klingelte, wartete einige Augenblicke, klingelte dann erneut. Als Marsha nicht erschien, lugte Jane durch die vorderen Fenster. Alles wirkte normal, und doch schien irgendwas nicht zu stimmen.

Das ungute Gefühl wurde immer stärker. Jane drückte auf die Klinke.

Und fand die Tür unverschlossen. „Marsha?" rief sie, in ihrem Kopf rauschte es. „Hier ist Jane Westbrook. Ich wollte nur sichergehen, dass mit Ihnen alles in Ordnung ist."

Immer noch keine Antwort. Jane betrat den kleinen Flur und rümpfte die Nase. Ein fauliger Geruch hing in der Luft.

Sie legte eine Hand auf ihren revoltierenden Magen, blickte erst nach links ins Esszimmer, dann nach rechts in das kleine Wohnzimmer. Pastellgelbe Wände, eine blaue Couch mit hellen Kissen darauf. Das Zimmer einer Frau, dachte Jane. Einladend und warm.

Im Moment wirkte es nicht warm. Oder einladend.

Es wirkte verlassen.

„Marsha?" rief sie wieder, diesmal gedämpft. Vermutlich lag sie im Bett. Schlafend. Oder zu krank, um zu rufen. Und der Geruch rührte von einer Magengrippe her.

Mit klopfendem Herzen lief Jane durch den Flur. Links ging ein Gang ab, der wahrscheinlich zu den Schlafzimmern führte. Direkt vor ihr befanden sich geschlossene Schwingtüren. Die Küche, wie sie vermutete.

Wie magisch angezogen ging sie auf die Türen zu. Der Geruch wurde stärker. Sie streckte eine Hand aus und versetzte einer der Türen einen Stoß.

Sie schwang auf. Jane öffnete den Mund, um noch einmal nach der Frau zu rufen, doch die Worte erstarben auf ihren Lippen.

Stattdessen keuchte sie entsetzt auf.

Marsha konnte ihr nicht antworten. Sie würde niemals wieder jemandem antworten können.

Sie war auf einem Küchenstuhl festgebunden. Abgesehen von einem schwarzen Slip war sie nackt. Man hatte etwas Schwarzes in ihren Mund gestopft. Eine Art Kordel war fest um ihren Hals gezogen.

Auf dem Boden lag ein zusammengeknülltes Hauskleid aus weißem Frottee.

Der Raum begann sich zu drehen. Jane taumelte rückwärts. Sie griff nach dem Türrahmen, um sich festzuhalten.

Plötzlich wurde ihr das verzweifelte Kratzen des Hundes an der Hintertür bewusst, das purpurrote Gesicht der Frau, der erstickende Geruch des Todes.

Mit der Hand vor dem Mund drehte Jane sich um und rannte los. Durch die Schwingtür, an dem hübschen Wohnzimmer vorbei, aus der Vordertür hinaus bis zur Ecke der Veranda. Dort beugte sie sich über die Büsche und würgte.

Als sie den Kopf hob, registrierte sie, dass sie schluchzte. Eine Frau hielt beim Blumengießen inne und starrte sie an.

„Hilfe“, flüsterte Jane.

Sie machte einen Schritt auf die Treppe zu, ihre Beine waren wie aus Gummi. Vor ihren Augen tanzten Sterne. Sie ergriff das Geländer, schaffte die erste Stufe. „Hilfe“, rief sie wieder, diesmal lauter. „Bitte, irgendjemand … die Polizei …“

Eine Mutter, die einen Kinderwagen schob, hielt mit beunruhigter Miene an. „Miss? Ist alles in Ordnung mit …“

Jane schaffte noch eine Stufe. „Hil…“ Das Blut wich aus ihrem Gesicht, ihre Beine gaben nach. Es wurde schwarz um sie.

18. KAPITEL

Mittwoch, 22. Oktober 2003
14.00 Uhr

Stacy begutachtete den Tatort, bemüht um Objektivität. Sie versuchte ihre Schwester draußen zu vergessen – bleich wie ein Gespenst bis auf die hässliche Wunde an ihrer Stirn. Sie war ohnmächtig geworden. Glücklicherweise war eine Nachbarin in der Nähe gewesen und ihr zu Hilfe gekommen. Und sie hatte die Polizei gerufen.

Ian war direkt nach ihr und Mac angekommen und kümmerte sich um Jane. Er wirkte völlig fassungslos.

Konnte er ein so guter Schauspieler sein?

Der sonst so umgängliche Mac schien gleich explodieren zu wollen. „Wir sind zu spät", brummte er. „Dieser Scheißkerl!"

Sie erwiderte nichts. Was sollte sie sagen? Sie hatten es verbockt.

Einer der Polizisten gab einen vorläufigen Bericht ab. „Die Wohnung ist so aufgeräumt, dass man eine Stecknadel finden würde. Das Portemonnaie ist an seinem Platz. Der Inhalt des Schmuckkästchens scheint unberührt."

„Türen und Fenster?"

„Keine Anzeichen gewaltsamen Eindringens."

Das war nicht überraschend. Das hier war kein Zufallsmord, kein verunglückter Raubüberfall. Eher eine Art Exekution – vorsätzlich und perfekt inszeniert. Mit dem bizarren Aspekt, dass der Mörder ihr ihren BH in den Mund gestopft hatte.

Stacy wandte sich Mac zu. „Was meinst du?"

„Wir müssen ihr Vorleben überprüfen. Vielleicht hatte sie einige ungesunde Verbindungen. Zur Drogenszene. Zum organisierten Verbrechen."

Das hörte sich nicht nach der Marsha Tanner an, die Stacy kannte, aber Menschen, die auf solche Weise starben, waren oft nicht das, was sie zu sein vorgaben.

Pete Winston erschien. Er wirkte alles andere als glücklich, Stacy zu sehen. Der Gerichtsmediziner hatte bei dem dreifachen Mord letzte Nacht ebenso wie sie und Mac einspringen müssen. Das DPD war nicht die einzige Behörde, die von der Grippe beinahe lahm gelegt war.

„Killian", sagte er, „immer mittendrin im Geschehen."

„Keine Ruhe für die Verdammten", erwiderte sie mit unüberhörbarer Schärfe in der Stimme. „Du siehst etwas grün im Gesicht aus."

„Ich fühle mich auch so."

„Dann bleib auf Abstand", brummte Mac. „Ich habe zu viele Fälle, um krank zu werden."

„Was kannst du mir jetzt schon sagen?" fragte Stacy.

Pete warf ihr einen verärgerten Blick zu, als er sich die Handschuhe anzog. „Dass es sich um Mord handelt."

„Was du nicht sagst."

„Du willst mehr? Dann warte, und lass mich meine Arbeit machen."

Unglücklicherweise für ihn kam das Wort warten in ihrem Vokabular nicht vor. „Gib mir wenigstens einen ungefähren Todeszeitpunkt."

Vorsichtig lief er über den blutbespritzten Boden, um keine Spuren zu vernichten. „Dem äußeren Anschein nach zu urteilen, ist sie noch nicht lange tot", sagte er. „Ein paar Stunden, fünf, vielleicht sechs. Die Körpertemperatur wird ein genaues Ergebnis liefern."

Stacy rechnete nach und sah Mac an. Etwa zu der Zeit, als sie überlegt hatten, der Frau noch einen Besuch abzustatten, war sie getötet worden. Dem Gesichtsausdruck ihres Partners konnte sie entnehmen, dass er zu dem gleichen Ergebnis gekommen war."

„Wir haben es versaut, Killian. Na großartig. Der Captain wird uns drankriegen."

„Zweifellos."

„Hast du deine Schwester schon vernommen?"

„Nein. Willst du es tun?"

Er nickte, und zusammen gingen sie auf die Veranda.

Jane saß zusammengekauert neben Ian.

„Bist du bereit für ein paar Fragen?" Stacy ging vor ihr in die Hocke.

Sie bemerkte, dass ihre Schwester schwer schluckte. Sah, wie Ian seinen Arm fester um sie schlang. Mit bebender Stimme antwortete Jane, dass sie bereit sei.

„Erzähl bitte noch mal genau, warum du hier bist."

Stacy hörte aufmerksam zu, als Jane erklärte, wie sie bei Ian vorbeigeschaut und erfahren hatte, dass Marsha nicht zur Arbeit gekommen war. Dann erzählte sie von ihrem Entschluss, bei ihr vorbeizufahren – obwohl Ian ihr Angebot zuvor abgelehnt hatte.

Mac wandte sich an Ian. „Sie haben abgelehnt? Warum?"

„Ich dachte, dass ... Marsha musste es wirklich schlecht ..." – er wurde bleich – „musste wirklich krank sein. Sie war noch nie ohne Abmeldung weggeblieben."

„Und Sie fanden das nicht seltsam?"

„Doch, natürlich. Ich fand es verdammt seltsam."

„Trotzdem haben Sie es nicht überprüft?"

„Ich habe angerufen. Mehrmals. Elise ebenfalls."

„Elise?"

„Meine Kosmetikerin. Marsha ist nicht rangegangen. Wir konnten nicht viel tun, die Patienten kamen." Er blickte Jane an, dann wieder Stacy. „Wir hatten einen vollen Terminkalender."

„Wäre es da nicht die perfekte Lösung gewesen, dass Jane mal eben bei Marsha vorbeifährt?" fasste Mac nach.

Ian sah verwirrt aus. „Worauf wollen Sie hinaus?"

„Auf gar nichts. Ich möchte mir nur einen Eindruck verschaffen, was Sie gedacht haben."

„Jane ist schwanger. Ich wollte sie nicht der Grippe aussetzen oder ... Schlimmerem."

Sie ist Schlimmerem ausgesetzt gewesen, dachte Stacy. Dem Schlimmsten überhaupt.

Sie richtete sich wieder an Jane. „Schildere mir bitte genau, was du gesehen hast, als du ankamst."

Jane nickte und begann mit gebrochener Stimme zu erzählen, so leise, dass Stacy sich anstrengen musste, sie zu verstehen. „Ich habe geklingelt, und Marsha ist nicht ... Der Hund hat hinten gebellt ... deswegen dachte ich ... dass irgendwas nicht in Ordnung sei. Er war ihr doch so wichtig und ... " Jane hatte Tränen in den Augen. „Hat irgendjemand nach ihm geschaut? Vielleicht braucht er Fressen oder Wasser. Er ist wahrscheinlich ... verängstigt."

„Wir kümmern uns um ihn", murmelte Stacy. „Mach dir keine Sorgen um ihn."

„Aber wo soll er hin? Marsha hat keine Kinder oder ..."

„In solchen Fällen kommt das Tier ins Tierheim, bis es von den nächsten Angehörigen abgeholt wird."

„Nein!" Jane sah von Stacy zu Ian. „Das würde Marsha nicht wollen. Wir können nicht ... Nicht nach dem, was passiert ist."

„Dann nehmen wir ihn", sagte Ian. „So bekommt Ranger einen Spielkameraden."

Angesichts der Großzügigkeit des Angebots fühlte Stacy einen Kloß im Hals. Und angesichts der Art, wie ihre Schwester Ian mit vor Liebe und Dankbarkeit leuchtenden Augen ansah.

Sich räuspernd lenkte Stacy das Gespräch wieder auf die Ereignisse. „Was ist passiert, nachdem du den Hund hast bellen hören?“

„Ich dachte bei mir, dass sie ihn niemals alleine draußen gelassen hätte. Ich war sicher, dass irgendwas nicht stimmte. Also versuchte ich die Tür zu öffnen.“

„Hast du jemanden gesehen? Irgendwas gehört, abgesehen vom Hund?“

Jane schüttelte den Kopf. „Ich bemerkte einen ... komischen Geruch. Ich dachte, dass ihr ...“

„Was?“ hakte Stacy nach.

„Ich dachte, dass ihr vielleicht übel gewesen war,“ presste Jane unglücklich hervor.

Mac wandte sich an Ian. „Machen Sie viele Brustimplantate in Ihrer Praxis?“

Die Frage erwischte den Arzt offensichtlich auf dem falschen Fuß. „Wie bitte?“

„Brustvergrößerungen, machen Sie viele davon?“

„Was hat das mit ...“

„Ja oder nein?“

„Früher habe ich viele vorgenommen. In meiner vorherigen Praxis.“

„Und jetzt?“

„Wenige. Ich habe mich auf Gesichtswiederherstellung spezialisiert.“

„Kann man damit Geld machen? Mit der Wiederherstellung von Gesichtern?“

Ian sah von Mac zu Stacy, dann wieder zurück. „Kann das warten? Ich muss jetzt Jane nach Hause bringen."

„Nur noch ein paar Fragen. Kann man nun? Mit Wiederherstellung Geld verdienen?"

„Manchmal. Hängt vom Patienten ab. Ob er versichert ist oder nicht. Ob seine Versicherung zahlt und wie viel. Ich versuche, niemanden abzuweisen."

„Sie sind wirklich ein Heiliger."

Macs Sarkasmus trieb Ian die Röte ins Gesicht. „Ich möchte Menschen helfen."

„Machen Sie noch andere kosmetische Behandlungen?"

„Einige. Es reicht, um die Rechnungen zu bezahlen."

„Aber Sie haben eine reiche Frau. Bezahlt sie nicht die Rechnungen?"

Jane stöhnte verzweifelt auf. Mit grimmigem Gesicht half Ian ihr hoch. „Ich bringe meine Frau jetzt nach Hause", sagte er steif und legte beschützend einen Arm um sie. „Falls Sie weitere Fragen haben, rufen Sie mich dort oder in meiner Praxis an."

„Dr. Westbrook?" Ian drehte sich um. „Der Mörder hat Marsha ihren BH in den Mund gestopft. Was glauben Sie, warum er das getan hat?"

„Woher soll ich das wissen?"

„Wann gehen Sie morgens in die Praxis, Dr. Westbrook?"

„Meine ersten Termine sind um neun."

„Also verlassen Sie gegen acht das Haus?"

„Ungefähr. Manchmal früher, manchmal später."

„Und wann heute morgen?"

Stacy konnte es nicht beschwören, aber Ian schien blass zu werden.

„Früher", erwiderte in angespanntem Ton. „Wie ich sagte, hatte ich einen vollen Terminkalender, musste einige Anrufe erledigen und Patientenakten durchsehen."

„Danke für deine Hilfe", sagte Stacy. „Wir bleiben in Kontakt."

Stacy beobachtete, wie Ian Jane ins Autor half, dann wirbelte sie zu ihrem Partner herum. „Was zum Teufel tust du …"

„Was ich tue? Das solltest du wissen. Meine Arbeit. Kommt dir das Wort bekannt vor, Stacy?"

„Ich weiß nicht, was du meinst."

„Ich meine, dass du dich für eine hervorragende Polizistin hier verdammt zahm verhältst. Möchtest du vielleicht darüber sprechen?"

„Ich möchte in diesem Fall weiterkommen. In Ordnung?"

Als sie an ihm vorbeigehen wollte, hielt er sie am Arm fest. „Warum glaubst du, hat der Mörder ihr den BH in den Mund gesteckt? Findest du die Symbolkraft nicht verblüffend? Was glaubst du, wie viele Brust-OPs er schon gemacht hat? Fünfhundert? Tausend? Wir haben zwei Morde. Beide Opfer haben eine Verbindung zu Ian Westbrook. Tanner hier wurde nicht nur vierundzwanzig Stunden nach unserem Gespräch ermordet, sondern auch *bevor* wir sie erneut befragen konnten. Vanmeer war eine seiner Patientinnen und laut Aussage ihres Ex auch seine Geliebte. Der Typ vom Fahrstuhl im La Plaza mit der Baseballmütze hat etwa die gleiche Statur wie Westbrook."

„Das sind alles nur Indizien", gab sie zurück. „Großartig. *Etwa* die gleiche Statur und Haarfarbe? Komm, das ist mehr als schwach. Außerdem", fügte sie hinzu, „hat er ein Alibi für die Nacht, in der Vanmeer ermordet wurde."

„Aber seine Frau ist das Alibi, was es nicht gerade wasserdicht macht. Würde sie nicht alles sagen und tun, um ihn zu schützen?"

Stacy wollte das abstreiten, wollte sagen, dass Jane niemals die Justiz behindern würde, verbiss sich die Worte aber. Jane liebte Ian so sehr, so ausschließlich, dass sie bis zum Ende an seine Unschuld glauben würde.

Aber würde sie für ihn lügen?

Mac beugte sich zu ihr. „Wie du weißt, wurden auch Indizienprozesse schon gewonnen."

„Was ist mit dem Motiv, Mac? Hast du daran auch gedacht?"

„Ja. Eines, das so alt ist wie die Menschheit selbst. Geld. Deine Schwester ist eine sehr reiche Frau. Wie würde sie sich wohl fühlen, wenn sie entdeckt, dass er sie betrogen hat?"

Stacy begriff, worauf er hinauswollte. Ian hatte eine Affäre mit Elle Vanmeer gehabt. Die Frau hatte ihm gedroht, sich an Jane zu wenden; er hatte sie umgebracht, um sie ruhig zu stellen. Und als er dann in Verdacht geriet, hatte er den einzigen Menschen umgebracht, der über sein Kommen und Gehen Bescheid wusste und die Affäre bestätigen konnte. Seine Sekretärin.

Stacy wurde schlecht. Das alles schien einleuchtend.

Aber es konnte nicht wahr sein.

Mac schnaubte. „Ich denke, du solltest den Fakten ins Gesicht sehen, Stacy. Dein Schwager steckt tief in der Scheiße. Und wenn nicht etwas Unvorhergesehenes passieren sollte, wird es nur noch schlimmer."

19. KAPITEL

Mittwoch, 22. Oktober 2003
15.30 Uhr

Jane ging im Wohnzimmer auf und ab, das Haar noch nass von der Dusche, die Haut noch prickelnd von der Hitze. Kaum hatte sie das Haus betreten, war sie ins Badezimmer gerannt. Ohne überhaupt abzuwarten, bis das Wasser warm wurde, hatte sie sich die Kleidung vom Körper gerissen und unter den Strahl gestellt – in dem verzweifelten Bemühen, den Geruch des Todes abzuwaschen. Die Erinnerung daran.

Aber auch wenn Seife und Shampoo den Geruch fortgewaschen hatten, die Erinnerung wurde sie nicht los. Sobald sie die Augen schloss, sah sie die Frau, ihr purpurrotes totes Gesicht mit dem obszön aufgerissenen Mund, in dem etwas steckte, von dem sie nun wusste, dass es ihr BH gewesen war.

Jane legte ihre zitternden Hände vors Gesicht. Sie fühlte sich grauenhaft. In den Grundfesten erschüttert. Sie hätte gleichzeitig weinen und schreien mögen. Weinen um Marsha, um ihr Ende. Schreien über eine Welt, in der ein Mensch einem anderen etwas so Abscheuliches antun konnte.

Ranger knurrt tief in der Kehle. Jane sah in seine Richtung. Er beobachtete sie, das Fell auf seinem Rücken sträubte sich. Sie war nicht sicher, ob er ihren Kummer spürte oder den Geruch des Todes witterte.

Sie presste die Lippen zusammen, als sie an Marshas Hund dachte. Ted hatte sich erboten, den Spitz zu behalten, bis ein neues Heim für ihn gefunden war. Sie war ihm dankbar; sie wusste, dass ihr Assistent sich gut um das Tier kümmern würde.

Ian war zurück in die Praxis gefahren, um seine Termine für die nächsten Tage abzusagen. Er war nur widerstrebend gegangen, Ted hatte ihm versprechen müssen, nach ihr zu sehen. Er war erschüttert. Völlig durcheinander. Marsha war tot. Ermordet. Die Polizei, inklusive Stacy, schien zu glauben, dass er in den Mord verwickelt war.

Es war bizarr. Verrückt. Jane drückte die Handballen gegen ihre Augen. Sie hörte das Kratzen des Hundes an der Tür, roch den Geruch des Todes, schmeckte die Bitterkeit ihres Erbrochenen.

Sie ließ die Hände fallen. Ian hatte nichts damit zu tun. Er war zu so etwas gar nicht in der Lage. Stacy wusste das. Warum hatte sie das ihrem Partner nicht gesagt? Wie hatte sie es zulassen können, dass dieser Mann so mit Ian sprach?

Es klingelte an der Haustür. Jane ging zum Frontfenster, schob den Vorhang beiseite und spähte hinaus. Der Bronco ihrer Schwester stand vor dem Haus.

Jane begann zu zittern. Ihr erster Impuls war, sich zu verstecken. So zu tun, als ob sie nicht da sei oder schliefe. Ihr zweiter Impuls war zu kämpfen. Die Wut rauszulassen. Die Wut darüber, dass die Polizei Ian wie einen Kriminellen behandelte und Stacy es zuließ.

Jane ging zur Gegensprechanlage und meldete sich. „Ja?“

„Jane, hier ist Stacy.“

„Meinst du nicht Detective Killian?“

„Das habe ich wahrscheinlich verdient.“

„Nicht nur wahrscheinlich. Was willst du?“

„Ich muss mit dir sprechen. Kann ich hochkommen?“

„Ich glaube nicht.“

„Ich bin auf deiner Seite. Ich bin auf Ians Seite.“ Stacy senkte die Stimme. „Es ist wichtig, Jane.“

„Bist du allein?“

„Ja.“

Ohne ein weiteres Wort drückte Jane auf den Summer und zur Tür.

Ihre Schwester sah müde aus. Sie streichelte Ranger, richtete sich dann auf und erwiderte Janes Blick. Bedauern lag in ihren Augen. Aber weshalb? Wegen dem, was geschehen war? Oder wegen dem, was kommen sollte?

„Ich wollte nach dir sehen. Wie geht es dir?“

„Es geht so.“ Jane kreuzte die Arme vor der Brust. „Den Umständen entsprechend.“

„Was ist mit deinem Kopf?“

Jane berührte ihre Stirn, den dicken Verband, den der Notarzt ihr angelegt hatte. „Er tut weh. Aber nicht so sehr wie ...“ Sie beendete den Satz nicht. Ungesagtes lag er in der Luft.

Nicht so sehr wie der Schock, Marsha so zu finden.

„Es tut mir Leid, dass du ... das sehen musstest. Ich weiß, wie brutal das erste Mal ist. Mir wurde damals schlecht. Ich habe mich vor dem ganzen Team am Tatort blamiert.“

Janes Wut verrauchte. Das war eine Seite, die Stacy nie zuvor gezeigt hatte. Sie bat ihre Schwester herein und führte sie in die Küche. „Kaffee?“, fragte sie. „Eistee?“

„Nichts, danke.“ Stacy deutete auf die Stühle um den Küchentisch. „Willst du dich nicht setzen?“

„Ich glaube nicht.“ Jane schob ihr Kinn vor. „Als was bist du hier, Stacy? Als meine Schwester? Oder als Polizistin?“

„Vielleicht beides.“

„Das geht nicht.“

„Es ist das Beste, was ich zu bieten habe. Ich bin Polizistin, Jane. Es ist nicht nur das, was ich tue, sondern auch das, was ich bin. Ich kann mich und meinen Beruf nicht trennen. Aber das heißt nicht, dass ich mir keine Sorgen um dich mache. Um … das Baby. Und Sorgen um Ian. Große Sorgen um Ian – das musst du mir wirklich glauben."

Jane starrte sie einen Augenblick lang an, der Fußboden schien zu schwanken.

„Ich denke, ich werde mich doch setzen."

Sie nahmen beide Platz, wobei Stacy ihren Stuhl so rückte, dass sie ihrer Schwester ins Gesicht sehen konnte. „Ich muss dir ein paar Fragen stellen, Jane."

„Über Ian?"

„Ja."

Jane griff nach den Armlehnen. „Verschwinde."

„Bist du absolut sicher, dass er Sonntagnacht zu Hause war?"

Die Nacht, in der Elle Vanmeer ermordet wurde. Furcht kroch über ihren Rücen, ließ sie frösteln. „Ja. Absolut."

„Die ganze Nacht?"

Die Kälte in seiner Kleidung. Er war draußen gewesen.

Warum?

„Ja." Sie hatte das Gefühl, es erklären zu müssen, zu beweisen, dass sie die Wahrheit sagte. „Wir haben zu Hause gegessen. Ian hat Steaks gegrillt."

„Und dann?"

„Wir haben aufgeräumt, ein bisschen geredet. Ich bin in meinen Schneideraum gegangen, um ein Video für die Ausstellung vorzubereiten."

„Und Ian?"

„Ging in sein Arbeitszimmer. Um seine Fachzeitschriften aufzuarbeiten."

„Wie lange hast du dich in deinen Schneideraum verkrochen?"

„Ich weiß nicht …“ Sie legte eine zitternde Hand an die Schläfe. „Einige Stunden.“

„Von wann bis wann?“

„Ich weiß es nicht!“ Sie sprang auf die Füße, schwankte ein wenig. „Warum ist das wichtig? Warum …“

„Es ist wichtig, Jane.“ Stacy stand ebenfalls auf und packte ihre Hände. „Glaub mir. Denk nach, du musst nachdenken.“

Die Angst ließ ihre Knie weich werden. Sie setzte sich wieder. „Mit dem Essen waren wir um halb acht oder acht fertig. Wir haben die Küche aufgeräumt. Ich bin ins Atelier gegangen, er ins Arbeitszimmer.“

Stacy rechnete nach. „Dann hast du um halb zehn oder zehn das Atelier verlassen …“

„Ian weckte mich. Ich war eingeschlafen und …“

„Eingeschlafen?“

Jane glaubte, ihr Herz müsse stehen bleiben, als ihre Schwester ansprang. Sie hätte das nicht sagen dürfen. Doch jetzt etwas zurückzuhalten würde Ian später umso schuldiger aussehen lassen. Und es würde ihre Glaubwürdigkeit untergraben.

„Ja“, fuhr sie fort. „Ich fragte ihn, wie spät es sei, er sagte zehn, aber …“

Die Uhr im Wohnzimmer. Darauf war es zwei Stunden später gewesen, nach Mitternacht.

Das stimmte nicht. Sie rieb ihre Schläfen. Es konnte nicht stimmen.

„Was ist, Jane? Woran erinnerst du dich?“

„Nichts. Heute … es war … so ein Schock. Das ist alles.“

„Also hat er dich gegen zehn geweckt?“

„Eigentlich hat nicht er mich geweckt. Sondern der Alptraum. Er hörte mich schreien und kam ins Atelier.“

Stacy schien zufrieden mit der Antwort. Sie schwieg einen Moment, als ob sie ihre Gedanken ordnen müsste. „Ian ist in Atlanta aufgewachsen, oder?“

„Etwas außerhalb. In Athens.“

„Dann ist er Anhänger der Braves?“

„Des Baseball-Teams?“

„Ja.“

„Ich glaube. Auch wenn er kein großer Baseball-Fan ist. Er verfolgt die Spiele nicht wirklich.“

Stacy stand auf und ging zum Fenster. Sie starrte auf die Skyline der Stadt; ihr Rücken war steif wie ein Brett, ihr Gesicht unbewegt. Jane spürte, dass sie mit sich rang.

Nach einigen Augenblicken drehte sie sich um. „Jane, ich muss dich etwas anderes fragen. Du wirst sauer auf mich sein, aber ich muss es trotzdem fragen. Und du musst aufrichtig zu mir sein, egal, wie schwer es dir fällt.“

Jane nickte.

„Bist du sicher, dass Ian dir treu ist?“

„Wie kannst du …“

„Ist er dir treu, Jane?“

„Ja! Er ist treu. Ich bin absolut sicher.“

„Du musst die Fakten unter Eid bezeugen. So, wie du sie mir geschildert hast.“

Angst raubte Jane den Atem. Sie schlug eine Hand vor den Mund, ließ sie dann sinken. „Bezeugen? Warum? Was sagst du da, Stacy?“

„Ich sollte nicht hier sein … ich dürfte dir das nicht erzählen. Aber es sieht nicht gut aus für Ian. Ich schlage vor, ihr schaltet einen Anwalt ein.“

Für einen Moment bekam Jane keine Luft. Es kam ihr vor, als

würde die Welt still stehen. „Das kannst du nicht ernst meinen. Bitte sag mir, dass das ein schlechter Scherz ist."

„Ich wünschte, es wäre so."

Jane schluckte. *Die Kälte, die in seiner Kleidung hing. Die zeitliche Diskrepanz.* Wo war Ian in jener Nacht gewesen, während sie im Atelier schlief? Nicht im La Plaza, um eine Frau umzubringen. Niemals.

Ian war der beste Mann, den sie kannte. Aufrichtig. Moralisch. Er hätte das ebenso wenig tun können, wie seine eigene Hand aufzuessen.

Warum konnte Stacy das nicht begreifen?

„Warum tust du das, Stacy? Aus Eifersucht? Als Strafe, weil ich Ian geheiratet habe? Oder wegen Großmutters Vorurteilen?"

Die Wangen ihrer Schwester röteten sich. „Ich kann dir versichern, dass das nichts mit mir zu tun hat. Es geht um Beweise, Jane. Zwingende Beweise."

„Ich glaube dir nicht." Sie stand auf. „Es gibt keine Beweise. Kann es nicht geben. Weil Ian nichts damit zu tun hat."

„Ich versuche, dir zu helfen. Wenn du mir zuhören würdest ..."

„Helfen? So nennst du das?" Janes Stimme wurde lauter. „Ihr versucht, ihm was anzuhängen. Ihr könntet in eine andere Richtung ermitteln, wenn ihr nur wolltet."

„Ich wünschte, ich könnte die Dinge ändern. Kann ich aber nicht. Es liegt nicht in meiner Macht."

„Warum hasst du mich so sehr?" rief Jane. „Womit habe ich dich so verletzt?"

„Mit meinem Besuch hier gefährde ich meine Karriere", sagte Stacy steif. „Und so dankst du mir das? Toll, Schwester. Vielen Dank."

Janes Gedanken überschlugen sich. Das war ein Alptraum. Sie würde jeden Moment schreiend aufwachen.

Der Fahrer des Boots, der wendete, um wieder auf sie zuzuhalten. Um es zu Ende zu bringen.

Ihr Alptraum, er wurde Wirklichkeit. So, wie sie es unbewusst befürchtet hatte.

Sie verlor alles.

„Jane. Bist du in Ordnung?"

Nein. Sie würde vielleicht nie wieder in Ordnung sein.

„Du solltest besser gehen."

Stacy öffnete den Mund, als ob sie etwas sagen wollte, drehte sich dann wortlos um und ging. An der Küchentür hielt sie inne. „Es tut mir Leid", sagte sie leise. „Wirklich."

Jane stand wie erstarrt da, bis sie die Haustür unten zuschlagen hörte. Dann ließ sie sich auf einen Stuhl sinken und brach in Tränen aus.

20. KAPITEL

Mittwoch, 22. Oktober 2003
17.35 Uhr

„Hey, Detective Killian.“ Kitty reichte ihr mehrere Anrufzettel. „Der Captain sucht Sie.“

„Danke“, erwiderte Stacy und versuchte, keine Grimasse zu schneiden. Vom Captain nach der Schicht in sein Büro zitiert zu werden versprach nichts Gutes für den Abend. Oder gar für die Karriere.

Hatte er von dem Besuch bei ihrer Schwester erfahren? Aber wie?

Mac erblickte sie und stand auf. „Wo warst du?“ fragte er, während er neben ihr herlief.

„Arzttermin. Frauensache.“

„Klar.“

Sie ignorierte den Sarkasmus in seiner Stimme. „Der Captain will uns sehen?“

„So ähnlich.“

Sie stoppte, sah ihn an. „Was ist hier los, Mac? Ist da etwas im Busch?“

Er wich ihrem Blick aus. „Der Captain will dich sehen, das ist alles, was ich weiß.“

Sie spürte, dass das gelogen war, doch sie sah keinen Sinn darin, es ihm auf den Kopf zuzusagen. In wenigen Minuten würde sie mehr wissen.

Sie gingen zum Büro des Captains. Als sie an den Türrahmen klopfte, winkte er sie mit finsterer Miene herein. „Schließen Sie die Tür. Setzen Sie sich.“

„Ich stehe lieber. Danke."

Er sah Stacy direkt in die Augen. „Ich ziehe Sie von den Mordfällen Vanmeer und Tanner ab."

„Was? Warum?"

„Sie befinden sich in einem Interessenskonflikt. Sie sind persönlich betroffen."

„Mit allem gebotenen Respekt, Captain Schulze", wehrte sie sich. „Ich verspreche, dass ich objektiv bleibe."

„Ihr Schwager ist in beiden Fällen der Hauptverdächtige. Herrje, Sie hätten den Fall heute Morgen freiwillig abgeben sollen. Ich hätte nicht übel Lust, Sie zu suspendieren."

„Ich habe die ganze Kleinarbeit gemacht, Captain. Ich kenne beide Fälle. Mich abzuziehen ..."

„Schon geschehen." Der Blick des Captains wanderte zu Mac. „McPherson, Sie und Liberman sind jetzt dran."

Stacy sah Mac an, dann dämmerte es ihr. So war das also ... Er war zum Captain gegangen. Er hatte das hier getan und ihre Partnerschaft verraten.

Kein Grund, überrascht zu sein, dachte sie bitter. Sie hätte den Braten riechen müssen. Hatte sie aber nicht. Sie hatte angefangen, ihm zu vertrauen. *Sie war so eine Idiotin.*

„Ist das alles, Captain?"

Er bejahte, und sie stürzte aus dem Büro. Mac folgte ihr, holte sie vor der Frauentoilette ein. Zitternd vor Wut drehte sie sich zu ihm um. „Komm nicht in meine Nähe, Mac. Mit dieser Partnerschaft ist es vorbei."

„Es ist nicht meine Schuld."

„Ach nein? Du bist zum Captain gegangen, hast ihm erzählt, dass ich einen Interessenskonflikt hätte."

„Ja."

„Ich hab 'ne Neuigkeit für dich, Mac: Partner halten zusammen."

„Du warst dabei, es zu vermasseln. Drauf und dran, ein internes Untersuchungsverfahren an den Hals zu bekommen."

„Also wolltest du mich bloß beschützen?" Ihre Stimme triefte vor Sarkasmus. „Und du hast dabei natürlich nicht an dich selbst gedacht?"

„Wie lange hätte es wohl gedauert, bis der Captain davon erfahren hätte, in welcher Beziehung du zu dem Verdächtigen stehst? Ein paar Tage? Dann wären wir beide den Fall losgewesen."

„Du hättest zu mir kommen sollen, mir die Gelegenheit geben, es dem Captain selbst zu sagen."

„Hättest du das getan?"

„Natürlich."

„Lügnerin." Er beugte sich vor. „Immerhin habe ich den Fall noch und kann dich auf dem Laufenden halten."

„Und wirst du das tun?" zischte sie. „Ich dachte, du hättest Ian schon festgenommen, vor Gericht gestellt und verurteilt."

„Heute Nachmittag habe ich Danny Witt befragt."

„Den anderen Portier? Vom La Plaza?"

„Genau den."

„Du bist ohne mich gegangen? Ist ja nett."

„Du hattest einen Arzttermin. Frauensache, erinnerst du dich?"

„Was für ein verdammter Mist", sagte sie und bemühte sich, ihren Ärger im Zaum zu halten. „Ich bin dein Partner, Mac, und bis vor wenigen Minuten war ich die Dienstälteste in diesem Team. Beachte das Wort *Team*. Du bist kein einsamer Wolf. Weder Dirty Harry noch Bruce Willis in ‚Die Hard'." Als er den Mund öffnete, um etwas zu erwidern, hob sie die Hand. „Cops arbeiten aus bestimmten Gründen zu zweit, nicht zuletzt,um einander den Hintern zu retten."

„Ich habe Liberman mitgenommen."

Während sie von ihrer Schwester beschimpft worden war, hatte man ihr offensichtlich zugleich ein Messer in den Rücken gerammt.

Er interpretierte ihre Miene richtig. „Du warst nirgends zu finden. Möchtest du mir etwas sagen, Stacy?"

„Wenn du mich irgendeiner Sache beschuldigen willst, dann tu das. In der Zwischenzeit werde ich um einen neuen Partner bitten."

„Den wird der Captain dir nicht geben."

„Das werden wir sehen."

„Mit wem soll er dich zusammenstecken, Stacy? Ich sehe niemanden, der den Job haben will."

Sie öffnete den Mund – und schloss ihn wieder, als ihr klar wurde, dass er Recht hatte.

Mac senkte die Stimme. „Um deine Frage zu beantworten: ja. Ich halte dich auf dem Laufenden. Aber nicht wegen Westbrook, deiner Schwester oder weil ich glaubte, der Gerechtigkeit würde nicht Genüge getan. Ich tue es für dich, Stacy."

Ihre rechtschaffene Empörung verpuffte, ihr größter Zorn ebenfalls. Der Captain hatte Recht, sie von dem Fall abzuziehen, sie hätte ihn selbst abgeben sollen. „Du hättest trotzdem zuerst zu mir kommen sollen."

Er neigte den Kopf. „Und du musst ehrlich zu mir sein. Einverstanden?"

Das war sie. „Was hat Witt gesagt?"

„Er hat in jener Nacht einen kirschroten Audi TT gesehen. Der vor 22 Uhr ankam."

Ein weiteres Indiz. Ein weiterer Nagel zu Ians Sarg.

„Hat er ihn eingeparkt?"

„Nein. Witt rauchte gerade eine Zigarette neben dem Platz für Selbstparker. Die Angestellten sollen nicht dort rauchen, wo die Hotelgäste sie sehen können. Er bemerkte den Audi, weil der Fahrer selbst einparkte. Die Trinkgelder waren mies gewesen. Er erinnerte sich daran, wie sauer er war, als er den Wagen sah."

„Und der Fahrer? War er ein großer Typ mit einer ledernen Bomberjacke?"

„Er weiß es nicht. Wurde zur Arbeit gerufen."

„Hat er mitbekommen, wann der Wagen wieder weggefahren ist?"

„Nein."

„Kennzeichen?"

„Es gab kein Kennzeichen. Auch kein anderes Schild. Interessant, nicht?"

Gute Masche. Man will nicht identifiziert werden, also entfernt man das Kennzeichen, bevor man zum Tatort fährt. Das Risiko, angehalten zu werden, ist es wert.

„Wie viele kirschrote Audis TT gibt es im Großraum Dallas?"

„Wir arbeiten dran. Wir überprüfen auch neue Leasingverträge und Verkäufe."

Er. Und Liberman. Sie war draußen.

Mistkerl.

„Habt ihr die Polizeiberichte überprüft, ob irgendjemand in einem roten TT ohne Kennzeichen angehalten wurde?"

„Wir sind dabei. Wenn dir noch irgendwas dazu einfällt, wüsste ich es gern."

Sie sah ihn herausfordernd an. „Dito."

„Nur damit du informiert bist, wir haben schon einen Beschluss, um Westbrooks Telefongespräche abhören zu können, zu Hause, in der Praxis und sein Handy."

Sie atmete tief aus. Resigniert. Voller Mitgefühl für ihre Schwester. Und Ian. „Noch irgendwas?"

„Ja." Er zögerte. „Liberman besorgt gerade einen Durchsuchungsbefehl für seine Praxis. Es tut mir Leid, Stacy. Verdammt Leid."

21. KAPITEL

Mittwoch, 22. Oktober 2003
19.30 Uhr

Jane saß zusammengekauert auf der Couch, neben sich Ranger, der seinen großen Kopf in ihren Schoß gelegt hatte. Obwohl sie sich in eine Stola gehüllt hatte, fror sie. Seit ihre Schwester gegangen war, wurde ihr einfach nicht warm.

Jane schloss gequält die Augen, als sie sich die Worte ins Gedächtnis rief, die sie ihrer Schwester entgegengeschleudert hatte. Zornige Worte. Unbegründete Anschuldigungen. Aus Angst geboren.

Tatsache war, dass ihre Schwester versuchte hatte, ihr zu helfen. Indem sie zu ihr gekommen war, hatte Stacy ihre Beziehung über ihren Job gestellt. Und Stacy traf keine Schuld an der Geschichte, so gern Jane das auch geglaubt hätte. Ihre Schwester anzugreifen war falsch gewesen. Kindisch und undankbar.

Stacy war ihre Schwester. Ihre einzige Familie. Und trotz ihres schlechten Verhältnisses in letzter Zeit liebte Jane sie.

Ohne weiter nachzudenken, nahm sie das Telefon vom Tisch und tippte die Nummer ein. Beim dritten Klingeln meldete sich der Anrufbeantworter.

Aus Sorge, dass sie kein zweites Mal den Mut finden würde, begann Jane zu sprechen, kaum dass die Ansage beendet war. „Stacy, hier ist Jane. Es tut mir Leid, was ich gesagt habe. Verzeih mir. Ich war wütend. Durcheinander und … Ruf mich an. Ich brauche …“ Obwohl der Anrufbeantworter ihr das Ende der Aufnahme signalisiert hatte, beendete sie den Satz. „Ich brauche dich.“

Sie legte auf und legte die Wange an Rangers Kopf. „Warum

geschieht das alles?“ fragte sie laut. „Warum haben sie es auf Ian abgesehen? Es ist nicht richtig. Warum können sie das nicht einsehen?“

Ranger winselte zur Antwort. Sie rieb ihre Wange an seinem weichen Fell und richtete sich dann auf.

Das war eine von den Katastrophen, die manchmal über Menschen hereinbrachen. Eine Reihe von Ereignissen führte dazu, dass unschuldige Menschen ins Visier der Justiz oder der Regierung gerieten. Durch falsche Beschuldigungen verloren sie mitunter ihr altes Leben, ihre Karriere.

Jane schauderte. Das würde ihnen nicht geschehen. Ein tatsächlich Verdächtiger würde auftauchen, auf den die Polizei ihre Aufmerksamkeit richten konnte.

Philosophisch betrachtet handelte es sich hier um eine Prüfung, einen Charaktertest.

Doch so konnte sie es nicht sehen. Hier ging es um *ihr* Leben. Und *das Leben ihres Mannes.* Nicht nur ihre Zukunft stand auf dem Spiel, sondern auch die ihres ungeborenen Kindes.

Sie hörte, wie ein Schüssel ins Schloss gesteckt und dann der Riegel zurückgeschoben wurde.

Ian war zu Hause.

Ranger sprang von der Couch und trottete in den Flur, um ihn zu begrüßen. Sie hörte ihren Mann mit dem Hund sprechen, und Erleichterung durchflutete sie, dass er zu Hause und in Sicherheit war.

Es sieht nicht gut aus für Ian. Ich schlage vor, ihr benachrichtigt einen Anwalt.

Wie sollte sie es ihm nur sagen?

„Jane?“ rief er aus dem Flur.

„Ich bin hier.“

Er tauchte im Türrahmen auf. Ihre Blicke trafen sich. Als sie die Hoffnungslosigkeit in seinem Gesicht wahrnahm, seufzte sie. Sie stand auf. „Ian, was ist passiert?"

Er nahm sie in die Arme und vergrub sein Gesicht in ihrem Haar. „Psst. Sag nichts. Nicht jetzt."

Er hielt sie fest an sich gepresst. Die Sekunden vergingen, wurden zu Minuten. Kurz bevor er sie losließ, meinte sie zu spüren, dass er zitterte.

Er musterte sie. „Alles in Ordnung?"

„Ja. Ich …" Sie nahm seine Hände. „Die Polizei war wieder da, oder?"

„Ja. Sie hatten einen Durchsuchungsbefehl."

„Einen Durchsuchungsbefehl", wiederholte sie. „Mein Gott, was hofften sie zu finden?"

„Sie haben die Computer, meinen Terminkalender und einige Akten mitgenommen. Alles andere wurde durchsucht. Ich habe Angst, Jane."

„Aber du hast nichts Falsches getan!"

„Ich glaube nicht, dass das eine Rolle spielt."

„Natürlich spielt das eine Rolle." Sie hielt seine Hände fester. „Wie lange waren sie da?"

„Eine gute Stunde." Seine Stimme bebte und verriet seine ganze hilflose Wut. „Der große Typ, Stacys Partner, hat mich verhört. Er wollte wissen, wann ich am Morgen in der Praxis angekommen sei, wann und worüber Marsha und ich zum letzten Mal miteinander gesprochen hätten. Er befragte mich über mein Verhältnis zu Elle, zu Marsha und zu meinen anderen Patientinnen. Er fragte mich, ob ich … ob ich …"

Er verkniff sich die Worte, als ob er daran ersticken würde.

„Was?" fragte sie. „Was hat er …"

„Ich liebe dich, Jane. Mehr als ich es jemals für möglich gehalten hätte. Glaubst du mir das?“

„Ja. Natürlich tue ich das.

„Versprich mir, dass du nicht aufhören wirst, mich zu lieben.“

„Jetzt machst du mir Angst. Hör auf damit.“

„Versprich es“, sagte er heftig. „Versprich, dass du, egal was sie über mich sagen, nicht aufhören wirst, mich zu lieben.“

„Ich verspreche es“, flüsterte sie.

„Gott sei Dank.“

Er lehnte seine Stirn an ihre. Nach einem Augenblick atmete er tief durch, als wolle er sich auf eine schwierige Aufgabe vorbereiten. Er löste sich und blickte ihr in die Augen. „Er fragte mich, ob ich Elle umgebracht habe.“

Die Worte lagen schwer in der Luft.

Die Katze war aus dem Sack.

Wie war es nur so weit gekommen?

„Ich habe meinen Anwalt angerufen. Ich wusste mir keinen anderen Rat mehr.“

Jane nahm ihn in die Arme und hielt ihn fest. Sie zog sein Gesicht zu sich und küsste ihn sanft als Zeichen des Trostes, der Verbundenheit. Um ihre unerschütterliche Liebe zu zeigen.

Er erwiderte den Kuss, und innerhalb weniger Augenblicke wurde aus Trost Leidenschaft. Sie taumelten ins Schlafzimmer, fielen aufs Bett. Als ob ihnen die Zeit wegliefe, zerrten sie einander die Kleidung vom Leib.

„Halt mich fest, Ian“, sagte sie heftig und schlang ihre Beine um ihn. „Lass mich nicht los.“

„Das werde ich niemals tun, Liebling. Niemals.“

Sie liebten sich mit einem tiefen Gefühl der Verzweiflung und Unsicherheit.

Nicht wissend, was die Zukunft bereithielt. Und wann sie wieder so zusammen sein würden.

Sie kamen gleichzeitig zum Höhepunkt. Hinterher erst bemerkte Jane, dass sie weinte. Sie versteckte ihr Gesicht an Ians Schulter, weil sie wusste, dass ihre Tränen ihn bestürzen würden.

Sein Herzschlag gab den Rhythmus für ihre sich jagenden Gedanken vor. Die Frage, die Jane ihren Modellen stellte, hämmerte in ihrem Kopf, richtete sich diesmal an sie selbst.

Sag mir, wovor du dich fürchtest, Jane. Wenn du allein bist mit deinen Gedanken, was macht dir dann Angst?

„Ich weiß nicht, warum das hier geschieht", flüsterte Ian. „Ich fühle mich wie in einem Alptraum, aus dem ich nicht aufwachen kann."

Sie wusste, was er meinte; sie fühlte sich ebenso. „Stacy war heute Nachmittag hier. Sie hat mir ebenfalls eine Menge Fragen gestellt."

Er erstarrte. „Was für Fragen?"

„Über die Nacht, in der Elle Vanmeer ermordet wurde. Und seltsamerweise, ob du ein Fan der Braves wärst."

„Des Baseballteams? Warum?"

„Keine Ahnung." Sie senkte den Blick. „Sie fragte, ob ich glaube, dass du mir treu bist."

„Das hat sie dich gefragt? Was hast du geantwortet?"

„Was glaubst du, was ich geantwortet habe? Dass du es bist. Absolut treu."

„Danke." Mit einem Finger verfolgte er zärtlich die Linie von ihrer Augenbraue bis hinunter zum Wangenknochen und wieder zurück. „Ich habe mich schon gefragt, warum Stacy nicht bei dem Polizeiaufgebot war, das in meine Praxis kam, um mich zu verhören. Jetzt weiß ich es."

„Sie sagte mir, sie käme als meine Schwester“, erklärte Jane bitter. „Um uns zu helfen.“

„Vielleicht stimmt das.“

„Du bist so versöhnlich. Wahrscheinlich handelt sie eher nach dem Motto: Wenn du sie entzweist, wirst du siegen.“

Und sie war darauf reingefallen, hatte sogar angerufen und um Verzeihung gebeten. Wie naiv.

„Was hat sie dich noch gefragt?“

Bist du ganz sicher, dass Ian Sonntagabend zu Hause war? Den ganzen Abend?

Die Kälte in seiner Kleidung.

Sie sah ihm direkt in die Augen. „Ich muss dich etwas fragen, Ian. Es ist wichtig.“

Er rückte etwas von ihr ab. „Du bist meine Frau. Du kannst mich alles fragen.“

„An dem Abend, an dem Elle Vanmeer ermordet wurde, als ich aus dem Alptraum erwachte … da warst du draußen gewesen. Warum?“

Er sah sie an, als ob sie ihn geschlagen hätte. Er setzte sich auf. „Es geht schon los, nicht wahr? Sie sorgen dafür, dass du an mir zweifelst. Sie treiben einen Keil zwischen uns.“

„Das ist nicht wahr! Ian, bitte …“ Sie setzte sich ebenfalls auf und schmiegte sich an ihn. „Ich muss das fragen.“

„Ich bin mit Ranger rausgegangen.“ Er sah sie vorwurfsvoll an. „Das, was ich jeden Abend vorm Zubettgehen tue. Zufrieden?“

Der Kloß in ihrem Hals wurde kleiner.

„Was kommt als Nächstes, Jane? Willst du mich jetzt drankriegen, weil ich mich an dem Abend in der Zeit geirrt habe?“

Als er ihre Miene sah, lachte er alles andere als amüsiert auf. „Meine Uhr war stehen geblieben. Die Batterie war leer.“ Er hielt inne. „Ich habe am nächsten Morgen bei De Boulle eine neue gekauft. Ruf an und frag nach, wenn du willst. Ich habe sie per Kreditkarte bezahlt.“

Bei dem Juwelier in Highland Park, wo er ihren Verlobungsring gekauft hatte. Tränen stiegen ihr in die Augen. Wie verraten er sich fühlen musste. Wie allein.

Was war sie nur für eine Ehefrau?

„Bitte verzeih mir“, flüsterte sie. „Bitte. Ich habe einfach Angst.“

Er zog sie in seine Arme. „Es tut mir Leid. Es war richtig zu fragen. Es ist nur ... Ich habe auch Angst.“

Es klingelte an der Haustür. Ranger begann zu bellen. Jane erstarrte. Sie sah Ian an. „Geh nicht ran.“

„Ich muss, Jane.“

„Nein.“ Sie schlang die Arme um ihn. „Tu es nicht.“

Es klingelte erneut. Dann noch einmal.

Ian löste ihre Arme. „Ich muss. Sie werden nicht gehen.“

Ihr Herz schlug bis zum Hals, während sie beobachtete, wie er aus dem Bett stieg und zur Gegensprechanlage ging. „Ja?“

Es war die Polizei. Sie bestanden darauf, mit Ian zu sprechen.

„Warten Sie einen Moment. Ich lasse Sie gleich rein.“

Er drehte sich zu ihr um. Er wusste, dass sie alles gehört hatte.

„Es wird alles gut“, sagte er weich. „Ich bin unschuldig.“

Sie zogen sich an. Er ging zur Haustür; sie bürstete schnell ihr Haar und sah in den Spiegel. Die blasse Frau, die ihr entgegenblickte, wirkte verängstigt – wie ein Kaninchen vor der Schlange.

Sie löste sich von ihrem Spiegelbild und in den Flur. Gerade legte Stacys Partner Ian Handschellen an.

„Was machen Sie da!“ rief sie. Drei Männer standen im Eingang – Detective McPherson, ein anderer Detective und ein Beamter in Uniform.

Detective McPherson sah sie entschuldigend an, dann richtete er seinen Blick wieder auf Ian. „Dr. Ian Westbrook, ich nehme sie fest wegen des Mordes an Elle Vanmeer und an Marsha Tanner. Sie haben das Recht, die Aussage zu verweigern. Sie haben das Recht auf einen Anwalt. Wenn Sie sich keinen leisten können …"

Wie benommen hörte Jane die Belehrungen, während sich ihre Gedanken überschlugen. *Was sollte sie jetzt tun? Was geschah als Nächstes?*

„Kommen Sie, Westbrook", sagte der Detective, den sie nicht kannte, und gab Ian einen kleinen Schubs Richtung Tür. „Zeit, Abschied zu nehmen."

Die Worte, ihr leicht ironischer Unterton, rissen sie aus ihrer Benommenheit.

„Warten Sie!" Sie lief zu ihrem Mann und warf die Arme um ihn. Sie hatte das Gefühl, als entrisse man ihr einen Teil von sich.

„Ich habe es nicht getan, Jane."

„Ich weiß." Sie legte ihr Gesicht an seines. „Alles wird gut. Ich werde herausfinden, wer …"

Der uniformierte Beamte machte ihre Arme los. „Wir müssen ihn jetzt mitnehmen", sagte Mac. „Tut mir Leid."

Sie schrie auf, streckte flehend die Hände aus, doch sie führten Ian schon die Treppe hinunter.

„Ruf Whitney an", rief Ian ihr über die Schulter zu. „Er wird wissen, was zu tun ist."

Jane eilte ihnen nach, bis hinaus vor das Haus; Tränen strömten über ihr Gesicht. „Nein!" schrie sie, als der uniformierte Beamte Ian auf den Rücksitz des Wagens drückte. Laut rief sie Ians Namen.

Er sah sie durch das Fenster an, drehte seinen Kopf zu ihr, als der Wagen losfuhr.

Fort. Ihr entrissen.

Ihr Glück hatte sie verlassen.

Als der Wagen außer Sichtweite war, drehte sie sich um. Snake stand im Eingang seines Tattoostudios und starrte zu ihr herüber. Als sich ihre Blicke trafen, sträubten sich ihr die Nackenhaare. Ein Lächeln zuckte um seinen Mund. Er hob kurz die Hand zum Gruß und ging dann zurück in seinen Laden.

22. KAPITEL

Mittwoch, 22. Oktober 2003
20.50 Uhr

Jane brauchte ein paar Minuten, um Whitney Barnes Privatnummer herauszubekommen, aber sie fand sie schließlich auf Ians Palm. Sie hatte das Gerät in Ians Jackentasche entdeckt, die Nummer abgefragt und den Palm dann in ihre Handtasche gesteckt – für den Fall, dass sie ihn später noch brauchen würde. Whitney oder Whit, wie ihn seine Freunde nannten, war Ians Firmenanwalt und langjähriger Freund.

Mit bebender Stimme erklärte Jane ihm, was passiert war. Er sagte, sie solle ruhig bleiben, er wäre in fünfzehn Minuten bei ihr. Außerdem schlug er vor, einen Familienangehörigen oder Freund anzurufen.

Jane war schon dabei, Stacys Nummer zu wählen, als ihr einfiel, dass ihre Schwester zur anderen Seite gehörte. Stattdessen rief sie Dave an.

Beim Klang seiner Stimme brach sie in Tränen aus. Auch er versprach, so schnell wie möglich bei ihr zu sein.

Sie legte auf und begann, auf und ab zu gehen. Zu den Vorderfenstern, von wo aus sie ängstlich auf die Straße schaute, dann wieder zurück in die Küche. Sie kochte Kaffee, erinnerte sich, dass sie kein Koffein zu sich nehmen durfte, und schüttete ihn weg. Sie füllte den Wasserkessel, um sich einen Kräutertee zu machen.

Sie sprach mit Ranger und betete laut, schwankte zwischen Verzweiflung und Ungläubigkeit, Wut und Trauer. Als sie von draußen etwas hörte, eilte sie in den Flur. Sie riss die Tür auf, rannte hinunter zur Haustür, nur um zu entdecken, dass dort niemand war. Das Pfeifen des Kessels trieb sie wieder in die Wohnung zurück.

Schließlich klingelte es an der Tür. Mit einem erleichterten Aufschrei rannte sie zur Gegensprechanlage. Doch es waren weder Dave noch Whit. Sondern Stacy.

„Ich habe es gerade gehört." Stacy klang atemlos. „Ich bin so schnell gekommen, wie ich konnte."

Jane brauchte einen Moment, bis sie antworten konnte. „Du hast es gerade gehört? Ich bitte dich, du bist eine von ihnen."

„Bin ich nicht! Ich wurde heute Nachmittag von dem Fall abgezogen. Interessenskonflikt. Anordnung von meinem Captain. Ich wusste nicht, was kommt, das versichere ich dir." Sie senkte die Stimme. „Wir sind Schwestern, Jane. Eine Familie."

Jetzt waren sie eine Familie. Vor vierundzwanzig Stunden hatte sie noch ganz anders geklungen.

Schmerzerfüllt ließ sich Jane gegen die Wand sinken. Ihre Welt zerbrach.

„Ich möchte dich nicht allein lassen."

„Mach dir keine Sorgen um mich. Ich habe Dave angerufen."

„Du hast gesagt, ich soll zu dir kommen, wenn ich bereit bin, dir auf halbem Weg entgegenzukommen. Hier bin ich, Jane. Lass mich bitte hinauf."

Ein Schluchzen steckte in ihrem Hals. „Warum jetzt, Stacy? Weil ich am Boden bin? Weil ich alles hatte und es nun verloren habe?" Ihre Stimme wurde lauter. „Sie haben meinen Mann in Handschellen abgeführt!"

„Ich wollte nicht, dass so etwas geschieht. Ich möchte nicht, dass du unglücklich bist."

Sie glaubte ihr nicht. Warum sollte sie? Und genau das sagte sie ihr auch.

Eine Weile erwiderte Stacy nichts. Als sie sprach, klang sie bedrückt. „Wenn du mich brauchst, weißt du, wo du mich findest."

Mehrere Minuten stand Jane an der Gegensprechanlage, hilflos. Mit einem Aufschrei lief sie schließlich die Stufen des Treppenhauses hinunter, riss die Haustür auf. „Stacy!" rief sie. „Warte!"

Sie war fort.

„Jane!"

Sie wandte sich um. Dave eilte auf sie zu.

Sie rannte ihm entgegen; er fing sie in seinen Armen auf. „Alles in Ordnung mit dir?" fragte er.

„Nein." Ihr Blick war vor Tränen verschwommen. „Sie haben Ian mitgenommen. Sie glauben, dass er diese beiden Frauen ermordet hat!"

„Es kommt schon in den Nachrichten."

„So … so bald? Wieso?"

„Keine Ahnung. Es tut mir Leid."

Whitney Barnes war ebenfalls angekommen. Er eilte über den Bürgersteig auf sie zu, ein großer, schlanker, eleganter Mann. „Ich kam, so schnell ich konnte. Du kennst den Verkehr in Dallas."

Jane stellte die Männer einander vor. Nachdem sie sich die Hände geschüttelt hatten, blickte der Anwalt Jane an. „Warum gehen wir nicht hinauf?"

Sie nickte und führte die beiden Männer in die Wohnung, ins Wohnzimmer. Mit vorm Körper gefalteten Händen wandte sie sich an den Anwalt. „Er hat es nicht getan, Whit. Er ist unschuldig."

„Ian hat mich heute Abend angerufen, bevor er die Praxis verließ, insofern bin ich über die Ereignisse bis dahin informiert. Erzählen Sie mir genau, was hier heute Abend passiert ist."

„Sie haben ihm Handschellen angelegt. Sie sagten, dass er wegen beider Morde festgenommen sei."

„Haben sie ihm seine Rechte verlesen?"

„Ja."

„Okay, hier sind die Fakten. Du solltest dich lieber setzen."

Sie setzte sich auf die Couch. Dave stellte sich beschützend hinter sie und legte seine Hände auf ihre Schultern.

„Bist du so weit?" fragte Whit. Sie nickte, und er begann. „Da sie Ian festgenommen haben, glauben sie, genug gegen ihn in der Hand zu haben, um ihn anzuklagen. Wie auch immer, sie können ihn achtundvierzig Stunden ohne Anklage festhalten und haben zwei weitere Tage bis zur Anklageschrift. Die Verlesung der Anklage bedeutet, dass der Verdächtige offiziell beschuldigt wird. Da die Uhr ab diesem Moment läuft, werden sie zweifellos jede Minute nutzen, die sie haben."

„Was meinst du damit, dass die Uhr läuft?"

„Für ein schnelles Verfahren, Jane. Ein Grundrecht, das von der Verfassung garantiert wird. Ab dem Zeitpunkt der Anklage hat die Justiz in diesem Staat hundertachtzig Tage Zeit, um den Gerichtsprozess zu eröffnen."

„Hundertachtzig Tage", wiederholte sie schwach und rechnete nach. Sechs Monate. Ian könnte sechs Monate lang eingesperrt sein. Wie sollte er das aushalten? Wie sollte sie es aushalten?

„Das darf nicht passieren, Whit."

„Aber so ist es. Und zu wissen, was einen erwartet, macht es ein bisschen leichter."

Sie nahm an, dass er Recht hatte, doch fühlen konnte sie es nicht. Im Moment gab es nichts, was die Sache leichter machen konnte. Oder besser. Außer, dass Ian als freier Mann durch die Tür käme.

„Bei der Anklageverlesung wird Ian seinen Einspruch vorbringen, und der Richter wird die Kaution festsetzen." Er hob die Hand, um ihre Antwort abzuwehren. „Freu dich nicht zu früh. In Texas gibt es bei Kapitalverbrechen keine Freilassung auf Kaution."

„Kapitalverbrechen." Sie sah verwirrt von Whit zu Dave. „Was bedeutet das?"

„Zum Beispiel der Mord an mehreren Personen."

Ihr wurde schlecht. Dave drückte aufmunternd ihre Schulter.

„Sie werden ihn ins Frank-Crowley-Gebäude bringen. Ich fahre hin, obwohl ich heute Abend wahrscheinlich nicht mehr viel erfahre. Morgen früh werde ich das Büro des Bezirksstaatsanwalts aufsuchen, vielleicht sagen sie mir, was sie gegen Ian in der Hand haben. Manche Staatsanwälte halten ihre Beweise lieber unter Verschluss. Andere legen sie offen auf den Tisch. Sie wollen rechtzeitig erfahren, ob die Anklage auf schwachen Füßen steht, um sie vorher zurückzuziehen oder den Fall abzugeben. Damit ersparen sie sich den Ärger und dem Staat die Ausgaben."

„Und unser Bezirksstaatsanwalt?" fragte Dave.

„Terry Stockton ist normalerweise recht zugänglich. Aber er kann ein harter Hund sein. Kommt darauf an, aus welcher Richtung der Wind weht."

Whit erhob sich. „Bleib ganz ruhig. Sobald Ian im Gefängnis ist, darf er seinen Rechtsbeistand sehen. Ich spreche mit ihm, sage ihm, dass es dir gut geht und dass seine Rechte nicht verletzt wurden. Bis morgen wird nichts Wesentliches passieren."

„Ich komme mit dir."

„Du wirst ihn nicht sehen dürfen, Jane. Es gibt dort nichts für dich zu tun."

„Er ist mein Mann. Ich komme mit."

Whit sah Dave Hilfe suchend an. Dave zuckte die Achseln.

„Sie hat sich entschieden, mein Lieber. Ich weiß aus Erfahrung, dass sie nicht umzustimmen ist, wenn sie sich entschieden hat."

„Na gut. Trotzdem eine Warnung: Das Frank-Crowley-Gerichtsgebäude ist nicht gerade der Mittelpunkt der Zivilisation. Vor allem nicht zu dieser Tageszeit."

„Ich bin bereit", sagte sie und stand auf. „Damit kann ich umgehen."

23. KAPITEL

Mittwoch, 22. Oktober 2003
23.25 Uhr

Sie hatte sich geirrt – dafür war sie nicht bereit, damit konnte sie nicht umgehen. Im Frank-Crowley-Gerichtsgebäude war eine Menge los, sogar zu so später Stunde mitten in der Woche. Huren, Cops, Gangmitglieder und Betrunkene, aufgeregte Angehörige, Anwälte und Opfer unter Schock – alles zusammen zeigte ein bizarres, mitunter erschreckendes Abbild der Menschheit.

Als ein Betrunkener sich über ihre Schuhe erbrach, verlor sie die Fassung. Immerhin schaffte sie es bis zur Toilette, bevor sie ihr Essen erbrach. Dann, allein in der Abgeschiedenheit der Toilettenkabine, brach sie zusammen.

Durch reine Willenskraft riss sie sich wieder zusammen. Weil sie für Ian stark sein musste.

Und weil sie tatsächlich stark war.

Wie Whit es vorausgesagt hatte, wurde nur er zu Ian vorgelassen. Ian, so erzählte er später, war sehr mitgenommen, aber ansonsten wohlauf. Er machte sich Sorgen um sie.

Whit versprach ihr, sie am nächsten Morgen anzurufen, um ihr das Neueste zu berichten und ihr eine Liste mit den besten Kriminalverteidigern zu geben. Bis zu jenem Moment hatte sie gar nicht daran gedacht, dass Whit ein Wirtschaftsanwalt und kein Strafverteidiger war und dass sie so schnell wie möglich einen anderen Anwalt beauftragen musste.

Dave fuhr sie nach Hause. Er hielt direkt vor ihrem Haus und schaltete den Motor aus. „Ich denke, es ist besser, ich bringe dich rauf“, sagte er.

Sie schenkte ihm ein dankbares Lächeln. „Du hast schon so viel für mich getan."

„Jane, dich zur Tür zu bringen, ist nicht ..."

„Nötig", vollendete sie seinen Satz. Sie drückte seine Hand. „Danke, dass du für mich da bist."

Er erwiderte den Druck. „Es tut mir wirklich sehr Leid. Ich wünschte, ich könnte etwas für dich tun."

„Das hast du schon." Den Schlüssel bereits in der Hand öffnete sie die Autotür. „Rufst du mich morgen an? Ich könnte eine Schulter zum Anlehnen brauchen."

„Die hast du. Ach, und Jane?" Sie sah ihn an. „Stacy gehört zu den Guten. Da bin ich mir sicher."

Tränen schossen ihr in die Augen. Sie erwiderte nichts und stieg aus. Sie ging zum Haus, drehte sich um, nachdem sie die Haustür aufgeschlossen hatte, und winkte.

Dave erwiderte den Gruß, dann fuhr er los.

Sie trat ins Treppenhaus. Es war kühl. Dunkel. Sie drückte auf den Lichtschalter neben der Tür. Nichts. Verwirrt versuchte sie es noch einmal, sie war sicher, dass Ian die Birne gerade erst ausgewechselt hatte.

Das zweistöckige Haus gehörte ihr, sie hatte es mit einem Teil ihrer Erbschaft gekauft. Die Wohnung befand sich im oberen Stock, ihr Atelier unten. Zugang zu beiden hatte man über die Tür zur Straße. Rechts von ihr lag die Treppe nach oben zur Wohnung, direkt vor ihr ein kleiner Korridor, der zu ihrem Atelier führte.

Jane blickte die steilen, dunklen Stufen hinauf. Dann in den Korridor vor ihr. Mondlicht fiel durch das Fenster und bildete vor ihren Füßen eine helle Pfütze, die die Schatten tiefer und schwärzer wirken ließ.

Sie drehte sich um, legte den Riegel vor und trat einen Schritt weiter in den Flur. Papier knisterte unter ihrem Fuß. Sie sah nach unten und entdeckte einen Umschlag, auf den ihr Name gekritzelt war. Sie bückte sich, um ihn aufzuheben, erstarrte dann beim Knarren der sich öffnenden Ateliertür.

Sie richtete sich mit hämmerndem Herzen auf. „Wer ist da?"

„Jane? Ich bin's, Ted."

„Ted?" wiederholte sie erleichtert. „Was tust du hier?"

Er schloss die Ateliertür hinter sich und kam zu ihr ins Treppenhaus. „Ich habe das mit Ian gehört. In den Zehn-Uhr-Nachrichten. Ich wollte sehen, ob du okay bist." Er griff nach ihren Händen und rieb sie. „Du siehst nicht sehr gut aus, Jane."

„Ich fühle mich auch nicht sehr gut."

„Komm, ich mach dir einen Tee."

Sie nickte, erinnerte sich dann an den Umschlag, hob ihn auf und steckte ihn in die Jackentasche.

Ted führte sie hinauf. Sie gab ihm die Schlüssel, und er schloss auf. Zusammen gingen sie in die Küche.

„Setz dich", sagte er. „Ich mache Tee. Du siehst aus, als ob du den vertragen könntest."

Sie streifte die Jacke ab, warf sie über den Tresen und ließ sich auf einen der Stühle sinken. Müdigkeit überkam sie. Sie ließ den Kopf in die Hände sinken und dachte daran, dass ihr nichts geblieben war – nicht einmal die Fähigkeit, klar zu denken.

Vage nahm sie wahr, wie Ted in der Küche herumhuschte, Schränke öffnete, den Kessel füllte, den Herd anmachte. Das Pfeifen des Kessels.

„Hier", sagte Ted sanft und stellte den Tee vor sie auf den Tisch.

Mühsam hob sie den Kopf und zwang sich zu einem winzigen Lächeln. Sie nahm einen Schluck. Es war Kamillentee.

„Was sagen sie?“ fragte sie. „In den Nachrichten?“

„Sondernachrichten“, berichtigte er sie. „Gesichtschirurg wegen zweifachen Mordes verhaftet. Sie nennen seinen Namen und zeigen sein Bild.“

Er sagte das so beiläufig wie möglich, doch sie krümmte sich trotzdem. Allein beim Gedanken daran wurde ihr übel.

„Er hat es nicht getan, Ted. Es ist alles ein Irrtum.“ Als sie die Worte ausgesprochen hatte, fragte sie sich, wie oft in den letzten Stunden sie genau diese Worte gesagt hatte. Und wie oft sie sie noch sagen würde in den Stunden, Tagen und Wochen, die vor ihr lagen. „Er könnte es nicht“, fügte sie hinzu, weil sie sich genötigt fühlte, ihren Mann zu verteidigen. „So etwas Grausames könnte er gar nicht tun.“

„Mich musst du nicht überzeugen.“

Sie presste die Lippen zusammen und sah zur Seite.

„Was ist das?“ Er zeigte auf den Umschlag, der aus ihrer Jackentasche lugte.

„Keine Ahnung. Jemand muss ihn durch den Briefschlitz geschoben haben. Ich bin draufgetreten, als ich reinkam.“

„Willst du ihn öffnen?“

„Mach du es“, sagte sie, zog den Umschlag aus der Tasche und schob ihn über den Tisch. „Ich habe keine Kraft mehr.“

Wieder vergrub sie den Kopf in ihren Händen. Sie hörte, wie Ted den Umschlag aufriss, hörte das Rascheln des Papiers, sein scharfes Einatmen.

Sie sah auf. Das sowieso schon blasse Gesicht ihres Assistenten war aschfahl. „Was?“

Er schüttelte den Kopf, schob das Papier wieder in den Umschlag. „Nichts. Es ist nichts. Nur Müll.“

„Quatsch.“ Sie zitterte. „Gib es mir.“

„Jane, bitte. Du möchtest nicht …"

„Gib es mir." Widerstrebend reichte er ihr den Umschlag. Sie öffnete ihn und zog den Inhalt heraus. Es war ein Zeitungsartikel über den Unfall vom 13. März 1987. Mit einem Bild von ihr.

In breiten Buchstaben hatte jemand quer über das Bild geschrieben: *Ich habe es mit Absicht getan. Um deine Schreie zu hören.*

24. KAPITEL

Donnerstag, 23. Oktober 2003
0.05 Uhr

Das Klingeln des Telefons riss Stacy aus tiefem Schlaf. Schlagartig wach, griff sie zum Hörer und meldete sich noch vor dem zweiten Klingeln.

„Hier ist Killian."

„Stacy, hier ist Ted Jackman. Janes Assistent."

Sie setzte sich auf und schwang die Beine über die Bettkante. „Ist mit Jane alles in Ordnung?"

Er zögerte. „Äußerlich ja. Aber ... jemand hat eine seltsame Nachricht durch den Briefschlitz geschoben. Sie ist ziemlich durcheinander. Ich glaube, Sie sollten besser herkommen."

Stacy stand auf und ging zur Kommode. Während sie den Hörer zwischen Ohr und Schulter eingeklemmt hielt, öffnete sie die obere Schublade, nahm einen Pullover heraus und schob sie mit der Hüfte wieder zu. Aus der zweiten Schublade holte sie ihre Jeans. „Hat die Nachricht irgendetwas mit Ian zu tun oder mit den Morden, die er begangen haben soll?"

„Nein. Zumindest glaube ich das nicht. Es geht um einen Zeitungsausschnitt. Von 1987."

Stacys hielt inne. „Ist das alles?"

„Er hat etwas draufgeschrieben. Dass er es absichtlich getan hat. Um sie schreien zu hören."

„Ich bin schon unterwegs."

Stacy legte auf und rief sofort Mac an.

„Hier ist Stacy", sagte sie, als er sich meldete. „Wir treffen uns bei meiner Schwester, komm so schnell wie möglich."

Weniger als fünfzehn Minuten später kamen sie nahezu gleichzeitig dort an.

„Was ist los?“ fragte Mac, als er aus dem Wagen stieg.

„Janes Assistent hat angerufen. Jemand hat einen alten Zeitungsartikel über Janes Unfall durch den Türschlitz geschoben. Mit einer Nachricht, dass er es absichtlich getan hätte.“ Stacy strich sich eine Haarsträhne hinters Ohr. „Ich dachte, ich sollte dich für alle Fälle lieber mit einbeziehen.“

Die Tür öffnete sich. Ted winkte sie herein. Seien Sie vorsichtig, das Licht ist kaputt.“ Auf dem Weg nach oben erklärte er ihnen, dass er durch die Nachrichten von Ians Verhaftung erfahren hatte und zu Jane gefahren war, um nach ihr zu sehen. „Der Umschlag lag im Flur, auf dem Boden. Sie entdeckte ihn, als sie drauftrat.“

Sie trafen Jane im Wohnzimmer an, wo sie mit angewinkelten Knien in eine Decke gehüllt auf dem Sofa kauerte. Sie sah auf, als Stacy ihren Namen rief.

„Ich wusste es immer“, flüsterte sie. „Ich wusste immer, dass er es mit Absicht getan hat.“

Stacy warf Mac einen Blick zu und ging dann zu ihrer Schwester. Sie kniete sich vor ihr auf den Boden. „Wo ist der Ausschnitt, Jane?“

Jane wies auf den Tisch hinter sich. Stacy wandte sich um, sah den Umschlag.

Wieder schaute sie zu Mac, der kurz nickte und ihr damit sein Einverständnis signalisierte weiterzumachen. Sie nahm ein Kleenex aus der Schachtel, die neben Jane auf dem Sofa lag, um keine weiteren Fingerabdrücke auf dem Umschlag und seinem Inhalt zu hinterlassen. Sie las den Ausschnitt zweimal, stand dann auf und gab ihn Mac. Nachdem er ihn gelesen hatte, gab er ihn kommentarlos zurück.

Jane brach das Schweigen. „Es ist genau wie in meinem Alptraum. Er kommt zurück. Um es zu beenden."

Stacys Mund wurde trocken. „Wahrscheinlich hat hier nur jemand einen schlechten Scherz gemacht."

„Nein." Jane schüttelte den Kopf. „Es ist von ihm. Ich weiß es."

Stacy ging wieder zur Couch, nahm die Hände ihrer Schwester, die eiskalt waren, und rieb sie sanft. „Denk mal darüber nach. Der Zeitpunkt könnte natürlich nicht schlechter sein, doch die Wahrscheinlichkeit, dass der Rennbootfahrer von vor sechzehn Jahren dafür verantwortlich ist, ist fast null. Irgendjemand ist durch die aktuellen Berichte auf dich aufmerksam geworden. Gerade ist *Texas Monthly* rausgekommen. Fast ganz Dallas weiß um deine Vergangenheit. Das ist nur der Scherz irgendeines kranken Bastards."

Jane entzog ihr die Hände und ballte sie zu Fäusten. „Mag sein, dass er mich durch die Zeitungsberichte gefunden hat, aber er ist es."

Stacy blickte von ihrer Schwester zu Mac, dann zu Ted. Ihr Partner sah besorgt aus, Ted schaute Jane durchdringend an. Stacy wurde in diesem Moment klar, wie sehr sich der Mann um ihre Schwester sorgte.

„Mac und ich werden der Sache nachgehen. Wir werden den Umschlag und den Ausschnitt auf Fingerabdrücke und andere Spuren untersuchen. Habt ihr beide ihn angefasst?"

„Ja", erwiderte Ted. „Tut mir Leid."

Stacy erhob sich. „Ruf mich an, wenn du noch irgendetwas in der Art bekommst. Versprochen?" Jane nickte, und Stacy ging zur Tür. Im Türrahmen blieb sie stehen; das Angebot, dazubleiben, lag ihr auf der Zunge.

Jane hielt sie für ihre Feindin. Daran hatte sie keinen Zweifel gelassen, als sie beim letzten Mal ihre Hilfe angeboten hatte.

Jane blickte sie an, ihre Augen waren glasig. „Ich war immer die Einzige, die glaubte, dass er es mit Absicht getan hat", sagte sie. „Aber ich war eben auch die Einzige da draußen im Wasser."

Stacy sah ihre Schwester einen Moment voller Schmerz an. Schuldbewusst. Ja, ihre Schwester war an jenem Tag die Einzige da draußen im Wasser gewesen. Sie, die Ältere von beiden, diejenige, die sich verantwortungsvoll hätte verhalten sollen, hatte sie zum Schwimmen ermutigt.

„Wenn du etwas brauchst, ruf mich an. Jederzeit."

Die Worte klangen hohl. Sie wusste, dass Jane ihr nicht glaubte. Dass sie ihre Worte für eine leere Phrase hielt.

Sie und Mac gingen hinaus. Er begleitete sie zu ihrem Wagen. „Vielleicht solltest du bei ihr bleiben?"

Sie sah hoch zum Fenster ihrer Schwester. „Sie will mich nicht dahaben."

„Da bin ich mir nicht so sicher. Du bist ihre Schwester."

„Nicht heute Nacht. Heute Nacht bin ich das Gesetz."

Eine Windbö blies ihr das Haar ins Gesicht. Er strich es ihr hinters Ohr zurück. „Wir müssen reden."

Die Vertrautheit und Intimität der Geste überraschte sie. Er stand zu nah, näher als ein Partner es sollte.

Verlegen trat sie einen Schritt zurück. „Worüber?"

„Über etwas, das ich während meiner Zeit bei der Sitte gehört habe."

„Wahr oder ausgedacht?"

„Das musst du entscheiden. Ich hörte es von einem schmierigen kleinen Spitzel, den wir Doobie nannten." Mac sah kurz zur Seite. „Er war einer von diesen Typen, die ständig über ihr Leben jammern. Darüber, dass an allem, was ihnen zugestoßen ist, andere die Schuld tragen."

„Über wen reden wir hier? Einen Zuhälter? Einen Buchmacher?"

„Beides. Ein Verlierer und kleiner Ganove. Wie auch immer, er behauptete, ein Vorfall aus seiner Teenagerzeit sei die Wurzel all seines Übels."

Mac atmete tief durch. „Er und ein Freund hatten die Schule geschwänzt und sich mit einem Kasten Bier auf dem Boot vergnügt, das dem Vater des Freundes gehörte. Sie amüsierten sich, bis sie einem Schwimmer begegneten. Einem Mädchen. Allein da draußen auf dem See."

Stacy wusste, was jetzt kam. Sie wappnete sich.

„Es fing, das dachte jedenfalls Doobie, als Scherz an. Sein Freund hielt auf die Schwimmerin zu. Um sie zu erschrecken. Damit sie sich vor Angst in die Hose machte. Er dachte, sie hätten einfach ihren Spaß, niemand würde ernsthaft verletzt. Doch sein Freund wich mit dem Boot nicht aus. Doobie versuchte, ans Steuer zu gelangen, brüllte seinen Freund an, dass er anhalten soll. Und dann war es zu spät. Das Mädchen schrie. Da war ein ... dumpfer Schlag. Das Wasser färbte sich rot."

Stacy stellte fest, dass sie den Atem anhielt. Ihre Hände waren so fest zu Fäusten geballt, dass ihre Fingernägel sie in die Handfläche schnitten. Sie zwang sich, ruhig zu atmen, ihre verkrampften Hände zu lockern.

„Doobie heulte, er bat seinen Freund zurückzufahren und zu helfen. Der lachte ihn aber nur aus. Nannte ihn eine Memme. Er drohte ihm. Er sagte, er würde ihn umbringen, wenn er jemandem davon erzählte."

„Und das hat er geglaubt?" fragte Stacy.

„Die Familie des Jungen hatte Geld. Sie war recht einflussreich in Dallas."

Jane hatte immer darauf beharrt, dass er es mit Absicht getan hatte. Sie hatte Recht gehabt.

Und nun war er vielleicht wieder da.

Sie fühlte sich furchtbar. Sie bemühte sich, ihre Gefühle zu ignorieren, um Macs Geschichte richtig einordnen zu können. Um die einzelnen Elemente zu sortieren und zu entscheiden, wie der nächste Schritt aussehen konnte.

„Doobie sagte, danach wäre es nur noch bergab gegangen. Er sei niemals darüber hinweggekommen. Hätte niemals die Schreie des Mädchens aus dem Kopf bekommen, das Bild, wie sie da hilflos im Wasser trieb."

Da ging es ihm wie mir, dachte Stacy. „Wie hieß der Freund?" wollte sie wissen. „Der, der das Boot gefahren hat?"

„Keine Ahnung. Er wollte es mir nicht sagen."

„Ich möchte den Namen wissen."

„Ich werde rumfragen. Vielleicht kriege ich raus, wo er ist. Kann allerdings sein, dass er schon lange tot ist. Typen wie er machen es meist nicht lang."

„Das ist nur fair."

Er sah sie einen Augenblick abschätzend an. „Es ist verdammt unwahrscheinlich, dass derjenige, der ihr den Zeitungsausschnitt zukommen ließ, derselbe Mann ist, der sie vor sechzehn Jahren über den Haufen gefahren hat. Das hast du doch selbst gesagt, oder? Warum sollte dieser Typ nach all diesen Jahren wieder auftauchen?"

Sie lachte rau. „Stimmt. Doch selbst diese verdammt geringe Wahrscheinlichkeit bereitet mir Unbehagen. Sie ist doch meine Schwester, Mac."

„Dieser Satz auf dem Ausschnitt – ‚Ich habe es mit Absicht getan, um deine Schreie zu hören' –, wie sicher bist du, dass diese Worte nicht in irgendeinem Artikel standen, der zu jener Zeit erschien? Jane oder auch jemand anders könnte es gesagt haben. Das wäre eine Aufsehen erregende Schlagzeile gewesen."

Stacy konnte es sich vorstellen: *Mädchen behauptet, er habe es mit Absicht getan.*

„Ich bin nicht sicher", murmelte Stacy. „Aber ich werde es prüfen." Sie runzelte die Stirn. „Doch die wichtigste Frage ist: Wie sollen wir damit umgehen? Behandeln wir es als schlechten Scherz oder als ernst zu nehmende Drohung?"

„Willst du meine Meinung wissen?"

„Natürlich."

„Erst einmal als schlechten Scherz. Wenn sie noch mehr von ihm hört, ändere ich meine Meinung." Mit zusammengezogenen Brauen sah er zu Janes Fenster hoch. „Wie gut kennst du Ted?" fragte er.

„Ted? Nicht besonders, obwohl er schon länger bei meiner Schwester ist. Sie hält große Stücke auf ihn, und ich glaube, sie vertraut ihm absolut. Warum?"

„Er war da, als sie nach Hause kam. Der Umschlag ebenfalls. Könnte Zufall sein."

„Oder auch nicht", vollendete sie. Einen Moment lang schwiegen sie. „Vielleicht sollte ich ihn überprüfen lassen."

„Gute Idee. Ich sage meinen Kumpels bei der Sitte Bescheid."

Er hielt ihrem Blick stand. Wieder fiel ihr die Intensität seiner Augen auf. Und wie sie darauf reagierte.

Er sah auf die Uhr. „Ich möchte diese Party nicht als Erster verlassen, aber mir steht ein harter Tag bevor."

„Dann los. Ich mache mich auch auf den Weg."

Sie öffnete die Wagentür. Bevor sie einsteigen konnte, rief er ihren Namen. Sie drehte sich um. „Ja?“

„Doobie, der Spitzel. Er hatte immer noch Angst vor diesem Typen, nach all den Jahren. Deshalb wollte er mir den Namen nicht nennen. Er sagte, dass dieser Typ der furchterregendste Hundesohn sei, den er je kennen gelernt hätte.“

25. KAPITEL

Donnerstag, 23. Oktober 2003
1.15 Uhr

Noch lange, nachdem Mac weggefahren war, saß Stacy hinterm Steuer ihres Bronco und starrte hinauf zu den Fenstern von Janes Wohnung. Sie machte keinerlei Anstalten, den Motor anzulassen, obwohl ihr kalt war und ihre um das Lenkrad geklammerten Hände taub geworden waren.

Der Junge war der furchterregendste Hundesohn, den er je kennen gelernt hatte.

Ich habe es mit Absicht getan. Um deine Schreie zu hören.

Ebenso wie Macs Spitzel war es ihr nie gelungen, Janes Schreie aus dem Kopf zu bekommen. Sie konnte sie jederzeit hören, wenn sie es zuließ.

Stacy lehnte ihren Kopf an die Nackenstütze und schloss die Augen. Ein Bild stieg in ihrem Kopf auf – nicht das jenes furchtbaren Tages am See, nicht einer der vielen Tatorte, die sie im Laufe der Jahre gesehen hatte, sondern das Gesicht von Mac. Wie er ihr das Haar hinters Ohr gestrichen hatte. Sein Lächeln. Die Intensität seines Blicks.

Er hatte sie angesehen, wie ein Mann eine Frau ansieht, von der er sich angezogen fühlt.

Sie musste erschöpfter sein, als sie dachte. Stacy setzte sich auf und steckte den Schlüssel in die Zündung. Mac fühlte sich nicht von ihr angezogen. Und sie war nicht so dumm, sich von ihm angezogen zu fühlen. Sie waren Partner. Jede Art von Beziehung, die darüber hinausging, wäre Selbstmord.

Mit einem Schlag konnte sie ihren Ruf verlieren, für den sie so hart gearbeitet hatte. Wer mit seinem Partner schlief, wurde zur Lachnummer. Das war's. Geheimhaltung konnte man vergessen, solche Neuigkeiten verbreiteten sich immer. Dass daraus eine Beziehung wurde, konnte man ebenfalls vergessen, das funktionierte nicht.

Verärgert über ihre Gedanken und über das Verlangen, das an ihr nagte, drehte sie den Schlüssel um, und der Motor sprang an. Sie legte den ersten Gang ein und sah ein letztes Mal hoch zum Fenster ihrer Schwester.

Ted Jackman stand da und starrte zu ihr hinunter; seine Silhouette zeichnete sich gegen das Licht ab.

Ein Schauer überlief sie.

Wie gut kennst du Ted Jackman?

Nicht gut genug, um ihm zu trauen, stellte sie fest. Nicht gut genug, um ihre Schwester in seiner Obhut zu lassen.

Leise fluchend klappte sie ihr Handy auf und wählte Janes Nummer. Ihre Schwester meldete sich sofort.

„Jane, hier ist Stacy. Ich bin unten." Stacy gab ihr keine Möglichkeit zu antworten. „Du solltest heute Nacht nicht allein sein. Ich glaube, ich sollte bei dir bleiben."

„Es ist alles in Ordnung", antwortete Jane steif. „Ted ist noch hier. Er hat angeboten zu bleiben."

„Ich bin deine Schwester. Dich zu beschützen ist meine Aufgabe."

„Und ich hatte den Eindruck, du wärst als Polizistin hier gewesen."

„In erster Linie gehöre ich zur Familie." Als sie es aussprach, wurde ihr klar, dass sie es genau so meinte. Verflucht sei der Job; Jane war alles, was sie noch an Familie hatte. „Ich kann nichts dafür, was mit Ian geschieht. Und es gab nichts, womit ich es hätte verhindern können. Um genau zu sein, wurde ich sogar wegen meiner persönlichen Verwicklung getadelt, erst von meinem Partner, dann vom Captain. Ja", fuhr sie fort, „ich bin Polizistin. Doch schon viel länger bin ich deine Schwester. Und du brauchst mich, ob du es nun zugeben willst oder nicht. Lässt du mich jetzt hinauf, oder was?"

Einen langen Augenblick blieb Jane still. Gerade als Stacy ihr sagen wollte, wie dickköpfig sie sei, kapitulierte ihre Schwester. „Gib mir eine Minute."

Stacy stieg aus dem Wagen, schloss ab und lief zu Janes Haustür. Sie erreichte sie in dem Moment, als der Summer ertönte. Sie stieß die Tür auf und ging hinein. Ted kam die Treppe herunter; Jane stand oben im Türrahmen.

Stacy trat zur Seite, um Ted vorbeizulassen. Sie fing seinen Blick auf, die Boshaftigkeit darin überraschte sie.

„Wie bitte?" fragte sie.

Er wandte sich freundlich um. „Ich habe nichts gesagt."

Sie runzelte die Stirn. Hatte sie sich das nur eingebildet? Oder hatte er einfach seine wahren Gefühle ganz schnell verborgen?

„Danke, dass Sie geblieben sind", sagte sie.

Er nickte. „Jane ist mir wichtig. Natürlich bin ich geblieben."

Sie hörte die Anklage in seinem Ton, den Vorwurf: *Du bist Janes Schwester, warum warst du nicht hier?*

Schuldgefühle flackerten in ihr auf. Stirnrunzelnd beobachtete sie, wie die Tür hinter ihm ins Schloss fiel. Erst nachdem sie überprüft hatte, dass sie wirklich zu war, ging sie die Stufen hinauf.

„Interessanter Typ", sagte sie, als sie oben ankam.

„Er ist sehr loyal."

Was heißen sollte, dass sie es nicht war. Stacy gab einen Ton von sich, der alles bedeuten konnte. „Wo hast du ihn aufgegabelt?"

„Eigentlich hat er mich aufgegabelt."

In Stacys Kopf schrillte eine Alarmglocke. Sie ließ sich nichts anmerken. „Kein Witz? Wo denn?"

„Er hatte eine meiner Ausstellungen gesehen und fragte mich, ob ich einen Job für ihn hätte. Ich hatte gerade beschlossen, dass ich einen Assistenten brauchte, und engagierte ihn." Sie schloss die Tür.

„Du hast ihn überprüfen lassen, oder?"

„Hör auf damit, Stacy."

„Womit?"

„Ich werde mein Leben nicht so leben."

„Was heißt so? Vorsichtig?"

„Misstrauisch. Das Schlechteste und nicht das Beste von den Menschen zu erwarten."

Stacy straffte die Schultern. „Das ist schön und gut, Jane. Nur bin ich nicht diejenige, der irgendein Perverser hässliche Briefchen durch den Türschlitz schiebt."

Ihre Schwester wurde rot. „Bist du gekommen, damit ich mich besser fühle oder schlechter?"

„Ich sage ja nur, dass gerade zurzeit ein bisschen mehr Vorsicht angebracht wäre."

„Ich habe Angst, okay? Panische Angst. Bist du jetzt zufrieden?"

„Nein", sagte Stacy sanft. „Ich mache mir Sorgen."

Janes Ausdruck entspannte sich. „Das Bett im Gästezimmer ist gemacht. Im Schrank sind Handtücher."

Das Gästezimmer lag im hinteren Teil der Wohnung. Stacy wollte sowohl ihrer Schwester als auch der Wohnungstür näher sein. „Wenn es dir nichts ausmacht, schlafe ich lieber auf der Couch."

Jane hatte nichts einzuwenden und machte sich auf die Suche nach Bettzeug. Wenig später kam sie zurück. „Ich habe dir ein Nachthemd mitgebracht. Eine neue Zahnbürste und andere Toilettenartikel findest du in der rechten Schublade der Frisierkommode. Bedien dich."

„Danke. Jane? Möchtest du reden?"

„Ich möchte nur ins Bett."

Stacy nickte. Sie verstand. „Dann schlaf gut. Wir sehen uns morgen früh."

Mit einem unangenehmen Gefühl im Magen sah Stacy ihrer Schwester hinterher. Ist es normal, dass sich Geschwister so ungeschickt verhalten? fragte sie sich. Ist das zwischen anderen Schwestern auch so?

Sie legte ihr Schulterhalfter ab, legte es auf den Tisch und machte die Couch bettfertig. Als sie alles vorbereitet hatte, steckte sie die Pistole unter das Kopfkissen und ging ins Badezimmer, um sich das Gesicht zu waschen und die Zähne zu putzen. Nachdem sie das Nachthemd angezogen hatte, tapste sie zurück ins Wohnzimmer. Sie prüfte, ob die Waffe noch dort war, wo sie sie zuletzt hingelegt hatte, und schlüpfte dann unter die Decke.

Nachdem sie es sich bequem gemacht hatte, lag sie still da, die Sinne in Alarmbereitschaft. Sie nahm alles in sich auf – die Schatten, ihre Tiefe und Dunkelheit, die Geräusche in der Wohnung, das Ticken der antiken Kaminuhr, die entfernten Geräusche des Verkehrs, das Brummen der Heizung, die ansprang.

Und dann Janes Weinen. Das Schluchzen einer verzweifelten Frau.

Stacy schloss die Augen und fühlte mit ihrer Schwester. Sie hätte sie gerne getröstet. Aber sie wusste, dass nur Ian das konnte.

26. KAPITEL

Donnerstag, 23. Oktober 2003
8.45 Uhr

Stacy war schon fort, als Jane am nächsten Morgen in die Küche kam. Sie fand das Bettzeug säuberlich zusammengefaltet auf der Couch und einen Notizzettel auf dem Küchentresen zusammen mit einer Thermoskanne frischen Kaffee. Sie sei mit Ranger rausgegangen und habe ihn gefüttert, hatte Stacy geschrieben. Sie würde später am Vormittag anrufen, um sich zu überzeugen, dass es Jane gut ginge. Sie hatte nicht weniger als vier verschiedene Nummern hinterlassen, wo Jane sie im Notfall erreichen konnte.

Jane goss sich einen Becher Kaffee ein. Ihre Hand zitterte. Sie fragte sich kurz, ob der Kaffee entkoffeiniert sei, entschied dann, dass, selbst wenn er es nicht war, ein paar Schlucke ihrem Baby nicht schaden konnten.

Ihr Baby.

Ich habe es mit Absicht getan. Um deine Schreie zu hören.

Jane setzte ihren Becher so hart auf dem Tisch ab, dass die Flüssigkeit auf die Granitoberfläche schwappte. Sie legte ihre Hände schützend auf den Unterleib, auf das Leben, das in ihr heranwuchs. In dem Moment erst wurde ihre Schwangerschaft, die Tatsache, dass sie ein Baby erwartete, wirklich real. Auf eine gewisse Weise war es das vorher nicht der Fall gewesen. Die Schwangerschaft war nicht länger nur ein Zustand, sondern ein Teil von ihr und Ian. Etwas, das eines Tages lächeln, laufen und sprechen würde.

Etwas, das sie unter allen Umständen beschützen musste.

Ich habe es mit Absicht getan. Um deine Schreie zu hören.

Egal, was Stacy oder ihr Partner sagten, die Botschaft stellte eine reale Bedrohung dar.

Er hatte sie gefunden. Er war gekommen, um das zu beenden, was er vor sechzehn Jahren begonnen hatte.

Aber diesmal ging es nicht nur um sie, nicht mehr. Diesmal ging es auch um das Kind, das sie erwartete. „Ich werde es nicht zulassen, dass er dir weh tut“, sagte sie ebenso sanft wie entschlossen. „Das verspreche ich dir.“

Sie trug den Becher zum Spülbecken, schüttete den Inhalt weg und spülte ihn aus. Dann füllte sie den Wasserkessel, holte den Kräutertee aus dem Schrank, nahm einen Muffin und den Frischkäse aus dem Kühlschrank, zerteilte den Muffin und steckte die Hälften in den Toaster.

Ted hatte ihr gestern Abend zugeredet, etwas zu essen; sie hatte trotz seiner Missbilligung abgelehnt. Er wäre jetzt sehr zufrieden mit ihr.

Sie dachte über ihren Assistenten nach. Wie hilfsbereit und verständnisvoll er gewesen war. Sie war dankbar für seine Freundschaft. Dankbar, dass er letzte Nacht bei ihr geblieben war. Wie hätte sie reagiert, wenn sie allein gewesen wäre?

Sie dachte an Stacys misstrauische Fragen über Ted, und ihr Lächeln erstarb.

Du hast ihn doch überprüft, oder?

Jane schüttelte den Kopf. Stacy hatte den Falschen im Visier. Sie vertraute Ted völlig; er hatte ihr niemals einen Anlass gegeben, das nicht zu tun. Im Gegenteil.

Das Wasser und der Toast waren gleichzeitig fertig. Sie bereitete den Tee zu, schmierte Käse auf den Muffin und trug dann beides zum Tisch, während sie noch immer über Ted nachdachte. Ted hatte ihr geglaubt, dass der Ausschnitt und die darauf gekritzelte

Nachricht eine Drohung darstellten, dass der Absender jener Verrückte sein könnte, der sie vor sechzehn Jahren mit dem Rennboot überfahren hatte.

Er hielt es für möglich. Aber nicht für wahrscheinlich.

Wenn es nicht der Mann aus ihrer Vergangenheit war, wer dann? Sie biss in den knusprigen Muffin. Noch ein Verrückter? Wie viele waren erlaubt in einem Leben?

Nein. Tief im Inneren wusste sie, dass der Ausschnitt von ihm war, dem Mann, der sie fast umgebracht hatte.

Sie nahm noch einen Bissen. Seltsamerweise verspürte sie eine gewisse Erleichterung. Der Ausschnitt mit der Botschaft bestätigte, was sie die ganze Zeit gewusst hatte: dass er es mit Absicht getan hatte.

Sie beendete ihr Frühstück. Danach fühlte sie sich tatsächlich deutlich besser.

Sie musste auf sich Acht geben. Um ihres Babys willen. Um stark zu bleiben für Ian.

Als sie den letzten Krümel vom Tresen wischte, klingelte das Telefon. *Bitte lass es Whit sein.* Sie sprang auf, um dranzugehen. „Hallo?"

„Jane, hier ist Dave. Ich wollte hören, wie es dir geht, bevor ich mit meinen Patienten beschäftigt bin. Irgendwelche Neuigkeiten heute Morgen?"

Sie brauchte einen Augenblick, um zu antworten. „Ich habe noch nichts von Whit gehört. Ich dachte, er wäre es."

„Soll ich auflegen?"

„Nein, ist okay. Ich habe eine Anklopffunktion."

„Geht es dir gut? Konntest du überhaupt schlafen?"

„Ja, ein bisschen. Stacy war hier. Das hat geholfen."

„Stacy?"

Er hörte sich verblüfft an. Ihr wurde klar, dass in den Stunden, seit er sie zu Hause abgesetzt hatte, viel passiert war – und dass er nichts davon wusste.

Sie erzählte ihm von Ted, wie sie den Umschlag gefunden und welche Botschaft er enthalten hatte.

Er fluchte. „Das kotzt mich an. Das Letzte, was du jetzt gebrauchen kannst, ist irgendein Verrückter, der dich terrorisiert."

„Nicht irgendein Verrückter, Dave. *Er.*"

„Du kannst nicht im Ernst glauben, dass der Typ derselbe ist, der dich 1987 beinahe getötet hat."

„Das kann ich, und das tue ich."

„Liebes, das entbehrt jeder Logik."

„Mein Leben entbehrt derzeit sowieso jeder Logik."

Er schwieg einen Moment, als ob er ihre Worte und wie er darauf reagieren sollte abwägen wolle. „Du hast dieses Gefühl wegen deines Alptraums. Wenn du einen Schritt zurücktrittst ..."

„Nein. Ich habe dieses Gefühl, weil ich weiß, dass es wahr ist. Er ist zurück. Er will beenden, was er begonnen hat."

„Tu dir das nicht an, Jane."

„Ehrlich gesagt, habe ich nicht den Eindruck, dass ich eine Wahl habe."

„Doch, die hast du." Sein Ton wurde eindringlich. „Mach dich nicht zum Opfer. Fatalismus kann gefährlich sein. Wenn er ..."

Ein Klicken in der Leitung zeigte ihr an, dass jemand anders anrief. Sie unterbrach ihren Freund. „Das könnte Whit sein", sagte sie. „Ich muss auflegen."

„Gut. Und sei vorsichtig. Ich möchte nicht, dass dir irgendetwas zustößt."

Sie nahm den anderen Anruf entgegen. Wie sie gehofft hatte, war es der Anwalt. „Gott sei Dank. Was ist passiert?"

„Ich parke gerade unten. Lass mich bitte rein."

Jane begrüßte ihn erwartungsvoll an der Tür.

„Ich war beim Bezirksstaatsanwalt", begann er ohne Vorrede. „Sie glauben, dass sie einen aussichtsreichen Fall haben."

„Einen aussichtsreichen Fall! Wie können sie …"

Er schnitt ihr das Wort ab. „Kurz gesagt ist es so, Jane. Die Polizei glaubt, dass Ian eine Affäre mit Elle Vanmeer hatte. Sie glauben, dass er sie getötet hat, als sie drohte, dir von der Beziehung zu erzählen."

Für einen Augenblick verschlug es ihr den Atem. „Das ist lächerlich. Das ist nicht wahr."

„Offensichtlich haben sie Beweise, die seine Untreue belegen."

Jane starrte den Anwalt an, sie hatte das Gefühl, als ob man sie in ein anderes Leben gestoßen hätte. In den Alptraum eines Fremden. Sie schüttelte den Kopf, sowohl um seine Worte abzuwehren als auch die Gefühle, die sie in ihr hervorriefen. „Das ist unmöglich. Was für Beweise sollten sie haben?"

Statt die Frage zu beantworten, fuhr er fort: „Er tötet seine Sekretärin, nachdem die Polizei mit ihr gesprochen hat, um sie zum Schweigen zu bringen. Eine Überprüfung seiner Finanzen ergab, dass er bis zum Hals in Schulden steckt. Seine Praxis ist insolvent, und er hat keine nennenswerten Aktiva. Wusstest du davon?"

„Natürlich. Er musste sich aus seiner Partnerschaft herauskaufen, und dann steckte er alles, was er noch hatte, in die neue Praxis."

„Was nicht sehr viel war. Im Prinzip hast du das ganze Projekt finanziert. Richtig?"

„Ja. Aber es war meine Idee. Ich habe ihn gedrängt, seine eigene Praxis aufzumachen. Ich wollte ihm helfen."

Der Anwalt sagte nichts dazu. Stattdessen suchte er ihren Blick. „Bist du absolut sicher, dass Ian dir treu war?“

„Ja.“ Sie faltete ihre Hände. „Absolut.“

„Gut. Denn die Anklage wird versuchten, ihn als untreuen, verzweifelten Ehemann hinzustellen. Als einen Ehemann, der auf das Geld seiner Frau angewiesen ist, um seinen großzügigen Lebensstil aufrechtzuerhalten. Deine Aussage wird für die Verteidigung entscheidend sein.“

Sie versuchte sich zu konzentrieren. Es war an der Zeit, das Geschehene nicht länger zu verleugnen, sondern aktiv zu werden. Sie würde nicht irgendwann aus einem bösen Traum erwachen; es würde nicht einfach aufhören.

Wenn sie einen Kampf wollten, sollten sie ihn haben. Sie war nicht dem Tode nahe gewesen, hatte nicht ein Dutzend höllischer Gesichtsoperationen durchgestanden, um sich jetzt ohne Gegenwehr ihr Glück stehlen zu lassen.

„Was soll ich also tun?“ fragte sie.

„Ich habe eine Liste mit den besten Verteidigern im Südwesten zusammengestellt. Zwei davon sind in Dallas. Ich habe sie an den Anfang der Liste gesetzt. Damit würde ich anfangen.“ Er zog einen Umschlag aus der Brusttasche seines Jacketts und reichte ihn ihr.

„Ich bin dir dankbar für alles, was du getan hast, Whit. Wirklich.“

„Ich bin auch weiter für dich da, Jane. Und für Ian. Übrigens habe ich Elton Crane, die Nummer eins auf der Liste, schon angerufen. Er hat einem Termin mit dir nach dem Mittagessen zugestimmt. Ich werde dich begleiten, wenn du das möchtest.“

„Ja“, sagte sie dankbar. „Gern.“

Da die Anwälte im Kino immer geschniegelt, agil und gut aussehend waren, hatte sie erwartet, dass der beste Verteidiger von Dallas ein bisschen wie Richard Gere aussah. Stattdessen wirkte Elton Crane wie eine Mischung aus dem Weihnachtsmann und einem verrückten Wissenschaftler. Obwohl er gepflegt und konservativ gekleidet war, standen seine dicken weißen Haare wild ab; er trug eine goldgeränderte Brille, und sein rundes, apfelwangiges Gesicht erinnerte an das einer Putte.

„Mrs. Westbrook." Er reichte ihr die Hand. „Schön, Sie kennen zu lernen. Ich bedaure Ihre Unannehmlichkeiten."

„Ich ebenfalls, Mr. Crane. Trotzdem kann ich Ihnen versichern, dass mein Mann unschuldig ist."

„Elton", verbesserte er sie und winkte sie zu der chamoisfarbenen Ledercouch im Konferenzbereich seines Büros. Das Panoramafenster hinter der Sitzgruppe bot einen großartigen Blick auf Dallas. „Darf ich Sie Jane nennen?"

„Bitte."

Sie ging zur Couch. Bevor sie sich setzte, schaute sie aus dem Fenster. Elton Cranes Kanzlei befand sich am Fountain Place, einer der bekanntesten und angesehensten Geschäftsadressen im Süden von Dallas. Von hier aus hatte er ungehinderte Sicht auf die Türme des Bank One Center.

Die Sekretärin kam mit einem Teller Schokoladenkekse und Kaffee herein. Sie stellte das Tablett auf dem Tisch ab. „Soll ich einschenken?"

„Lassen Sie nur, Susan. Vielen Dank."

Jane nahm auf der Couch Platz, Elton setzte sich ihr gegenüber. Sie lehnte sowohl Kaffee als auch Kekse ab. Das flaue Gefühl in ihrem Magen schloss jede Nahrungsaufnahme aus.

„Ich kannte Ihre Großmutter", sagte er. „Wir waren zusammen im Vorstand mehrerer Wohltätigkeitsvereine. Laurel Killian war eine sehr willensstarke Frau."

„Manche nannten sie rechthaberisch und stur."

Er lachte. „Wohl wahr."

Zu nervös für Smalltalk brachte Jane das Gespräch auf den Grund ihres Treffens. „Hat Whit Sie über die Einzelheiten von Ians Festnahme unterrichtet?"

„Das hat er." Sein Gesichtsausdruck wurde ernst. „Wie Sie bereits wissen, befindet sich Ihr Mann in ernsthaften Schwierigkeiten." Er blickte zu Whit, der nickte. „Er wird eines Kapitalverbrechens beschuldigt, was in Texas unter anderem den Mord ersten Grades an mehr als einer Person einschließt. Eine Anklage wegen eines Kapitalverbrechens macht unmöglich, auf Kaution entlassen zu werden, und erlaubt dem Staat, die Todesstrafe zu fordern."

Es dauerte einen Moment, bis sie die Bedeutung seiner Worte begriff. Als sie es tat, wurde ihr schwindlig, sie zitterte am ganzen Leib und stützte einen Arm auf die Lehne, um sich festzuhalten.

„Sie wollen nicht, Sie können nicht meinen, dass ... die Todesstrafe?"

„Ja", sagte er sanft und mit mitfühlender Miene. „Es tut mir Leid."

Sie hatte niemals groß über die Todesstrafe nachgedacht, hatte niemals die moralischen Auswirkungen erwogen, wenn ein Mensch zum Tode verurteilt wurde, hatte sich nicht einmal gefragt, ob sie selbst dafür oder dagegen war.

Nun war sie dagegen.

„In Texas ... wie ..."

Sie konnte nicht weitersprechen. Elton wusste, was sie fragen wollte. „Eine tödliche Injektion", sagte er.

Jane räusperte sich, versuchte, den Gedanken zu verdrängen. „Wird der Ankläger ... glauben Sie, dass er die ... das fordert?"

„Schon möglich, jedenfalls hege ich keinen Zweifel, dass die Anklage so genannte erschwerende Umstände geltend machen wird."

„Erschwerende Umstände? Ich verstehe nicht, was das bedeutet."

„Sind Sie mit den einzelnen Schritten eines Justizprozesses vertraut?"

Sie schüttelte den Kopf. „Nein. Tut mir Leid."

„Das muss Ihnen nicht Leid tun." Er lächelte leicht. „Aber viele Menschen sind fasziniert von diesen Dingen und halten sich selbst für Kriminalexperten. Wenn es Ihnen recht ist, hole ich ein wenig aus, um es Ihnen zu erklären."

Sie signalisierte ihm ihr Einverständnis: „Ian wurde verhaftet, aber noch nicht angeklagt. Vom Zeitpunkt der Verhaftung an hat die Staatsanwaltschaft achtundvierzig Stunden Zeit, um den Fall bei Gericht vorzutragen. Dies tun sie mit einer Anklageschrift, einem Dokument, in dem jemand, in diesem Fall Ian, eines Verbrechens beschuldigt wird. Wenn das Gericht der Anklage stattgibt, was mit einiger Sicherheit geschieht, wird die Anklageschrift dem Verteidiger übergeben. Genau zwei Tage später wird man Ian zur Anhörung vorladen, um ihm die Anklageschrift zu verlesen und seine Erklärung anzuhören. Was in der Anklageschrift steht, ist bindend. Der Staatsanwalt darf es sich später nicht anders überlegen, er darf keine geringere Strafe fordern – oder gegebenenfalls eine schwerere. Der Beklagte kann nur für das Verbrechen verurteilt werden, dessen er angeklagt wurde. Deshalb prüft man vor der Anklageschrift sorgfältig die Beweislage, um auszuloten, für welche Anklagepunkte man eine Verurteilung erreichen kann. Ein gerissener Staatsanwalt wird jede statthafte Anklage mit aufnehmen. Zum Beispiel sowohl Mord ersten als auch zweiten Grades. Will man die Todesstrafe beantragen, muss die Anklage das enthalten, was man erschwerende Umstände nennt. Dafür müssen bestimmte Kriterien erfüllt sein. Diese Kriterien unterscheiden sich von Bundesstaat zu Bundesstaat, doch sie beinhalten mehrfachen Mord, Mord aus Habgier, Mord aus niederen Beweggründen, Mord an Polizisten, Zeugen, Staatsanwälten und Richtern, besonders grausamen, perversen oder heimtückischen Mord und Mord an Kindern unter sechs Jahren."

Er hielt inne, als ob er ihr Zeit geben wollte, diese Informationen zu verarbeiten.

„Die Verbrechen, derer man Ian beschuldigt, erfüllen mehrere dieser Kriterien, Jane."

Er reichte ihr eine Schachtel Kleenex. Sie hatte gar nicht gemerkt, dass sie weinte. Sie nahm mehrere Tücher und tupfte sich die Augen ab.

Whit ergriff das Wort. „Gibt es nicht die Möglichkeit, dass die Staatsanwaltschaft entscheidet, die beiden Fälle getrennt zu behandeln?"

„Die gibt es", stimmte der andere Anwalt zu. „Der Vanmeer-Mord kann als Verbrechen aus Leidenschaft ausgelegt werden, was eine Anklage wegen Totschlags nach sich zöge. Der Tanner-Mord dagegen war weitaus heimtückischer und ganz offensichtlich geplant."

Whit sah Jane an. „Einem Verbrechen aus Leidenschaft", erklärte er, „fehlen zwei Aspekte, die einen Mord ersten Grades ausmachen: der Vorsatz und die Heimtücke."

„Genau", sagte Elton. „Falls die Staatsanwaltschaft beide Fälle zusammenfasst, schadet sie ein bisschen ihren Aussichten. Wenn die Geschworenen ihn wegen des einen Mordes nicht verurteilen, wird der andere Fall ebenfalls heikel. Es gibt keine geringere Anklage, auf die die Staatsanwaltschaft dann zurückgreifen kann. Trotzdem sagt mir mein Bauchgefühl, dass sie es mit Mord ersten Grades versuchen werden, dass sie eine sorgfältig zusammengestellte Anklage erheben, die beide Morde verbindet."

„Also", fuhr Elton fort, „sollten wir uns bis zur Übergabe der Anklageschrift auf den schlimmsten Fall vorbereiten – Mord ersten Grades mit erschwerenden Umständen."

Jane hörte den beiden Männern zu, versuchte, sich auf das Gesagte zu konzentrieren und nicht auf die Fassungslosigkeit, die sie erfüllte. Wenn sie Ian helfen wollte, musste sie die Verfahrensweise verstehen.

„Über die Todesstrafe wird erst nach dem Schuldspruch entschieden", fuhr Elton fort, „innerhalb der Urteilsverkündung im Prozess. In Texas werden die Jurymitglieder aufgefordert, folgende Fragen zu erwägen, wenn sie entscheiden, ob die Todesstrafe angebracht ist. Hat der Angeklagte den Mord mit Vorsatz verübt und mit dem Ziel, dass das Opfer stirbt? Ist es wahrscheinlich, dass der Angeklagte auch in Zukunft eine Bedrohung für die Gesellschaft darstellt? Und war das Verhalten des Angeklagten eine unangemessene Reaktion auf eine Provokation des Opfers, sofern eine Provokation vorlag? Wenn die Jury diese drei Fragen einstimmig bejaht, muss der Richter die Todesstrafe verhängen."

„Aber er hat es nicht getan", sagte sie schwach. „Es ist ein Irrtum ..."

Er lehnt sich mit ernstem Gesicht vor. „Und nun zu den guten Neuigkeiten, Jane. Ich muss nicht beweisen, dass Ihr Mann unschuldig ist. Er ist so lange unschuldig, wie die Staatanwaltschaft ihm nicht ohne jeden Zweifel nachweisen kann, dass er die Tat begangen hat. Die Beweislast liegt bei ihnen. Wir müssen nur die Behauptungen des Staatsanwalts anfechten. Zweifel säen."

„Wie werden Sie das machen?" fragte sie voller Hoffnung – zum ersten Mal, seit man Ian in Handschellen abgeführt hatte.

„Die Beweise prüfen, sie in Frage stellen. Darin bin ich Experte, vor allem bei Indizienbeweisen. Und nach allem, was ich bisher über den Fall weiß, haben sie nichts als Indizienbeweise gegen Ihren Mann. Zwar wurden so – oder mit noch weniger in der Hand – bereits viele Menschen verurteilt, doch die wurden nicht von mir verteidigt. Offen gesagt, Jane, bin ich der beste Verteidiger, den man für Geld haben kann."

Sie schaute Whit an, dann wieder Elton. „Es freut mich sehr, das zu hören."

„Aber ich muss Sie warnen. Die Situation verändert sich völlig, wenn Beweise ins Spiel kommen. Jurys lieben Beweise, weil sie sich auf etwas Konkretes berufen können, das ihren Urteilsspruch stützt. DNA von Blut oder anderen Körperflüssigkeiten. Fingerabdrücke. Augenzeugen, Haare oder Fasern."

„Das alles wird es nicht geben", sagte sie fest, „weil er es nicht getan hat."

„Das sollte unsere Arbeit erleichtern." Er legte die Fingerkuppen aneinander, sein breites, freundliches Gesicht flößte Vertrauen ein. „Aber vielleicht überfalle ich Sie damit? Wollen Sie mich überhaupt als Verteidiger Ihres Mannes engagieren?"

Irgendetwas an ihm mochte sie, auch wenn er ihr all die abschreckenden Fakten eröffnet hatte. Er wirkte einfach aufrichtig. Vertrauenswürdig. *Wie konnte ein solcher Kobold von einem Mann lügen?* Sie hätte darauf wetten können, dass ein fähiger Anwalt vor der Jury pures Gold wert war. Ihr Bauch sagte ihr, dass sie und Ian keinen besseren für seine Verteidigung finden würden.

„Auf jeden Fall. Sie haben den Auftrag."

„Soll ich Ihnen meine Honorarsätze aufschlüsseln?"

„Es ist mir egal, was Sie kosten. Whit sagt, dass Sie der beste sind, und ich vertraue ihm. Ich will meinen Mann zurück.

„Dann also gut." Er erhob sich. „Es ist Zeit, mit der Arbeit zu beginnen und zu beweisen, dass Ihr Mann unschuldig ist."

27. KAPITEL

Donnerstag, 23. Oktober 2003
15.30 Uhr

Das Jesse-Dawson-Staatsgefängnis, wo man Ian festhielt, war ein riesiges, strenges Gebäude mit winzigen Fenstern und ganz eindeutig eine Verschandelung der Landschaft. Im Gegensatz zu der mit roten Ziegeln und Glas schön gestalteten Fassade des Frank-Crowley-Gerichtsgebäudes auf der gegenüberliegenden Straßenseite wirkte das Gefängnis einsam und Angst einflößend. Ein Ort, auf den Eltern deuten und sagen: „Siehst du das? Sei brav, oder du kommst dorthin."

Drinnen, so hatte Jane erfahren, ging es ebenfalls streng zu. Die Offiziere der Einrichtung verhielten sich kühl, an der Grenze zur Unhöflichkeit.

Sie rieb sich fröstelnd die Arme. Trotz der Kälte hatte sie sich entschieden, draußen auf Elton zu warten. Sie spürte, wie sie immer wütender wurde.

Ian gehörte dort nicht hin. Sie würde ihn rausholen, koste es, was es wollte.

Elton war jetzt bei ihm. Er hatte geschätzt, dass ihr Gespräch dreißig oder vierzig Minuten dauern würde. Wenn er herauskam, war sie dran. Einmal in der Woche war ihr ein halbstündiger Besuch gestattet. Sie würden durch eine Glasscheibe voneinander getrennt sein und durften nur per Telefon und im Beisein einer Wache miteinander sprechen.

Ihn nicht berühren zu dürfen, würde eine Folter sein, doch wenigstens konnte sie sich selbst davon überzeugen, dass mit ihm alles in Ordnung war.

Nur noch ein paar Minuten.

Jane sah hinauf in den strahlend blauen Himmel. Gleich nach ihrem ersten Treffen hatte Elton mit dem Bezirksstaatsanwalt gesprochen, der die Anklage gegen Ian vertreten würde, und auch mit der Polizei. Er hatte erfahren, dass der Fall am Nachmittag bei Gericht vorgelegt würde. Der Staatsanwalt hatte Elton die Anklageschrift noch für den gleichen Tag versprochen. Abgesehen davon, dass er bei dem Fall zuversichtlich sei, hatte der Mann nicht viel gesagt.

Jane zitterte, allerdings nicht wegen der Kälte. Sie war zugleich ängstlich und hoffnungsvoll, wütend und resigniert. Wie konnte der Staatsanwalt zuversichtlich sein, wenn Ian unschuldig war? Sie sagte sich immer wieder, dass Elton Crane der Beste war, dass er die Beweise der Anklage in der Luft zerfetzen würde – vielleicht sogar, bevor es zum Prozess kam. Sie wagte sogar zu hoffen, dass der tatsächliche Mörder in der Zwischenzeit gefasst und Ian freigelassen werden würde.

Doch die Polizei suchte keinen tatsächlichen Mörder – sie ging davon aus, dass sie ihn schon gefunden hatte.

Während sie auf und ab schritt, ging sie im Geiste noch mal durch, was sie ihrem Mann sagen wollte, wie sie sich verhalten würde. Sie musste die Fassung bewahren, durfte nicht zusammenbrechen. Sie musste stark für ihn sein. Voller Vertrauen. Den Zeitungsausschnitt und die ominöse Botschaft wollte sie nicht erwähnen. Das würde ihn nur beunruhigen, sein Gefühl der Hilflosigkeit und Frustration noch steigern.

Sie hatte beschlossen, ihre Ausstellung abzusagen. Der Zeitpunkt war ungünstig. Sie brauchte all ihre Energie für Ian. Und für ihr Baby.

„Jane?“

Sie wandte sich um. Elton stand im Eingang. Er winkte sie herein.

„Wie geht es ihm?“ fragte sie.

„Gut“, versicherte Elton. „Er kann es kaum erwarten, Sie zu sehen.“

„Sie haben ihm alles erklärt?“

„Ja.“ Er nahm ihren Ellbogen und führte sie zum Empfangsschalter. Er sagte dem Beamten, wen sie sehen wollte, und sie trug sich ein. Sie passierten mehrere Metalldetektoren, ihre Handtasche wurde durch ein Röntgengerät geschoben.

Der Anwalt berührte ihren Arm. „Ich erledige einige Anrufe, während Sie bei Ian sind. Die Anklageschrift könnte eingetroffen sein.“

Sie folgte dem Wärter. Er führte sie zum Besucherraum, einer Reihe mit offenen Kabinen, die nur durch Plexiglas abgetrennt waren, ähnlich den Kassenschaltern in einer Bank. Ein einzelner Holzstuhl stand auf jeder Seite einer Kabine.

„Warten Sie hier“, sagte er und deutete auf die Kabine mit der Nummer 6.

Sie setzte sich. Sekunden verstrichen, die ihr wie Stunden schienen. Es fiel ihr schwer zu atmen. Sie faltete die Hände, die Innenflächen waren feucht.

Dann sah sie ihn. Mit einem leisen Aufschrei sprang sie auf die Füße. Sie wusste nicht, was sie erwartet hatte, aber nicht diesen resigniert wirkenden Mann im orangefarbenen Overall. Ian sah aus, als wäre er in den letzten achtundvierzig Stunden um fünf Jahre gealtert.

Sie nahm den Hörer. Er tat es ihr nach. Der Wärter, der Ian an seinen Platz geführt hatte, setzte sich hinter ihn, die Hand an der Waffe.

Als fühle er sich in der Gegenwart des Mannes unwohl, rückte Ian von ihm fort. Dabei erhaschte sie einen Blick auf die rechte Seite seines Gesichts. Er hatte einen hässlichen blauen Fleck am Kiefer.

„Mein Gott“, sagte sie alarmiert. „Was ist passiert?“

„Es ist nicht das, was du denkst. Ich bin hingefallen.“ Er beugte sich vor, sein Gesicht sehnsüchtig. „Ich konnte letzte Nacht nicht aufhören, an dich zu denken. Mir Sorgen zu machen. Darüber, was du tust. Was du denkst. Über das Baby.“

„Es geht uns gut. Es geht mir gut.“ Sie hielt den Hörer dicht ans Ohr, als ob ihn das näher bringen würde. „Sorg dich nicht um uns.“

„Doch, das muss ich. An dich zu denken ist das Einzige, was mich bei Sinnen hält. Ich vermisse dich so sehr. Ich vermisse ... uns.“

Jane bemühte sich, ihrer Verzweiflung Herr zu werden. „Es wird alles gut. Elton soll der Beste sein. Das hat Whit gesagt. Er wird dich hier rausholen.“

Ians Miene verdüsterte sich. „Er hat mir alles erklärt. Was sie behaupten. Ich habe es nicht getan, Jane.“

„Ich weiß, dass du es nicht getan hast.“

„Ich könnte niemandem ein Haar krümmen“, fuhr er fort, als hätte er sie nicht gehört. „Ich habe Marsha das letzte Mal an dem Abend gesehen, als sie die Praxis verließ. Und in der Nacht, als Elle ermordet wurde, war ich zu Hause.“

Sie legte ihre Hand an das Plexiglas, voller Verlangen, ihn zu berühren. Ihn zu halten. „Ich weiß“, sagte sie. „Ich glaube dir.“

Er legte seine Hand an ihre, und obwohl das Glas zwischen ihnen war, fühlte sie sich dadurch ein wenig getröstet. „Ich verdiene dich nicht.“

„Sag so etwas nicht.“

„Ich habe dich niemals betrogen, Jane. Ich liebe dich. Ich liebe unser Baby.“ Seine Stimme brach. „Du glaubst mir doch, oder?“

„Ja.“ Sie brachte nur ein geschluchztes Flüstern heraus. „Natürlich tue ich das.“

„Ohne dich würde ich das hier nicht durchstehen.“

„Wir werden es schaffen, Ian. Das verspreche ich dir. Ich werde beweisen, dass du unschuldig bist. Ich weiß nicht, wie, aber das werde ich.“

„Danke.“ Hinter dem Glas machte er eine zärtliche Bewegung mit den Fingern.

„Ich sage meine Ausstellung ab.“

„Ich wusste, dass du das sagen würdest. Aber ich werde das nicht zulassen, Jane. Du hast zu hart dafür gearbeitet.“

„Es bedeutet mir nichts. Ohne dich ist das alles nicht wichtig. Außerdem muss ich mich ganz darauf konzentrieren, dich hier herauszuholen. Ich will mich nicht ablenken lassen.“

„Wenn du die Ausstellung wegen mir absagst, verzeihe ich mir das nie. Versprich mir, dass du es nicht tust.“

Sie versuchte ihn zu überzeugen, doch er weigerte sich zuzustimmen. Schließlich versprach sie, die Ausstellung nicht abzusagen, wenn auch ohne innere Überzeugung. Wie konnte sie sich ausgerechnet jetzt mit irgendetwas anderem beschäftigen? Wie konnte sie so tun, als ob ihr Leben nicht gerade auseinander bräche?

Draußen wartete Elton auf sie. „Ich habe Neuigkeiten“, sagte er. „Die Anklageschrift ist da.“

Jane wappnete sich. „Es sieht schlecht aus, nicht wahr?“

„Es tut mir Leid, Jane. Er wird des Mordes ersten Grades mit erschwerenden Umständen angeklagt. Die Staatsanwaltschaft will die Todesstrafe fordern.“

28. KAPITEL

Donnerstag, 23. Oktober 2003
23.05 Uhr

Das Klingeln des Telefons riss Jane aus tiefem Schlaf. Sie schlug die Augen auf. Sekundenlang war ihre Welt in Ordnung. Ian schlief neben ihr. Sie war schwanger mit ihrem ersten Kind; das Leben war schön.

Dann stürzte die Realität auf sie ein. Die Morde. Ians Verhaftung. Der Zeitungsausschnitt mit der darauf gekritzelten Botschaft.

Ich habe es mit Absicht getan. Um deine Schreie zu hören.

Wieder klingelte das Telefon. Der Hörer lag auf dem Nachttisch, sie griff danach. „Hallo?“ brachte sie mit schlaftrunkener Stimme heraus.

„Mrs. Westbrook?“

„Ja?“

„Trish Daniels von den *Dallas Morning News*. Würden Sie eine Stellungnahme zu der Verhaftung Ihres Ehemannes abgeben?“

Jane war plötzlich hellwach. „Wissen Sie eigentlich, wie spät es ist?“

„Tut mir Leid wegen des Zeitpunkts, Mrs. Westbrook, aber …“

„Nein.“ Ihre Stimme wurde laut. „Wenn Sie eine Stellungnahme wollen, rufen Sie den Anwalt meines Mannes an, Elton Crane.“

„Wir haben gehört, dass Terry Stockton die Todesstrafe beantragen wird. Eine Stellungnahme würde …“

Jane legte auf und warf den Hörer wütend quer durch den

Raum. Er traf die Frisierkommode, wobei er zerbrach und der Akku herausfiel.

Elton hatte sie gewarnt, dass so etwas passieren würde. Der Doppelmord war in aller Munde. Dass sie und Ian darin verwickelt waren, machte die Sache aufregend – der attraktive Gesichtschirurg und seine bekannte Künstlergattin, ein einheimisches Mädchen, das eine Tragödie überwunden und Ruhm und die große Liebe gefunden hatte. Die Geschichte hatte alles, worüber die Presse gerne schrieb und was das Publikum begierig aufsog: Sex, Verrat, Habgier und Mord.

Ihr wurde übel, wenn sie nur daran dachte. Immerhin wussten sie nichts von ihrer Schwangerschaft. Noch. Zweifellos würden sie es herausfinden. Und wenn es so weit war, würden sie es ausschlachten.

Jane setzte sich auf und strich sich das Haar aus dem Gesicht. Der Anwalt hatte sie darauf vorbereitet, dass die Presse gnadenlos sein konnte und sie darauf gefasst sein musste, dass die Reporter auf der Lauer liegen und sie zu jeder Tages- und Nachtzeit anrufen würden.

Er hatte ihr geraten, nichts zu sagen und sie an ihn zu verweisen. Er betonte, wie wichtig es war, nichts zu sagen. Zumindest zu diesem Zeitpunkt. Wenn die Zeit reif sei, würden sie die Informationen rausgeben, die sie verbreitet wissen wollten.

Sie hatte gedacht, dass er übertrieb, war sicher gewesen, dass sie einen kühlen Kopf bewahren würde.

Damit hatte sie falsch gelegen. Als sie am Nachmittag nach Hause gekommen war, hatten bereits Reporter auf sie gewartet. Das Telefon ging den ganzen Tag und den ganzen Abend. Mit jedem Anruf, jedem „Kein Kommentar“ war der Drang größer geworden, ihre Sicht der Ereignisse zu schildern, Ian zu verteidigen.

Sie hatte dem widerstanden. Sie würde ihnen keine Aussage liefern, die man ihr im Mund herumdrehen und gegen sie verwenden konnte.

Elton glaubte, dass die Medien sich nach der Anhörung am Montagmorgen beruhigen würden. Danach würde der Fall nicht mehr so schlagzeilenträchtig sein, und sie würden sich nach neuem Futter umsehen.

Sie stieg aus dem Bett, machte einen großen Schritt über Ranger und ging ins Badezimmer. Sie hatte Krämpfe, und ihr war übel. Sie fragte sich, ob das in diesem Stadium der Schwangerschaft normal war. Sie hatte sich ein Buch gekauft über die einzelnen Phasen einer Schwangerschaft, aber noch nicht angefangen, es zu lesen. Tatsächlich schien ihr die erwartungsvolle Aufregung, die sie beim Kauf des Buches empfunden hatte, schon ewig zurückzuliegen.

Dabei war es weniger als eine Woche her.

Jane ging zum Waschbecken, um etwas Wasser zu trinken. Sie füllte ein Glas und nahm einen Schluck. Dabei erhaschte sie im Spiegel einen Blick auf ihr Gesicht. Blass, die Wangen eingesunken. Mit beunruhigenden schwarzen Ringen unter den Augen. Sie sah erschöpft aus.

Sie brauchte Schlaf. Auch für das Baby war es wichtig, dass sie schlief. Was für eine Hilfe konnte sie Ian sein, wenn sie todmüde war? Oder sogar ins Krankenhaus kam?

Was für eine Hilfe war sie ihm jetzt?

Sie leerte das Glas, schaltete das Licht aus und ging zurück Richtung Schlafzimmer, hielt jedoch auf halbem Weg inne. Am Abend seiner Verhaftung hatte Ian erzählt, dass die Polizei mit einem Durchsuchungsbefehl in seiner Praxis gewesen war. Dass sie seine Computer und Terminkalender mitgenommen hatten. Und einige Patientenakten, darunter zweifellos auch die von Elle Vanmeer.

Wonach hatten sie gesucht?

Die Polizei glaubte, dass Ian eine Affäre mit Elle Vanmeer gehabt hatte. Sie glaubten, dass er in finanziellen Schwierigkeiten steckte. Dass er die Frau getötet hatte, um sie davon abzuhalten, seiner Frau von der Affäre zu erzählen – nicht weil er Jane verlieren könnte, sondern ihre Millionen. Sie glaubten, dass er Marsha getötet hatte, damit sie nicht gegen ihn aussagen konnte.

In dem Versuch, sich nicht von ihren Gefühlen mitreißen zu lassen, presste Jane ihre Handballen gegen die Augen. Wenn sie sich auf diese Anschuldigungen konzentrierte, würde sie verlieren. Das durfte sie nicht. Sie musste ganz klar bleiben.

Sie bauten ihren Fall gegen ihn auf. Alle finanziellen Unterlagen hatten sie wahrscheinlich mitgenommen. Ebenso alle Unterlagen über Telefongespräche und Termine, die sie nach Beweisen für seine Affäre überprüfen würden.

Vielleicht hatten sie etwas übersehen. Etwas, das auf seine Unschuld hinwies. Das ergab Sinn – wie konnten sie etwas finden, nach dem sie gar nicht suchten?

Aber was? Und wo konnte sie suchen? Angestrengt dachte sie nach. Alles war per Computer erfasst geworden, und die hatte die Polizei alle konfisziert.

Die Computer, dachte sie. Natürlich.

Als sie die neue Praxis bezogen, hatte Marsha sämtliche Daten auf CD-Rom gesichert. Für den Fall, dass die Festplatten beim Umzug beschädigt werden sollten.

Sie würde ihr Leben darauf verwetten, dass diese CD-Roms noch immer da waren.

Jane zog Jeans und Pullover an. Ranger beobachtete sie dabei, erhob sich und folgte ihr in die Küche. Sie nahm ihre Handtasche und die Schlüssel, sah dann den Hund an.

„Diesmal nicht, Kumpel. Tut mir Leid."

Er bellte leise, als wollte er sie umstimmen. Jane runzelte die Stirn und blickte durchs Fenster und in den dunklen, sternenlosen Himmel.

Ich habe es mit Absicht getan. Um deine Schreie zu hören.

Er könnte dort draußen sein. Auf sie warten. Sie beobachten.

Angst trieb sie zur Anrichte. Sie holte die Hundeleine und eine Taschenlampe heraus. Sie befestigte die Leine an Rangers Halsband. „Guter Einwand, Ranger. Du kommst als Beifahrer mit."

Wenige Augenblicke später standen sie auf der Straße. Zwei Blocks weiter auf der Elm Street war ein Musikfestival in vollem Gange. Aus dem Tätowierstudio unten an der Ecke drang Licht; ein paar Teenager saßen auf den Stufen und rauchten. Nachdem Ranger sein Geschäft erledigt hatte, stieg sie mit ihm in den Wagen und fuhr los.

Als Jane die Klinik erreichte, parkte sie hinter dem Haus auf einem Parkplatz, der durch den Müllcontainer verdeckt wurde. Sie ließ für Ranger die Fenster ein wenig herunter, befahl ihm, sitzen zu bleiben, und stieg aus. Sie betrat das Haus durch die Hintertür, wobei sie betroffen feststellte, dass die Alarmanlage nicht eingeschaltet war. Sie fragte sich, wer als Letzter gegangen war, und machte sich Vorwürfe, weil sie sich nicht darum gekümmert hatte, dass die Praxis in Ians Abwesenheit gesichert blieb.

Von drinnen hörte sie das Brummen eines Kopierers, den man nicht ausgeschaltet hatte. Das beleuchtete Notausgang-Schild über der Tür verbreitete einen beruhigenden roten Schimmer in dem ansonsten dunklen Flur. Sie verzichtete darauf, das Licht anzuschalten, knipste stattdessen die Taschenlampe ein und schlich in

Richtung von Marshas Büro. Sie kam sich ein bisschen töricht vor; schließlich gehörte ihr die Praxis zur Hälfte, und sie hatte jedes Recht, hier zu sein. Aber sie wollte keine Aufmerksamkeit auf sich ziehen. Die Polizei sollte nicht erfahren, dass sie irgendwas anderes als eine hilflose kleine Ehefrau war.

Und wenn sie etwas fand, sollte Elton es als Erster sehen.

Ians Praxis war relativ klein, und Marsha hatte sowohl als seine Sekretärin als auch als Empfangsdame fungiert. Ihr Büro war zum Empfangsbereich hin offen, so dass sie die Patienten bei ihrer Ankunft begrüßen und alle Daten aufnehmen konnte. Jane ließ das Licht der Taschenlampe über den Schreibtisch schweifen, um sich davon zu überzeugen, dass die Polizei den Computer konfisziert hatte. Die Terminkalender ebenso. Der Schreibtisch wirkte leer.

Sie ging zu Ians Sprechzimmer. Sein Computer war ebenfalls weg.

Sie lächelte in sich hinein. Dank Marshas Umsichtigkeit brauchte sie die Computer gar nicht.

Jane beschloss, erst die CD-Roms zu finden und dann zu schauen, ob die Polizisten sonst noch etwas übersehen hatten. Ihr Bauchgefühl sagte ihr, dass es so war. Sie musste nur sorgfältig genug suchen, um Anhaltspunkte für Ians Unschuld zu finden.

Sie wünschte nur, ihr Bauch würde ihr auch einen Tipp geben, was das sein könnte.

Jane ließ ihren Blick durch den Raum schweifen, über die Anrichte, die Aktenschränke und die Schreibtischschubladen. Über die geschlossene Tür zum begehbaren Wandschrank.

Sie entschied sich als Erstes für die Anrichte. Sie hockte sich davor, hielt die Taschenlampe so, dass ihr Licht das Innere erhellte, und begann zu wühlen. Bürobedarf. Fax- und Kopierpapier. Briefpapier. Umschläge.

Eine Schachtel mit CD-Roms.

Jane holte die Schachtel heraus, öffnete sie und ging mit zitternden Fingern die CDs durch. Sie waren tatsächlich beschriftet: NextGen medizinische Software. Quicken 12.0. FileMaker Pro 6.

Bingo. Gleich beim ersten Versuch.

Sie trug die Schachtel zu Marshas Schreibtisch. Ein Dutzend Fotos stand darauf – von ihren Nichten und Neffen, einige von Marsha und ihrem Hund. Ein Kloß bildete sich in Janes Hals, gleichzeitig überkam sie Ärger. Ian hatte das nicht getan. Und sie würde das Monster, das dafür verantwortlich war, nicht davonkommen lassen.

Sie durchsuchte die Schreibtischschubladen. Büroklammern, Gummibänder, Heftklammern. Jane seufzte enttäuscht. Die Polizei, so schien es, hatte sogar den Block mit den telefonischen Nachrichten mitgenommen.

Um nach Anrufen von Elle Vanmeer zu suchen.

Der Gedanke hätte sie quälen sollen. Tat er aber nicht. Das hatte sie hinter sich gelassen, sie konzentrierte sich nicht auf das, was die Polizei gefunden hatte, sondern was sie nicht gefunden hatte.

Sie trat zu der Reihe von Aktenschränken. Sie zog eine Schublade heraus, die Akten von Patienten enthielt, deren Namen mit V begann. Elle Vanmeers Akte war fort. Das war keine große Überraschung

Aus einer Laune heraus ging sie die Patientennamen durch, von V bis Z und dann vom Beginn des Alphabets an. Er gab mehr Namen, als sie erwartet hatte, Patienten, die Ian mitgenommen hatte, als er sich aus der Partnerschaft im Dallas Center für Kosmetische Chirurgie herauskaufte.

Die Namen sagten ihr nichts, bis ihr einer auffiel. Es handelte sich um eine Frau, die in der Künstlerszene bekannt war. Dann eine andere, die man aus den Klatschspalten kannte. Sie war mit B durch, machte bei C weiter. Sie blätterte durch die Akten und hielt bei dem Namen Gretchen Cole inne.

Eines ihrer Modelle.

Jane runzelte die Stirn. Wann war sie Ians Patientin geworden?

Nachdem sie die Frau befragt hatte. Jane erinnerte sich, dass sie die beiden miteinander bekannt gemacht hatte. Sie rief sich die Szene ins Gedächtnis zurück. Die Sitzung mit Gretchen war beendet gewesen. Sie und Ted hatten die Termine für die Abdrücke vereinbart. Ian war vorbeigekommen, um sie zum Lunch einzuladen. Sie hatte die beiden einander vorgestellt.

Keine große Sache. Das war mehrmals vorgekommen. Mit Sharon Smith. Mit Lisette Gregory. Und anderen ... ein paar jedenfalls. Sie versuchte sich zu erinnern, doch ihr Kopf war leer. Sie zog Gretchens Akte heraus, öffnete sie, überzeugte sich, dass ihre Erinnerung sie nicht trog, und steckte sie zurück. Dann öffnete sie die Schublade mit G, ging die Akten durch, stoppte.

Lisette Gregory.

Sie überprüfte das Datum. Wie Gretchen war auch Lisette Ians Patientin geworden, nachdem sie mit ihr gearbeitet hatte. Und wie die andere Frau hatte sie sich einer Brustvergrößerung unterzogen.

Das hat gar nichts zu bedeuten, sagte sich Jane, während sie die Akte zurücksteckte und unter dem Buchstaben S weitersuchte.

Da war sie – Sharon Smith.

Jane starrte auf den getippten Namen, Unsicherheit beschlich sie. Sie fühlte sich verletzt. Verraten. Warum hatte Ian nie erwähnt, dass mehrere ihrer Modelle seine Patientinnen geworden waren? Modelle, die sie ihm vorgestellt hatte? Eine wäre kein Problem, aber drei? Was hatte das zu bedeuten?

Das Geschäft läuft nicht so besonders, geh mal zu Jane ins Atelier. Die armen Dinger sind neurotisch und unsicher. Leichte Opfer.

Nein. Ian war Schönheitschirurg, und zwar ein verdammt guter. Und viele ihrer Modelle waren süchtig nach operativen Eingriffen. Frauen, die besessen waren von Jugend und Schönheit. Frauen, die immer nach der neuesten Methode gierten, wie sie ihr Aussehen verbessern konnten – und nach einem Chirurgen, der es möglich machte.

Es könnten noch mehr sein. Sie würde jede Akte durchgehen müssen, um sicher zu sein. Sie hatte die Schublade halb zugeschoben, als sie erstarrte, weil sie das Klicken eines Schlosses hörte. Wo? An der Hintertür. Hatte sie vergessen, sie abzuschließen?

Jane löschte die Taschenlampe. Sie hörte leise Schritte. Langsames Atmen. Sie reckte den Hals und sah, wie der Lichtkegel einer Taschenlampe über die hintere Wand tanzte.

Voller Panik sah sie sich nach einem Versteck um. Ihr Blick landete auf dem Wandschrank.

Sie sprang auf und flitzte hinüber. Drinnen duckte sie sich, zog die Tür fast ganz zu. Sie lugte durch den Schlitz. Sie sah eine ganz in Schwarz gekleidete Person, die im Türrahmen auftauchte. Eine Frau, jedenfalls nach der Größe und der Silhouette zu schließen. Jane beobachtete, wie die Frau zu den Aktenschränken ging. Sie schob die Schublade, an der Jane zuletzt gewesen war, richtig zu, öffnete dann eine andere. Mit der Taschenlampe zwischen den Zähnen blätterte sie die Akten durch.

Sie fand schnell, was sie gesucht hatte, richtete sich auf und schloss die Schublade wieder. Als sie sich umdrehte, traf der Lichtkegel ihrer Lampe auf Jane und blendete sie für einen kurzen Augenblick völlig.

Überzeugt davon, dass sie ertappt war, machte Jane einen Satz nach hinten. Sie schlug eine Hand vor den Mund, um den Schrei zurückzuhalten.

Einen Herzschlag lang schaute die Frau auf den Wandschrank. Jane hielt den Atem an. Kurz darauf war die Frau verschwunden.

Einige Minuten war Jane wie erstarrt. Sie bemühte sich, ihr hämmerndes Herz zu beruhigen. Wieder zu Atem zu kommen. Wer war diese Frau? Warum war sie in Ians Praxis gewesen? Offensichtlich war sie wegen einer Patientenakte gekommen. Aber war es ihre eigene? Oder die von jemand anderem?

Die Akte enthielt eindeutig etwas, von dem die Polizei nichts wissen sollte. Aber was?

Jane schob die Tür des Wandschranks weiter auf. Sie streckte ihren Kopf hinaus und lauschte. Von draußen hörte sie Bellen. Ranger, dachte sie. Er bellt der Frau hinterher.

Jane stolperte aus dem Wandschrank. Sie schnappte die Schachtel mit den CD-Roms und eilte zum Hinterausgang.

Rangers Bellen riss ab. Die plötzliche Stille machte ihr Angst. Sie kämpfte gegen den Impuls an, die Tür aufzureißen und zum Parkplatz zu rennen. Stattdessen machte sie sie nur einen Spalt auf und spähte hinaus. Nichts zu sehen, außer dem Heck ihres Wagens, das hinter dem Müllcontainer vorstand.

Sie schaltete die Alarmanlage ein und verschloss die Tür hinter sich. Mit der CD-Schachtel unterm Arm ging sie zum Auto. Auf der Hälfte des Weges hörte sie ein Schlurfen hinter sich. Sie stolperte, ihr Herz schlug ihr bis zum Hals.

Ich habe es mit Absicht getan. Um deine Schreie zu hören.

Wieder das Schlurfen. Gefolgt von einem anderen Geräusch. Atmen? Einem unterdrückten Lachen?

Panik schüttelte sie. Er konnte ihr gefolgt sein. Hier draußen auf sie gewartet haben. Mit einem Aufschrei rannte sie los. Sie erreichte den Wagen, bekam die Tür auf und warf sich hinein. Ohne Ranger richtig wahrzunehmen, betätigte sie die Zentralverriegelung, startete den Motor und setzte so schnell nach hinten, dass die Reifen quietschten.

Dann blickte sie sich um.

Der Parkplatz schien leer zu sein.

Sie musterte die Schatten, die Reihe hoher Büsche an der Längsseite des Gebäudes. Eine Katze schoss über den dunklen Platz; die Zweige der Bäume wiegten sich im Wind.

Ein gepresstes Lachen stieg in ihr hoch. Sie war dabei, verrückt zu werden. Ihre Fantasie ging mit ihr durch. Sie ließ die Stirn auf das Lenkrad sinken. Der Mistkerl wollte ihr Angst machen. Wollte sie terrorisieren.

Das hatte er verdammt noch mal geschafft. Sie war zu Tode erschrocken.

29. KAPITEL

Freitag, 24. Oktober 2003
5.45 Uhr

Stacy parkte ihren Wagen neben dem von Mac. Sie stieß die Tür auf, stieg aus und blickte nach links zum Messepark. Star, das Riesenrad des Parks, ragte in den dämmerigen Himmel, hob sich als riesige, dunkle Silhouette gegen den pastellfarbenen Hintergrund ab.

Sie schlug die Autotür zu und ging zu der Gasse, vor die man das Absperrband gespannt hatte. Stacys Atem bildete Wölkchen in der kalten Luft. Sie rieb ihre Hände aneinander und sehnte sich nach Handschuhen. Aus Leder mit Pelzbesatz.

An manchen Tagen war Latex einfach nicht das Richtige.

Mac begrüßte sie am Eingang der Gasse. „Hey-ho, Leute“, imitierte er Big Tex, den fünfzehn Meter großen Cowboy, der seit 1952 die Besucher der Texas-Messe begrüßte.

„Halt die Klappe, Tex.“

Sie schlüpfte unter dem Absperrband hindurch. Mac reichte ihr seinen dampfenden Becher mit heißem Kaffee. „Sieht so aus, als ob du ihn nötiger hast.“

„Danke.“ Sie nahm den Kaffee und nippte daran. Sie registrierte, dass Mac seinen Kaffee schwarz und süß trank. Richtig süß. Sie nahm trotzdem einen weiteren Schluck.

„Was haben wir?“

„Nicht viel bis jetzt. Eine Frau. Eine Obdachlose hat sie gefunden, als sie nach etwas Essbarem zum Frühstück suchte.“

„Im Müllcontainer?“

„Ja.“

„Na, was für ein Glückstag. Eine Professionelle?

„Kann sein. Ist die Gegend dafür."

Die Blocks um den riesigen Messepark hatten sich einen zweifelhaften Namen als gefährlichste Gegend von Dallas gemacht. Das Viertel war bevölkert von Gangs, Drogenhändlern, Prostituierten und all den Gestalten, die zu einer solchen Szene eben dazugehörten.

Stacy und Mac gingen zum Müllcontainer. Trotz der Kälte war der Gestank in der Gasse durchdringend. Sie nickte dem unglücklich wirkenden Uniformierten zu, der dem Behälter am nächsten stand.

„Haben Sie den Anruf entgegengenommen?" fragte sie ihn.

„Ja. Wir waren gerade in der Nähe. Mein Partner und ich haben es weitergegeben und den Tatort gesichert."

Sie nickte in Richtung des anderen Uniformierten, den man am anderen Ende der Gasse erkennen konnte. „Ist er das?"

„Ja. Er kümmert sich um die Obdachlose. Sie hat von einem Handy aus angerufen. Können Sie sich so was Bescheuertes vorstellen? Selbst Penner haben heutzutage Handys."

Stacy runzelte die Stirn. „Haben Sie irgendwas angefasst?"

„Nichts. Nur überprüft, dass da eine Leiche liegt, und es weitergegeben. Das ist alles."

Sie sah Mac an. „Willst du die Honneurs machen oder soll ich?"

„Ladies first."

Sie reichte ihm den Kaffee und zog die Gummihandschuhe an. Irgendjemand, wahrscheinlich die Obdachlose, hatte aus leeren Farbeimern eine Art Treppe gebaut.

„Taschenlampe?" Sie richtete die Frage an niemand wirklich Bestimmten.

„Hier.“ Der Uniformierte gab ihr seine. Sie dankte, schaltete sie ein und kletterte auf die Eimer.

Stacy richtete den Lichtkegel in den dreiviertelvollen Container. Der Mörder hatte das Opfer in eine schwarze Plastikplane eingewickelt. Die Obdachlose hatte eine Ecke der Plane beiseite gezogen, weit genug, dass ein Teil eines Frauengesichts zu sehen war.

Stacy prägte sich die Züge schnell ein, zog die Plane dann weiter zurück, wobei der Gestank sie würgen ließ. Ihre Augen tränten.

„Die Grippe scheint mir langsam eine verdammt gute Alternative zu sein“, unterbrach Mac ihre Gedanken. „Wie steht's mit dir?“

„Mich zu übergeben war noch nie mein Ding.“

„Du frierst dir lieber den Hintern ab, während du in einer stinkenden Mülltonne nach einer Leiche stocherst, als dass du in deinem warmen und gemütlichen Zuhause auf der Toilette den Porzellangott anbetest?“

„So ungefähr.“ Sie sah ihn an. „Macht's dir was aus?“

„Nein, wie es dir gefällt.“

Das Opfer schien bereits mehrere Tage tot zu sein. Das kalte Wetter hatte den Verwesungsprozess etwas verzögert. Der unnatürliche Winkel ihres Kopfes ließ vermuten, dass ihr Genick gebrochen war. Von der Taille aufwärts war sie nackt, sie hatte große Brüste – ob von Mutter Natur oder mit Hilfe der Chirurgie würde der Gerichtsmediziner später entscheiden.

Vorsichtig zog Stacy die Plane weiter zurück. Das Opfer trug etwas, das aussah wie Pyjamahosen. Weiße Baumwolle mit Spitzen-Einsätzen. Feminin. Elegant.

Sie ließ den Lichtkegel höher wandern. Keine Ringe, keine Uhr. Keine Ohrringe.

Nutten trugen immer Ohrringe. Glitzern gehört zur Verpackung.

Ihre Füße waren nackt. Die Fußnägel hellrosa lackiert.

Stacy ließ das Licht über den Inhalt des Müllcontainers wandern. Einwickelpapier von Fast Food, Hühnchenknochen und Rippchen, Pappbecher, Papier. Bierflaschen. Getränkedosen. Zeitungen. Nichts Auffallendes. Keine Hand- oder Brieftasche, obwohl ihr Mörder die vielleicht zuerst hineingeworfen hatte und die Jungs von der Spurensicherung sie finden würden, wenn sie den Körper bewegten.

„Wann wurde dieser Container zum letzten Mal geleert?"

„Ich befürchte, das ist eine Weile her." Mac wühlte in seiner Manteltasche. „Ich könnte bei dieser Adresse irgendwo am Ende der Welt anrufen."

„Lass uns das prüfen. Es hilft uns zu bestimmen, wann sie hier abgelegt wurde."

Stacy musterte die Gasse. Diverse Geschäfte befanden sich links und rechts, eines davon musste nach dem Inhalt des Containers zu urteilen ein Schnellrestaurant sein. Sie fragte danach.

„Bubba's Backyard Barbecue", erklärte der Uniformierte. „Das ist jetzt geschlossen, ebenso das Nagelstudio gleich nebenan."

„Und daneben?"

„Ein Pfandhaus. Öffnet um neun."

Stacy ging die Stufen hinunter und gab Mac die Taschenlampe. Nachdem er ihr den Kaffee gereicht hatte, zog er seine Handschuhe an und ging ebenfalls die improvisierte Treppe hinauf. „Jau", sagte er. „Sie ist tot."

„Witzbold."

Sie nippte an dem inzwischen lauwarmen Kaffee, während Mac

die Untersuchung wiederholte, die sie gerade abgeschlossen hatte. Sie beobachtete ihn bei der Arbeit, musterte seine Miene. Er war nicht mit dem Herzen beim Morddezernat, bemerkte sie und fragte sich, warum er dann von der Sitte herübergewechselt war. Wichtigere Fälle? Ein besserer, schnellerer Weg auf der Karriereleiter? Hatte er vielleicht sogar Ambitionen, eines Tages Polizeichef zu werden?

Was auch immer der Grund war, es war nicht die Arbeit.

Als eine Autotür zuschlug, drehten sie sich um. Das Team von der Spurensicherung war eingetroffen, außerdem der Gerichtmediziner.

„Mann, sieht Pete genervt aus“, sagte Mac.

Stacy blickte hinüber. Der Mann sah tatsächlich genervt aus. Als er in Hörweite war, rief sie ihm zur Begrüßung zu: „Na, wenn das nicht mein Lieblingsgerichtsmediziner ist.“

„Ich sehe, wir wurden beide unter einem unglücklichen Stern geboren, Killian.“

„Scheint so. Sie gehört dir.“

„Danke“, grummelte er. „Wenn ich bedenke, dass ich Kinderarzt sein könnte. Aber ich dachte, dass Schnupfen und Mittelohrentzündungen den ganzen Tag nicht aufregend genug wären.“

„Jetzt hast du Aufregung zur Genüge.“

„Wohl wahr.“ Er streifte seine Handschuhe über. „Irgendwas, was ich wissen sollte?“

„Sieht aus, als sei sie schon eine Weile tot. Ich tippe auf gebrochenes Genick. Wurde natürlich an einem anderen Ort umgebracht.“

„Eine Professionelle?“

„Glaube ich nicht.“

„Können Sie mir leuchten, McPherson?“

Der Mann kletterte auf die Eimer. Stacy blickte zum Ende der Gasse, wo sich die Obdachlose hinter ihren Einkaufswagen kauerte. Sie berührte Macs Arm, um ihm zu signalisieren, dass sie sie befragen wolle.

Als sie näher kam, hörte Stacy die Frau vor sich hinmurmeln. Es klang, als ob sie eine eigene Sprache erfunden hätte, ähnlich der Geheimsprache, die Stacy und ihre Freunde an der Schule benutzt hatten, um Botschaften auszutauschen.

Stacy ging vor der Obdachlosen in die Hocke. „Hallo."

Die Frau wich ihrem Blick aus. Stacy hielt ihr den Becher Kaffee hin. „Möchten Sie? Er ist nicht mehr heiß. Aber er ist süß."

Die Frau schlang ihre Finger um den Becher. Stacy fiel auf, dass ihre Hände überraschend sauber waren. Sie führte den Becher zum Mund und trank laut schlürfend.

Stacy tastete in ihrer Manteltasche nach dem Müsliriegel, den sie sich auf dem Weg zu Tür geschnappt hatte. Sie hatte ihn im Wagen essen wollen, war aber nicht dazu gekommen. Sie reichte der Frau den Riegel, und wieder nahm die Frau das Angebot an.

„Tut mir Leid, dass Sie sie finden mussten", sagte Stacy und zeigte zum Müllcontainer. „Danke, dass Sie angerufen haben."

Die Frau grunzte, riss die Folie von dem Riegel und stopfte sich so viel wie möglich auf einmal in den Mund.

„Verbringen Sie viel Zeit in dieser Gasse?"

Sie zuckte mit den Schultern, sah Stacy nicht an.

„Ein bisschen?"

Sie nickte und kaute mit offenem Mund weiter.

„Wann sind Sie das letzte Mal hier gewesen? Vor heute Nacht?"

Sie murmelte etwas, das Stacy nicht verstehen konnte.

„Ich weiß, dass Sie sprechen können, weil Sie diese Sache gemeldet haben. Werden Sie jetzt mit mir sprechen, oder muss ich Sie mit in die Stadt nehmen?"

„Paar Tage. Kann 'ne Woche her sein."

Sie hatte einen ungewöhnlichen Akzent. Klang sehr ländlich, wie aus den tiefsten Südstaaten. Ein bisschen guttural.

„Seit Sie hier in der Gasse waren?" fragte Stacy nach, um sicherzugehen.

Die Frau nickte.

„Irgendwas Ungewöhnliches dabei bemerkt? Jemanden, der hier nicht hergehört?

„Nee."

„Was ist mit heute Nacht? Irgendwas Ungewöhnliches?" Die Obdachlose deutete auf den Müllcontainer.

„Von der Leiche mal abgesehen. Haben Sie etwas beobachtet? Irgendwas gefunden, wovon wir wissen sollten?"

Die Frau ließ eine Hand sinken. Klammerte ihre Finger um etwas, das in den Lagen ihrer Kleidung verborgen war.

„Der Officer dort drüben sagt, Sie hätten ein Mobiltelefon benutzt. Stimmt das?"

Die Frau sah Stacy an und schüttelte den Kopf. War das Argwohn in ihrem Blick? Oder Angst?

Sie muss einmal eine hübsche Frau gewesen sein, dachte Stacy. Und auch wenn ihr Alter wegen des Schmutzes in jeder Linie und Falte ihres Gesichts schwer zu schätzen war, schien sie doch noch recht jung zu sein. Stacy fragte sich, wie es dazu gekommen war, dass sie Mülltonnen nach Essen durchstöbern musste.

„Ich schlage Ihnen ein Geschäft vor", sagte Stacy, wobei sie ihren freundlichen Tonfall beibehielt. „Wir wissen, dass Sie von einem Handy angerufen haben. Wenn das irgendjemand hier in die Gasse geworfen hat oder wenn Sie es bei dem Opfer im

Müllcontainer gefunden haben, kann ich es als Beweismittel beschlagnahmen. Das möchte ich nicht tun. Doch ich muss das Handy haben. Wie wär's also mit einem Tausch? Sie sagen, was Sie dafür wollen."

Die Frau zögerte nicht. Sie deutete auf Stacys Kruzifix. Stacy legte ihre Hand auf die dünne goldene Kette mit dem Kruzifix aus Perlmutt und Türkisen, das aus ihrem T-Shirt herauslugte. Jane hatte es ihr zum Abschluss der Polizei-Akademie geschenkt. So würde der Herr immer bei ihr sein, hatte Jane gesagt, und sie vor Schaden bewahren. Stacy glaubte an das, wofür das Kruzifix stand, und an seine Kraft; sie nahm es niemals ab.

Bei dem Gedanken, ohne das Kruzifix zu sein, überkam sie ein Gefühl, das an Panik grenzte.

Sie konnte ablehnen, darauf bestehen, dass die Frau etwas anderes wählte. Sie, und nicht die Obdachlose, hatte alle Karten in der Hand. Aber vielleicht hatte diese Frau Gottes wachsames Auge nötiger als sie. Stacy löste die Kette vom Hals und reichte sie ihr.

Die Frau warf ihr ein triumphierendes Lächeln zu und wollte danach greifen. Stacy zog die Hand zurück. „Zuerst das Handy."

Die Frau wühlte in den Lagen ihrer Kleidung und gab ihr das Gerät.

Ein aufklappbares Handy von Verizon. Stacy öffnete es. Farbdisplay. Sah nach dem neuesten Modell aus. Teuer. Sie zog eine Sicherungstüte aus der Jackentasche und ließ das Handy hineinfallen.

„Wo haben Sie es gefunden?"

Die Frau drehte sich um und zeigte auf den Müllcontainer.

„Im Müll? Bei der Leiche?"

Sie nickte. „Oben drauf. Gib her." Sie deutete auf Stacys Kette.

Stacy erfüllte ihren Part des Handels, wenn auch mit einem

Gefühl des Bedauerns. Sie sah zu, wie die andere Frau sich die Kette um den Hals legte.

Stacy stand auf. „Warten Sie hier, kann sein, dass wir noch mehr Fragen haben."

Die Frau zeigte keinerlei Reaktion, und Stacy ging zum Container zurück.

„Was rausgekriegt?" fragte Mac.

„Ja." Sie hob die Tüte hoch. „Das hat sie bei dem Opfer gefunden. Oben drauf."

„Genial. Es gibt doch einen Gott."

Stacy dachte an ihr Kruzifix. *Ja, es gab einen.*

Pete kletterte über die Eimer herunter. „Sieht aus, als wäre sie Mitte zwanzig. Genickbruch. Den Rest klärt die Autopsie."

„Wann?"

„Solange jeder mit dieser verdammten Grippe flachliegt – keine Ahnung. Ich mach mich dran, sobald ich kann."

30. KAPITEL

Freitag, 24. Oktober 2003
9.25 Uhr

Sonnenlicht ergoss sich über Jane, wärmte ihre Haut. Sie stand am Strand, an den Zehen fühlte sie den warmen Sand. Mit einer Hand hielt sie ihren Strohhut an der breiten Krempe fest, mit der anderen winkte sie Ian, der in der Brandung spielte. Mit einem Kind, einem wunderschönen Kind mit goldenen Locken.

Beide lachten.

Eine Möwe flatterte dicht über ihr, warf einen Schatten auf sie. Ihr Kreischen verdarb den wunderbaren Augenblick. „Nein!“ schrie Jane. Die Möwe kreischte wieder, und Jane schlug mit dem Strohhut nach ihr.

Ihre Hand berührte etwas Kaltes und Hartes, brachte es ins Schlingern. Es landete krachend auf dem Boden, und sie schreckte aus dem Schlaf hoch.

Verwirrt blickte Jane sich um. Sie saß in Ians Arbeitszimmer am Computer. Er war eingeschaltet. Sie beobachtete, wie sich das tropische Paradies, das der Bildschirmschoner zeigte, in ein anderes Südsee-Panorama verwandelte. Sonnenlicht strömte durch die Jalousien auf sie.

Der Strand aus ihrem Traum. Die Sonne.

Das Gefühl des Verlustes war überwältigend. Das Glück aus ihrem Traum. Ian. Ihre einst schöne, glückliche Zukunft.

Sie hob den Blick. Ihr Becher lag zerbrochen auf dem Boden, auf dem glänzenden Parkett bildete der Rest Kräutertee eine Pfütze. Sie starrte darauf, während ihr die Ereignisse der letzten Nacht wieder ins Bewusstsein kamen. Der Anruf der Reporterin, ihr Abstecher zu Ians Praxis, wo sie die Schachtel mit den CDs mitgenommen hatte. Die Frau.

Jane fuhr sich mit der Hand über die Augen. Wer war sie? Wessen Akte hatte sie mitgenommen? Ihre eigene? Wahrscheinlich, aber nicht sicher. Was konnte Brisantes in der Akte stehen, das das Risiko wert war, einzubrechen und sie zu stehlen?

Jane schauderte und richtete ihre Aufmerksamkeit auf den Bildschirm. Sie drückte die Enter-Taste, der Computer brummte, und die Finanzübersicht, über der sie eingeschlafen war, erschien auf dem Monitor.

Alles war so gewesen, wie sie es erwartet hatte, keine Überraschungen.

Und nichts hatte einen Hinweis auf Ians Unschuld erbracht.

Diesen Morgen würde sie die restlichen CDs durchschauen. Aber zuerst brauchte sie eine Dusche und ein Frühstück.

Bevor sie beides in Angriff nehmen konnte, klingelte es an der Haustür. Ranger fing an zu bellen.

Jane stand auf und ging zur Gegensprechanlage. „Ja?“ brachte sie mit belegter Stimme hervor.

„Mrs. Westbrook? Polizei.“

„Polizei“, wiederholte sie. Ihr Blick wanderte zum Computer und zu der Schachtel mit den CD-Roms. Konnten sie ihren mitternächtlichen Besuch in Ians Praxis entdeckt haben? Aber wie?

Jane räusperte sich. „Es passt gerade schlecht.“

„Wir müssen mit Ihnen sprechen. Jetzt.“

Etwas in der Stimme des Mannes beunruhigte sie. „Ist Ian … ist meinem Mann etwas zugestoßen?“

„Nicht, dass ich wüsste.“

Endlich erkannte sie die Stimme. Stacys Partner McPherson.

Aber nicht Stacy. Sie hatte man von dem Fall abgezogen.

„Ich bin gerade aufgestanden. Ich brauche eine Minute."

Sie machte einen kurzen Abstecher ins Badezimmer, um auf die Toilette zu gehen und sich die Zähne zu putzen, dann streifte sie die Kleidung über, die sie in der Nacht in Ians Praxis getragen hatte.

Statt auf den Summer zu drücken und die Polizisten hereinzulassen, ging sie hinunter zur Haustür und linste durch das Seitenfenster. Wie erwartet standen Mac und sein neuer Partner draußen vor der Tür. Überraschenderweise hatten sie zwei Cops in Uniform dabei.

Sie runzelte verwundert die Stirn. Wenn sie hier waren, um sie zu befragen, wozu die zusätzlichen Polizisten? An dem Abend, als sie Ian verhafteten, waren die Detectives ebenfalls in Begleitung zweier uniformierter Cops gewesen. Wollte man sie verhaften?

Mac sah sie und hielt seine Marke hoch. Mit zitternden Fingern schloss sie die Tür auf. Im gleichen Moment reichte ihr der andere Detective ein gefaltetes Papier. „Wir haben einen Durchsuchungsbefehl, Mrs. Westbrook."

Konsterniert starrte sie auf das Dokument, dann zu den Detectives. „Einen Durchsuchungsbefehl?" wiederholte sie verwirrt.

„Wir fangen hier unten an." Die Polizisten folgten ihr ins Treppenhaus.

Sie rang um Fassung. „Warten Sie einen Moment. Ich weiß nicht einmal, ob das rechtens ist."

Detective McPherson sah sie an. „Es ist rechtens, Mrs. Westbrook."

Trotzig entfaltete sie das Papier und las. Es wirkte echt, war von einem Richter Kirby unterschrieben und vom gleichen Tag datiert. Sie gab es zurück.

„Warten Sie hier, ich rufe meinen Anwalt an."

„Das Recht haben Sie", sagte der zweite Detective. „Doch wir haben das Recht, dieses Gelände zu durchsuchen, und genau das werden wir tun, sofort."

Die Tür zu ihrem Atelier öffnete sich. Ted streckte den Kopf heraus. Er sah mit wilder Miene von ihr zu den Polizisten. „Was ist hier los, Jane?"

„Ted", sagte sie in ihrem besten Befehlston, „könntest du den Beamten Gesellschaft leisten, während ich telefoniere?"

Offensichtlich verärgert schaute Mac auf die Uhr. „Zwei Minuten."

Sie eilte in ihr Atelier, erfragte bei der Auskunft Eltons Nummer und wählte. Mit bebender Stimme erklärte sie seiner Sekretärin die Situation, und die Frau stellte sie durch.

„Die Polizei ist hier", sagte Jane, als der Anwalt sich meldete. „Sie haben einen Durchsuchungsbefehl."

„Haben Sie ihn sich zeigen lassen?"

„Ja, er sieht echt aus. Ein Richter hat ihn unterschrieben. Richter Kirby."

„War er datiert?"

„Ja, von heute."

„Ich habe mich schon gefragt, wann das passieren würde. Scheint mir, dass sie ein bisschen spät dran sind."

„Wonach suchen sie?"

„Wonach genau, weiß ich nicht. Allgemein nach allem, was Ian mit den Morden oder den Opfern in Verbindung bringt."

Jane dachte an die CDs. Zweifellos würden sie sie beschlagnahmen. All die Mühe, sie sich zu beschaffen, war vergebens gewesen. Wenn sie nur nicht eingeschlafen wäre, wenn sie nur alle CDs durchgesehen hätte. Nun waren die Informationen verloren.

„Hören Sie, Jane, prüfen Sie den Durchsuchungsbefehl gründlich. Nach dem Gesetz dürfen sie nur genau die Orte durchsuchen, die dort angegeben sind. Wenn zum Beispiel das Haus, aber nicht die Garage aufgelistet ist, dürfen sie die Garage nicht durchsuchen. Sie dürfen Ihre Fahrzeuge nicht durchsuchen, wenn sie nicht aufgeführt sind. Hat Ihr Atelier eine eigene Adresse mit einem eigenen Eingang?"

Als sie bejahte, fuhr er fort: „Wenn sie das Atelier durchsuchen wollen, muss es auf dem Durchsuchungsbefehl extra angegeben sein. Außerdem räumt ihnen der Richter das Recht ein, nach bestimmten Dingen zu suchen – und sie mitzunehmen. Sie dürfen nur nach diesen Dingen suchen, auch wenn die sehr allgemein benannt sein können – Finanzunterlagen oder Korrespondenz etwa. Trotzdem, dies ist keine Blanko-Erlaubnis, alles abzuräumen; sie müssen einen begründeten Verdacht haben. Sie werden versuchen, Sie zu schikanieren, um zu bekommen, was sie wollen. Also bleiben Sie unnachgiebig. Ich komme, so schnell ich kann."

Jane legte auf und ging zurück in den Flur. Ted wirkte verlegen, die Detectives ungeduldig.

„Darf ich bitte noch einmal den Durchsuchungsbefehl sehen?" fragte sie.

„Natürlich." Mac reichte ihn ihr. „Sie werden sehen, dass alles seine Ordnung hat."

Sie überflog ihn. „Hier ist Commerce Street 415 angegeben, das Haus, die Garage und die Fahrzeuge." Sie hob den Blick und sah die Detectives an. „Sie wissen selbstverständlich, dass mein Atelier von diesem Durchsuchungsbefehl ausgenommen ist?"

„Wie bitte?"

„Mein Atelier ist Commerce Street 413. Dieses Papier gestattet Ihnen nicht den Zugang zu diesem Gebäude."

Das Gesicht des zweiten Detectives rötete sich, er fluchte leise. Die uniformierten Polizisten wurden unruhig.

Mac streckte eine Hand aus. „Ein Anruf beim Richter, und wir sind zurück. Seien Sie vernünftig, Jane ...“

„Mrs. Westbrook“, korrigierte sie ihn. „Und wenn Sie mein Atelier durchsuchen wollen, brauchen Sie einen Durchsuchungsbefehl.“

Er gab einen Laut der Verärgerung von sich. „Wir kommen noch heute zurück. Warum uns nicht die ganzen Umstände ersparen ...“

„Das macht mir gar keine Umstände, Detective. Ich werde nirgendwo hingehen.“

31. KAPITEL

Freitag, 24. Oktober 2003
10.20 Uhr

Während die Detectives alles durchsuchten, wartete Jane mit Ranger im Treppenhaus; einer der Polizisten wurde als ihr Bewacher abgestellt. Elton hatte Recht gehabt: Sie suchten nach Dingen, die Ians Verbindung zu den Verbrechen und den Opfern beweisen sollten. Kleidungsstücke, Papiere, Fotografien, Quittungen und Ähnliches. Seltsamerweise waren auf dem Durchsuchungsbefehl zwei Kleidungsstücke extra benannt: eine Baseballmütze von den Atlanta Braves und eine Bomberjacke aus Leder.

Ian besaß beides nicht.

Wie Jane befürchtet hatte, beschlagnahmten sie den Computer und alle CDs, die sie in der Nacht aus der Praxis geholt hatte. Sie konfiszierten außerdem Ians Handy, das Adressbuch aus seinem Büro, Kontoauszüge und sein Scheckheft.

Ranger knurrte tief in der Kehle. Sie hatte ihn angeleint, und er stand in Habachtstellung neben ihr.

Dies kam auch ihm falsch vor. Das war eine Invasion. Ein Übergriff.

Jane fragte sich, ob sie sich in ihrem eigenen Haus jemals wieder richtig wohl fühlen würde.

Elton traf ein. Er überprüfte den Durchsuchungsbefehl, befand ihn für rechtmäßig und entschuldigte sich, um den Detectives in der Wohnung zu folgen. Bevor er nach oben ging, fragte sie, ob sie im Atelier warten könne.

Er bejahte das, und nachdem sie Ranger kurz nach draußen geführt hatte, zog sie sich dorthin zurück.

„Was passiert da?“ fragte Ted.

„Es scheint ihnen viel Spaß zu machen, in meinen Schränken und Schubladen zu wühlen.“ Sie ließ sich auf das weiße Korbsofa im Eingangsbereich sinken. „Ich bin ziemlich sicher, dass sie inzwischen die Größe meiner BHs und Höschen kennen.“

Teds Gesicht rötete sich. „Das macht mich so wütend. Es ist einfach nicht richtig.“

Sie dachte an all die privaten Sachen, die nun von Fremden angeschaut wurden. Angefasst. Belächelt.

Ihre Sachen. Ihre Privatsphäre. Entweiht.

Sie wünschte, sie könnte wütend sein. Als sie das Ted sagte, meinte er: „Klingt gut.“

„Das ist etwas Erlösendes, auf das ich hinarbeiten könnte.“

„Genau.“

Ihr Magen knurrte laut.

„Siehst du, sogar dein Magen stimmt zu.“

„Nein, er ist nur sauer, weil ich ihn nicht gefüttert habe. Hast du irgendwas zu essen hier?“

„Ein Erdnussbuttersandwich und einen Apfel.“

Es stellte sich heraus, dass Ted ebenfalls noch nicht gefrühstückt hatte. Also teilten sie sich den saftigen roten Apfel und das Sandwich aus selbst gebackenem Weizenbrot mit der körnigen Erdnussbutter.

Es war köstlich. Sie hob ein Stück Kruste für Ranger auf, wandte sich dann an Ted. „Selbst gebackenes Brot? Ich wusste gar nicht, dass du so häuslich bist.“

Er wirkte verlegen. „Es ist wegen der Gesundheit. Ich nehme ganze Weizenkörner, aus biologischem Anbau. Keinen Zucker.“

„Ich bin beeindruckt. Mahlst du auch die biologisch angebauten Erdnüsse selbst?“

Letzteres hatte sie als Scherz gemeint und staunte, als sie an seiner Miene ablas, dass er genau das tat.

„Du wirkst so überrascht, Jane. Es gibt eine Menge Dinge, die du nicht über mich weißt."

„Ich weiß alles, was ich wissen muss." Sie musterte ihn. „Ich weiß, dass ich dir völlig vertraue. Weil du eine bestimmte Art Mann bist. Aufrichtig. Zuverlässig. Loyal."

„Nach der Beschreibung könnte es sich auch um Ranger handeln."

Sie drückte seine Hand. „Ich *vergöttere* Ranger."

Er errötete vor Freude.

Gestärkt durch das Essen und ihre Freundschaft, lächelte Jane ihn breit an. „Ich glaube, ich werde doch nicht wütend. Ich ziehe es vor, so zu tun, als ob dies alles nicht geschieht. Als wäre Ian in der Praxis und es gäbe keine drei Männer, die in meinen Schubladen rumwühlen."

Er erwiderte ihr Lächeln. „Klingt nach einem Plan. Womit fangen wir an?"

„Mit Anne. Ich denke, ich bin in der Stimmung, um mit geschmolzenem Metall zu experimentieren."

Jane stürzte sich mit Eifer in die Arbeit und vergaß dabei alles um sich herum.

Sie fand es so unglaublich befreiend, dass sie, als Elton eine Stunde später im Atelier erschien, sich auch durch ein Drei-Stunden-Nickerchen nicht hätte erfrischter fühlen können.

„Sie sind endlich fort", sagte er. Er reichte ihr eine Kopie des Durchsuchungsbefehls; auf der Rückseite befand sich eine genaue Liste der Gegenstände, die sie als Beweismittel mitgenommen hatten. Er lächelte sie schief an. „Ich bin mir nicht ganz sicher, aber ich glaube nicht, dass sie gefunden haben, wonach sie so eifrig suchten. Sofern ich ihre enttäuschten Mienen richtig interpretiert habe."

Sie überflog die Liste, sah wenig mehr als die Dinge, die sie beschlagnahmt hatten, bevor Elton eingetroffen war.

„Sie haben mich gewarnt, dass sie mit einem Durchsuchungsbefehl für Ihr Atelier zurückkämen. Ich glaube nicht, dass sie den Richter überzeugen können. Sie brauchen einen begründeten Verdacht. Und eine Verbindung zwischen Ian, den Verbrechen, derer er beschuldigt wird, und Ihrem Atelier geht darüber hinaus."

„Sie glauben wahrscheinlich, dass ich belastendes Beweismaterial versteckt habe." Ihr sarkastischer Ton ließ keinen Zweifel, was sie über die Polizei und ihre Strategie dachte. „Um meinen mörderischen Mann zu beschützen."

„Das nehmen sie an, Jane. Es ist nichts Persönliches."

Das wusste sie. Doch es fühlte sich anders an. „Wie können wir wissen, ob sie nicht doch haben, was sie wollten?"

„Hundertprozentig? Vielleicht nie. Sie stehen auf der anderen Seite, sie werden sich nicht in die Karten sehen lassen."

Jane ballte die Hände. „Ich hasse dies alles."

„Ich weiß." Er drückte ermutigend ihre Schulter. „Rufen Sie mich an, falls die Polizei Kirbys Einwilligung doch bekommt. Ich werde Susan sagen, dass sie den Anruf durchstellen soll, egal was ich gerade tue."

Sie dankte ihm und drehte sich zu Ted um. „Ich werde mich oben frisch machen. Danach komme ich zurück."

„Ich halte die Stellung, Jane. Lass dir Zeit."

Mit Ranger an ihrer Seite begleitete sie den Anwalt hinaus. An der Tür blieb er stehen. „Der Durchsuchungsbefehl gilt für drei Tage. Es passiert selten, doch wenn sie glauben, dass sie etwas übersehen haben, können sie zurückkommen. Ich gehe allerdings nicht davon aus, dass sie das tun. Sie haben gründliche Arbeit geleistet.“

Sie dankte ihm noch einmal und ging hinauf. Sie trat in den Flur; Ranger schlüpfte hinter ihr hinein und lief leise bellend durch die Wohnung.

Sie folgte ihm langsam, mit einem Kloß im Hals. Sie hatten ein Schlachtfeld hinterlassen: Schubladen waren aufgezogen, aus denen der Inhalt halb heraus hing, Schranktüren standen weit offen, die Schuhe lagen auf einem Haufen, die Kleider waren durcheinander, die Regale abgeräumt.

Sie ging vom Schlafzimmer in die Küche. Auch hier standen die Schubladen offen, war ihr Inhalt durchwühlt. Die Anrichte und die Schränke waren durchsucht worden, ebenso der Kühlschrank.

Jane atmete tief durch. Sie ging zur Anrichte. Sie straffte sich und begann aufzuräumen. Nachdem sie einmal damit angefangen hatte, konnte sie nicht wieder aufhören.

In einer Art dumpfer Raserei nahm sie sich eine Schublade nach der anderen, einen Raum nach dem anderen vor. Dies war ihr Zuhause. Dies waren ihre Sachen. Und Ians. Mit jeder aufgeräumten Schublade, jedem neu geordneten Schrank, jedem eroberten Regal löschte sie die Spuren ihrer Anwesenheit aus. Das *Gefühl* ihrer Anwesenheit. Und gewann die Kontrolle über ihr Leben zurück.

Ians Arbeitsraum sparte sie sich bis zuletzt auf. Die Polizisten waren um den zerbrochenen Becher und die Teepfütze herumgelaufen. Sie bückte sich, sammelte die Scherben auf und wischte die Flüssigkeit mit Taschentüchern auf.

Dabei fiel ihr Blick auf ihre Handtasche unter dem Schreibtisch, wo sie sie gestern Nacht hingestellt hatte. Offensichtlich war sie nicht durchsucht worden. Entweder hatten sie sie übersehen, oder der Durchsuchungsbefehl hatte es ihnen nicht erlaubt.

Sie starrte die Tasche einen Moment an, weil etwas in ihrem Gedächtnis sich regte. Etwas, woran sie sich erinnern sollte, das sie jedoch nicht richtig zu fassen bekam.

Und dann fiel es ihr ein.

Ians Palm. In der Nacht seiner Verhaftung hatte sie Whits Nummer dort gefunden. Sie hatte den Palm in ihre Handtasche gestopft für den Fall, dass sie weitere Nummern benötigte.

Sie griff nach der Tasche. Mit klopfendem Herzen fingerte sie darin herum. Ihre Hand umschloss den elektronischen Organizer, und mit zitternden Fingern zog sie ihn heraus.

Ian liebte seinen Palm. Sie erinnerte sich an den Tag, als er ihn mitgebracht hatte. Ein Wunder der Technologie, hatte er geschwärmt. Jeden Morgen konnte Marsha seinen Tagesplan einfach darauf überspielen. All seine Termine. Dreimal am Tag hatte sie ein Update geliefert: erst am Morgen, dann mittags und gegen Ende des Tages noch einmal.

Jane schaltete das Gerät ein, und der Bildschirm wurde hell. Mit Hilfe des kleinen Stifts rief sie Ians Kalender auf. Er reichte sechs Monate zurück.

Jane prüfte die Einträge. Marsha war unglaublich organisiert gewesen. Bei jedem Termin hatte sie nicht nur Zeit, Ort und Gesprächspartner vermerkt, sondern auch, ob er persönlicher oder beruflicher Natur war. Außerdem enthielt jeder Eintrag eine Telefonnummer.

Trotzdem hatte die Frau zweimal im Monat einfach einen Zwei-Stunden-Termin zum Lunch blockiert. Von zwölf bis zwei. Keine weitere Information, nicht einmal ein Name.

Jane runzelte die Stirn. Sie blätterte vorwärts und rückwärts.

Die blockierten Termine lagen normalerweise mittwochs und freitags. Ein paar Mal hatten die Tage gewechselt, doch die Termine waren nie ausgefallen.

Was hatte Ian während dieser Stunden getan? Wen hatte er getroffen?

Sie hasste sich für ihre Gedanken. Hasste die Verdächtigungen, von denen ihr speiübel wurde.

Ihr Mann war ihr treu gewesen. Er war kein Lügner oder Betrüger.

Er war kein Mörder.

Ian würde eine nachvollziehbare, logische Erklärung für die Termine haben.

Doch sie konnte ihn nicht fragen, nicht in den nächsten sechs Tagen.

Sie legte das Gerät auf den Tisch zurück und bedeckte ihre schmerzenden Augen mit den Händen. Wo war ihr Mann während dieser langen Stunden gewesen? Mit wem hatte er sich vielleicht getroffen? Was hatte er getan?

Sieh in das Adressbuch auf dem Palm, Jane.

Sie blickte zum Schreibtisch, wo das Gerät lag. Wenn sie Ian jetzt misstraute, würde sie das auseinander treiben. Er würde ihr nie vergeben. Und was hätten sie ohne Vertrauen noch?

Wovor hast du Angst, Jane?

Dass du dort Elle Vanmeers Namen findest? Oder den von Gretchen, Sharon oder Lisette?

Sie wehrte sich gegen die eigenen Gedanken. Sie hatte keine Angst. Ihr Mann war ihr treu. Er liebte sie.

Sie drehte sich um. Ging zum Schreibtisch. Das Gerät schien sie ob seiner Geheimnisse zu verspotten. Ihr Instinkt sagte ihr, es nicht zu tun und stattdessen ihre Fragen auf einen Zettel zu schreiben, den sie Elton mitgeben konnte. Oder einfach bis zu ihrem nächsten Besuch zu warten, um Ian selbst zu fragen.

Doch sie konnte beim besten Willen nicht widerstehen. Sie musste es jetzt wissen.

Jane nahm den Palm, rief das Adressbuch auf und blätterte bis zum Buchstaben V.

Dort war nur ein Name mit Telefonnummer. *Elle Vanmeer.*

Das Gerät entglitt ihren Fingern, und sie taumelte rückwärts, als hätte sie ein Windstoß getroffen. Der Name der toten Frau befand sich im Palm ihres Mannes. Warum? Ärzte trugen die Telefonnummern ihrer Patienten nicht in ihrem elektronischen Organizer herum.

Zitternd suchte Jane nach einer logischen Erklärung. Vielleicht hatten er und die Frau eine Beziehung gehabt, bevor sie beide sich kennen gelernt und geheiratet hatten?

Das konnte nicht stimmen, denn er hatte den Palm mehrere Monate *nach* ihrer Hochzeit angeschafft.

Vielleicht waren sie Freunde gewesen? Vielleicht hatte Marsha alle Namen und Nummern von seinem alten Adressbuch auf den Palm übertragen? Das wäre möglich.

Allerdings würde es Ian zum Lügner stempeln. Gegenüber der Polizei hatte er angegeben, dass Elle nur eine Patientin gewesen sei, dass sie keine persönliche Beziehung gehabt hätten.

Jane schlang die Arme um sich. Das waren Informationen, die die Polizei bereits hatte. Aufzeichnungen von Telefongesprächen. Kalender mit gesperrten, nicht näher erläuterten Terminen.

Keine Wunder, dass sie ihn für schuldig hielten. Sie lachte hysterisch auf. Kein Wunder, dass man sie für ein naives, vertrauensseliges Dummchen hielt.

Sie bückte sich und griff trotzig nach dem Palm. Sie ging das

Alphabet durch, fing mit A an. Es gab viele Frauennamen, doch keinen, der ihr auffiel. Gretchen Cole war nicht eingetragen. Auch nicht Lisette Gregory.

Zwei waren also schon aussortiert, nun fehlte nur noch einer.

Ihre Erleichterung währte nur kurz. Unter L fand sie eine andere Nummer, die die Schuld ihres Mannes förmlich herausschrie und für deren Existenz in seinem Adressbuch sie keine Erklärung hatte.

La Plaza.

32. KAPITEL

Freitag, 24. Oktober 2003
15.20 Uhr

Stacy legte den Hörer auf und drehte sich zu Mac um, der hinter ihrem Schreibtisch auf seinem Stuhl lümmelte. „Halt dich fest. Das war Pete. Der Autopsiebericht ist fertig."

„Und?" fragte er

„Das Genick ist gebrochen. Das ist die Todesursache. Keine Anzeichen sexueller Aktivität vor dem Tod. Keine Anzeichen eines Kampfes oder andere Verletzungen. Die Nägel waren sauber."

„Drogen?"

„Keine."

„Wie lange ist sie schon tot?"

„Ungefähr drei Tage."

Mac kratzte sich am Kopf. „Bis jetzt haben wir eine unbekannte Leiche. Keinen Ausweis. Keine besonderen Kennzeichen. Kein Ehering oder andere persönliche Habseligkeiten, die wir im Container gefunden hätten."

„Keine Vermisste, die der Beschreibung unseres Opfers entspricht?"

„Bislang nicht. Wir haben ihre Fingerabdrücke durch die Datenbank gejagt, nichts."

Stacy hatte sich auch nichts davon versprochen. Diese Frau war keine Professionelle gewesen.

Sie trommelte mit den Fingern auf den Schreibtisch. „Trägt einen Pyjama. Keinen Schmuck, keine Schuhe. Gebrochenes Genick. Offensichtlich hat sie ihren Angreifer gekannt. Ich tippe auf Ehemann oder Freund. Sie dreht ihm den Rücken zu, er packt ihren Nacken. Sauberer Bruch. Er wusste, was er tat. Brauchte viel Kraft. Ist sehr schnell passiert. Wahrscheinlich bei ihr zu Hause."

Mac nickte. „Ihr Süßer wickelt sie in eine Plastikplane, lädt sie in die Familienkutsche und wirft sie in einen entfernten Müllcontainer. Haben die Streifenpolizisten was rausgekriegt?"

„Nix. Keiner hat was gesehen. Typisch." Stacy blätterte durch die Notizen, die sie zu dem Fall schon zusammengetragen hatte. „Bubba's Backyard Barbecue hat vor einer Woche zugemacht. Seitdem wurde der Müll nicht geleert."

„Was wissen wir über die Plastikplane?"

„Nichts Besonderes. Landschaftsgärtner benutzen sie zur Abdeckung. Du kannst sie in jedem Gartencenter oder Supermarkt kaufen."

„Was ist mit der Spurensicherung?"

Sie blätterte durch die Akte. „Ein paar Haare, die ihre sein können oder auch nicht. Die Analyse kommt noch. Teppichfasern. Bermudagras."

„Das Zeug zum Rauchen?"

„Das Zeug zum Mähen, du Spinner." Sie blickte in den Bericht. „Schmutz."

„Schmutz?" wiederholte er.

„Mmm. Wird auch analysiert."

„Ohne Namen kommen wir nicht weiter." Er runzelte die Stirn. „Was ist mit dem Handy?"

„Bislang nichts."

„Wo ist das Problem?"

„Persönlichkeitsrechte. Die Anfrage wurde zur Firmenleitung weitergegeben." Mac öffnete den Mund, worauf Stacy die Hand hob. „Sie haben mir versichert, dass wir den Namen bekommen, aber der Bereichsleiter wollte die Verantwortung nicht übernehmen."

„Wir kommen kein Stück weiter, solange wir den Namen nicht haben. Das weißt du genauso gut wie ich, oder?"

Er erwartete keine Antwort, und sie gab keine. Schweigen breitete sich zwischen ihnen aus. Mac brach es zuerst. „Hast du kürzlich mit deiner Schwester gesprochen?"

Sie sah ihn an, schlagartig wachsam. „Heute noch nicht. Warum?"

Er blickte sich um, als ob er sichergehen wollte, dass sie niemand belauschte, dann beugte er sich vor. „Wir haben heute ihre Wohnung durchsucht."

Stacy wusste, dass dies einen Durchsuchungsbefehl voraussetzte. Und sie wusste, was sie zu finden gehofft hatten – die Lederjacke und die Baseballmütze. „Habt ihr gefunden, was ihr suchtet?"

Er antwortete mit einem kaum wahrnehmbaren Kopfschütteln. „Und deine Suche nach den Schlagzeilen von 1987?"

„Angefangen, aber ich bin noch nicht fertig. Bislang habe ich nichts über Schreie gefunden. Jane war sich von Anfang an sicher, dass er es mit Absicht getan hat."

„Irgendwas Neues von ihrem Psycho?"

„Nein."

„Vielleicht solltest du sie anrufen. Sie sah ziemlich mitgenommen aus heute Morgen."

Wie aufs Stichwort klingelte ihr Telefon auf dem Schreibtisch. Sie blickten beide hin. Mac grinste. „Ganz nach Plan. Ich habe telepathische Fähigkeiten."

„Du meinst psychopathische Fähigkeiten." Sie griff nach dem Hörer. „Detective Killian."

„Hallo, Detective Killian, Bob Thompson von Verizon Wireless. Tut mir Leid, dass es mit dem Rückruf so lange gedauert hat."

„Kein Problem." Sie richtete sich ein wenig auf und gab Mac ein Zeichen, dass dies der Anruf war, auf den sie warteten. „Haben Sie den Namen für mich?"

Den hatte er, und sie legte auf, wobei ihr die vielfältigen Konsequenzen seiner Antwort durch den Kopf gingen. Sie nahm die Akte und reichte sie ihrem Partner.

Er runzelte die Stirn. „Was?"

„Ich bin draußen."

Sein Runzeln verstärkte sich. „Ich verstehe nicht …"

„Ich bin draußen", wiederholte sie. „Das Handy gehörte Elle Vanmeer."

33. KAPITEL

Montag, 27. Oktober 2003
9.30 Uhr

Ians Anhörung war für zehn Uhr dreißig in Gerichtssaal zwei des Frank Crowley Gerichtsgebäudes angesetzt. Jane hatte Elton versprochen, um viertel nach zehn da zu sein.

Sie kleidete sich sorgfältig an, wollte sich von ihrer besten Seite zeigen. Wollte ruhig und zuversichtlich erscheinen. Elton hatte sie gewarnt, dass in Anbetracht der Anschuldigungen ihr Verhalten wichtig war. Es konnte sowohl die Jury als auch die öffentliche Meinung beeinflussen.

Sie atmete tief durch. Kein Problem. Sie musste nur eine heile Welt vortäuschen – die eine komplette Lüge war.

Die Telefonnummern in Ians Palm hatten sie gequält. Sie hatte lange nicht schlafen können, und als sie endlich eingeschlafen war, hatte sie sich hin und her gewälzt. Gegessen hatte sie nur, weil sie wusste, dass sie es um des Babys willen tun musste.

Verzweifelt hatte sie sich ihrer Arbeit zugewendet. *Anne* war fertig. Und sie war schön. Aus Janes Sicht die schönste, vieldeutigste Gruppe in ihrer Serie *Puppenteile.*

Sie schuldete Anne weit mehr, als sie zurückgeben konnte. Sich in die Arbeit stürzen zu können und etwas Schönes hervorzubringen, während ihre Seele verzweifelt ums Überleben kämpfte, hatte sie gerettet. Ohne ihre Kunst hätte sie das Wochenende kaum überstanden.

Sie hätte über ihre Entdeckung gern mit Stacy, Dave oder Elton geredet. Hätte gern ihre beruhigenden Erklärungen gehört.

Doch die Worte auszusprechen hätte bedeutet, ihren Mann

und ihre Ehe zu verraten. Über ihre Zweifel zu sprechen würde sie auf gewisse Weise Wirklichkeit werden lassen.

Also war sie allein geblieben mit ihren quälenden Gedanken. Den Ängsten und Unsicherheiten, die sie beinahe aufzehrten.

Sie hatte gebetet. Hatte sich in die Arbeit gestürzt. War auf und ab gegangen.

Schließlich hatte sie sich zu Folgendem durchgerungen: Sie glaubte weiterhin, dass Ian mit den Verbrechen nichts zu tun hatte. Er war kein Mörder.

Und sie liebte ihn.

Die Zweifel an seiner Treue wollte sie vorerst unterdrücken. Wenn sie mit ihm sprach, würde sie ihn nach den Terminen und den Telefonnummern fragen. Er würde eine logische Erklärung dafür haben, und sie würde sich dafür schämen, dass sie überhaupt an ihm gezweifelt hatte.

Es war noch nie falsch gewesen, ihrem Herzen zu folgen; das würde auch diesmal so sein.

Es klingelte an der Haustür. Das musste Dave sein. Er hatte darauf bestanden, sie zu der Anhörung zu begleiten, war der Meinung gewesen, es sei besser so.

Sie traf ihn an der Tür. „Fertig?“ fragte er.

Sie bejahte, und sie gingen zu seinem Wagen. Er hielt ihr die Tür auf, ging dann um den Wagen herum zur Fahrerseite. Sie legten etliche Kilometer schweigend zurück.

Das Angespannte ihres Schweigens machte ihr Sorgen. Sollte diese Farce jeden Bereich ihres Lebens in Mitleidenschaft ziehen? Jede Beziehung? Sogar eine so alte und selbstverständliche wie die zwischen ihr und Dave?

Als ob er ihre Gedanken lesen könne, brach er das Schweigen. „Irgendwelche Entwicklungen über das Wochenende?“

„Soweit ich weiß, nein." Sie faltete ihre Hände im Schoß. Die Innenflächen waren feucht.

„Irgendwas von Stacy?"

„Sie hat angerufen. Sie schien beunruhigt."

„Kommt sie heute?"

„Keine Ahnung."

Er sagte nichts dazu, doch sie wusste, was er dachte. Dass sie sie hätte fragen sollen. Dass sie ihr hätte sagen sollen, dass ihre Anwesenheit eine große Hilfe wäre.

Und das wäre sie tatsächlich.

Sie hasste die Distanz zwischen ihr und ihrer Schwester, wusste aber nicht, wie sie sie überwinden sollte, sie hatte nicht einmal die Energie, es zu versuchen. Die Vorwürfe, die sie Stacy entgegengeschleudert hatte, hatten die Kluft noch größer werden lassen. Sie wünschte bei Gott, sie niemals ausgesprochen zu haben.

Dave fand nicht weit vom Eingang zum Gerichtsgebäude einen Parkplatz. Bereits beim Einparken erkannte sie Elton, der unten an der Eingangstreppe wartete.

Als sie ihn erreichten, stellte Jane die beiden Männer einander vor. Sie schüttelten sich die Hände.

Elton wandte sich ihr zu. „Sind Sie bereit?"

Sie rang sich ein Lächeln ab. „Ruhig und zuversichtlich."

„Gutes Mädchen."

Er erklärt ihr das Nötigste, während sie das Gebäude betraten und die Metalldetektoren passierten. „Ian hat Richter Phister bekommen. Er ist streng und duldet keinerlei Tricks, weder von den Anwälten noch von ihren Klienten oder der Presse. Da ich keine Spielchen abziehe, wird es kein Problem geben."

Sie stiegen in den Fahrstuhl. „Heute wird der Richter die Anklage gegen Ian verlesen und ihn nach seiner Stellungnahme fragen. Wie Sie wissen, wird Ian sich als nicht schuldig erklären. Da er des schweren Mordes beschuldigt wird, gibt es keine Kaution. Bis zu den Anhörungen vor dem Prozess ist damit erst mal alles vorbei."

Als ob er ihre Verzweiflung spürte, drückte er ihr ermutigend den Ellenbogen.

Der Fahrstuhl hielt im siebten Stock, und Elton führte sie zu dem Gerichtssaal, in dem Ians Anhörung stattfand. Stacy stand vor der geschlossenen Tür. Sie sah müde und abgespannt aus.

Ihre Blicke trafen sich. Erleichterung und Zuneigung erfüllten Jane, und sie eilte ihr entgegen. „Danke, dass du gekommen bist", flüsterte sie und umarmte ihre Schwester.

„Natürlich bin ich gekommen", antwortete Stacy. „Du bist meine Schwester."

Sie und Dave umarmten einander; dem Anwalt stellte sie sich selbst vor. Ein seltsamer Ausdruck huschte kurz über sein Gesicht. Gerade als Jane sich darüber wunderte, führte Elton sie alle in den Gerichtssaal.

Kaum hatten sie ihre Plätze eingenommen, rief der Gerichtsdiener auch schon Ians Fall auf. Mit einem dicken Kloß im Hals beobachtete Jane, wie ein uniformierter Beamter ihren Mann in Handschellen in den Saal führte. Er blickte sie mit abwesendem Gesichtsausdruck an. Tränen stiegen ihr in die Augen, die sie nicht zurückhalten konnte. Kurz darauf verlas der Richter die Anklage, Ian erklärte sich für nicht schuldig, und es war ebenso schnell vorüber, wie es begonnen hatte.

Die Wache nahm Ian am Arm, um ihn hinauszuführen. Jane sprang auf die Füße. „Ian!"

Er drehte sich um. Ihre Blicke trafen sich. Ihr Herz schlug bis zum Hals. Sein Mund formte ein „Ich liebe dich".

Und in genau diesem Moment wusste sie ohne jeden Zweifel, dass er unschuldig war. Dass er ihr treu war.

Dann war er fort.

Stacy berührte sie am Arm. „Jane, es ist Zeit."

Sie blickte ihre Schwester an. „Er hat es nicht getan. Nichts davon."

„Ich weiß, Jane. Es wird alles gut werden."

„Ich habe Dave nach dem Wagen geschickt", sagte Elton. „Vorm Haupteingang wartet die Presse. Machen Sie sich darauf gefasst, dass es unangenehm wird."

Der Anwalt führte sie rasch aus dem Gerichtssaal. Als sie unten aus dem Fahrstuhl ausstiegen, sah Jane, dass tatsächlich mehrere Reporter draußen vor den Glastüren warteten.

„Atmen Sie tief durch, und lassen Sie mich das machen. Sagen Sie nichts, Jane. Egal, wie sehr die Ihnen zusetzen."

Sie nickte. Mit Stacy zu ihrer Linken und Elton zur Rechten trat sie aus der Tür. Die Reporter erkannten sie und drängten zu ihr.

Einer hielt ihr ein Mikrofon vors Gesicht. „Geben Sie eine Erklärung ab, Mrs. Westbrook?"

„Hat er es getan?" schrie ein anderer.

„Kein Kommentar von Mrs. Westbrook", sagte Elton, während er die Menge zur Seite drängte und sie die Treppen hinabführte. „Sprechen Sie mit uns nach der Verhandlung und dem Freispruch."

Dave hielt am Bordstein und hupte. Sie eilten zu ihm.

„Stimmt es, was man sagt, Mrs. Westbrook?" rief ein Reporter, als sie den Wagen erreichten. „Hat Ihr Mann Sie betrogen?"

Jane erstarrte. Sie wandte sich zu dem Mann um, der gefragt hatte, und ignorierte Eltons warnenden Druck an ihrem Arm.

„Hat Ihr Mann Sie betrogen?“ fragte der Reporter erneut.

„Nein“, antwortete Jane und war von der Festigkeit ihrer Stimme überrascht. Von der ruhigen Gewissheit darin. „Er war treu, und er ist unschuldig. Und ich werde das beweisen.“

Ein Raunen ging durch die Menge. „Wie?“ fragte ein Reporter zurück.

„Keine weiteren Kommentare“, sagte Elton und schob sie zum Wagen.

Dave öffnete die Beifahrertür. Sie stieg ein, legte den Gurt an und blickte zurück, als sie davonfuhren.

Glücklicherweise war Elton eingeschritten, denn sie hatte keine Ahnung, wie sie die Unschuld ihres Mannes beweisen sollte.

Eine Antwort, für die man sie auseinander genommen hätte.

34. KAPITEL

Montag, 27. Oktober 2003
2.45 Uhr

Innerhalb der nächsten paar Stunden wurde aus der den Reportern hingeworfenen Ankündigung ein fester Plan. Jane hatte beschlossen, dass sie sie Untersuchung, die sie in jener Nacht in Ians Praxis begonnen hatte, fortführen würde. Sie würde Gretchen Cole, Sharon Smith und Lisette Gregory anrufen, ihre Modelle, die Ians Patientinnen geworden waren. Sie würde sie zu ihrer Beziehung zu ihrem Mann befragen und wieso sie ihn konsultiert hatten.

Hoffentlich würden sie die rein berufliche Beziehung bestätigen.

Sie musste die Identität der Frau herausfinden, die die Akte gestohlen hatte, auch wenn sie noch keine genaue Vorstellung davon hatte, wie. Sie hatte außerdem beschlossen, dass sie Ians Exfrau einen Besuch abstatten würde. Ein Gespräch mit einem Biest führen würde – zumindest wenn das, was er über die Frau erzählt hatte, der Wahrheit entsprach. Was die Informationen betraf, die sie in seinem Palm gefunden hatte, wollte sie das La Plaza, Ians Expartner und die Sekretärin im Dallas Center für Kosmetische Chirurgie anrufen.

Nichts davon würde Ians Unschuld in den Augen des Gesetzes beweisen, doch sie selbst wäre erheblich ruhiger. Und in den Händen von Elton würden diese Aussagen bei der Jury große Zweifel aufkommen lassen.

Jane betrat das Atelier und traf Ted an, wie er gerade vor *Anne* stand.

„Sie ist wunderschön“, sagte er, ohne seinen Blick von den Skulpturen zu lösen.

„Nicht wahr?“ Jane trat neben ihn. „Ich habe das Wochenende an ihr gearbeitet.“

„Ich hätte nicht geglaubt, dass du arbeiten könntest. Du weißt schon, wegen Ian.“

„Die Arbeit hat mich gerettet. Ohne wäre ich, glaube ich, verrückt geworden.“

Er wandte sich ihr zu. „Wenn du irgendetwas brauchst, Jane, sag Bescheid. Ich bin für dich da.“

Sie drückte dankbar seine Hand. „Ich brauche drei Telefonnummern. Gretchen Cole, Lisette Gregory und Sharon Smith.“

„Sicher.“ Er ging zum Computer und rief das Adressbuch auf. Er notierte die drei Nummern auf einem Zettel und reichte ihn ihr. „Falls du dir Gedanken darüber machst, ich habe sichergestellt, dass all deine Modelle eine Einladung zur Vernissage bekommen haben.“

„Darüber habe ich mir keine Gedanken gemacht. Ich wusste, dass du das tust.“

Sie sah die Frage in seinen Augen, ignorierte sie aber. „Ich bin oben, wenn du mich brauchst.“

Jane ging hinauf und machte es sich, nachdem sie sich einen Orangensaft eingeschenkt hatte, auf der Couch gemütlich, mit Ranger zu ihren Füßen. Sie rief zuerst Gretchen an.

Die Frau meldete sich. „Gretchen, hier ist Jane. Wie geht es dir?“

„Jane! Mein Gott, wie geht es *dir*? Ich kann nicht glauben, was sie über Ian sagen.“

„Es ist nicht wahr“, erklärte Jane ruhig. „Das ist alles ein Irrtum.“

„Natürlich ist es nicht wahr." Gretchen senkte die Stimme. „Ist er noch im Gefängnis?"

„Ja." Jane räusperte sich und wechselte das Thema. „Hast du deine Einladung zur Vernissage bekommen?"

„Habe ich. Allerdings frage ich mich, ob sie noch stattfindet."

„Ian hat mich versprechen lassen, sie nicht abzusagen."

„Ja, so ist er." Sie schwieg, als ob ihr bewusst geworden wäre, was sie da eben gesagt hatte. „Dann sehen wir uns dort."

„Gretchen, eine Sache noch." Jane bemühte sich, beiläufig zu klingen. „Ian erwähnte, dass du seine Patientin wurdest. Ich war ein bisschen verstimmt und hatte die Befürchtung, dass er vielleicht, ich weiß nicht ... unsere Beziehung geschäftlich ausgenutzt hätte."

„Oh, Jane, das ist mir so unangenehm. Du weißt, wie mich mein Äußeres beschäftigt. Tatsächlich habe ich seinen Namen einer Freundin gegenüber erwähnt, die sehr von ihm schwärmte. Deshalb bin ich bei ihm gelandet."

„Also hat nicht er dich angesprochen?"

„Nein, ganz und gar nicht."

Jane fühlte sich unendlich erleichtert. Sie verbarg es mit einem befangenen Lachen. „Er ist zweifellos ein hervorragender Chirurg. Jedenfalls aus meiner nicht ganz unvoreingenommenen Sicht."

„Und ob! Zuerst versuchte er, mich wegen dir an einen Kollegen zu verweisen, aber ich wollte davon nichts hören."

Erste Hürde genommen. Jane atmete tief durch. *Nun die schwere Frage.* „Darf ich dich etwas fragen, Gretchen? Es ist wirklich wichtig, dass du aufrichtig zu mir bist."

„Sicher, Jane. Natürlich."

„Hat sich Ian dir gegenüber ... unangemessen verhalten? In irgendeiner Hinsicht?"

„Unangemessen?“

„Du weißt schon, hat er sich dir genähert?“

„Herrje, nein!“ Ihre nachdrückliche und spontane Reaktion klang echt. „Ian war absolut professionell.“

Jane konnte ein erleichtertes Seufzen nicht zurückhalten.

„Was erzählt man dir über ihn, Jane? Denn was auch immer es ist, es ist eine Lüge. Ian liebt dich, das war deutlich zu spüren.“

Sie redeten noch ein bisschen, bevor sie sich verabschiedeten und auflegten. Jane versuchte es als Nächstes bei Lisette, erreichte nur ihren Anrufbeantworter und hinterließ eine Nachricht. Dann rief sie Sharon an.

Sie war zu Hause. Ihre Unterhaltung war eine nahezu wortwörtliche Wiederholung des Gesprächs mit Gretchen. Jane legte auf. Was die Frauen über Ian gesagt hatten, gab ihr Auftrieb, flößte ihr Zuversicht ein. Sie waren auf ihn zugegangen, nicht umgekehrt. Ian hatte sich jederzeit professionell verhalten.

Nun zu seiner Ex-Frau. Mona Fields, eine frühere Miss Texas, wohlhabend, mit guten Beziehungen und erfolgreich. Jane hatte die Frau einmal getroffen; sie und Ian waren ihr zufällig bei einer Vernissage im Dallas Museum of Art begegnet.

Sie war freundlich zu Jane gewesen, und Janes Verlegenheit hatte mit ihrer eigenen Unsicherheit zu tun gehabt und nicht etwa mit dem Benehmen der anderen Frau.

Mona hatte einfach nur dieses Aussehen, bei dem sich Jane immer unzulänglich vorkam. Natürlich blond, mit blauen Augen, einer atemberaubenden Figur und klassischen Gesichtszügen. Das Gesicht eines Engels und das Herz eines Teufels, so hatte Ian sie immer beschrieben. Sie waren bis zu ihrer Scheidung weniger als zwei Jahre verheiratet gewesen.

Jane nahm ihre Handtasche und ihre Jacke, schloss Ranger in seinen Zwinger ein und ging hinunter. Sie schaute kurz ins Atelier. „Irgendwas passiert, wovon ich wissen sollte?“

„Eine Zusage vom Kunstkritiker der Times.“

„New York oder L.A.?“

„L.A. Imponierend, oder?“

„Imponierend“, wiederholte sie und merkte, dass sie geschmeichelt war, aber keine wirkliche Freude empfand. Als ob sie auf der Verstandesebene erkannte, was für eine große Sache das war, auf der Gefühlebene aber … passierte gar nichts.

„Gehst du irgendwo hin?“

„Ja.“ Sie hängte sich die Tasche über die Schulter. „Ich werde Ians Ex-Frau einen Besuch abstatten.“

„Seiner Ex-Frau?“ Ted runzelte die Stirn. „Warum?“

„Ich muss mir ihr reden. Von Angesicht zu Angesicht.“

„Es macht dich fertig, nicht wahr? Die Polizei, die Dinge, die sie sagen?“

Hitze schoss ihr in die Wangen. „Ich weigere mich, mich zurückzulehnen und andere über Ians Schicksal entscheiden zu lassen.“

„Also führst du deine eigenen kleinen Ermittlungen? Ist das nicht Aufgabe deines Anwalts?“

„Elton ist es egal, ob Ian unschuldig ist. Ihm geht es nur darum, dass er freigesprochen wird. Ich dagegen *weiß*, dass er unschuldig ist.“

„Was die Morde angeht? Oder was seine Untreue angeht?“

Sie hasste die Frage. Sie schmerzte. Bei der Antwort krümmte sie sich innerlich. Wütend schlug sie zurück. „Vielleicht solltest du dich um deine eigenen Angelegenheiten kümmern.“

Seine Gesichtszüge wurden hart. „Ich bin dein Freund. Freunde sind ehrlich zueinander. Lass die Polizei und die Anwälte ihre Arbeit machen."

„Das kann ich nicht." Sie sah, dass er etwas erwidern wollte. Sie gab ihm keine Gelegenheit dazu. „Ich brauche die Adresse von Lisette Gregory. Könntest du sie mir heraussuchen?"

„Lisette?" Ihr Themenwechsel hatte ihn überrumpelt. „Jetzt?"

„Ja. Danke."

Er wandte sich um, ging zum Computer und rief das Adressbuch auf. Er blickte über die Schulter zu ihr. „Wenn ich ihr eine weitere Einladung zuschicken soll …"

„Nein. Lisette war eine von Ians Patientinnen. Ich möchte mit ihr sprechen, bevor es die Polizei tut."

Er wirkte besorgt. „Was du da tust, ist gefährlich, Jane. Das kann nach hinten losgehen. Gerade jetzt kannst du das gar nicht gebrauchen."

„Ich habe mir alles gut überlegt. Die Adresse, bitte."

„Willst du mit all seinen Patientinnen sprechen? Was soll das beweisen? Was, wenn eine von ihnen …" Er hielt die Worte zurück. „Egal. Du bist erwachsen, tu, was du willst."

Er wandte sich wieder dem Computer zu, schrieb die Adresse auf einen Notizzettel und reicht ihn ihr.

„Wenn eine von ihnen was?" fragte sie, als sie den Zettel entgegennahm.

„Was, wenn sie dir etwas erzählen, was du nicht hören willst?"

Die Worte erschütterten sie. Diese Möglichkeit hatte sie nicht wirklich in Betracht gezogen. Was würde sie tun?

Er strich über ihre Wange, seine Finger waren wie ein Flüstern auf ihrer Haut. „Du bist nicht so stark, Jane. Ich weiß, dass du es nicht bist."

„Da liegst du falsch.“ Wütend entzog sie sich seiner Berührung. „Du kennst mich kein bisschen.“

„Dann geh“, sagte er brüsk. „Viel Spaß.“

„Es tut mir Leid, Ted. Ich hätte das nicht sagen sollen.“ Sie schwieg einen Moment. „Aber ich muss das hier tun.“

„Wie du meinst.“

„Wirst du hier sein, wenn ich zurückkomme?“

Er sah sie an, so etwas wie Ärger lag in seinem Blick. „Du kennst mich *tatsächlich* nicht, oder?“

Sie öffnete den Mund, um sich zu entschuldigen, besann sich eines Besseren, machte auf dem Absatz kehrt und verließ das Atelier.

Draußen war es sonnig, aber kühl. Sie schlüpfte in ihre Jacke und ging den Block hinauf zu ihrem Wagen. Jane wusste, wo Ians Ex wohnte, weil es das Haus war, in dem sie während ihrer Ehe gelebt hatten. Es befand sich in University Park, dem Viertel, das die angesehene Southern Methodist University beherbergte und im Süden an das ebenso angesehene Highland Park grenzte.

Jane fand Monas Straße, die Bryn Mawr, dann die Hausnummer. Sie parkte vor dem im südländischen Stil errichteten Haus und stieg aus. Der Garten war üppig, Azaleen, Herbstzeitlose und Feuerbüsche standen in voller Blüte, ihre Farben waren ein Fest für die Augen.

Jane ignorierte das Kribbeln in ihrem Bauch und klingelte an der Haustür.

Eine Frau mittleren Alters in einer schwarzen Uniform öffnete die Tür. Mit einem starken spanischen Akzent bat sie Jane in die Halle, wo sie warten sollte.

Wenige Minuten später tauchte Mona auf. Sie trug enge weiße Hosen und einen schwarzen Pullover mit V-Ausschnitt. An ihren Ohren und am Hals glitzerten Diamanten.

Jane hatte beinahe vergessen, wie schön die Frau war.

„Hallo, Mona", sagte sie.

Die Frau zeigte ein Lächeln, das eher routiniert als warm schien. „Nun, wenn das nicht Ians Neue ist. Was kann ich für Sie tun?"

„Nicht für mich. Für Ian."

„Er steckt ein bisschen in der Klemme, nicht wahr? Armer Schatz." Sie deutete zum Salon, der rechts von der Halle abging. „Kommen Sie rein."

Jane folgte ihr. Der Raum zeugte von luxuriösem femininem Geschmack mit einem Anflug von Understatement. Sie saßen einander gegenüber. Kaum hatten sie Platz genommen, erschien die Frau, die auch an der Tür gewesen war. „Kann ich Ihnen etwas bringen, Ma'am?"

„Ich denke nicht, Connie." Mona winkte sie hinaus, ohne ihr zu danken. Dann wandte sie ihre Aufmerksamkeit wieder Jane zu. „Wie kann ich Ian helfen?" fragte sie.

„Er hat diese Frauen nicht umgebracht. Ich weiß, dass er das nicht getan hat. Ich hatte gehofft, Sie würden mir darin zustimmen."

„Und was tun? Für ihn vor Gericht aussagen? Als Zeugin?"

„Wenn unser Anwalt es für nötig hält, ja."

„Da ist Ihnen die Polizei zuvorgekommen, Kleines."

Jane wurde flau im Magen. „Sie waren hier?"

„Schon vor ein paar Tagen."

„Was haben sie gefragt?"

Die Frau lächelte wieder und schlug elegant die Beine übereinander. Jane bemerkte, wie lang und geschmeidig sie waren. Es war genau die Art von Beinen, mit der Schönheitswettbewerbe gewonnen wurden.

„Ob Ian mir treu gewesen ist. Oder ob er … Sie wissen schon, es eben nicht gewesen ist."

Janes Mund wurde trocken. Sie dachte an Teds Frage: *Was, wenn eine von ihnen dir etwas erzählt, was du nicht hören möchtest?*

Mona beugte sich mit einem engelhaften Lächeln vor. „Wissen Sie, ich dachte immer schon, dass ihn sein Schwanz einmal in Schwierigkeiten bringen würde. Sieht so aus, als wäre es jetzt so weit."

Jane zuckte zusammen. Mona fuhr fort, ihre Stimme war so süß und klebrig wie frischer Honig. „Im besten Fall ist der Mann ein Don Juan. Im schlimmsten ein Sexsüchtiger. Er hat mich und jede andere Frau betrogen, die er je hatte. Aber Sie wussten das, als Sie ihn geheiratet …" Mitgefühl zeigte sich auf ihrem schönen Gesicht. „Oh, ich verstehe. Sie wussten es nicht. Sie dachten, er würde treu sein. Wäre treu gewesen." Mona schüttelte den Kopf, wobei ihr blondes Haar hin und her schwang. „Der Mann weiß nicht einmal, was das Wort bedeutet. Sein Schwanz diktiert sein Leben."

„Sie lügen."

„Das heißt nicht, dass er Sie nicht liebt, Kleines. Nur dass er Bedürfnisse hat, die Sie nicht erfüllen können."

„Das ist nicht wahr." Jane erhob sich und trat einen Schritt zurück. Sie hasste das verräterische Beben in ihrer Stimme. „Sie sind eine Lügnerin."

Mona stand ebenfalls auf. Sie streckte ihr eine perfekt manikürte Hand entgegen. „Es tut mir Leid. Glauben Sie mir, ich weiß, wie Sie sich fühlen. Mir hat er das auch angetan."

Schluchzend machte Jane auf dem Absatz kehrt und ging zur Tür. Bevor sie sie erreicht hatte, hielt Mona sie am Arm fest.

„Nach jenem Abend, als wir uns zufällig im Museum trafen,

hat Ian angerufen, fragte mich, ob wir uns verabreden könnten. Sie wissen schon, zum Vögeln. Um der alten Zeiten willen. Ich sagte ihm, er solle zur Hölle fahren. Sieht so aus, als sei er meinem Rat gefolgt."

Sie lachte, und Jane erkannte in ihr die Frau, die Ian beschrieben hatte. Erkannte die Bösartigkeit, die ans Teuflische grenzte.

„Es tut mir Leid, dass Sie es so erfahren mussten", fuhr Mona fort. „Ich weiß, wie weh das tut. Ich erinnere mich daran. Auch mich hat er wegen des Geldes geheiratet. Obwohl Sie, nach allem, was ich höre, weit mehr davon haben als ich."

Jane macht sich los. Sie griff nach dem Türknauf und taumelte hinaus in den Sonnenschein. Blind vor Tränen rannte sie die Eingangsstufen hinunter.

„So, wie ich ihn kenne", rief Mona ihr hinterher, „glaube ich nicht, dass er diese Frauen getötet hat. Das habe ich auch der Polizei gesagt."

Jane schaffte es irgendwie, nach Hause zu fahren. Kaum hatte sie die Sicherheit ihres Treppenhauses erreicht und sich die Haustür hinter ihr geschlossen, brach sie in Tränen aus.

In diesem Zustand fand Ted sie. Er eilte zu ihr. „Jane? Mein Gott, was ist passiert? Bist du in Ordnung?"

„Nein", presste sie hervor. „Bin ich nicht. Werde ich vielleicht … nie … wieder …"

Sie verschluckte den Rest und schlug nach ihm. Er hielt sie fest, zog sie an seine Brust. Für einen Augenblick blieb sie ganz steif, dann ergab sie sich in ihren Kummer. Sie klammerte sich an ihn, drückte ihr Gesicht an seine Schulter und schluchzte.

Ted hielt sie sanft fest, und sie ließ den Tränen freien Lauf.

Während sie weinte, strich er ihr über Haar und Rücken und murmelte tröstende Worte.

„Du hattest Recht“, sagte sie schließlich und wischte sich über die Augen. „Ich hätte nicht gehen sollen. Ians Exfrau ... sie sagte ... hässliche Dinge über ihn.“

„Das tut mir Leid, Jane.“ Er nahm ihre Hände.

„Ich wollte nicht Recht haben.“

„Sie sagte, er hätte mich wegen meines Geldes geheiratet. Dass er niemals treu gewesen wäre. Weder mir noch irgendeiner anderen Frau.“

Seine Finger schlossen sich fester um ihre. Sie zitterten, und ihr Blick traf seinen. Die Wut darin überraschte sie.

„Wenn er dir nicht treu war, ist er nicht fähig, treu zu sein. Wenn er dich betrogen hat, wird er bekommen, was er verdient.“

„Ted, was ...“

„Es macht mich wütend, dass man dir weh tut. Ich wollte nicht, dass dies alles geschieht.“

„Natürlich nicht. Nichts davon ist dein Fehler.“

„Ich muss los. Ich habe eine Verabredung.“ Er gab ihre Hände frei und trat sichtlich aufgewühlt zurück.

„Ted?“ rief sie, als er die Tür erreicht hatte. „Was verschweigst du mir?“

Er blieb stehen, sah sie über die Schulter an, das Gesicht schmerzverzerrt. „Es gibt einen Sinn für alles im Universum. Einen Grund, warum man hier ist. Finde ihn, Jane, halte dich daran fest.“

Und dann war er fort. Lange Zeit starrte sie in den leeren Korridor, während ihr das, was er gesagt hatte, durch den Kopf ging. Sein Gesichtsausdruck.

Sie fragte sich erneut, was ihr Assistent wusste und was er ihr verschwieg.

35. KAPITEL

Freitag, 31. Oktober 2003
20.10 Uhr

Stacy betrat die Galerie des Museums für zeitgenössische Kunst. Sie war spät dran. Sie hatte sich entschlossen, ihre Suche nach den Schlagzeilen von 1987 über Janes Unfall abzuschließen. Sie war zwar nicht ganz leer ausgegangen, hatte aber keinen richtigen Treffer gelandet.

Dass Jane glaubte, der Fahrer habe sie absichtlich gerammt, stand in nahezu jedem Artikel. Der einzige Hinweis auf Janes Schreie stammte von Stacy selbst. Ein Reporter zitierte sie mit den Worten: „*Sie schrie … und schrie.*"

Das war alles. Stacy hatte sich mehr erhofft. Es hätte sie beruhigt, glauben zu können, dass Janes anonymer Briefschreiber nur ihre eigenen Worte wiederholte. Dass er von ihrer Schwester durch Zeitungsartikel erfahren hatte.

Die Vernissage war in vollem Gange. Stacy bemerkte, dass ihre Schwester eine große Menschenmenge angezogen hatte, eine Mischung aus Reichen und Künstlern. Die Garderobe reichte von teurem Understatement bis zu farbenprächtigen Lumpen. Einige waren wegen des Halloween-Wochenendes kostümiert erschienen. Manche von ihnen, vermutete sie, *schienen* nur kostümiert sein.

Stacy fühlte sich in ihrem schwarzen Cocktailkleid aus einem Ausverkauf bei Foley's ziemlich unpassend gekleidet.

Obwohl die Galerie sehr belebt war, erblickte sie Jane sofort. Sie stand am anderen Ende des Raums im lebhaften Gespräch mit einem distinguiert aussehenden Mann. Die Frau an seinem Arm –

jung genug, um seine Enkelin zu sein, obwohl sie das offensichtlich nicht war – blickte gelangweilt drein.

Ihre Schwester hatte sich entschieden, einen blutroten Seidenoverall und ihre Augenklappe zu tragen. Pirat in Rot, dachte Stacy anerkennend. Ohne Zweifel hatte sie die Garderobe ausgesucht, um etwaige Gerüchte zu zerstreuen, dass sie am Boden zerstört sei. Oder dass sie sich am liebsten verstecken würde.

Jane war eine Kämpferin. War es immer gewesen.

Als ob sie die musternden Blicke ihrer Schwester spürte, drehte Jane sich um. Ihre Blicke trafen sich. Sie berührte den Arm des Mannes, um sich zu entschuldigen, und bahnte sich ihren Weg durch die Menge zu Stacy.

„Danke, dass du gekommen bist", sagte Jane, als sie sie erreichte.

„Trotz allem, was du denken magst, hätte ich mir das nicht nehmen lassen." Sie küsste Jane auf die Wange. „Herzlichen Glückwunsch, Jane."

„Stacy!" Dave tauchte hinter ihr auf. „Du siehst großartig aus." Er beugte sich vor und küsste ihre Wange, wobei er leicht schwankte. „Champagner?"

„Warum nehme ich nicht deinen?"

„O nein, das tust du nicht." Er wehrte ihren Griff nach seinem Glas lachend ab. „Mach dir keine Sorgen, ich fahre nicht." Er sah Jane an. „Möchtest du einen?"

„Kein Alkohol für mich, danke. Ich muss an das Baby denken."

Er entschuldigte sich, um Wein zu holen, und die Schwestern standen einander gegenüber. „Bist du außer Dienst?" fragte Jane.

„Pistole und Kleid passen nicht zusammen."

„Oh, ich weiß nicht." Jane lächelte. „Deine Pistole, meine Augenklappe. Wir würden ein schönes Paar abgeben."

„Das würden wir." Stacy senkte die Stimme. „Wie hältst du dich?"

„Es geht so." Jane hob den Blick. „Ich kann nicht aufhören, an Ian zu denken. Ich vermisse ihn so sehr."

Stacy berührte ihre Schwester am Arm. „Beim nächsten Mal wird er dabei sein."

Jane blinzelte die Tränen fort. „Danke."

Eine Frau kam herübergetrippelt und unterbrach sie. Sie stellte sich Stacy als Kuratorin des Museums vor und zog Jane fort.

„Wie ich sehe, wurde unser Star entführt", sagte Dave, der mit Stacys Wein ankam. Sie bemerkte, dass er auf Club Soda umgestiegen war. „Das passiert schon den ganzen Abend. Ständig wird sie mir entführt."

„Sie hat eine Menge Mut, nicht wahr?"

„Und ob."

Stacy nahm einen Schluck von ihrem Wein und runzelte die Stirn, als sie Ted Jackman erblickte. Er stand halb verdeckt hinter einer Palme.

„Was hältst du von Janes Assistent?"

„Ted?" Er zuckte mit den Achseln. „Ich weiß nicht, er scheint recht harmlos. Ein bisschen überspannt, aber das sind ja viele dieser Künstlertypen. Warum?"

„Ich bin nur vorsichtig."

Er folgte ihrem Blick. „Jane vertraut ihm."

„Vielleicht zu sehr."

„Stacy, was ..."

„Lass uns umherschlendern."

Sie bahnten sich ihren Weg durch die Menge. Einzelne Objekte bildeten eine Gruppe und trugen die Namen der Modelle. *Anne. Gretchen. Julie.* Die Skulpturen waren wunderschön, organisch und doch starr, wie Spitze und doch massiv. Erotisch, ohne dabei unverhohlen sexuell zu wirken.

Aber es waren die Videos, die Stacy faszinierten. Einige machten sie wütend. Bei anderen litt sie. Manche brachten sie zum Lachen. Verstehen konnte sie alle. Wie auch nicht? Sie war eine Frau. Auch sie hatte man schon nach ihrem Äußeren beurteilt – und manchmal für ungenügend befunden. Auch sie hatte sich gewünscht, anders zu sein, als sie war, eine andere Frau zu sein.

Und sie verstand, warum ihre Schwester diese Objekte erschaffen hatte, woraus ihre Vision entstanden war. Für Stacy war das schmerzhaft deutlich.

Während sie sich durch die Galerie bewegte, behielt Stacy Jane im Blick. Registrierte, mit wem sie sprach und wie lange. Registrierte alle, die zu nah oder zu lange bei ihr standen. Und sie beobachtete, wie Ted sich durch die Galerie bewegte.

Sie hatte Jane gesagt, dass sie außer Dienst sei. Das hatte nicht ganz gestimmt. Sie war hier, um ihre Schwester zu unterstützen – und sie zu beschützen.

Ich habe es mit Absicht getan. Um deine Schreie zu hören.

Stacy war sicher, dass derjenige, der Jane den Ausschnitt geschickt hatte, heute Abend hier war. Das würde er sich nicht entgehen lassen. Es würde ihm einen kranken Kick verschaffen, Jane zu beobachten, sie in der Menge zu streifen, ihre Gespräche zu belauschen.

Doch war er der Fahrer des Bootes von damals? Konnte er derjenige sein, von dem dieser Doobie Mac erzählt hatte? Oder war er einfach ein durchgeknallter Verrückter? Einer, der durch das kürzliche Medieninteresse an Jane auf sie aufmerksam geworden war?

„Schau dir diese an“, murmelte Dave, als sie um eine Trennwand herumgingen. „Sie gefällt mir mit am besten.“

Stacy erstarrte, als ihr Blick auf den Monitor fiel. Die Frau in dem Video sprach über ihre Brüste. Sie hielt inne, kicherte befangen, fing von neuem an, wobei sie ihr dunkles Haar aus dem Gesicht strich.

Stacy stockte der Atem, ihre Nackenhaare stellten sich auf.

Ihre unbekannte Leiche hatte nun einen Namen.

„Gefällt dir Lisette?"

Stacy zuckte zusammen, der Wein schwappte aus ihrem Glas. Sie wandte sich zu Jane um, während sie ihre Finger mit der Cocktailserviette trocknete. „Wie bitte?"

„Lisette." Jane deutete auf den Monitor. „Du hast an jedem ihrer Worte gehangen."

Stacy wusste nicht, was sie sagen sollte, und suchte nach einem anderen Satz als „Wann hast du diese Frau das letzte Mal lebend gesehen?".

Sie schaute wieder zum Monitor. Statt der hübschen kichernden Frau sah sie den Körper aus dem Müllcontainer. Während sie sich bemühte, sich nichts anmerken zu lassen, rechnete sie nach. Lisette war seit etwa drei Tagen tot gewesen, als sie sie gefunden hatten.

Das hieß, sie war umgebracht worden, bevor man Ian verhaftet hatte.

Elle Vanmeers Mobiltelefon war bei ihr gefunden worden, im Container.

Janes Lächeln erlosch. „Was ist los?"

„Nichts." Die Lüge ging ihr glatt über die Lippen. Sie räusperte sich. „Ich habe mehrere deiner Modelle heute hier gesehen. War Lisette dabei?"

Jane dachte einen Moment nach, schüttelte dann den Kopf. „Ich habe sie nicht gesehen."

„War sie verheiratet?“

„Nein.“ Sie zog ihre Augenbrauen leicht hoch. „Warum fragst du?“

„Irgendwas an Familie in der Stadt? Einen Freund?“

Jane blickte Dave an, dann wieder Stacy. „Was verschweigst du mir?“

„Sie kommt mir bekannt vor, das ist alles. Wie ist ihr Nachname?“

„Gregory. Aber ich bezweifle, dass du sie kennst. Sie stammt aus Mexia, einem Kaff im Süden von Dallas, und ist noch nicht lange hier. Sie hat gemodelt.“

„Kein Wunder. Sie war ein schönes Mädchen.“

„War?“

„Ist“, korrigierte Stacy. „Hatte sie irgendwelche Schönheitsoperationen?“

„Viele meiner Modelle hatten welche. Wenn du zuhörst, viele sprechen darüber.“

Stacy nickte und blickte wieder zu Lisette. *Sie konnte es Jane nicht sagen. Nicht heute Abend.*

Und nicht, bevor sie ganz sicher war.

„Lisette war eine Patientin von Ian.“

Sie wandte sich langsam ihrer Schwester zu, das Blut pochte in ihrem Kopf. „Entschuldige, ich habe dich eben nicht ganz verstanden – was hast du gesagt?“

„Das ist keine große Sache. Sie war eine von Ians Patientinnen. Einige meiner Modelle waren das.“

„Wie viele ...“

„Jane!“ Die Kuratorin kam mit glühendem Gesicht herangetrippelt. Da erst bemerkte Stacy, dass sich die Menge bis auf eine Handvoll Leute, meist Freunde oder Museumspersonal, zerstreut hatte. Sie blickte auf die Uhr und sah, dass die Vernissage offiziell zu Ende war.

„Die Ausstellung ist ein überwältigender Erfolg! Ich habe mit jedem Kritiker gesprochen, der hier war, und sie alle waren hingerissen. Einer nannte Sie ‚*die* neue Meisterin des Körpers', ein anderer ‚eine unerschrockene Realistin'. Ich freue mich so für Sie." Sie küsste Jane auf beide Wangen. „Sie sind ganz offiziell ein aufsteigender Stern."

Aus den Augenwinkeln sah Stacy, dass Ted auf dem Weg zu ihnen war. Er hatte die letzten Minuten am Haupteingang gestanden und wahrscheinlich den sich verabschiedenden Gästen gedankt. Er trug einen riesigen Blumenstrauß, der in grünes Papier eingeschlagen war. Rosen, erkannte sie. Langstielig und jungfräulich weiß.

Ian schickte Jane immer weiße Rosen. Er wusste, wie sehr sie weiße Rosen liebte. Sie hatte sie zu ihrer Hochzeit getragen.

Jane erblickte ihren Assistenten im selben Moment. Stacy hörte ihr überraschtes Einatmen. Sie wusste, was Jane dachte – das Gleiche wie sie, dass Ian einen Weg gefunden hatte, die Blumen vom Gefängnis aus zu schicken. Höchstwahrscheinlich hatte er den Anwalt dazu veranlasst.

„Die wurden gerade gebracht", sagte Ted und strahlte sie an. Er reichte ihr den Strauß.

Jane nahm die Blumen. Das Papier raschelte. Sie verbarg ihr Gesicht in den schneeweißen Blüten. „Sie sind wunderschön. Ist eine Karte dabei?"

„Hier." Ted deutete auf einen Umschlag, der an das Papier geheftet war.

Jane löste ihn und nahm die Karte heraus. Ein Schreckenslaut entrang sich ihr, der Strauß entglitt ihren Händen. Sie wandte sich

Stacy zu, das Gesicht so bleich wie die Rosen. Sie reichte ihr die Karte.

Stacy nahm sie. Sie las die zwei Sätze.

Ich möchte wieder deine Schreie hören.

Ich bin dir näher, als du glaubst.

36. KAPITEL

Freitag, 31. Oktober 2003
23.20 Uhr

Stacy brachte Jane nach Hause. Ihre Schwester sprach wenig unterwegs, und Stacy hätte sie gerne getröstet. Sie spürte nicht nur ihre Furcht, sondern auch ihre Verzweiflung und Erschöpfung.

Sie registrierte auch ihre eigene Müdigkeit. Sie hatte Ted ausführlich zu dem jungen Mann befragt, der die Blumen gebracht hatte. Ted hatte ihn als jungen Halbwüchsigen beschrieben, mit einem übergroßen T-Shirt, langen, weiten Hosen und einer Baseballmütze, die er verkehrt herum trug – wie jeder andere Teenager da draußen. Er hatte helle Haut und helle Augen gehabt, war groß und knochig gewesen.

Stacy hatte einige andere Besucher befragt, und alle hatten Teds Beschreibung bestätigt.

Trotzdem schien irgendwas an der Sache faul. Inszeniert. Dass die Blumen so spät am Abend kamen. Dass Ted dort gewesen war, praktischerweise gerade am Eingang der Galerie stand. Dass es sich um weiße Rosen handelte.

Die Wahl der Blumen war kein Zufall. Wer auch immer sie geschickt hatte, kannte Jane gut genug, um zu wissen, was sie bei ihr auslösen würden.

Er hatte die Daumenschrauben weiter angezogen.

Ich möchte wieder deine Schreie hören.

Ich bin dir näher, als du glaubst.

Stacy gab zu, dass sie das nervös machte. Verdammt nervös.

Sie rief sich die letzten Besucher in Erinnerung, die noch in der Galerie gewesen waren, als die Blumen geliefert wurden. Der Direktor der Galerie und sein Assistent. Die Bedienungen, die aufräumten. Sie und Dave. Ted Jackman. Ein paar andere Besucher, einige von ihnen in Kostümen. Ein Paar sogar maskiert. Sie hatte von allen die Namen aufgenommen, wobei jeder von ihnen gelogen haben konnte.

Konnte Janes Peiniger darunter gewesen sein und seine wahre Identität verborgen haben? Bestimmt hätte er gern ihre Reaktion beobachtet. Je näher er an ihrer Angst war, desto größer war wohl der Kitzel. Falls er sich sicher genug fühlte.

Stacy ging die zuletzt Anwesenden noch einmal durch. Bei Ted Jackman blieb sie hängen. Würde er einer polizeilichen Überprüfung standhalten? Vielleicht würde sie seinen Namen in die nationale Kartei eingeben, um zu sehen, ob es einen Eintrag zu ihm gab. Die nationale Kartei enthielt alle bekannten Straftäter; die Informationen konnten über den Namen eines Verdächtigen abgerufen werden, seine Sozialversicherungsnummer, Geburtsdatum, über bekannte Partner, Tätowierungen oder andere auffällige Merkmale oder Narben.

„Danke, dass du mich nach Hause bringst“, brach Jane das Schweigen.

Stacy blickte zu ihrer Schwester hinüber. „Ich bin froh, dass ich da war.“

„Ich dachte, die Blumen seien von Ian.“

„Ich weiß. Er wollte, dass du das denkst.“

„Es ist jemand, der mir nahe steht, oder?“

Überrascht von der hellsichtigen Frage, blickte Stacy wieder zu ihrer Schwester. „Er kennt dich so gut, dass er wusste, wie du auf die Rosen reagieren würdest.“

„Irgendwelche Vermutungen?“

„Nicht der Rede wert. Bislang.“

Jane sah auf ihre Hände, die fest verschränkt in ihrem Schoß lagen. „Wie ängstlich sollte ich sein? Sei ehrlich."

„Ängstlich", antwortete Stacy ruhig. „Und genau das will ich auch. Es macht dich vorsichtiger."

„Jetzt fühle ich mich ja so viel besser."

Stacy drückte ihre ineinander verkrampften Hände. „Ich werde mich um diese Sache kümmern, Jane. Das verspreche ich dir."

Ihre Schwester schien beruhigt, lehnte den Kopf zurück und schloss die Augen. Den Rest der Fahrt herrschte Schweigen. Als Stacy Janes Haus erreichte, parkte sie direkt davor und ging um den Wagen zur Beifahrertür.

Leute in Halloween-Kostümen quollen aus dem Tattooladen zwei Türen weiter. Von der Elm Street drang die Musik einer Garagenband. In der Ferne heulte eine Sirene.

Jane stemmte sich hoch. „Ich fühle mich nicht gut", sagte sie und strauchelte leicht. „Mir ist schwindlig und ..."

Sie konnte nicht weiter sprechen, ihr Gesicht war angstverzerrt. Sie legte eine Hand auf den Unterleib. „Irgendwas stimmt nicht, Stacy. Ich fühle mich furchtbar."

„Du bist erschöpft", sagte Stacy mit gespielter Ruhe. „Du bist seit Stunden auf den Beinen. Alles was du brauchst, ist Schlaf."

Sie legte ihr einen Arm um die Schulter, half ihr zur Tür und die Stufen hoch. In der Küche kratzte Ranger winselnd an der Tür. Sie führte Jane ins Schlafzimmer zu dem großen Doppelbett. Sie konnte nur erahnen, wie leer es ihrer Schwester jetzt vorkommen musste.

Stacy zog den Überwurf zurück, während Jane ins Badezimmer ging. Als sie zurückkam, trug sie ein übergroßes T-Shirt. Sie wirkt schmal und zerbrechlich, geradezu zwergenhaft klein in dem riesigen Shirt.

Sie kroch ins Bett, und Stacy deckte sie zu.

Jane griff nach ihrer Hand. „Was ich nach Ians Verhaftung zu dir gesagt habe – es tut mir Leid, Stacy. Ich weiß, dass das nicht stimmt."

„Mach dir keine Sorgen ..."

„Nein, ich muss das jetzt loswerden. Du hattest Recht, ich bin eine Heuchlerin. Ich habe dir immer vorgeworfen, eine Mauer zwischen uns aufzubauen. Und kaum komme ich in Schwierigkeiten, betrachte ich dich als meinen Feind."

Stacy verstärkte ihren Griff. Sie beugte sich zu ihr. „Gotte helfe mir, Jane, ich war wirklich eifersüchtig. Wegen Ian, eurer Ehe. Doch ich wollte niemals, dass irgendetwas von dem hier geschieht." Sie legte ihre Stirn an die ihrer Schwester. „Ich würde dir niemals wehtun."

„Ich weiß. Ich ..." Janes Stimme stockte, sie atmete scharf ein.

„Was?" fragte Stacy alarmiert. „Ein Krampf?"

Jane nickte voller Angst. Sie drückte Stacys Hand so stark, dass es schmerzte.

„Was ist es für ein Schmerz?" fragte Stacy. In ihren Jahren beim Dallas Police Department hatte sie öfter erlebt, dass Frauen Fehlgeburten hatten; sie kannte die Anzeichen. „Scharf?"

„Nein." Jane schüttelte nachdrücklich den Kopf. „Eher wie Menstruationskrämpfe."

„Als du auf der Toilette warst, hast du doch kein Blut bemerkt, oder?"

„Ich will mein Baby nicht verlieren."

„Das wirst du nicht. Du hattest einen sehr anstrengenden Abend. Du brauchst Ruhe. Ich werde deinen Arzt anrufen, nur um sicherzugehen. Wo ist die Nummer?"

Jane erklärte ihr, wo in der Küche das Telefonbuch lag. Stacy schlug die Nummer nach. Da sie außerhalb der Sprechzeit anrief, verwies die Ansage auf dem Band sie an den Notdienst. Sie wählte diese Nummer, gab der Frau am anderen Ende Janes Namen und beschrieb die Symptome. Einige Minuten später wurde sie vom Dienst habenden Arzt zurückgerufen. Stacy erklärte die Situation.

„Wie stark sind ihre Schmerzen?" fragte der Arzt.

„Sie sagt, wie Menstruationskrämpfe, allerdings nicht stark. Sie ist aufgeregt. Es war ein ... nervenaufreibender Abend. Sie war mehrere Stunden auf den Beinen."

„Irgendwelche Blutungen?"

„Nein."

„Liegt sie jetzt?"

„Ja."

„Gut. Es ist nicht ungewöhnlich, in der frühen Schwangerschaft Krämpfe zu haben. Vor allem, wenn man lange auf den Beinen war oder unter starkem Stress steht. Sagen Sie ihr, sie soll die nächsten zwölf Stunden im Bett bleiben. Rufen Sie wieder an, wenn die Schmerzen nicht vergehen, stärker werden oder Blutungen einsetzen. Morgen sollte sie ihren behandelnden Gynäkologen anrufen."

Stacy dankte dem Mann und kehrte zu Jane zurück. Sie wiederholte, was der Arzt gesagt hatte. Ihre Schwester sah sofort erleichtert aus. Sie ließ sich ins Kissen zurücksinken.

Stacy zog einen Stuhl ans Bett. „Erinnerst du dich, wie ich dir früher Gutenachtgeschichten erzählt habe?"

„Spukgeschichten. Mom hat sich immer gefragt, warum ich Angst hatte, ohne Licht einzuschlafen."

Stacy dachte an Mac und den Spitzel namens Doobie. Sie hatte eine Geschichte, die Jane jede Menge Angst einflößen würde. Sie musste sie ihr erzählen, doch jetzt war nicht der geeignete Moment dafür. „Ich bin auf der Couch, wenn du was brauchst."

„Du musst nicht hier bleiben."

„Das tue ich aber." Sie beugte sich herab und küsste ihre Schwester auf die Stirn. „Ich möchte es."

Als sie aufstand, um zu gehen, griff Jane nach ihrer Hand. „Warum hast du mir heute Abend all diese Fragen über Lisette gestellt?"

Stacy brachte es nicht über sich, ihr die Wahrheit zu sagen, nicht in Janes derzeitigem Zustand. Sie schüttelte den Kopf. „Können wir morgen darüber sprechen? Ich schlafe im Stehen ein."

Jane sah sie forschend an, stimmte dann aber zu. „Du bist dann noch hier?"

„Bin ich." Sie löste ihre Hand und ging zur Tür. Dort angekommen, blickte sie zurück. Ihre Schwester hatte die Augen schon geschlossen.

Sie betrachtete sie, wie sie schmal und blass dalag. Ihr Kopf war mit den schrecklichen Bildern von Elle Vanmeer, Marsha Tanner und Lisette Gregory gefüllt.

Was für einen Mann hatte ihre Schwester geheiratet? Einen mit einem goldenen Herzen? Oder ein Monster, das fähig war, aus Gewinnsucht zu töten?

37. KAPITEL

Samstag, 1. November 2003
0.50 Uhr

Stacy richtete die Couch, obwohl sie wusste, dass an Schlaf sowieso nicht zu denken war. Sie musste die Geschehnisse des Abends in eine Ordnung bringen, die Fakten sammeln und ihre eigenen Reaktionen überdenken.

Sie dachte an die Nachricht, die Jane erhalten hatte. *Ich bin dir näher, als du glaubst.* Stacy nahm diese Worte nicht auf die leichte Schulter. Sie war überzeugt, dass die Person, die sie geschrieben hatte, sie sowohl als Warnung als auch als Drohung meinte. Der Mann wollte Jane Angst machen. Dieser Typ Mensch erfreute sich an der Todesangst seiner Opfer, spielte mit ihnen wie die Katze mit der Maus.

Würde er jetzt aufhören? Oder war dies nur seine perverse Vorstellung von einem Vorspiel?

Stacy ging zum Fenster und blickte hinunter auf die Straße. Sie sah nach links und nach rechts, hielt Ausschau nach etwas, das dort nicht hinzugehörte.

Wie lachhaft. Halloween war das Fest all jener, die nirgendwo hingehörten – das Fest der Ausgestoßenen, der Freaks und der Verrückten. Auf der Straße wimmelte es von ihnen.

Sie drehte sich vom Fenster weg. Lisette Gregory war eine Patientin von Ian gewesen und vor seiner Verhaftung umgebracht worden. Elle Vanmeers Handy war am Tatort gefunden worden.

Ein weiteres Bindeglied. Ein weiterer Nagel in Ians Sarg.

Nicht dass sie sich Sorgen um ihn machte. Wenn er diese Frauen getötet hatte, verdiente er die härteste Strafe, die das Rechtssystem vorsah.

Es war Jane, um die sich sorgte. Jane, die verletzt werden würde.

Stacy blickte auf die Uhr. Es war spät, bereits nach Mitternacht. Trotzdem musste sie Mac anrufen. Natürlich hätte sie es schon viel früher tun sollen. Doch Janes Wohlergehen war wichtiger gewesen.

Ranger kam ins Wohnzimmer getapst. Er blinzelte sie an, als wäre er gerade aufgewacht und fragte sich, was um Himmels willen sie hier tat. Sie klopfte auf ihren Oberschenkel, und er kam zu ihr.

„Guter Hund“, murmelte sie und beugte sich vor, um seine Brust zu kraulen. Er lehnte sich halb schlafend gegen ihre Beine. Er war ein wunderbarer, gutmütiger Hund. Trotzdem hatte sie keinerlei Zweifel, dass er jeden angreifen würde, der Jane bedrohte.

Sie musste ihrer Schwester sagen, dass sie den Hund nicht in den Zwinger sperren sollte, bis sie den Psychopathen geschnappt hatten, der hinter ihr her war.

Ich will wieder deine Schreie hören.

Stacy presste die Lippen zusammen. Jane war überzeugt, dass die Botschaft von dem Mann stammte, der sie mit dem Boot überfahren hatte. War das möglich, nach all diesen Jahren? Es schien sehr unwahrscheinlich. Aber Jane war sich so sicher. Sie musste Mac dazu bringen, Doobie aufzutreiben. Der Spitzel, davon war sie überzeugt, konnte so unter Druck gesetzt werden, dass er mit einem Namen rausrückte.

Stacy schaute noch mal schnell bei Jane rein, sah, dass sie schlief, und ging zurück ins Wohnzimmer. Sie klappte ihr Handy auf und wählte die Nummer ihres Partners. Er meldete sich mit schlaftrunkener Stimme.

„Mac, hier ist Stacy."

„Stacy", sagte er und klang fast erfreut. „Wo bist du?"

„Bei meiner Schwester." Sie umgriff den Hörer fester. „Das letzte Opfer hat jetzt einen Namen. Lisette Gregory."

Seinem scharf ausgestoßenen Atem folgte ein kurzes Schweigen. „Wie hast du ..."

„Sie war eines der Modelle meiner Schwester." Sie machte eine Pause. „Und eine Patientin von Ian."

„Verdammter Mist. Und über diese pikante Information bist du wo gestolpert?"

„Bei der Vernissage meiner Schwester heute Abend. Ich ging um eine Ecke, und da war sie."

„Bist du sicher?"

Das Bild der Frau erfüllte ihren Kopf. „Ja", sagte sie streng. „Ich bin sicher."

Er schwieg einen Moment, während er zweifellos dieses neue Puzzlestück in den Fall einzufügen versuchte und das entstehende Bild betrachtete. „Das sieht nicht gut aus für deinen Schwager."

„Wem sagst du das. Wenn es okay ist, möchte ich diejenige sein, die es meiner Schwester beibringt."

Er überlegte kurz, war dann einverstanden. „Aber ich muss mit ihr sprechen. Sobald wie möglich."

„Kann das bis morgen warten?"

Er bejahte und bat sie, kurz in der Leitung zu bleiben. Sie hörte ein Rascheln im Hintergrund und ein Rumpeln, dem ein gemurmelter Fluch folgte.

„Ich bin wieder dran."

„Na super, McPherson." Er hätte tot sein müssen, um die

Schadenfreude in ihrer Stimme nicht zu hören. „Was hast du gemacht, dir den Zeh gestoßen?“

„So was in der Art“, erwiderte er mürrisch. „Gibt es irgendeinen Grund, warum du bis ein Uhr in der Nacht gewartet hast, um mich anzurufen?“

„Ein kleiner Notfall in der Familie. Außerdem dachte ich, ich sollte warten bis du im Tiefschlaf bist.“

„Du bist die Rücksicht in Person, Killian.“

„Schön, dass du so denkst. Ich muss dich um einen Gefallen bitten.“

„Ein Gefallen mitten in der Nacht? Klingt viel versprechend.“

„Das hättest du wohl gern. Ich will diesen Spitzel von dir. Und ich will ihn jetzt.“

„Deine Schwester hat eine weitere Nachricht bekommen.“

Das war keine Frage, doch sie antwortete trotzdem. „Genau. Die wurde heute gebracht, während ihrer Vernissage.“ Sie berichtete ihm sowohl vom Inhalt des Umschlags als auch von den speziellen Umständen der Lieferung.

„Mir gefällt das nicht, Mac. Dieser Typ weiß zu viel über Jane.“

„Da stimme ich dir zu. Ich habe heute Abend ein paar Bier mit meinen Kumpels von der Sitte getrunken. Sie haben schon lange nichts mehr von Doobie gehört.“

Sie fluchte. „Was ist mit einer Adresse? Oder Telefonnummer?“

„Die letzten Angaben in der Akte sind nicht mehr gültig.“

„Was jetzt?“

„Sie werden sich für mich umhören. Einige andere Quellen anzapfen.“ Er schwieg einen Moment. „Ich bin nicht überzeugt von der Theorie, dass dieser Typ derselbe ist, der deine Schwester vor all diesen Jahren fast umgebracht hat. Das ist weit hergeholt.“

„Ich sehe das genauso, aber wir wären dumm, wenn wir der Spur nicht nachgehen würden. Außerdem ist Jane sicher, dass er es ist."

„Aber Jane ist traumatisiert von dem Vorfall. Sie hat Alpträume davon. Hast du mir das nicht erzählt?"

Stacy runzelte die Stirn. „Ja. Und?"

„Damit", fuhr er fort, „ist sie prädestiniert zu glauben, dass er es ist. Das ist wie die unheimliche Erfüllung eines Fluchs oder so was."

Richtig. „Ich werde Ted Jackman überprüfen lassen. Der Typ hat etwas an sich, das mir komisch vorkommt. Er ist immer zugegen, wenn irgendwas passiert."

„Gute Idee."

„Wir sehen uns morgen, McPherson."

„Stacy?"

„Ja?"

„Emotional betroffen zu sein ist gefährlich. Nichts bringt das Urteilsvermögen eines guten Polizisten schneller durcheinander."

„Erzähl mir was, was ich noch nicht weiß, Partner." Sie machte eine Pause. „Trotzdem, danke."

Kurz darauf beendete Stacy das Gespräch, die Warnung ihres Partners noch im Ohr. Sie wusste, dass er Recht hatte. Aber sie wusste auch, dass es nichts gab, was sie dagegen tun konnte.

38. KAPITEL

Samstag, 1. November 2003
3.00 Uhr

Jane schreckte aus dem Schlaf hoch. Sie setzte sich auf, ihr Herz pochte. Ihre Gedanken waren klar. Kristallklar. Sie verstand es jetzt. Sie sah es vor sich.

Sie stieß die Decke beiseite und kletterte aus dem Bett. Als sie auf den Füßen stand, hielt sie einen Moment inne, um ihren körperlichen Zustand abzuschätzen. Keine Krämpfe. Ihre Beine fühlten sich stabil an. Sie legte eine Hand auf ihren Unterleib und streichelte ihn sanft. Das Baby war sicher.

Fröstelnd griff sie nach ihrem Morgenmantel am Ende des Bettes und schlüpfte hinein, dann tapste sie barfuß ins Wohnzimmer. Ranger lag auf der Türschwelle zwischen den Zimmern. Er rührte sich kurz, als sie vorbeiging, legte sich dann wieder hin und schloss die Augen.

Mondlicht ergoss sich auf das Sofa; Stacys tiefes, regelmäßiges Atmen signalisierte ihr, dass ihre Schwester im Tiefschlaf war. Sollte sie sie wirklich wecken?

Jane ging zur Couch und kniete sich neben ihr nieder. Ihre Schwester öffnete die Augen. Jane sah, dass sie sofort hellwach war. Ein Nebeneffekt ihres Berufs? fragte sich Jane. Oder eine angeborene Fähigkeit?

„Jane? Bist du okay?“

„Ja“, sagte sie. „Ich habe es rausbekommen, Stacy. Ich weiß, wer es getan hat.“

Stacy blinzelte, richtete sich mühsam auf. „Wovon sprichst du?“

„Ich weiß, wer Elle Vanmeer und Marsha getötet hat.“ Jane atmete tief durch. „Nicht Ian, Stacy.“

„Wer, Jane? Wer hat es getan?“

„Der Mann von dem Boot. Der versucht hat, mich umzubringen. Der mir Botschaften schickt.“

Jane sah, wie Stacy ihre Worte registrierte und sofort verwarf.

Stacy schüttelte den Kopf. „Jane, ich verstehe, warum du das glaubst, aber …“

„Hör mir bitte zu. Es ist wie in meinem Alptraum. Er nimmt wieder Kurs auf mich.“

Ihre Schwester schien um die richtigen Worte zu ringen. „Jane, Liebes, es ergibt keinen Sinn. Warum sollte er diese Frauen umbringen? Warum nicht einfach dich angreifen? Es ergibt keinen Sinn.“

„Doch, das tut es. Er will, dass ich allein bin. Von allen anderen abgeschnitten und verschreckt. Wie ich es damals im Wasser war.“ Sie machte eine Pause. „Aber diesmal will er mich sterben sehen.“

39. KAPITEL

Samstag„ 1. November 2003
10.15 Uhr

Als Jane am nächsten Morgen aufwachte, fand sie Stacy am Küchentisch vor, wie sie – einen Kaffeebecher von Starbucks vor sich und Ranger zu ihren Füßen – Zeitung las.

Sie sah auf, als Jane die Küche betrat. „Hallo, Schlafmütze. Wie geht es dir?"

Tatsächlich fühlte sie sich, als ob eine Riesenlast von ihren Schultern genommen worden wäre. Ian hatte diese Frauen nicht getötet. Sie wusste nun, wer es getan hatte und warum. Alles, was die Polizei nun noch tun musste, war, seine Identität herauszubekommen und ihn zu verhaften.

„Es geht mir gut."

„Keine Krämpfe mehr?"

„Nichts." Sie legte eine Hand auf ihren Bauch. „Das Baby hat's gemütlich."

Stacy sah auf die Uhr. „Die zwölf Stunden sind noch nicht ganz rum. Geh aufs Klo und dann wieder ins Bett."

Jane ignorierte sie, ging zum Tisch und setzte sich. „Ich glaube, es ist ein Junge."

„Wirklich? Und worauf basiert dieser Glaube?"

„Auf der Intuition einer werdenden Mutter."

„Das ist ein bisschen unheimlich. Gibt es nicht eine Untersuchung oder so etwas, um schon früh das Geschlecht des Babys zu bestimmen?"

„Nach dem dritten Monat können wir eine Ultraschalluntersuchung machen, obwohl man das Geschlecht des Babys nicht immer erkennen kann. Das hängt von seiner Lage ab. Außerdem wollen Ian und ich es gar nicht wissen."

Stacy zog eine Augenbraue hoch. „Wollt ihr lieber raten?"

„Es macht so viel mehr Spaß." Sie deutete auf die Zeitung und den Kaffee. „Du warst schon draußen?"

„Ranger und ich haben einen kleinen Ausflug gemacht." Sie lächelte. „Wir haben dir einen entkoffeinierten Latte Macchiato mitgebracht. Wenn du magst?"

„Machst du Witze? Du bist ein Engel."

Stacy erhob sich und ging zur Anrichte. „Er ist wahrscheinlich kalt. Soll ich ihn in der Mikrowelle aufwärmen?"

Jane schüttelte den Kopf. „Ich nehme ihn, wie er ist."

Stacy stellte den Becher auf den Tisch, dazu eine Tüte mit zwei Blaubeerhörnchen und einem Kleie-Muffin. „Bedien dich", sagte sie und reichte ihr eine Serviette.

Jane starrte ihre Schwester an. „Das ist so lieb von dir."

„Überrascht dich das?"

„Ganz ehrlich? Ich kann's kaum fassen. Wie kommt's?"

Stacy zuckte die Achseln und nahm sich ein Hörnchen. „Ich dachte, jemand sollte sich um dich kümmern. Das kann genauso gut ich tun."

Jane nahm das verbliebene Hörnchen. Sie wusste nicht, wie sie reagieren sollte, doch die Sorge ihrer Schwester rührte sie. Sie trank einen Schluck von ihrem Kaffee und schnalzte genießerisch mit der Zunge. „Das Erste, was ich mir nach dem Baby gönne, ist ein dreifacher Latte Macchiato mit vollem Koffein."

„Das ist eines der vielen Opfer, die Frauen bringen."

Jane pflichtete ihr bei und verschlang das Hörnchen. Als sie die letzten Krümel mit dem Finger aufgenommen hatte, beäugte sie den Muffin.

„Nur zu", sagte Stacy. „Du bist schwanger. Bedeutet das nicht, dass du für zwei essen musst?"

„Stimmt", erwiderte Jane und griff danach. „Das hätte ich fast vergessen." Sie wussten beide, dass das nicht stimmte, aber auch, dass sie Besorgnis erregend wenig gegessen hatte seit Ians Verhaftung. „Willst du die Hälfte?" fragte sie.

Stacy lehnte ab, und Jane schnitt sich ein Stück ab, warf es Ranger hin und aß den Rest, während Stacy ihren Kaffee austrank.

„Hast du über das nachgedacht, was ich dir letzte Nacht gesagt habe?" fragte Jane, nachdem sie aufgegessen hatte.

„Ein wenig. Ich will deine Theorie heute mit Mac besprechen."

In dem verzweifelten Bemühen, ihre Schwester zu überzeugen, beugte sich Jane vor. „Ich weiß, dass ich Recht habe, Stacy. Ich bin mir sicher."

„Jane, ich …" Stacy brach ab, ihre Miene wurde hart. „Wir müssen miteinander sprechen."

„Die Art, wie du das sagst, gefällt mir nicht."

„Was ich sagen muss, wird dir noch viel weniger gefallen."

Jane setzte ihren Kaffeebecher ab, ihre Brust wurde eng. „Schlau, Schwesterherz. Dass du mich *vor* den schlechten Nachrichten hast essen lassen."

„Das habe ich wegen des Juniors getan." Sie räusperte sich. „Gestern Abend habe ich … Da gibt es etwas, das ich dir nicht gesagt habe."

„Dieses Reden um den heißen Brei macht mir Angst. Spuck es einfach aus."

„Na gut. Mac hat mir diese Geschichte aus seiner Zeit bei der Sitte erzählt. Sie hatten dort einen Spitzel namens Doobie. Offensichtlich ist er ein schleimiger kleiner Kriecher, aber das macht ihn zu einer guten Informationsquelle. Eines Tages jammerte er im

Beisein von Mac über sein Leben, den Weg, den es genommen hatte. Er machte einen Vorfall dafür verantwortlich, an dem er vor vielen Jahren beteiligt war, in seinen Zwanzigern.

Er behauptete, mit einem Freund auf einem Boot draußen gewesen zu sein. Sie hätten getrunken und wären so rumgefahren. Um es abzukürzen …“ Stacy blickte Jane an. „Der Freund überfuhr absichtlich ein Mädchen im Wasser.“

Mehrere Sekunden starrte Jane ihre Schwester einfach nur an, während sie ihre Worte und deren Bedeutung allmählich erfasste.

Sie hatte Recht gehabt, die ganzen Jahre.

Ich habe es mit Absicht getan. Um deine Schreie zu hören.

Ich bin dir näher, als du glaubst.

„Einen Namen“, brachte Jane heraus, die gegen eine drohende Ohnmacht ankämpfte. „Hast du …“

„Nein. Der Spitzel hat das abgelehnt. Er behauptete, er hätte noch immer Angst vor diesem Typ. Sagte, dass dessen Familie vermögend sei. Beziehungen nach ganz oben hätte.“

„Das alles ergibt einen Sinn.“ Janes Stimme bebte. „Zum Beispiel, dass er einfach so davongekommen ist. Er kommt aus einer reichen, einflussreichen Familie. Jeder, der von der Sache wusste, wurde entweder eingeschüchtert oder für sein Schweigen bezahlt.“

„Natürlich“, fuhr sie aufgeregt fort. Zum ersten Mal seit Tagen verspürte sie Hoffnung. „Wir müssen diesen Spitzel finden. Wir brauchen einen Namen. Der wird zu Beweisen führen, dass er auch …“

„*Wir* tun überhaupt nichts, Jane. Ich werde dieser Sache nachgehen. Ich bin die Polizistin, du die Zivilistin. Punkt.“

„Aber …“

„Tut mir Leid, Schwesterherz.“ Ihr Ton wurde sanfter. „Ich finde diesen Typen. Wer er auch ist. Und ich werde ihn stoppen.“

Jane blickte ihre Schwester an. „Und Ian?"

Die Miene ihrer Schwester veränderte sich leicht, und Angst kroch Janes Rückgrat hinauf. „Du glaubst mir nicht, oder? Dass Ian unschuldig ist? Dass der Fahrer des Boots derjenige ist, der ..."

„Es gibt ein weiteres Opfer, Jane. Lisette Gregory."

Jane starrte sie verständnislos an. „Lisette? Was meinst du damit: ein weiteres ... Opfer?"

Stacy ergriff über den Tisch die Hand ihrer Schwester. „Lisette wurde tot aufgefunden. Ermordet."

„Nein."

„Es tut mir Leid."

„Nein." Jane riss ihre Hand zurück und sprang auf, wobei sie den Kaffeebecher umstieß. Die Flüssigkeit ergoss sich über den Tisch, tropfte über den Rand. „Nein!"

„Die Indizien deuten auf Ian ..."

„Das ist nicht wahr! Das kann nicht wahr sein!"

Sie begann zu zittern. Sie schlang die Arme um sich und schloss die Augen. Sie stellte sich Lisette vor: hübsch, lustig, etwas unsicher, allzu vertrauensselig. Sie betrachtete jedes ihrer Modelle als Freundin. Es lag vermutlich an der Intimität ihrer Arbeit – indem sie ihre geheimsten Ängste offenbarten, vertrauten sie einander in einem Maße, wie es manche Schwestern nicht taten.

Lisette. Tot. Ermordet.

Es konnte nicht wahr sein.

Jane ging zum Fenster. Der schöne Tag schien sie zu verspotten. Wie konnte die Sonne scheinen, wo doch das Böse so unbemerkt gedieh? Wenn ein liebenswerter Mensch gewaltsam ausgelöscht werden konnte?

„Ich wollte es dir gestern Abend nicht sagen", fuhr Stacy fort, „nicht bei der Vernissage und nicht ... danach."

„Gestern Abend. Deshalb hast du mich nach ihr gefragt."

„Ja. Ich habe sie wiedererkannt. Bis dahin hatten wir sie noch nicht identifiziert."

Jane bemühte sich, ruhig zu bleiben. Die Gelassenheit, die sie noch vor zwanzig Minuten verspürt hatte, war nur noch eine blasse Erinnerung. Lächerlich, wenn man ihre gegenwärtigen …

„Nein", sagte sie wieder, als die Erkenntnis sie traf. Sie wandte sich zu ihrer Schwester um. „Ian kann Lisette nicht getötet haben. Er ist im Gefängnis, Stacy. Das beweist, dass er unschuldig ist!"

Stacy machten einen Schritt auf sie zu. „Wir haben sie nach seiner Verhaftung gefunden. Aber die Autopsie hat ergeben, dass sie am gleichen Tag umgebracht wurde wie Marsha Tanner."

Jane hatte Mühe, Stacys Worte zu verarbeiten. Dass Lisette ermordet worden war. Am gleichen Tag wie Marsha. Dass Ian tatverdächtig war.

„Warum, Stacy? Warum glaubst du, dass er etwas damit zu tun hat?"

„Das darf ich dir nicht sagen."

„Er ist mein Mann. Sie war meine Freundin. Ich habe ein Recht, es zu erfahren."

„Ich habe mit den Ermittlungen nichts mehr zu tun. Wegen meiner Verbindung zu Ian."

„Aber du hast noch immer Zugang dazu, oder? Bitte sag es mir, Stacy."

Stacy stopfte die Hände in die Hosentaschen. „Sie war eine Patientin von Ian. Der Mord ähnelt den anderen."

„Das sind keine Beweise. Man muss kein Polizist sein, um das zu wissen." Janes Augen wurden schmal. „Wie ist sie gestorben?"

„Man hat ihr das Genick gebrochen. Es war jemand, den sie

kannte und dem sie vertraute. Keine Anzeichen eines Kampfs. Wir fanden sie in der Nähe des Messeparks. In einem Müllcontainer."

Lisette, in einem Müllcontainer. Die hübsche, fröhliche, verwundbare Lisette.

Es war beinahe mehr, als sie verkraften konnte.

Jane presste eine Hand auf ihren Magen, ihr war übel. Sie ließ sich auf einen Stuhl sinken, beugte sich hinunter und hielt den Kopf zwischen den Knien.

Ian konnte das nicht getan haben. Er hatte Achtung vor dem Leben. Er sah das Göttliche im Menschen. Jemanden zu ermorden und ihn dann wegzuwerfen wie ... das war unmöglich.

Sie hob den Kopf und sagte es ihrer Schwester.

Einen langen Moment schwieg Stacy. Als sie sprach, zitterte ihre Stimme leicht. „Elle Vanmeers Handy wurde am Tatort gefunden. Das verbindet die Morde, Jane."

Und Ian war des Mordes an Elle Vanmeer angeklagt.

Das war ein verdammter Beweis. Ein echter, ein physischer Beweis. Lieber Gott, dies konnte alles nicht wahr sein.

Jane dachte an Lisette. Sie rief sich ins Gedächtnis, was sie über Elle Vanmeer gehört hatte, bemühte sich, abgesehen von Ian, eine Verbindung zwischen den Frauen zu finden. Sie konnten sich irgendwoher gekannt haben. Befreundet gewesen sein. Geschäftspartner ...

Nicht gerade nahe liegend. Verdammt unwahrscheinlich.

Als könne sie ihre Gedanken lesen, legte Stacy ihr eine Hand auf die Schulter. „Ich wollte es dir nicht sagen. Aber ich konnte nicht zulassen, dass du es von jemand anders erfährst."

„Ich schätze, ich sollte dir dankbar sein", sagte Jane bitter.

„Lass deinen Zorn nicht am Überbringer der schlechten Nachricht aus. Bitte."

„Hast du deinen Partner angerufen?"

„Ja, gestern Nacht." Sie machte eine Pause. „Ich musste."

Jane schlug die Hände vors Gesicht, kämpfte gegen die Verzweiflung an. *Was sollte sie tun? Wie konnte sie der wachsenden Beweislast gegen Ian entgegentreten?*

„Die Polizei wird dich wegen Lisette verhören müssen. Fragen zu eurem Verhältnis stellen. Seit wann du sie kanntest, Dinge in der Art. Sie werden dich auch nach Ians Beziehung zu ihr fragen."

„Er war ihr Schönheitschirurg!" gab sie zurück und ließ die Hände fallen. „Arzt, Patientin. Das ist alles."

Stacy drückte ihre Schulter. „Ich bleibe bei dir, wenn du das möchtest. Sie sollten nichts dagegen einzuwenden haben, obwohl sie das könnten. Du kannst Ians Anwalt anrufen. Auch wenn du keine Verdächtige bist, will er vielleicht dabei sein."

„Er ist heute Morgen im Gericht. Und ich habe nichts zu verbergen. Nichts von dem, was ich sage, könnte Ian belasten."

Stacy öffnete den Mund, als ob sie etwas einwenden wollte, doch sie wurde vom Klingeln an der Haustür unterbrochen.

Jane sah ihre Schwester an. „Glaubst du, das sind ..."

„Mac und Liberman. Ja."

Sie waren es. Drei Minuten später machte Jane unten die Tür auf und empfing die beiden Detectives.

„Guten Morgen, Mrs. Westbrook. Stacy."

„Mac", erwiderte Stacy. „Liberman." Sie blickte wieder zu ihrem Partner. „Kann ich bei meiner Schwester bleiben?"

Mac sah den anderen Mann an, der die Schultern zuckte. „Okay. Denk aber daran, dass du ein Familienmitglied bist und nichts ..."

„Mit den Ermittlungen zu tun hast. Ich weiß."

Wie Stacy es vorausgesagt hatte, fragten sie Jane, wann und wie sie Lisette kennen gelernt habe und was sie über ihr Privatleben wisse.

„War sie mit jemandem zusammen?“ fragte Mac.

„Nein, nicht als ich mit ihr sprach.“

„Hatte sie viele Verabredungen?“

„Nein, nicht viele.“

„Das ist seltsam. Sie war eine attraktive Frau.“

„Sie war schüchtern. Unsicher wegen ihres Aussehens.“

„Unsicher wegen ihres Aussehens?“ wiederholte er. „Eine Schönheit wie sie? Warum?“

„Das nicht so schwer zu verstehen. Schon von Kindesbeinen an ist die Identität von Mädchen mit ihrem Aussehen verbunden. Ein paar negative Bemerkungen von jemandem, der ihnen wichtig ist, kann ihr Selbstbewusstsein zerstören. Nehmen Sie dazu den gesellschaftlichen Druck, einem bestimmten Schönheitsideal zu entsprechen, und Sie erhalten eine Frau mit einem schiefen Selbstbild.“

„Und dieses schiefe Selbstbild kann zu Problemen führen?“

„Ja.“

„Welchen zum Beispiel?“

Jane spürte, dass er ganz genau wusste, zu welchen, und sie mit Absicht dort hinführte. „Essstörungen. Magersucht. Bulimie. Sexsucht.“

„Oder die Sucht nach Schönheitsoperationen?“

Sie versteifte sich. „Ja.“

„Hat Lisette an irgendwas davon gelitten?“

„Ja, aber sie war in Therapie. Und sie machte Fortschritte.“

„Der Name ihres Therapeuten?“

Jane dachte kurz nach, schüttelte dann den Kopf. „Ich habe sie nie danach gefragt.“

„In Lisettes Fall machte die negativen Bemerkungen wer?"

Jane rückte unbehaglich hin und her. „Ihr Vater. Sie war ein pausbäckiges Kind, und offensichtlich verhielt sich ihr Vater ziemlich grausam."

„Was bedeutet das genau?"

„Vielleicht sollten Sie in meine Ausstellung gehen. Und es sich direkt von ihr anhören."

Sie blickte ihm in die Augen. Irgendetwas darin ließ ihr Blut gefrieren. *Glaubte er, dass sie etwas mit Lisettes Tod zu tun hatte?*

„Das werde ich", sagte er. „Hatte sie mit dem Vater noch Kontakt?"

„Ihr Vater ist tot."

Er notierte das in seinem Notizbuch. „Haben Sie eine Adresse von ihr?"

„Natürlich. Im Computer in meinem Atelier."

„Kann jeder daran?"

Sie runzelte verwirrt die Stirn. „Ich denke. Er ist nicht durch ein Passwort geschützt, wenn Sie das meinen. Aber wer sollte …"

Sie verstummte, die Antwort auf die Frage lag auf der Hand: der Mörder.

„Mrs. Gregory war eine Patientin Ihres Mannes?"

Sie zögerte. „Ja."

„Ich bemerke eine gewisse Unsicherheit. War sie es? Oder nicht?"

Röte stieg ihr in die Wangen. „Sie war es. Ja."

„Aber so haben Sie sich nicht kennen gelernt?"

„Nein."

„Ist das typisch?"

„Typisch? Ich kann Ihnen nicht ganz folgen."

„Sind viele Ihrer Modelle gleichzeitig Patientinnen Ihres Mannes?“

Sie war bemüht, sich ihr Unbehagen nicht anmerken lassen. „Nicht viele, nein.“

„Sie haben Lisette Gregory am Montag angerufen. Warum?“

Jane starrte den Mann an, ihr Herz begann wild zu pochen. „Wie bitte?“

„Sie haben ihr eine Nachricht hinterlassen, dass sie Sie zurückrufen solle. Sie sagten, es sei wichtig. Sie klangen ... aufgeregt.“

Das hatte sie vergessen. Das Schuldgefühl verstärkte die Hitze in ihren Wangen. „Ich wollte sicherstellen, dass sie die Einladung zu meiner Vernissage erhalten hatte.“

„Warum waren Sie beunruhigt?“

„Ich habe nicht gesagt, dass ich das war.“

Er blickte sie einen Moment mit gerunzelten Augenbrauen an. „Sie haben einen Assistenten, der sich um diese Dinge kümmert, oder? Warum haben Sie ihn nicht anrufen lassen?“

„Ich mag ... mochte ... Lisette immer besonders gern. Die Objekte von ihr gehören zu den besten in der Ausstellung. Natürlich nur meiner Meinung nach.“

„Haben Sie auch einige andere Modelle wegen einer persönlichen ... Einladung angerufen?“

Sie erkannte, dass sie die Wahrheit nicht vor ihm verbergen konnte. Er würde es herausfinden. Er musste nur Ians Patientenakten durchgehen, sie mit *Puppenteile* abgleichen und dann ihre Telefonate überprüfen.

Und das würde er tun. Daran hegte sie keinerlei Zweifel.

„Ja. Sharon Smith und Gretchen Cole.“

„Waren sie auch Patientinnen von Ian?“

„Worauf willst du hinaus, Mac?“ wollte Stacy wissen.

Er ignorierte sie. „Waren sie es?“

„Ja! Und sie leben und sind wohlauf, falls Sie sich darüber Sorgen machen. Beide kamen zur Vernissage gestern Abend.“

Macs Blick wanderte zu Stacy. Jane meinte eine Entschuldigung darin zu lesen. Bedauern.

Wenig später wusste sie, wofür.

„Ich möchte Ihnen eine andere Erklärung vorschlagen, Mrs. Westbrook“, sagte er. „Sie haben Lisette angerufen, weil Sie sich Sorgen um sie machten. Weil Sie sicherstellen wollten, dass sie lebte.“

„Nein! Das ist lächerlich!“

„Weil Sie die Vermutung hatten, dass Ihr Mann eine Affäre mit ihr hatte. Ebenso wie mit Elle Vanmeer, wie Sie gerade erfahren hatten.“

„Nein!“

„Sie hatten befürchtet, dass er sie ebenfalls umgebracht ...“

„Das reicht, Mac“, sagte Stacy und trat zwischen sie. „Du hast die Grenze überschritten.“

„Wessen Grenze, Stacy? Deine?“

„Die Grenze des Anstands.“

Er zögerte, gab dann nach. „Ich möchte mit Ihrem Assistenten sprechen. Ted ist sein Name, richtig?“

„Ted Jackman.“ Sie blickte zu Stacy, dann wieder zu den Detectives. „Kann sein, dass er heute da ist, obwohl seit Samstag ...“

„Könnten Sie nachsehen?“

Sie willigte ein und führte die Männer zu ihrem Atelier. Ted war da, er saß am Computer.

Als er sie sah, sprang er mit besorgter Miene auf. „Jane, ist alles in Ordnung mit dir. Ich war so ...“

Er erblickte die Detectives und erstarrte.

„Ted Jackman?“ fragte Mac. Als Ted zur Bestätigung nickte, fuhr er fort: „Wir müssen Ihnen ein paar Fragen stellen.“

Ted kniff argwöhnisch die Augen zusammen. „Wegen gestern Abend?“

„Gestern Abend?“

„Die Blumen, die ... geliefert wurden ...“

Er verstummte. Mac griff ein. „Nein. Wir sind hier wegen eines von Janes Modellen. Lisette Gregory.“

„Lisette?“ Offensichtlich überrascht blickte er zu Jane.

„Sie wurde ermordet“, sagte Jane mit unsicherer Stimme.

Ted wurde blass. „Was? Wann?“

„Vor fast einer Woche“, sagte Mac. „Man hat ihr das Genick gebrochen.“

„Mein Gott. Wer ...“

„Wie viel Kontakt hatten Sie zu Ms. Gregory?“

„Ich?“ Ted wirkte überrumpelt. „Fast keinen. Ich helfe Jane bei den Videoaufnahmen. Ich mache die Termine für die Sitzungen. Erledige die Vorarbeiten. All diese Dinge.“

„Hat sie je mit Ihnen über einen Freund gesprochen? Über Probleme, die sie vielleicht mit Freunden oder Kollegen hatte? Überhaupt über Persönliches?

„Nein. Sie hat selten mit mir geredet.“

„Tatsächlich? Warum?“

Ted sah zu Jane, dann wieder zu den Detectives. Er straffte sich. „Sie mochte mich nicht besonders. Keins von Janes Modellen tut das.“

„Und warum ist das so?“ fragte Mac.

„Fragen sie sie.“

„Ich kann Lisette nicht mehr fragen, oder? Warum hat *sie* Sie nicht besonders gemocht?“

Ted hielt ihm seine stark tätowierten Arme hin. „Schauen Sie hin. Raten Sie mal."

„Ich mache keine Ratespielchen, Mr. Jackman."

„Sagen wir, ich bin ein bisschen unkonventionell für die Art von Frauen, die Jane befragt."

„Die Art von Frauen, die Jane befragt. Was heißt das?"

„Sie haben es alle mit ihrem Aussehen. Und mit materiellen Dingen."

Macs Augen wurden schmal. „Viele Frauen sind so, oder? Haben Sie das nicht auch erlebt?"

„Nicht Jane." Er verlagerte sein Gewicht, als sei ihm unbehaglich. „Jane sieht die Menschen so, wie sie sind. Innen drin. Sie geht nicht danach, was jemand hat. Oder nicht hat."

„Sie ist fast eine Heilige", warf Liberman ein.

Jane legte Ted beruhigend eine Hand auf den Arm. Die Muskeln unter ihrer Hand waren steinhart; er zitterte bei ihrer Berührung. Die Polizisten nahmen ihn in die Zange. Warum? Sie blickte zu Stacy. Und warum machte ihre Schwester dem nicht ein Ende?

„Teds Kontakt mit meinen Modellen ist minimal", murmelte Jane. „Genau wie er sagt. Ist das alles? Ich fühle mich nicht sehr gut heute Morgen und denke, dass Sie gehen sollten."

Stacy sah auf ihre Uhr. „Wenn diese Versammlung hier vorbei ist, mache ich mich auf den Weg. Mac?"

Er schloss sein Notizbuch, seine Miene zeigte Verärgerung. „Ich melde mich."

Stacy sah Jane an. „Du kommst zurecht?"

Jane nickte. „Rufst du mich später an?"

Sie bejahte und begleitete ihre Kollegen nach draußen. Jane sah hinter ihnen her, drehte sich dann zu Ted um. Er starrte ihnen ebenfalls nach. Er sah wütend aus.

„Es tut mir Leid, dass sie dich so behandelt haben."

Sie legte eine Hand auf seinen Arm, und er zuckte leicht zusammen. „Du musst dich nicht entschuldigen. Diese Idioten ... Sie sollten lieber versuchen, den Widerling zu finden, der hinter dir her ist. Du bist diejenige, die in Gefahr ist. Warum können sie das nicht begreifen?"

„Ich glaube nicht, dass ich die Einzige in Gefahr bin. Ich habe Angst um meine Modelle."

Er sah sie fragend an. Sie erzählte ihm Stacys Geschichte über den Spitzel namens Doobie, dann ihre eigene Theorie, dass der Fahrer des Bootes, ihr Peiniger und Lisettes Mörder ein und dieselbe Person seien.

Ted ging zur Couch und ließ sich darauf fallen.

„Stacy hat versprochen, ihn zu finden", fuhr sie fort. „Wenn es ihr gelingt, wird Ian entlastet. Ich glaube daran. Irgendjemand treibt sein krankes Spiel, und ich muss ihn stoppen. Ich kann nicht zulassen, dass ein weiteres meiner Modelle ..."

„Hör auf damit", sagte er scharf. „Das ist kein Spiel. Du sprichst von einem Mörder."

„Ich weiß, aber ..."

„Nein." Er sprang auf. Sie sah, dass er zitterte. „Denk an dein Baby, Jane." Er nahm ihre Hände in seine. „Wenn es ihm nicht mehr reicht, dich zu terrorisieren, was kommt dann?"

Sie kannten beide die Antwort. Keiner von ihnen sprach sie aus, doch sie hing schwer in der Luft.

Dann würde er sie umbringen.

40. KAPITEL

Donnerstag, 6. November 2003
9.30 Uhr

Jane bereitete sich auf ihren wöchentlichen Besuch bei Ian vor. Sieben lange Tage hatte sie darauf gewartet, ihren Mann zu sehen, und nun wusste sie nicht, was sie zu ihm sagen sollte. Die ganze Nacht hatte sie sich hin und her gewälzt. Sollte sie ihm verraten, dass sie verfolgt und bedroht wurde? Sollte sie ihn nach den Nummern fragen, die sie in seinem Palm gefunden hatte?

Elton hatte bereits mit ihm über Lisette Gregory gesprochen. Die Zeichen standen schlecht – es sah ganz danach aus, als wolle man ihn auch wegen des Mordes an Lisette anklagen, obwohl es die Staatsanwaltschaft damit nicht eilig zu haben schien. Warum sollte sie? Der aus ihrer Sicht Schuldige saß bereits fest und sah einer Strafe wegen Mordes entgegen.

In den frühen Morgenstunden hatte Jane beschlossen, dass sie wissen würde, was zu tun sei, wenn sie Ian sah.

Trotzdem hatte sich der Schlaf nicht eingestellt.

Ihre Gedanken kreisten um den Mord an Lisette, den Fahrer des Bootes und Ians Unschuld.

Oder seine Schuld. Nicht an den Morden. Sie war felsenfest davon überzeugt, dass der Fahrer des Bootes, der sie vor mehr als fünfzehn Jahren fast getötet hatte, auch derjenige war, der Marsha, Lisette und Elle getötet hatte. Sie war sicher, dass er Ians Festnahme herbeigeführt hatte, dass er irgendwie die Beweise manipuliert hatte, um sie zu isolieren und in die Ecke zu drängen.

Ians Treue war jedoch ein anderes Thema. Sie befürchtete, dass seine mögliche Untreue einem Verrückten die Gelegenheit geboten hatte, sich in ihr Leben zu stehlen.

Diese Zweifel taten weh. Sie nagten an ihr. Wie konnte sie ihn lieben und ihn trotzdem der Untreue verdächtigen?

Er hat auch mich wegen meines Geldes geheiratet.

Das heißt nicht, dass er dich nicht liebt. Nur dass er Bedürfnisse hat, die du nicht erfüllen kannst.

Sie hatte immer gedacht, dass Ians Liebe fast zu schön sei, um wahr zu sein. Warum? Weil das stimmte?

Nein. Gott, bitte nein. Jane massierte sich die Schläfen. Sie hatte Kopfschmerzen. Sie richtete ihre Gedanken auf das Gespräch mit Ted.

Wenn es ihm nicht mehr reicht, dich zu terrorisieren, was kommt dann?

Sie legte ihre Hände schützend über den Bauch. Ted hatte Recht, sie musste an ihr Baby denken. Es beschützen.

Doch bis diese Bestie nicht gefasst war, war überhaupt niemand sicher. Auch nicht ihre Modelle. Ihre Beziehung zu Jane machte sie zu Zielscheiben. Sie war überzeugt, dass der Mord an Lisette Teil dieses Feldzugs des Schreckens war.

Sie und Ted hatten den gestrigen Nachmittag damit verbracht, jedes ihrer Modelle anzurufen. Sie hatte ihnen von Lisette erzählt und sie gebeten, besonders vorsichtig zu sein. Es war nicht sonderlich gut gelaufen. Abwechselnd waren sie ängstlich, zu Tode erschrocken oder wütend gewesen. Einige hatten nach Ian gefragt. Andere hatten Details über den Mord an Lisette wissen wollen oder warum sie eine Verbindung zwischen dem Mord und ihnen sah.

Jane hatte ausweichend bleiben müssen und deshalb wie eine neurotische Schwarzseherin gewirkt. Eine Verrückte am Rande des Nervenzusammenbruchs. Sie betete darum, dass die Frauen sie trotzdem ernst nahmen und zu jeder Zeit Vorsicht walten ließen.

Ranger begann zu bellen, kurz bevor die Klingel ertönte. Jane warf einen letzten Blick in den Spiegel und eilte dann zur Gegensprechanlage. Dave hatte angeboten, sie zu fahren. Nachdem sie ihm versichert hatte, dass das völlig unnötig sei, hatte sie sein Angebot angenommen. Obwohl sie selbst hätte fahren können, war sie insgeheim dankbar für seine Gesellschaft und seine Unterstützung.

Sie sagte ihm, dass sie gleich käme, sperrte Ranger in den Zwinger, schloss die Tür ab und lief hinunter. Dave wartete auf sie. Er begrüßte sie mit einer kurzen, aufmunternden Umarmung und führte sie zu seinem silbernen BMW Cabrio, das vor dem Haus parkte.

„Bereit?“ fragte er, als sie eingestiegen waren.

„Seit sieben Tagen schon.“

Er nickte und fädelte sich in den Verkehr ein. Sie fuhren mehrere Minuten schweigend, bis Dave auf die I-30 Richtung Westen einbog.

Er sah sie von der Seite an. „Hast du mit ihm über die Drohungen gesprochen?“

„Nein.“

„Wirst du es tun?“

„Ich weiß nicht. Ich möchte ihn nicht beunruhigen.“

„Jane …“

Er beendete den Satz nicht, und sie blickte ihn an. „Du denkst, ich sollte es tun, oder?“

„Ja, das denke ich. Wenn du jetzt versuchst, ihn zu schützen, wird er es dir später übel nehmen.“

„Das ist doch Unsinn.“

„Keineswegs. Bis jetzt hattet ihr eine Ehe, die auf Gemeinsamkeit und Vertrauen basierte. Es wird ihn kränken, dass du den Eindruck hattest, ihn beschützen zu müssen. Es nimmt ihm seine Männlichkeit. Er wird ein schlechtes Gewissen haben, weil du dem allein begegnen musstest und sich verraten fühlen, weil du ihm nicht vertraut hast."

Verraten, weil sie ihm nicht vertraut hatte. An ihm zweifelte. An seiner Treue.

Sie verschränkte die Finger in ihrem Schoß. „Aber ... wenn ich es ihm sage, wird er sich dann nicht machtlos vorkommen?"

„Er fühlt sich bereits machtlos. Dass du ihn teilhaben lässt, bei ihm Schutz suchst, wird ihm helfen. Nein, mit Taten kann er dir nicht helfen, aber emotional. Außerdem stärken gemeinsame Erfahrungen eine Beziehung. Wenn du ihn jetzt nicht einbeziehst, wird diese Sache immer zwischen euch stehen."

Sie drückte seine Hand. „Danke, Dave. Was würde ich ohne dich tun?"

„Keine Bange, ich gehe nirgendwo hin." Er warf ihr ein kurzes Lächeln zu. „Ein kleiner Ausflug nach Vegas vielleicht. Aber nicht weiter."

Sie lächelte. „Aufgepasst, Showgirls."

„Dort findet man die längsten Beine in Nordamerika. Und so viele auf einmal. Da lacht das Herz."

Sie erreichten das Gefängnis. Dave begleitete sie hinein. Sie warf einen letzten Blick zu ihm zurück, als sie die Metalldetektoren passierte. Er lächelte breit und streckte den Daumen hoch.

Sie erwiderte die Geste, fühlte sich durch seine Freundschaft und seinen Beistand ermutigt. Und weil sie in einer Minute ihren Mann sehen würde – zum ersten Mal seit einer Woche.

Die Wache führte sie in den Raum. Sie war zu aufgeregt, um

sich zu setzen. Glücklicherweise musste sie nicht lange warten. Sobald sie ihn sah, griff sie zum Telefon.

Als sie jedoch den Mund öffnete, um ihm ihr Herz auszuschütten, kam ihr kein Wort über die Lippen. Sie sah ihn einfach nur an. Ihre Augen füllten sich mit Tränen, sie hatte das Gefühl, in Liebe zu ertrinken. Und in Verzweiflung.

Die Sekunden vergingen. Eine Träne rollte ihre Wange hinunter.

„Nicht", sagte er. „Es wird alles gut."

„Wird es das? Jetzt Lisette. Ich …" Sie verschluckte die Worte, die sie sagen wollte. „Ich liebe dich", flüsterte sie stattdessen.

„Ich liebe dich auch." Er räusperte sich. „Wie geht es dir? Ist das Baby …"

„Alles wunderbar", sagte sie. „Ich hatte in der einen Nacht ein kleines Problem, aber jetzt geht es mir gut."

„Ein Problem?" Er zog sorgenvoll die Augenbrauen zusammen. „Was meinst du damit?"

„Es war gar nichts", versicherte sie schnell. „Ich hatte Krämpfe, und mir war schwindlig. Der Arzt hat Ruhe verordnet. Keine große Sache."

Er wirkte nicht überzeugt. „Ist das normal?"

„Es kann passieren, wenn man enorm unter Stress steht. Oder zu lange auf den Beinen war. Es war der Abend meiner Vernissage."

„Ich habe an dem Abend an dich gedacht." Er senkte die Stimme. „Mir gewünscht, bei dir zu sein. Es ist furchtbar, dass ich es nicht konnte."

„Ich weiß, ich …" Die Worte blieben ihr im Hals stecken. „Ich muss dir etwas erzählen, Ian. Von der Nacht der Vernissage. Und von davor."

Sie entschied sich, einfach anzufangen. Sie berichtete ihm von dem Zeitungsausschnitt und der Notiz, die sie am Abend seiner Verhaftung gefunden hatte, und von den Rosen am Abend der Vernissage.

Er hatte sichtlich Mühe, gefasst zu bleiben. „Warum hast du mir nicht gleich davon erzählt?“ fragte er schließlich. Er klang verletzt.

„Ich wollte dich nicht beunruhigen.“

„Verdammt, Jane. Ich bin dein Mann.

„Es tut mir Leid.“ Sie blickte zur Wache, senkte die Stimme. „Sei nicht böse.“

„Ich bin nicht böse. Nur ... Ich muss hier raus. Wie kann ich dich beschützen, wenn ich eingesperrt bin? Herrgott noch mal!“

„Du wirst hier herauskommen, Ian. Du bist unschuldig.“

„Ich dachte auch, dass das eine Rolle spielt. Jetzt bin ich nicht mehr so sicher.“

Die Resignation in seiner Stimme brach ihr das Herz. Bitterkeit war dem Mann, den sie kannte und liebte, immer fremd gewesen. „Tu das nicht, Ian Westbrook. Wage es nicht aufzugeben. Ich bin nicht stark genug, das allein durchzustehen.“

Er versuchte, sich zusammenzureißen. „Ich mache mir solche Sorgen um dich. Um unser Baby.“

„Mir geht es gut. Dem Baby geht es gut. Stacy ist bei mir geblieben. Sie hat versprochen, diesen Typ zu schnappen.“

„Sie ist Polizistin“, sagte er. „Die Polizei ist davon überzeugt, den Mörder zu haben. Fall abgeschlossen.“

„Sie hat versprochen, Ermittlungen anzustellen. Ich glaube ihr.“

Seine Miene veränderte sich leicht. „Offenbar hat sich eine Menge getan, seit ich verhaftet wurde.“

Etwas in seinem Ton ließ sie aufhorchen. „Das Leben geht weiter, Ian. Im Guten wie im Schlechten."

„Im Guten?"

„Du weißt, was ich meine." Frustriert stieß sie den Atem aus. „Dave sagte voraus, dass du so reagieren würdest."

Sie merkte sofort, dass sie das Falsche gesagt hatte. „Was verdammt hat Dave damit zu tun?"

„Er ist mein Freund, Ian. Ich bin dankbar, dass er für mich da ist."

„Aber ich bin nicht da für dich?"

Ärger wallte in ihr auf. „Wie könntest du das? Dreißig Minuten in der Woche ist im Moment nicht genug Unterstützung."

„Glaubst du, das hier zerreißt mir nicht das Herz? Zu wissen, dass du allein bist ... bei anderen Trost suchst. Wahrscheinlich hat er dich heute sogar hier hergefahren."

Er sah ihr an, dass er ins Schwarze getroffen hatte. Sein Gesicht rötete sich. „Guter alter Dave, immer da. Immer zur Stelle."

„Warum willst du einen Streit mit mir anfangen? Wir haben nur noch wenige Minuten." Sich der verstreichenden Zeit bewusst, legte sie ihre Hand an die Glasscheibe. „Ich möchte sie nicht mit Streiten verschwenden."

Er ignorierte ihre Bitte. „Wenn du wissen willst, warum, frag Dave. Ich bin sicher, dass er einige Erklärungen anzubieten hat."

Verletzt zog sie die Hand zurück. Sie fühlte sich verraten. Und versteckte ihre Gefühle hinter Verärgerung. „Du hast Recht, Ian. Ich brauche einige Erklärungen. Warum war Elle Vanmeers Telefonnummer auf deinem Palm?"

Er wirkte überrascht. „Was?"

„Du hast mich schon verstanden. Ihre Nummer ist auf deinem Palm. Ebenso die vom La Plaza. Willst du mir sagen, warum?"

Sie beobachtete, wie sich verschiedene Gefühle auf seinem Gesicht abzeichneten, während er das Gesagte zu verarbeiten versuchte. „Du hast gesagt, sie könnten dich nicht gegen mich aufhetzen. Wie lang hat das funktioniert? Eine Woche? Weniger?"

„Hier geht es nicht um sie. Es geht um mich. Und ich brauche eine Antwort, Ian."

„Doch die solltest du nicht brauchen. Ich bin dein Mann. Es ist mein Baby, das du trägst, Jane. Meins. Bedeutet dir das nichts mehr?"

„Das ist gemein, Ian."

„Und deine Beschuldigungen sind es nicht?"

„Ich habe dich nicht beschuldigt. Ich habe dir eine Frage gestellt. Höre ich da vielleicht ein schlechtes Gewissen heraus?"

„Muss wohl so sein." Er deutete mit seiner freien Hand auf seinen Anzug. „Ich trage einen orangefarbenen Overall. Das macht mich schuldig, oder?"

Tränen schossen ihr in die Augen. Sie schlug zurück. „Was ist mit den langen Mittagspausen? Die nicht näher spezifizierten Zwei-Stunden-Termine? Die stehen ebenfalls in deinem Palm."

Er schien eine Ewigkeit zu schweigen. Als er schließlich das Wort ergriff, bebte seine Stimme. „Offenbar muss ich mich jetzt gegen jeden verteidigen. Sogar gegen meine Frau."

„Ich habe mit Mona gesprochen. Sie sagte, du hättest mich wegen meines Geldes geheiratet. Dass du niemals einer Frau treu gewesen wärst."

Seine Gesichtszüge verzerrten sich vor Schmerz. Er stand auf. „Du musst entscheiden, an was du glaubst. An mich und unserer Liebe. Oder an das, was alle anderen sagen."

Sie erhob sich ebenfalls. „Die Polizei wird dir vor Gericht die gleichen Fragen stellen."

„Und ich werde sie beantworten. Auf Wiedersehen, Jane."

Er legte den Hörer auf und signalisierte der Wache, dass der Besuch beendet sei. Sie rief seinen Namen. Er antwortete nicht, drehte ihr nur den Rücken zu und ging fort.

„Geh nicht!" Sie hämmerte an das Glas. „Ian!"

Eine Wache fiel ihr in den Arm, bevor sie wieder das Glas traf. „Das reicht, Ma'am. Gehen Sie von dem Fenster weg."

Jane nickte und tat wie befohlen, blind vor Tränen. Er begleitete sie zurück in den Warteraum. Dave telefonierte auf seinem Handy, beendete das Gespräch aber, als er sie sah.

„Wie ist es gelaufen?"

Sie schüttelte den Kopf, sie konnte ihn nicht ansehen, weil sie sonst in Tränen ausgebrochen wäre.

Sie gingen Richtung Ausgang, überquerten den Parkplatz bis zu seinem Wagen. Nachdem sie eingestiegen waren und sich angeschnallt hatten, wandte Dave sich ihr zu. Er macht keinerlei Anstalten, den Motor zu starten. „Wir fahren nirgendwo hin, bevor du nicht mit mir geredet hast. Das ist dir klar, oder?"

Sie versuchte ein Lachen, aus dem jedoch ein erstickter Schluchzer wurde. „Wir haben uns gestritten."

„Das tut mir Leid."

„Mir auch." Sie presste die Lippen zusammen, versuchte sich zu fassen. „Zuerst war alles gut. Ich erzählte ihm, was passiert ist, und er wurde … wütend. Weil er nicht helfen kann. Weil er sich Sorgen macht. Und als ich dich erwähnte, war … war er abscheulich, Dave."

„Wahrscheinlich eifersüchtig auf mein umwerfendes Aussehen."

Sie zwang sich zu einem kleinen Lächeln. „Nur eifersüchtig. Auf unsere Freundschaft. Meine Beziehung zu Stacy. Dass ihr beide mir helft."

„Hab etwas Nachsehen mit ihm. Er macht eine schreckliche Zeit durch."

„Ich etwa nicht?"

„Du bist nicht diejenige, die eingesperrt ist."

„Hör auf, so verständnisvoll zu sein. Das verdient er nicht."

„Soll ich ihn für dich verprügeln?"

Sie lachte auf. „Wie du es mit Billy Black getan hast?"

Billy Black war ein schmieriger, widerlicher Typ in der Schule gewesen, der es sich zur Lebensaufgabe gemacht hatte, Jane zu ärgern. Bis Dave es eines Tages nicht mehr länger mit ansehen konnte. Er hatte ihn herausgefordert, ihn mit einem einzigen Schlag zu Boden gestreckt und so vor der ganzen Klasse lächerlich gemacht.

„Ein absoluter Glücksschlag. Ich war sicher, dass er mich windelweich prügeln würde."

Sie lachte wieder und schluchzte dann. Eine Weile saßen sie schweigend da.

Plötzlich wandte Dave sich ihr zu. „Die Sache ist die, Jane, Liebe und Hass sind gleich starke Emotionen. Beide haben die Macht, zu erschaffen. Und zu zerstören. Sie zwingen uns zu reagieren. In Ians Fall heißt das, schlag zurück. Sei eifersüchtig."

Sie legte ihre Hand auf seine. „Du weißt immer das Richtige zu sagen."

„Supergenie."

„Superblödmann", korrigierte sie ihn.

Sie verstummten für eine Weile. Dave brach das Schweigen zuerst. „Ich dachte immer, dass wir einmal zusammenkommen würden, Jane. Solange ich zurückdenken kann, bist du ein Teil meines Lebens." Er machte eine Pause. „Oder vielleicht liegt es daran, dass mein Leben angefangen hat, als ich dich traf."

Die Worte, die sie sagen wollte, blieben ihr im Hals stecken. Unangenehm berührt von seinem Geständnis sah sie zur Seite.

„Tut mir Leid“, murmelte er. „Ich hätte das nicht sagen sollen.“

Sie richtete ihren Blick wieder auf ihn. „Nein. Sag das nicht. Ich … offen gestanden, dachte ich auch immer, dass wir einmal zusammen sein würden.“

Sie schlang ihre Finger fester um seine Hand. „Wir sind miteinander ausgegangen, Dave. Warum hat es nicht funktioniert?“

Einer seiner Mundwinkel hob sich zu einem schiefen Lächeln. „Keine Ahnung, Liebes. Der Zeitpunkt hat nicht gepasst. Wir haben nicht zusammengepasst.“ Er schwieg einen Moment. „Dann hast du Ian getroffen.“

Das hatte sie. Kurz nach dem Tod ihrer Großmutter. Er hatte ihr völlig den Kopf verdreht. Es war die berauschendste Erfahrung ihres Lebens gewesen. Sie hatte niemals gedacht, dass ein Mann wie Ian Westbrook sich in sie verlieben würde. Ihre Affäre war ebenso leidenschaftlich und romantisch wie kurz gewesen.

Nach dem Tod ihrer Großmutter. Nachdem sie Millionen geerbt hatte.

Die Erkenntnis verschlug ihr den Atem.

Sie und Ian hatten geheiratet, kurz bevor ihr das Vermögen übertragen worden war.

„Was ist?“ fragte Dave beunruhigt.

„Nichts.“

An seinem Gesichtsausdruck konnte sie ablesen, dass er sie durchschaute. Doch er respektierte ihre Privatsphäre.

Später, als Jane unter der Dusche stand und das heiße Wasser über sie rann, hatte sie eine weitere Erkenntnis: *Sie kannte ihren Mann nicht besonders gut, ganz und gar nicht gut.*

Trotz des dampfenden Wassers fror Jane bis ins Mark.

41. KAPITEL

Freitag, 7. November 2003
0:01 Uhr

Um sie herum schwamm Blut. Jane kämpfte, um nicht unterzugehen. Sie trat mit den Beinen, die sich schwer anfühlten, gefesselt an ein Gewicht, von dem sie sich nicht befreien konnte. Ihr Kopf tauchte unter. Der Geruch des Blutes stieg ihr in die Nase. Dann der Geschmack. Metallisch. Erdig.

Sie musste würgen. Das Dröhnen des Rennboots füllte ihre Ohren.

Er drehte um. Hielt wieder auf sie zu.

Um es zu beenden.

Jane erwachte keuchend. Orientierungslos starrte sie panisch im mondbeschienenen Zimmer umher. Beim Hin- und Herwälzen im Schlaf hatte sich die Bettdecke zwischen ihren Beinen verfangen.

Sie zog sich hoch und keuchte auf, als sie der Schmerz wie ein Messer durchfuhr. Sie riss das Laken beiseite.

Ein Schrei entfuhr ihren Lippen. Ihr Nachthemd war mit Blut durchdrängt. Die Bettdecke. Das Blut lief über ihre Beine.

Sie ertrank darin.

Einen Augenblick starrte sie bewegungslos auf das Bild. Verstört. Verwirrt.

Wieder durchfuhr sie der Schmerz und gleichzeitig die Erkenntnis. *Das Baby. Sie verlor ihr Baby.*

Nein! Wimmernd kroch sie aus dem Doppelbett. Sie fand das Telefon, wählte den Notruf.

Die Zentrale meldete sich. Jane versuchte zu erklären, was los war. Sie hörte sich selbst stammeln und schluchzen. Winzige Lichtpünktchen tanzten vor ihren Augen; ihre Finger begannen zu zittern.

Mit einem Dröhnen in ihren Ohren versank die Welt in Schwärze.

42. KAPITEL

Freitag, 7. November 2003
0.35 Uhr

Mit quietschenden Bremsen hielt Stacy vor der Notaufnahme des Baylor Medical Center, sprang aus dem Wagen und stürzte hinein. Der Rettungssanitäter, der den Einsatz übernommen hatte, war ein Freund von ihr. Er hatte sie aus dem Krankenwagen angerufen, allerdings wenig über Janes Zustand gesagt.

Sie eilte zur Rezeption. „Jane Westbrook. Man hat mich angerufen, dass sie hier ist. Wie geht es ihr?"

Die Schwester blickte durch ihre Brillengläser zu ihr hoch. „Westbrook. Und wer sind Sie?"

„Ihre Schwester. Detective Stacy Killian." Sie ließ ihre Marke aufblitzen.

Die Frau nickte. „Setzen Sie sich, Detective. Dr. Yung ist zurzeit bei ihr. Ich schätze, er wird in ein paar Minuten zurück sein."

Stacy konnte nicht still sitzen. Ruhelos ging sie in der halb gefüllten Wartezone auf und ab. Ein Schild über der Couch verbot den Gebrauch von Handys.

Sie ging hinaus, wählte die Nummer der Polizeizentrale. Sie gab ihre Dienstnummer an, erklärte die Situation und schaltete das Handy dann aus.

Als sie wieder zurückging, rief ein junger asiatischer Arzt ihren Namen.

Sie reichte ihm ihre Hand. „Dr. Yung. Detective Stacy Killian. Die Schwester von Jane Westbrook. Wie geht es ihr?" Ihre Stimme zitterte leicht, und ihr wurde klar, wie viel Angst sie hatte, Jane zu verlieren. Ihre Schwester. Ihre einzige Familienangehörige.

Die Erkenntnis ließ ihre Knie weich werden. Was würde sie tun, wenn sie Jane verlor?

„Ihr Zustand ist stabil. Sie ruht sich aus."

„Stabil?" wiederholte Stacy, die diese Wortwahl irritierte. „Was ist mit dem Baby?"

„Es tut mir Leid. Sie hatte eine Fehlgeburt."

Die Worte waren wie ein Schlag in die Magengrube. Stacy konnte Janes Schmerz spüren. Sie hatte sich dieses Baby so verzweifelt gewünscht. Der Verlust würde sie um den Verstand bringen.

„Das war keine gewöhnliche Fehlgeburt, Detective. Die Plazenta hat sich von der Gebärmutterwand gelöst. Sie hatte einen Blutsturz. Sie hätte verbluten können."

„Mein Gott."

„Glücklicherweise kam der Krankenwagen wenige Augenblicke nach dem Notruf. Der Rettungssanitäter hat ihr während der Fahrt eine Infusion gegeben. Tatsächlich hat er ihr Leben gerettet."

Stacy schluckte schwer und dachte, dass sie sich bei ihrem Freund noch besonders bedanken musste.

„Bei dieser Vorgeschichte", fuhr der Arzt fort, „wird sie ihr Arzt bei der nächsten Schwangerschaft zweifellos besonders gründlich untersuchen. Trotzdem können viele Frauen, die eine Plazentaablösung hatten, danach ganz normale Schwangerschaften haben."

Stacy rieb sich fröstelnd die Arme. „Sie sagten, sie sei stabil. Was genau heißt das?"

„Sie ist außer Gefahr. Wir mussten ihr eine Bluttransfusion geben und werden sie zumindest über Nacht hier behalten. Um sicherzustellen, dass sie keine Abstoßungsreaktion zeigt oder eine Infektion entwickelt. Ihr behandelnder Frauenarzt wird letztlich über die Dauer ihres Aufenthalts entscheiden und darüber, ob wir eine Ausschabung vornehmen. Ich schätze, er wird sie aufgrund der Umstände anordnen."

„Kann ich sie sehen?"

„Sicher. Ich habe ihr ein Schmerzmittel gegeben, sodass sie vielleicht schläft. Wir bringen sie in ein normales Krankenzimmer, sobald eines verfügbar ist."

Er zeigte Stacy, wo sie Jane finden konnte. Die Tür stand offen. Auf Zehenspitzen schlich sie hinein. Ihre Schwester lag zusammengekrümmt wie ein Embryo auf der Seite; angeschlossen an all die Monitore und Maschinen, wirkte sie klein und zerbrechlich.

Sie schlief nicht, sondern weinte leise vor sich hin.

Stacy flüsterte ihren Namen. Jane drehte sich um. In ihrem Blick lag so viel Verzweiflung, dass sich ein Kloß in Stacys Hals bildete. „Es tut mir Leid, Jane. So furchtbar Leid."

Und das stimmte. Wegen allem – wegen des Babys, Ians Festnahme, den Drohbriefen. Und wegen der Distanz zwischen ihnen, die sie zugelassen hatte. Wegen der Eifersucht, die sie empfunden hatte.

Stacy trat ans Bett. Sie beugte sich über das Seitengitter und schloss ihre Schwester so gut es ging in die Arme.

„Ich will mein Baby", wisperte Jane mit zitternder Stimme.

„Ich weiß, Liebes. Ich weiß."

Jane begann zu schluchzen, ihr ganzer Körper bebte. „Mir ist nichts geblieben."

„Doch", sagte Stacy heftig, während ihr Tränen die Wangen hinunterliefen. „Du hast mich. Du hast dein Leben, deine Karriere. Ian wird freigesprochen werden, und ihr beide werdet weitere Kinder haben. Der Arzt sagte, das wäre möglich."

„Was, wenn er verurteilt wird? Was soll ich dann tun?"

Die Verlorenheit in der Frage ihrer Schwester brach ihr schier das Herz. Stacy löste sich ein wenig, sah ihrer Schwester in die Augen. „Alles wird gut. Alles. Ich kümmere mich darum."

Neue Tränen stiegen Jane in die Augen. „Ich liebe dich, Stacy."

„Ich liebe dich auch", erwiderte Stacy mit warmer Stimme.

Ein Pfleger kam mit einer fahrbaren Liege herein. „Wir bringen Sie hinauf in die Drei, Mrs. Westbrook. Ich werden Ihnen die Reise so bequem wie möglich machen."

Er schwatzte, während er sie vom Bett auf die Liege hievte. Fünfzehn Minuten später lag Jane in ihrem neuen Zimmer. Die Schwester fühlte ihren Puls und maß den Blutdruck und bemutterte die beiden Frauen wie eine Henne.

Noch bevor sie den Raum wieder verlassen hatte, döste Jane ein. Zehn Minuten später schlief sie tief und fest. Stacy entschied, dass dies der ideale Zeitpunkt war, um zu ihrem Auto zu gehen und ihre Mailbox abzuhören.

Sie ging aus dem Zimmer. Und traf auf Mac, der im Gang auf sie gewartet hatte. Dankbar für seine Anwesenheit ging sie auf ihn zu.

„Wie geht es ihr?" fragte er.

„Sie hat ihr Baby verloren."

Er nahm ihre Hand. „Das tut mir Leid."

Sie blickte auf ihre verschränkten Hände. Ihre zitterte leicht. Als sie sie löste, bemerkte sie, dass sie wünschte, es nicht tun zu müssen. Dass sie wünschte, sich an ihn klammern und weinen zu können. Um den Verlust, den ihre Schwester erlitten hatte. Und ihren eigenen.

„Danke", sagte sie mit belegter Stimme. „Bei allem anderen, was gerade passiert … Es ist sehr schwer für sie."

„Wie wäre es mit einer guten Nachricht?"

„Ich könnte sie gebrauchen."

„Ich habe Doobie ausfindig gemacht. Ich dachte, du willst vielleicht mitfahren. Ich habe dich angerufen, aber du hast nicht abgenommen. Die Zentrale hat mich hierher geschickt."

Stacy lächelte zum ersten Mal in dieser Nacht. „Nichts wie los."

Macs Kumpel von der Sitte hatten ihm erzählt, dass Doobie gern in einer Bar beim Messepark herumlungerte, die Big Dick's hieß. Sie hatten vorgeschlagen, spät am Abend hinzugehen. Offenbar krochen Typen wie Doobie erst nach Mitternacht aus ihren Löchern.

Nachdem sie Stacys Auto ordentlich geparkt hatten, stiegen sie in Macs Wagen. Als sie auf die I-30 fuhren, brach Mac das Schweigen. „Hast du je Jackman überprüfen lassen?"

„Ja. Und nichts rausbekommen. Keine Gefängnisstrafen. Keine Haftbefehle."

„Hattest du Zugang zur nationalen Kartei?"

„Ja."

„Hast du es mit Theodore Jackman probiert?"

„Und mit Teddy. Kam nichts bei raus." Stacy schwieg einen Moment. „Ich glaube immer noch, dass er Dreck am Stecken hat."

„Wenn er da nicht drin ist, heißt das nur, dass er noch nicht erwischt wurde", murmelte Mac. „Oder dass er einen anderen Namen benutzt."

„Daran habe ich auch gedacht. Wenn er hochgenommen wurde, sind seine Fingerabdrücke im System."

„Und sich seine Fingerabdrücke zu besorgen sollte nicht allzu schwer sein. Ich meine gesehen zu haben, dass er eine Cola trank, als ich bei Jane im Atelier war."

Das hatte er, erinnerte sich Stacy. Tatsächlich hatte sie bei genauerem Nachdenken mehrere der rotweißen Dosen im Atelier gesehen. Da Jane keine kohlensäurehaltigen Getränke zu sich nahm, gehörten sie alle Ted.

Sie grinste ihren Partner an. „Du könntest eines Tages ein guter Cop werden."

„Du kannst mich mal, Killian."

Den Rest des Weges legten sie zurück, ohne zu sprechen. Sie erreichten das Viertel um den Messepark, fanden die Bar und hielten auf dem dazugehörigen belebten Parkplatz. Nach den vielen Harleys zu urteilen, war Doobie nicht der Einzige, der im Big Dick's herumhing. Außer den Motorrädern zierten noch diverse Pickups den Platz, alle mit Gewehrstativen im Heckfenster. Der einzelne strahlend weiße Porsche Boxster wirkte jämmerlich deplatziert. Auf seinem Kennzeichen stand *Poppy – Mohn*.

Stacy blickte Mac an. „Entweder haben wir hier eine reiche Tussi, die nach einer roten Blume benannt wurde, oder einen Dealer."

„Ich kapiere langsam, warum dieser Doobie hier verkehrt."

Sie betraten die Bar. Es war verraucht und laut. Aus der Anlage dröhnten die neuesten Countryhits. Eine Frau im Stringtanga tanzte auf der schmalen Bühne, kreiste dabei um eine weiße Metallstange. Sie wirkte gelangweilt.

„Ich verstehe", murmelte Stacy. „Big Dick's. Eine Striptease-Bar."

„Drogenhandel inklusive."

Sie bahnten sich ihren Weg durch die Gäste bis zum Tresen und setzten sich auf zwei Hocker. Der Barkeeper kam zu ihnen.

„Was kann ich euch bringen?"

Mac legte einen Zwanzigdollarschein auf den Tresen und beugte sich vor. „Wir suchen Doobie. War er heute schon da?"

Der Barkeeper, dessen Gesicht die Vermutung nahe legte, dass er in seinen gut fünfzig Lebensjahren in die eine oder andere Schlägerei verwickelt gewesen war, kniff die Augen zusammen. „Kenne keinen Doobie."

Mac zog einen weiteren Schein hervor. „Ein schleimiger kleiner Kerl. Ich bin sicher, Sie kennen ihn."

Stacy sah, wie der Mann augenblicklich schaltete: *Polizei.* Er legte beiläufig seine Hand auf die Zwanziger und führte sie an seine Brust. „Er war nicht da", murmelte er. „Weder heute noch die letzten Tage. Ich dachte, er ist vielleicht auf Tour und ist hochgenommen worden."

„Sagen Sie ihm, er soll Mac anrufen. Glauben Sie, dass Sie sich das merken können … Dick?"

„Kein Problem. Sie können es in einigen anderen Kneipen die Straße runter probieren. Scheint so, dass er das Louie's mag und das Hideaway."

„Danke, das werden wir tun."

Sie verließen die Bar. Als sie in die Nachtluft traten, vergrub sich Stacy tiefer in ihrer Jacke. „Woher wusstest du, dass das Big Dick war? Er trug kein Namensschild."

„Das war geraten. Er sah so aus."

Das Louie's und das Hideaway waren vom gleichen Schlag wie das Big Dick's. Wieder fragten sie die Barkeeper nach Doobie und gingen ebenso erfolglos wieder hinaus.

Als sie aus der letzten Bar herauskamen, stopfte Stacy ihre Hände in die Jackentaschen. Frustriert. Erschöpft.

Mac blickte sie an. „Mach dir keine Sorgen. Wir werden von ihm hören."

„Ich hoffe, bald."

Sie stiegen in Macs Sedan und fuhren ohne ein weiteres Gespräch zum Krankenhaus zurück. Dann und wann sah sie aus den Augenwinkeln, wie er in ihre Richtung schaute. Irgendwie zögerlich. Als ob er etwas zu sagen hätte, aber sich nicht entscheiden könne, ob er es tun sollte.

Das Schweigen wurde unangenehm. Sie atmete scharf aus. „Okay, Mac. Raus damit."

„Womit?"

„Was auch immer du gerade denkst, aber nicht sagst."

Er zögerte, umgriff das Lenkrad fester. „Ich mache mir Sorgen um dich, das ist alles."

„Mir geht es gut."

„Prallt alles an dir ab, nicht wahr?"

„So ziemlich."

Er gab einen verärgerten Laut von sich. „Menschen zu brauchen ist kein Zeichen von Schwäche. Verletzlich zu sein oder verängstigt ist nicht das Gleiche wie zusammenzuklappen."

Sie reagierte nicht darauf. „Lass mich am Eingang raus. Ich will nach meiner Schwester schauen, bevor ich nach Hause fahre."

„Du bist der Boss."

Der Sarkasmus in seiner Stimme schreckte sie auf. Wann hatte sie sich zum letzten Mal gestattet, verletzlich zu sein? Einen anderen Menschen zu brauchen?

Einen Mann zu brauchen?

Das war länger her, als sie sich erinnern konnte.

Mac hielt vor dem Haupteingang. Er sah sie nicht an.

Sie fasste nach dem Türgriff. „Danke, Mac. Für alles."

„Stacy?"

Sie drehte sich um, ihre Blicke trafen sich. Etwas in seinen Augen ließ ihren Puls schneller schlagen. „Ja?" fragte sie schwach. Es klang wie eine Einladung.

Sie schauderte, wünschte, sie könnte es zurücknehmen. Sie fühlte sich schwach. Verloren.

Ein viel sagendes Schweigen breitete sich zwischen ihnen aus. Es knisterte vor Erwartung. Vor Gefühlen, die unausgesprochen blieben. Für einen verrückten Moment dachte sie, dass er sie vielleicht küssen wollte.

Dann schaute er weg. „Nichts. Kommst du morgen zum Dienst?"

„Wahrscheinlich nicht. Aber ich werde mich zur Sicherheit melden."

„Okay. Wir sehen uns Montag. Oder vorher, falls ich von Doobie höre."

Sie sagte sich selbst, dass es so das Beste war, dass sie Partner waren, dass eine Beziehung zwischen ihnen unmöglich war, doch sie war enttäuscht. So sehr, dass sie es auf der Zunge schmecken konnte.

Sie verbarg ihre Gefühle, so gut es ging. „Bis dann."

Sie stieg aus und eilte zum Eingang des Krankenhauses. Dort angekommen, blickte sie sich um. Und stellte fest, dass er noch da war. Sie schluckte schwer, hob die Hand zu einem letzten Abschiedsgruß und betrat das Gebäude.

Zu dieser Nachtzeit war es ziemlich verlassen. Eine müde aussehende Frau saß an der Rezeption, einen aufgeschlagenen Heftroman vor sich.

Stacy nickte ihr zu und ging zum Fahrstuhl. Sie drückte das Stockwerk ihrer Schwester und sah beim Hochfahren zu, wie die jeweiligen Nummern aufleuchteten.

Sie kam im dritten Stock an. Der Flur war wie ausgestorben. Die Nachtbeleuchtung verbreitete gedämpftes Licht. Zwei Schwestern saßen hinterm Stationstresen und sprachen leise miteinander.

Sie erkannten Stacy wieder und nickten ihr zu. Die Besuchszeit war zwar vorbei, doch sie war sowohl ein Familienmitglied als auch Polizistin. Stacy ging trotzdem zu ihnen. „Ich wollte nur kurz reinschauen. Um mich zu vergewissern, dass es ihr gut geht."

„Sie schläft", murmelte die Schwester. „Dr. Nash ist bei ihr."

Dave war hier? Stacy fragte sich, wie er davon erfahren hatte.

Stacy ging den stillen Flur hinunter. Aus einem Zimmer drang leises Schnarchen, in einem anderen stöhnte jemand im Schlaf. Sie fand Janes Zimmertür leicht geöffnet. Mit ihren Fingerspitzen drückte sie dagegen. Im schwachen Licht der Nachtbeleuchtung sah sie, dass Jane tatsächlich schlief.

Und dass Dave bei ihr war.

Mit zusammengefallenen Schultern saß er in einem Sessel neben dem Bett, den Kopf in den Händen. Sie öffnete den Mund, um leise seinen Namen zu rufen, und schloss ihn, als die Erkenntnis sie überfiel.

Dave war in Jane verliebt.

Stacy hatte das schon bei mehreren Gelegenheiten gedacht. Nun wusste sie, dass es stimmte. Dankenswerterweise hatte er dies nie ihre Freundschaft beeinflussen lassen. Er war in guten und schlechten Zeiten für Jane da gewesen, hatte sie unterstützt, beraten und mit ihr gelacht. Mit ihnen beiden. Er hatte sich sogar bereit erklärt, Jane zum Altar zu geleiten. Ohne Vater, Großvater oder Onkel, hatte sie sich an den Mann gewendet, den sie als ihren ältesten und besten Freund schätzte.

Es musste eine Qual für ihn gewesen sein. Wie war es ihm gelungen, seine Gefühle so gut zu verbergen?

Mit einem unguten Gefühl angesichts ihrer Entdeckung zog sich Stacy ohne ein Wort zurück.

43. KAPITEL

Freitag, 7. November 2003
4.00 Uhr

Mit ihren Gedanken bei Dave und seinen Gefühlen für Jane verließ Stacey das Krankenhaus. Seit wann liebte er sie? Warum hatte er seine Gefühle nie offenbart? Hatte er eine Zurückweisung befürchtet? Oder dass er die Freundschaft und das Vertrauen ihrer Schwester verlieren würde?

Sie überquerte den Parkplatz. Ihr Bronco kam in Sicht.

Ihre Schritte wurden unsicher. Ihr Herz schlug schneller.

Mac stand neben dem Wagen. Er wartete auf sie.

Er sah auf. Ihre Blicke trafen sich. Gespannte Erregung durchflutete sie.

Sie nutzte die Sekunden, in denen sie auf ihn zuging, um sich zu sammeln. „Mac“, brachte sie hervor, als sie ihn erreicht hatte, „hast du etwas vergessen?“

„Ja. Das hier.“ Er zog sie an seine Brust und küsste sie.

Im allerersten Moment erstarrte Stacy. Dann wich ihre Überraschung dem eigenen Verlangen, und unerwartete Leidenschaft loderte in ihr auf.

Er legte eine Hand auf ihren schmalen Rücken und zog sie an sich. Mit der anderen Hand umfasste er ihren Hinterkopf. Unter ihrer Handfläche spürte sie seinen Herzschlag. Sie krallte die Finger in den weichen Stoff seines Hemdes.

Furcht, Unentschlossenheit und Sorgen lösten sich unter seinen Lippen auf.

Er machte sich los. „Das ist es, was ich wollte ... Schon seit Wochen.“

Glücklich nahm sie sein Gesicht zwischen die Hände. „Warum dann so lange auf die Wiederholung warten?“

Sie zog ihn wieder an sich. Ein Wagen fuhr auf den Parkplatz, die grellen Scheinwerfer streiften sie kurz.

Keuchend löste er sich. „Zu mir?“

„Wo ...“

„Nicht weit.“

„Ja, zur dir. Ich fahre hinter ...“

„Nein.“ Er küsste sie wieder. „Du könntest deine Meinung ändern.“

„Werde ich nicht. Könnte ich gar nicht.“

„Versprochen?“

Sie versprach es und kramte nach ihren Schlüsseln. Mit bebenden Händen öffnete sie die Tür und stieg ein. Sie stieß den Schlüssel in die Zündung, drehte ihn um. Röhrend sprang der Motor an.

Und schon überkamen sie Zweifel. Was dachte sie sich eigentlich? Eine unüberlegte Handlung, und sie wurde von einer respektierten Polizistin zur Lachnummer. Einfach so.

Denk nicht nach, Stacy. Lass es dieses eine Mal geschehen.

Er wollte sie. Sie wollte ihn.

Sie wollte nicht allein sein.

Stacy folgte Macs Wagen. Sie fuhren ohne Rücksicht, überholten die paar Autos, die ebenfalls unterwegs waren, rasten über gelbe Ampeln. Innerhalb weniger Minuten erreichten sie seine Straße, taumelten über den Gehweg und in sein Haus. Kaum war die Tür hinter ihnen geschlossen, fielen sie sich in die Arme.

Auf dem Weg zum Schlafzimmer zogen sie einander aus. Sie zupften und rissen an ihren Kleidungsstücken, legten Halfter und Waffe ab, seufzten erleichtert, als sie endlich die Haut des anderen spürten.

Eng umschlungen fielen sie aufs Bett. Ihre Vereinigung war heftig, Leidenschaft mischte sich mit Verzweiflung. Als ob der Akt eine besondere Bedeutung gewonnen hätte, eine Heftigkeit, die sie nicht verstand, auf die sie aber instinktiv reagierte.

Hinterher überkam sie Reue. Sie hatte mit ihrem Partner geschlafen. Gegen eines ihrer Prinzipien verstoßen. Sich der Kritik, den Gerüchten und dem Klatsch preisgegeben.

Verdammt. Sie wandte sich von ihm ab und starrte an die Decke.

„Tu das nicht, Stacy“, murmelte er. „Keine Selbstvorwürfe hinterher.“

„Leicht gesagt. Im Gegensatz zu mir hast du hierbei nichts zu verlieren.“

„Das sehe ich nicht so.“ Er streckte seinen Arm über das verrutschte Laken und umfasste ihren Arm. „Wir haben einander gewollt. Wir mögen uns. Wo ist das Problem?“

„Du spielst den Naiven. Wir sind *Partner*, Mac. Weibliche Detectives, die mit ihrem Partner ins Bett gehen, verlieren ihre Glaubwürdigkeit. Und das weißt du.“

„Du gehst davon aus, dass ich damit prahle. Das ist nicht fair.“ Er verstärkte seinen Griff um ihren Arm. „Ich bin nicht so ein Typ.“

Sein herausfordernder Ton ließ sie ihn anschauen. Sie glaubte ihm. Dass er tatsächlich meinte, was er sagte. Dass er sein Versprechen halten würde.

Bis, aus welchem Grund auch immer, der Kitzel vorbei war und sein Ego Auftrieb brauchte. Sie hatte es mehr als einmal beobachtet. Sie hatte Frauen, die sich in diese Situation hatten bringen lassen, für dumm und willensschwach gehalten. Ihr würde das nie passieren, hatte sie sich geschworen.

Und nun war sie hier.

„Stacy …“ Unendlich sanft drehte er ihr Gesicht zu sich. „Dies ist eine Sache zwischen uns. Es geht um niemand anders, und es wird niemand anders erfahren.“ Er senkte die Stimme. „Ich werde nicht zulassen, dass man dir weh tut. Vertrau mir.“

Das wollte sie. Vielleicht mehr, als sie jemals etwas gewollt hatte.

Sekunden verstrichen. Er fuhr mit seinem Daumen zärtlich über ihren Wangenknochen bis hinunter zu ihrem Mund. Ein Beben durchlief ihren Körper, sie war erschüttert von der Tiefe ihrer Gefühle.

„Möchtest du von mir hören, dass es mir Leid tut?“ fragte er.

Sie öffnete den Mund, brachte aber kein Wort heraus. Tatsächlich wünschte sie keineswegs, dass es ihm Leid täte. Sie wollte das Gegenteil hören. Dass das, was sie miteinander erlebt hatten, etwas Besonderes war. Etwas Bedeutsames. Dass er trotz ihrer beruflichen Verbindung weiter mit ihr zusammen sein wollte.

Und ihr Wunsch erfüllte sich.

„Das werde ich nicht tun, Stacy. Weil es mir nicht Leid tut.“ Ein Lächeln zuckte um seine Mundwinkel. „Ehrlich gesagt bin ich verdammt froh. Jetzt weißt du's. Was gedenkst du deswegen zu tun?“

„Vielleicht werde ich diejenige sein, die prahlt.“

„Glaubst du, dass das dein Image im Department verbessert?“

„Darauf kannst du wetten. Wieder eine Eroberung von Killian. Und was für ein heißer Typ.“

Er grinste und zog sie ganz an sich. An ihrem Bauch konnte sie seine Erregung spüren. „Du bist gut. Das werde ich beschwören.“

Sie ließ ihre Hand zwischen ihre Körper gleiten und umfasste seine Männlichkeit. „Vielleicht sollte ich dir eine Kostprobe geben?"

„Oh nein, das sollst du nicht." Blitzschnell hatte er sie auf den Rücken gerollt und hielt ihr die Hände über dem Kopf fest. „Ich bin dran."

44. KAPITEL

Freitag, 7. November 2003
7.10 Uhr

Stacy erwachte zu Macs tiefem, rhythmischem Atmen. Sie sah auf die Uhr und stellte fest, dass es noch früh war. Vorsichtig schlüpfte sie aus dem Bett, um ihn nicht zu stören. Sie erblickte einen Stapel gefalteter Wäsche, zog ein großes, weiches T-Shirt heraus und lief ins Badezimmer. Sie ging auf die Toilette und machte sich dann zurecht, wobei sie zum Zähneputzen die Zahnpasta auf ihren Finger strich.

Als sie sich im Spiegel betrachtete, lächelte sie. Gar nicht so schlecht, dafür dass sie fast gar nicht geschlafen hatte. Und sie fühlte sich nahezu … erfrischt.

Orgasmen: das natürliche Mittel gegen Stress und Müdigkeit.

Sie wandte sich ab, verließ das Bad und ging auf Zehenspitzen aus dem Schlafzimmer, um ihre in der Nacht hastig abgestreiften Kleidungsstücke einzusammeln. Sie legte sie zusammen und dachte an Frühstück. An Kaffee.

Sie ging zur Küche und nahm sich Zeit zu betrachten, was ihr die Nacht zuvor entgangen war: dass Mac eine Haushälterin gebrauchen konnte, dass er hübsche Dinge mochte und dass er alte Filmposter sammelte. *Das* überraschte sie.

Sie hielt vor einem gerahmten Poster von *Denn sie wissen nicht, was sie tun*, an der gegenüberliegenden Wand hingen *Die Faust im Nacken* und *Der Pate*.

Sie trat in die Küche. Der schwarz-weiß geflieste Tresen und die alten Schränke mit Glasfront stammten aus den fünfziger Jahren. Wie sie war Mac Kaffeetrinker. Gott sei Dank. Sie fand ein

Pfund Kaffeebohnen, Mühle und Filter und hatte im Handumdrehen eine Kanne Kaffee zubereitet.

Mit dem Essen würde es schwieriger werden, wie sie beim Blick in den Kühlschrank erkannte.

„Morgen, Schönheit."

Sie sah über die Schulter. Mac stand in der Küchentür, er sah verschlafen und zufrieden aus. Er war splitternackt. Er hielt ihr Schulterhalfter und ihre Waffe in der Hand, eine halbautomatische Glock 40. „Du hast deine Kanone vergessen."

Sie lachte und nahm die Pistole. „Meine Walton und Johnson."

„Wie bitte?"

„Statt Smith & Wesson. Jane brachte das immer durcheinander."

„Du trägst eine Glock."

„Das weiß sie nicht. Die einzige Pistole, deren Namen sie schon mal gehört hat, ist eine Smith & Wesson. Dabei ist es geblieben. Übrigens, dein Pyjama gefällt mir."

Er grinste. „Danke. Und du trägst mein Lieblings-T-Shirt."

„Darf ich's mir leihen?"

„Ziehst du es aus, wenn ich nein sage?"

„Nicht vor dem ersten Kaffee. Tut mir Leid. Eine Frau muss irgendwo Grenzen ziehen. Was zu essen dazu wäre auch ganz schön."

„Anspruchsvoll *und* herrschsüchtig."

Sie wandte sich wieder dem offenen Kühlschrank zu. „Du bist vielleicht ein Typ. Hier ist nichts drin außer Bier und Pizzaresten."

Er tauchte hinter ihr auf und schlang die Arme um ihre Taille. „Was willst du mehr?"

„Eier? Saft? Brot?"

„Pizza ist das perfekte Nahrungsmittel. Da ist alles drin. Fleisch. Getreide. Milchprodukte. Gemüse."

„Fett." Sie öffnete den Karton. „Ich sehe hier nichts, was als Gemüse durchgeht."

Er zog eine Augenbraue hoch. „Tomatensauce. Hergestellt aus Tomaten, einem Gemüse."

„Tomaten haben Kerne. Das sind Früchte."

Er schnüffelte an ihrem Nacken. „Ich wusste, dass du das sagen würdest."

„Ach, und woher?"

„Aus dem gleichen Grund, aus dem ich nur Pizza und Bier in meinem Kühlschrank habe."

Sie drehte sich um, schlang ihre Arme um seinen Hals. „Du bist ein Bier trinkender Neandertaler."

„Genau. Und du bist eine Lady, die es sehr genau nimmt."

Er rieb seinen Unterleib an ihr. Er war steinhart. *Vergiss den Kaffee.* „Ich sehe, du hast dein Gewehr mitgebracht", murmelte sie lächelnd an seinem Mund. „Aber bist du auch bereit, es einzusetzen?"

Mit einem rauen Lachen hob er sie hoch und trug sie zum Küchentisch. Wo er ihr bewies, dass er tatsächlich bereit war.

Nachdem sie beide geduscht hatten, schob Stacy die Pizza in den Ofen – trotz Macs Versicherung, dass sie kalt eine Delikatesse sei. Sie spülten sie mit Kaffee hinunter, und Stacy musste widerwillig zugeben, dass die Kombination gar nicht schlecht war.

Während sie nach einem zweiten Stück griff, sprach Stacy das Thema an, das sie am meisten beschäftigte. „Jane hat eine Theorie über den Kerl, der ihr die Drohungen schickt."

Er fing ihren Blick auf, seine Hand mit der Pizza verharrte in der Luft.

„Sie glaubt, dass er derjenige ist, der Vanmeer, Tanner und nun auch Lisette Gregory getötet hat."

„Hört sich für mich weit hergeholt an."

„Ich weiß. Aber was, wenn sie Recht hat?"

Einen langen Augenblick starrte er sie einfach nur an. „Sag, dass das ein Witz ist, Stacy. Du kannst nicht ernsthaft glauben, dass der Fahrer des Bootes von vor sechzehn Jahren nicht nur wieder auftaucht, sondern auch noch mit einem ausgeklügelten Plan zurückkehrt, der dreifachen Mord vorsieht?"

Als sie nicht antwortete, schnaubte er ungläubig. „Belehr mich eines Besseren. Aus welchem Grund hat er es getan? Um ihr Angst einzujagen? Und das hätte er nicht tun können, ohne diese drei Frauen im Visier zu haben? Ich bitte dich. Viel wahrscheinlicher ist, dass Ian eine Komplizin hat, die die Briefe schreibt. Weil er Janes Reaktion kennt. Und hofft, dass so die Aufmerksamkeit von ihm abgelenkt wird."

Er hatte Recht. Verdammt. Um Janes willen hatte sie es glauben wollen. Weil ihre Schwester sie so dringend brauchte.

Stacy senkte den Blick auf ihren Teller mit den Überresten der Pizza. Sie sammelte ihre Gedanken, wobei sie sich fragte, wie aufrichtig sie sein sollte. Sie entschied sich für den direkten Weg. „Ich war eifersüchtig auf sie. Neidisch auf ihr perfektes Leben. Ihren Ehemann. Die Karriere. Die Schwangerschaft. Ich dachte: Warum nicht ich? Und jetzt ist sie …" Sie atmete tief ein, begegnete ruhig seinem Blick. „Ich hatte kein Recht, so zu fühlen. Es war abscheulich. Kleinmütig und egoistisch."

„Es war nur natürlich", korrigierte er sie und wischte sich mit einer Papierserviette den Mund ab. „Wir sind eben menschlich. Und nicht perfekt."

„Menschlich oder nicht, es war ihr gegenüber nicht fair. Ich habe ihr wegen ihres Glücks Vorwürfe gemacht. Jane brauchte mich, und ich war nicht für sie da."

Er warf die zerknüllte Serviette auf den Teller. „Du willst irgendetwas von mir, Stacy. Was?"

„Hier geht es nicht darum, was ich von dir will. Es geht darum, was ich Jane schulde. Wenn sie an diese Sache glaubt, werde ich das überprüfen. Mit dir oder ohne dich."

„Der Captain kriegt uns am Arsch, wenn er das herausfindet."

Sie lächelte. „Meinen kann er haben. Ich brauche ihn nicht."

Er lachte wenig amüsiert. „Okay, Stacy. Ich bin dein Partner, und wir ziehen das gemeinsam durch."

45. KAPITEL

Freitag, 7. November 2003
9:30 Uhr

Nachdem sie Macs Wohnung verlassen hatte, eilte Stacy nach Hause, um die Kleidung zu wechseln, und fuhr dann ins Krankenhaus.

Ihre Schwester war wach und saß im Bett, ein unberührtes Frühstück vor sich. Die Narbe an ihrem rechten Kiefer hob sich von ihrer bleichen Haut ab. „Hey, Süße", sagte Stacy sanft und brachte ein Lächeln zustande.

„Hey."

„Dave ist fort?"

Ihre Schwester runzelte die Stirn. „Er war hier?"

„Letzte Nacht. Sehr spät."

„Ich erinnere mich nicht. Ich war weggetreten."

Stacy trat ans Bett ihrer Schwester. Sie schob das Frühstückstablett beiseite und setzte sich behutsam auf den Bettrand. „Ich wünschte, es gäbe etwas zu sagen, was es einfacher macht. Es tut mir so Leid. Alles." Sie räusperte sich. „Ich weiß nicht, ob es überhaupt hilft, aber ich bin für dich da. Wann immer du mich brauchst."

„Es hilft", flüsterte Jane. „Danke."

„War der Doktor schon da?"

Jane nickte. „Ich werde heute entlassen, irgendwann nach dem Mittagessen."

„Ich bringe dich nach Hause."

„Aber du musst zur Arbeit ..."

„Ich nehme einen freien Tag. Dafür sind sie da."

Schweigend saßen sie da, lauschten den Krankenhausgeräuschen um sie herum: den Schwestern, die von Zimmer zu Zimmer gingen und einen guten Morgen wünschten; einem Wagen, der über den Flur gezogen wurde; einer Familie, die den Patienten nebenan besuchte.

„Stacy?"

Stacy sah ihre Schwester an. In Momenten wie diesem war die Verschiedenheit von Janes beiden Augen offensichtlich: In dem einen spiegelte sich eine Welt der Emotionen, in dem anderen ... nichts.

„Ian ... Ich möchte, dass du es ihm sagst. Mit dem Baby. Ich kann es nicht, und ich ... Ich möchte nicht, dass er es von Elton erfährt. Oder am Telefon. Würdest du das für mich tun? Bitte?"

Stacy hatte ihr das nicht abschlagen können. Also saß sie nun hier und wartete darauf, dass die Wache Ian hereinbrachte, während sie sich gleichzeitig weit weg wünschte.

Sie stieß den Atem aus. Wie würde sie es ihm sagen? Wie konnte sie ihm in die Augen sehen und ihm sagen, dass sein ungeborenes Kind tot war? Dass die Frau, die er liebte, ihn brauchte und dass er nichts tun konnte, um sie zu trösten?

Wenn er sie wirklich liebte. Das war ein tatsächlich großes Wenn.

Stacy lenkte ihre Gedanken von der bevorstehenden Tortur auf die vorangegangene Nacht. Sie dachte an Mac. Unwillkürlich lächelte sie. Sie fühlte sich, als ob man sie beschenkt hätte. Ein Sonnenstrahl inmitten der Stürme, die um sie herum tobten.

Wer hätte das gedacht? Mac McPherson, um Himmels willen. Der Mann ihrer Träume? Einer, der lustig, sensibel und anständig war? Einer, der sie wollte?

Beruhige dich, Killian. Atme tief ein, und mach dann einen Schritt nach dem anderen.

Schließlich war er noch nicht lange ihr Partner; sie kannte ihn nicht sonderlich gut. Sicherlich nicht gut genug, um bereits an solche Dinge zu denken.

Sie wappnete sich für einen Absturz. Einen tiefen Absturz.

Aber trotzdem ... Es fühlte sich richtig an. Es fühlte sich gut an.

Der Wärter führte Ian herein. Er sah sie und ging sofort zum Telefon. Sie folgte seinem Beispiel.

„Stacy?“ fragte er alarmiert. „Ist mit Jane alles in Ordnung?“

Unsicher, wie sie es ihm sagen sollte, zögerte sie. Sie entschied, dass Ehrlichkeit das Beste war. „Jane hat das Baby verloren“, sagte sie. „Letzte Nacht.“

Er starrte sie ausdruckslos an, als habe er ihre Worte nicht verstanden. Sie konnte an seinem Gesicht ablesen, wie er allmählich begriff. Die Hand, die den Hörer hielt, wurde weiß. „Wie ... Ich weiß nicht ... es ging ihr gut. Ich habe sie gestern gesehen. Es ging ihr ... gut.“

„Es war knapp. Die Plazenta hat sich von der Gebärmutterwand gelöst. Sie ist außer Gefahr. Aber sie ...“ In ihrem Hals bildete sich ein Kloß, und sie musste sich räuspern. „Sie hätte sterben können. Hätte verbluten können.“

„Guter Gott.“ Er sank mit einem seltsam leeren Gesichtsausdruck auf den Stuhl.

„Sie ... Der Arzt wird sie heute entlassen. Körperlich hat sie es gut überstanden, weißt du. Aber seelisch ... Es hat sie ziemlich mitgenommen, Ian.“

Er ließ den Kopf hängen und bedeckte mit seiner freien Hand das Gesicht. Sie sah, dass sie zitterte.

Die Sekunden verstrichen. Sie gab ihm Zeit, die Möglichkeit zu trauern. Sie konnte sich nur ansatzweise vorstellen, wie er sich fühlte.

Außer er war das Monster, als das man ihn hinstellte. Ein herzloser Killer, den alles kalt ließ. Außer Geld.

Als er den Kopf hob, bemerkte sie, dass seine Augen gerötet und voller Schmerz waren. „Sie war gestern hier … Ich habe einen Streit vom Zaun gebrochen. Ich war so eifersüchtig. Auf Dave. Auf dich. Auf jeden. Weil sie mich braucht, und ich hier eingesperrt bin. Weil sie sich bei anderen Trost holen muss. Und jetzt … Unser Baby. Wir haben unser Baby verloren. Mein Gott, was habe ich getan?"

Er und Jane hatten sich gestritten? Jane hatte ihr nichts davon erzählt.

Stacy schluckte schwer, sie war hin- und hergerissen. Zwischen ihren Gefühlen für den Mann, für den ihr Herz ihn hielt. Und für den Mann, der er nach der Beweislage war. Ein Lügner und Betrüger.

Ein eiskalter Killer.

„Richte ihr etwas aus", bat er. „Stacy, bitte. Sag ihr, dass es mir Leid tut. Dass ich sie liebe. Dass ich sie niemals betrogen habe. Dass ich das niemals täte."

Stacy zog die Augenbrauen zusammen. Konnte ein Mann, der seine Frau und sein ungeborenes Kind so sehr liebte, wie Ian es versicherte, jener Verbrechen fähig sein, deren man ihn anklagte? Oder war Ian Westbrook ein begnadeter Schauspieler, der für diese Vorstellung einen Oscar verdiente?

„Sag ihr, dass die Mittagstermine nichts zu bedeuten hatten", sagte er plötzlich in dringlichem Ton. „Das musst du mir versprechen. Ich war wütend, in der Defensive … Ich hielt ihre Fragen für Verrat. Ich lag falsch. Sie hatte jedes Recht dieser Welt …"

Die Worte blieben ihm im Hals stecken. Er wandte den Blick ab. Sie spürte, dass er um Fassung rang.

Als er sie wieder ansah, hatte sich seine Miene leicht verändert. Sie war klarer, bestimmter.

„Marsha hatte zweimal im Monat einen Zwei-Stunden-Termin für Aktendurchsicht reserviert. Sie hat die Telefonnummern in meinen Palm eingegeben. Sie hat all diese Dinge für mich erledigt. Sie ..." Seine Stimme wurde lauter und brach dann. „Ich bin unschuldig, Stacy. Ich habe nichts Unrechtes getan. Sag ihr das, bitte."

Stacy richtete sich auf, als sie die Bedeutung seiner Worte begriff. Jane hatte etwas Belastendes auf seinem Palm gefunden. Sie hatte ihn danach gefragt, und sie hatten sich gestritten.

Sie kannte die Liste der Gegenstände, die man in Ians Büro und der Wohnung konfisziert hatte. Ein Palm war nicht dabei gewesen.

Sie hatten ihn nicht gefunden. Weil Jane ihn hatte.

„Was genau hat Jane auf deinem Palm gefunden, Ian?"

Sein Ausdruck wurde wachsam, als sei ihm plötzlich bewusst geworden, dass er nicht mit seiner Schwägerin, sondern mit einer Polizistin sprach.

„Sag es ihr einfach, Stacy. Sie weiß, wovon ich spreche."

„Ian, ich kann dir helfen. Wenn es etwas gibt ..."

„Sag es ihr nur, versprich mir das. Bitte, das bedeutet mir alles." Seine Stimme wurde tiefer. Er beugte sich vor. „Sie bedeutet mir alles."

Stacy runzelte die Stirn. Was hatte ihre Schwester getan? Was verheimlichte sie der Polizei? Und wie konnte sie selbst sich für jemanden einsetzen, der im Verdacht stand, ein gefährlicher Killer zu sein? Wenn er diese Morde begangen hatte, wollte sie ihn so weit weg wie möglich von ihrer Schwester sehen.

Aber wenn er unschuldig war? Und der tatsächliche Mörder lachte, während er an den Fäden zog?

Sie stand auf und gab dem Wärter ein Zeichen, dass sie fertig sei. „Ich denke darüber nach, Ian. Keine Versprechungen."

Er erhob sich von seinem Stuhl. „Bitte, Stacy ..."

„Tut mir Leid, Ian. Mehr kann ich nicht tun."

Als sie hinausging, fragte sie sich, wem sie glauben konnte. Und was zum Teufel sie tun sollte, wenn sie die Frage beantwortet hatte.

46. KAPITEL

Freitag, 7. November 2003
15.30 Uhr

Langsam stieg Jane die Stufen zu ihrer Wohnung hinauf. Stacy stützte sie am Ellenbogen, obwohl Jane behauptet hatte, dass das nicht nötig sei.

Der Arzt hatte sie entlassen und ihr Bettruhe für die nächsten vierundzwanzig und Schonung für die nächsten achtundvierzig Stunden verordnet. Ihr Körper würde ihr schon ein Signal geben, wenn sie sich zu sehr anstrengte, hatte er gesagt. Und ihr eingeschärft, auf diese Signale zu hören. Falls sie blutete, sollte sie sofort anrufen.

Körperlich fühlte sie sich schwach. Zittrig und wund.

Seelisch war sie am Boden zerstört. Sie hatte ein Kind in sich getragen. Das Kind von ihr und Ian.

Nun nicht mehr. Der Verlust hatte eine klaffende Lücke hinterlassen. Eine furchtbare Leere, und sie sehnte sich nur umso mehr nach ihrem Mann, danach, sich an ihm festzuhalten. Und ihn festzuhalten.

Er sei erschüttert gewesen, hatte Stacy gesagt. Er machte sich Sorgen um sie. Er hatte Stacy gebeten, Jane zu sagen, dass er sie liebte.

Jane wusste nicht, warum, aber irgendwie hatte sie mehr erwartet.

Sie erreichten das Ende der Treppe. Stacy sah sie an. „Okay?"

Als Jane nickte, schloss Stacy die Tür auf. Sie betraten den Flur. In der Küche winselte Ranger ganz erbärmlich, als sei er am Verhungern.

Jane stöhnte auf. „O nein, der arme Ranger. Ich habe ganz vergessen …"

„Er ist versorgt", sagte Stacy. „Ich war heute bereits da. Ich bringe dich ins Bett und gehe dann noch mal mit ihm raus."

„Ich kann allein ins Bett."

„Du bist noch schwach."

„Und dir wachsen gleich Flügel."

„Ich kann nichts dagegen tun, Schwesterchen. Du weckst meinen Beschützerinstinkt. Als Nächstes werden die Kissen aufgeschüttelt."

„Florence Nightingale und Vin Diesel in einer Person."

„So bin ich. Erst tritt sie in den Hintern, und dann pflegt sie wieder gesund."

Jane blickte in Richtung Schlafzimmer, ein Gefühl des Grauens überkam sie.

Als ob sie ihre Gedanken lesen könne, berührte Stacy ihren Arm. „Ich habe mich darum gekümmerte", sagte sie sanft. „Die Matratze ist gereinigt und umgedreht, das Bettzeug gewechselt."

Jane sah ihre Schwester an. Ihr Hals zog sich zusammen, und Tränen der Dankbarkeit stiegen ihr in die Augen. Was würde sie ohne ihre Schwester tun?

Stacy drückte ihre Hand. „Dafür sind Schwestern da, Dummchen. Ich sag dir was. Du gehst jetzt ins Bett, und ich kümmere mich um Ranger und höre den Anrufbeantworter ab. Aber …" Sie drohte mit dem Finger. „Du bist besser im Bett, wenn ich zurückkomme. Der Arzt hat gesagt …"

„Dass ich liegen soll. Ich weiß, ich weiß." Sie scheuchte ihre Schwester hinaus und humpelte vorsichtig ins Schlafzimmer. Stacy hatte das Bettzeug nicht nur gewechselt, sondern die Decken auch aufgeschlagen.

Eine hübsch verpackte Schachtel lag auf dem Kissen. Sie hatte die Größe eines Schuhkartons, das Geschenkpapier war pastellfarben und das Band gelb. Ein Geschenk von Stacy? Oder vielleicht Ted?

Jane näherte sich dem Bett. Kindergeschenkpapier, sah sie. Kleine Enten mit Regenschirmen.

Angesichts der Ereignisse grausam.

Dann begriff sie, dass es nicht von ihrer Schwester oder von Ted war. Von *ihm*.

Sie blickte über die Schulter und öffnete den Mund, um Stacy zu rufen. Sie hörte, wie die Hintertür ins Schloss fiel. *Ihre Schwester hatte Ranger mit nach draußen genommen.*

Mit pochendem Herzen blickte sie wieder auf die Schachtel. Sie trat einen Schritt vor und ergriff sie. Schüttelte sie. Der Inhalt stieß links und rechts gegen die Schachtelwand.

Sollte sie sie öffnen? Oder auf Stacy warten?

Sie ignorierte die weisere Entscheidung und wickelte die Schachtel aus, hob den Deckel und spähte hinein.

Auf weißen Rosenblüten gebettet lag eine verstümmelte Babypuppe. Ihr elfenbeinfarbener Plastikkörper war zerknickt und verschrammt, als ob man sie aus dem Müllschlucker geholt hätte. Der Nacken war beinahe gebrochen, und das eine intakte Auge der Puppe blickte sie an.

Sollte die Puppe sie darstellen? Oder das Baby, das sie gerade verloren hatte?

Jane starrte die Puppe an. Er wusste es. Dass sie im Krankenhaus gewesen war. Dass sie ihr Baby verloren hatte.

Vielleicht beobachtete er sie in diesem Moment? Und falls es so war, freute er sich über ihre Trauer? Lachte er? Oder wartete er darauf, sie schreien zu hören?

Die Wut überkam sie so plötzlich, dass es ihr den Atem verschlug. Er wollte ihr Angst einjagen. Der Mistkerl labte sich daran.

Eher würde sie sterben, als ihm diese Befriedigung zu gönnen. Wenn er sich von ihrer Angst ernährte, sollte er verhungern.

„Jane? Alles in Ordnung mit dir?"

Wortlos drehte sie sich um. Ihre Schwester stand in der Tür, die Hundeleine baumelte von ihrer Hand. Jane hielt ihr die Schachtel hin.

Stacy richtete ihren Blick darauf. „Was ist das?" fragte sie.

„Ein Geschenk. Von meinem kranken Freund. Wo ist Ranger?"

„Bei Ted. Ich dachte, du schläfst besser, wenn …" Als ob sie erkannte, dass es nicht mehr wichtig war, beendete sie den Satz nicht. „Leg es hin, Jane. Auf das Bett. Geh bitte zurück."

Jane tat, wie ihre Schwester es befohlen hatte. Stacy zog ihre Waffe, entsicherte sie. Walton und Johnson zu Hilfe, dachte Jane mit einem hysterischen Lachen in der Kehle.

Sie sah zu, wie Stacy mit vorgehaltener Pistole zum Schrank ging. „Wo hast du sie gefunden?"

„Auf dem Kopfkissen."

Sie öffnete den Schrank, sah hinein, tat das Gleiche mit dem Badezimmer und schaute dann unters Bett.

„Bleib, wo du bist. Ich werde den Rest der Wohnung überprüfen."

Wenige Minuten später kehrte sie zurück. „Nichts. Niemand hier außer dir und mir. Keine Anzeichen eines gewaltsamen Eindringens. Die Wohnungstür war verschlossen. Und ebenso die Hintertür."

Jane sah ihre Schwester an. „Was ist mit dem Ateliereingang?"

„Offen."

Stacy steckte ihre Waffe wieder weg und ging zum Bett. Sie nahm ein Taschentuch aus der Box auf dem Nachttisch und griff damit nach der Puppe und der Schachtel, die sie beide eingehend untersuchte.

Unter dem übel zugerichteten Puppenkörper zog sie eine kleine Karte hervor, von der Größe eines Geschenkanhängers. Jane beobachtete, wie ihre Schwester die Karte öffnete und las.

„Mistkerl."

Stacy streckte ihr die Karte, die sie mit dem Taschentuch hielt, entgegen.

Darauf stand nur: *Tut mir Leid um deinen Verlust.*

Jane suchte am Bettpfosten Halt, hielt ihn genauso fest wie ihren Zorn. *Sie würde diesem Mistkerl nicht erlauben, ihr weh zu tun.*

„Vor eineinhalb Stunden war sie noch nicht hier", sagte Stacy.

Jemand war eingebrochen, nachdem Stacy vorbeigekommen war, um das Bettzeug zu wechseln. Nachdem sie Ranger in den Zwinger gesperrt hatte.

Ranger wäre in seinem Käfig verrückt geworden bei einem Fremden in der Wohnung. Ohne ein Wort ging Jane Richtung Küche. Stacy folgte ihr. Sie traten an den Hundezwinger. Tatsächlich waren die Kissen in Rangers Körbchen durcheinander, und die Kratzer auf der dunkelgrünen Plastiktür sahen frisch aus.

Sie sah ihre Schwester an. „Ted hat vielleicht etwas gehört."

Stacy nickte mit besorgt zusammengezogenen Augenbrauen. „Bist du in Ordnung?"

„Mir geht's gut. Ich bin stinksauer." Sie deutete in Richtung Flur und Ateliertür. „Vielleicht sollten wir mit Ted reden?"

„Nicht wir", sagte Stacy. „Ich. Du gehst ins Bett."

„Mit Sicherheit nicht." Als Stacy anfangen wollte zu diskutieren, hob Jane die Hand. „Dies ist mein Haus, in das ein Fremder eingedrungen ist. Mein Leben wird bedroht. Falls es nötig sein sollte, kann ich mich unten auf die Couch legen."

Stacy willigte ein, auch wenn sie nicht gerade glücklich dabei aussah.

Als sie das Atelier betraten, sprang Ted auf und eilte auf Jane zu, um sie zu umarmen. „Stacy hat mir von dem Baby erzählt. Es tut mir so Leid für dich."

Sie umarmte ihn ebenfalls, konnte vor Rührung kaum sprechen. „Danke, Ted."

„Geht es dir gut?" Er blickte Stacy vorwurfsvoll an. „Ich dachte, du solltest im Bett sein."

„Es ist etwas geschehen. Darüber müssen wir mit dir sprechen."

Argwöhnisch sah er von einer zur anderen.

Stacy übernahm und berichtete von dem Päckchen auf dem Bett. „Es war nicht da, als ich heute Nachmittag ging, was ein Zeitfenster von etwa eineinhalb Stunden zulässt. Von etwa zwei Uhr bis halb vier heute Nachmittag.

Jane schaltete sich ein. „Der einzige nicht abgeschlossene Eingang war die Tür vom Atelier zur Wohnung."

„Waren Sie heute in der Wohnung, Ted?" fragte Stacy.

Er sah Jane an, dann wieder Stacy. „Nein."

„Haben Sie irgendwann in den letzten Stunden Ranger bellen hören? Er muss ziemlich aufgeregt gewesen sein. Ich schätze, er ist fast durchgedreht."

Er dachte kurz nach, schüttelte dann den Kopf. „Ich habe keinen Mucks von ihm gehört, nachdem Sie fort waren. Allerdings hab ich mir zwischendurch ein Sandwich und eine Cola geholt."

Er deutete auf den Weidenkorb neben dem Tisch. Obenauf lagen die zerknitterte Papiertüte und eine Dose Cola. „Ich bin sehr vorsichtig“, sagte er. „Ich schließe immer ab, wenn ich gehe. Und ich aktiviere den Alarm.“

„Immer?“

Er zögerte. „Ein- oder zweimal habe ich nicht abgeschlossen, als ich nur für wenige Minuten weg war. Aber nicht heute. Ich hatte einige andere Dinge zu erledigen. Ich erinnere mich daran, dass ich den Alarm aktivierte.“

„Was für Erledigungen?“

„Ich bin noch zum Zeitungskiosk und zum Supermarkt.“

„Wie lange waren Sie unterwegs?“

Er trommelte mit den Fingern auf seinem Oberschenkel. „Ich weiß nicht. Dreißig, vielleicht vierzig Minuten.“

„Was ist mit dem Schlüssel oder dem Alarmcode?“ hakte Stacy nach. „Haben Sie jemals einer anderen Person den Code gegeben? Oder den Schlüssel?“

„Nein! Selbstverständlich nicht.“

„Haben Sie jemals jemanden mit ins Atelier gebracht? Nach der Arbeit?“

Er wirkte nervös. „Was meinen Sie?“

„Ich dachte, das sei eine ganz unmissverständliche Frage, Ted. Haben Sie irgendjemanden ohne Janes Wissen ins Atelier mitgenommen?“

Jane bemerkte, dass er schwitzte. Angst hatte. Sie streckte die Hand aus und berührte seinen Arm. „Das ist kein Verhör, Ted.“

„Nein?“ Er warf Stacy einen wütenden Blick zu. „Es hört sich aber verdammt danach an.“

„Wir versuchen nur herauszubekommen, wer heute in meiner Wohnung war. Und wie er hineinkam.“

„Was ist nun?“ fragte Stacy. „Haben Sie jemanden ohne Janes Wissen ins Atelier gebracht?“

„Einmal. Ich traf die Frau im Spider Babies, der Bar drüben in Elm.“

Stacy nickte und sagte, dass sie die Kneipe kenne.

„Sie war Kunststudentin an der UT Dallas. Sie kriegte sich kaum wieder ein, dass ich Cameos Assistent war.“

Er sah unglücklich drein. „Ich wollte sie beeindrucken. Sie wissen schon. Also habe ich sie gefragt, ob sie das Atelier sehen wolle.“

„Oh, Ted“, sagte Jane enttäuscht. Verletzt.

„Ich dachte nicht, dass das etwas ausmacht. Ich ... Ich brachte sie hierher. Wir sahen uns um. Für sie war es wie ein Aphrodisiakum. Sie war ganz wild auf mich.“

Jane schluckte schwer vor Unbehagen.

„Hatten Sie Sex mit ihr?“ fragte Stacy.

Er wurde rot und hob den Blick. „Ja.“

„Und?“

„Ich muss eingeschlafen sein. Am nächsten Morgen war sie weg.“

„Du hast nichts über sie gewusst“, sagte Jane. „Sie hätte eines meiner Objekte mitnehmen können. Sie hätte in meine Wohnung kommen können. Alles Mögliche hätte passieren können.“

Er ließ den Kopf hängen. „Am nächsten Morgen ... Ich fühlte mich schlecht wegen der Sache. Ich habe das Atelier sorgfältig durchsucht. Sie hat nichts mitgenommen.“

„Was ist mit dem Alarmcode?“ hakte Stacy nach.

„Sie könnte gesehen haben, wie ich ihn eingab. Ich war ein bisschen betrunken.“

Jane sah, dass Stacy wütend war. „Und dein Schlüssel?“

„Steckte am nächsten Morgen in der Tür." Bittend blickte er zu Jane. „Ich wollte nicht, dass das geschieht. Ich liebe dich, Jane. Ich würde dir niemals absichtlich wehtun."

„Sie haben die Schlüssel in der Tür gelassen", sagte Stacy mit vor Ärger vibrierender Stimme. „Ich möchte, dass die Schlösser ausgetauscht werden und die Alarmanlage neu programmiert wird. Heute."

Eine Welle des Schwindels erfasste Jane. Hilfe suchend griff sie nach Stacys Arm.

Ted trat einen Schritt vor und nahm ihren anderen Arm. Zusammen führten sie Jane zur Couch. Sie ließ sich ins Polster sinken und hielt den Kopf zwischen ihren Knien. Sie atmete tief durch die Nase, um sich durch den Sauerstoff zu stabilisieren.

Nach kurzer Zeit ließ der Schwindel nach – obwohl sie sich noch immer zittrig und unsicher fühlte.

„Bist du in Ordnung?" fragte Stacy. Sie hockte vor ihr und rieb ihre Hände. „Deine Hände sind eiskalt."

„Ich komme mir albern vor."

„Du hast eine Menge hinter dir. Unterschätz das nicht."

„Kann ich dir etwas bringen?" fragte Ted mit unsicherer Stimme. „Eine Cola oder Mineral..."

„Glauben Sie nicht, dass Sie schon genug getan haben?" zischte Stacy.

Er wurde knallrot. Jane öffnete den Mund, um ihn zu verteidigen, als ein Krampf ihren Unterleib durchfuhr und sie scharf einatmete. Tränen schossen ihr in die Augen. „Ich glaube, ich muss mich hinlegen. Und ich brauche ein Schmerzmittel."

„Ich helfe dir nach oben", murmelte Ted, der sich hinunterbeugte und sie vorsichtig auf die Arme nahm.

Stacy sah aus, als ob sie einschreiten wolle, aber sie tat es nicht.

„Gehen Sie. Ich werde mir hier kurz Türen und Fenster ansehen und nach Anzeichen gewaltsamen Eindringens überprüfen."

Ted half Jane die Stufen hinauf und zum Bett. Er schlug die Decke zurück und schüttelte das Kissen auf. Jane schlüpfte hinein und erschauerte – halb vor Schmerz, halb vor Erleichterung, dass sie sich ausstrecken konnte. Sie hatte sich überanstrengt. Und wie es der Arzt prophezeit hatte, gab ihr der Körper das dementsprechende Signal.

Stacy gesellte sich zu ihnen. Sie trat ans Bett und deckte Jane sorgfältig zu. „Ich hole dein Medikament." Sie blickte Ted an, der am Fußende des Bettes stand. „Das ist alles, Mr. Jackman. Halten Sie sich bitte zur Verfügung."

„*Ich* werde nirgendwo hingehen, Detective."

Seine Worte trieften vor Sarkasmus. Und Anklage. Stacy stieg Hitze in die Wangen. „Das ist beruhigend. Ich begleite Sie hinaus."

Mit gerunzelter Stirn verfolgte Jane den Wortwechsel. Ihre Schwester behandelte Ted, als ob er sich etwas hätte zuschulden kommen lassen. Als ob er ein Verdächtiger sei.

Sie kannte Ted. Ein schlechtes Urteilsvermögen bedeutete noch lange nicht, dass er solch böse Absichten hegte.

Das sagte sie auch ihrer Schwester, als Stacy mit dem Schmerzmittel und einem Glas Wasser zurückkehrte.

„Zumindest hat dieses schlechte Urteilsvermögen dich in Gefahr gebracht, Jane. Vielleicht ist er derjenige, der den Artikel, die Rosen und jetzt die Babypuppe geschickt hat. Hast du daran schon mal gedacht?"

„Warum sollte ich? Er ist mein Freund."

„Ist er das? Bist du dir dessen sicher?" Ihre Schwester reichte ihr die weiße Tablette und dann das Wasser. „Er hatte die Gelegenheit, Jane. Er war immer in der Nähe, wenn du die Drohungen erhalten hast. Wie gut kennst du Ted Jackman wirklich?"

„Gut genug, um zu wissen, dass er mir nicht weh tun würde. Das Einzige, was er sich hat zuschulden kommen lassen, ist, dass er einen Fehler gemacht hat."

„Würdest du dein Leben darauf verwetten? Würdest du Ians Freiheit darauf verwetten?"

Jane öffnete den Mund, um die Frage zu bejahen, und fluchte, weil sie zögerte. „Verdammt, Stacy. Tu mir das nicht an."

„Was? Dein Leben retten?" Sie sah kurz weg und dann wieder zu Jane. „Denk darüber nach. Ted hat die Schlüssel zu deiner Wohnung. Er kennt den Alarmcode. Er kennt deine Termine, weiß, was in dir vorgeht. Er hat Zugang zu fast jedem Teil deines Lebens. Wie gut sollte man jemanden kennen, dem man die Schlüssel zu seiner Tür gibt?"

„Ich vertraue ihm."

„Auch nach dem, was er getan hat?"

„Ja." Sie zuckte zusammen, als ein besonders schwerer Krampf sie durchfuhr. Sie legte eine Hand auf den Unterleib und hoffte, dass die Tablette bald wirkte. „Manchmal muss man eben vertrauen."

„Bei allem Respekt, aber du hast nicht gesehen, was ich gesehen habe. Da draußen geht es nicht nett zu. Und ich garantiere, dass die meisten Leute, die vor meinen Augen in einem Leichensack abtransportiert wurden, eine Menge Vertrauen hatten."

Jane hatte Mitgefühl mit ihrer Schwester. Zum ersten Mal erkannte sie, welche emotionale Belastung Stacys Beruf mit sich brachte.

Stacy schüttelte den Kopf. „Du musst schlafen. Ich nehme die Puppe als Beweismittel mit, bringe sie in die Zentrale. Ich will mich dort sowieso melden. Dann fahre ich nach Hause und hole ein paar Sachen zum Übernachten."

„Sachen zum Übernachten?"

„Willst du lieber bei mir einziehen? Denn falls du glaubst, dass ich dich nach allem, was passiert ist, allein lasse, hat dir das Schmerzmittel das Gehirn vernebelt."

„Er wird mich nicht aus meinem eigenen Haus vertreiben."

„Ich dachte mir, dass du das sagst." Stacy holte das Fläschchen mit den Schmerztabletten aus der Tasche und stellte es auf den Nachttisch. „Ich bin später wieder da. Falls du mich brauchst, ruf mich auf dem Handy an."

Bevor sie ging, füllte sie das Glas Wasser auf und legte den Telefonhörer in Reichweite.

„Stacy?" rief Jane, als ihre Schwester an der Schlafzimmertür war.

Stacy blieb stehen.

„Ich möchte dir ... Danke. Für alles. Es bedeutet mir viel."

Sie lächelte. „Kein Problem, Kleines. Wofür sind große Schwestern denn da?"

47. KAPITEL

Freitag, 7. November 2003
18.10 Uhr

Der Freitagabendverkehr auf dem Central Expressway war immer ein Alptraum. Dieser Abend bildete keine Ausnahme. Stacy rollte wenige Zentimeter vor und drückte auf die Hupe, als der Fahrer eines silbernern Mercedes plötzlich vor ihr einscherte und kurz darauf abbremste, um nicht auf den Wagen vor sich aufzufahren.

Sie behielt die Fassung, fädelte sich rechts ein und kam neben dem Mercedes zum Stehen. Zwei Teenager. Machten wohl eine Spritztour mit Daddys Benz. Sie drückte auf die Hupe, um ihre Aufmerksamkeit auf sich zu lenken, und hielt dann ihre Dienstmarke gegen das Fenster.

Nach dem Ausdruck des Jungen zu schließen, hatte er nicht nur kapiert, sondern sich fast in die Hosen gemacht.

Sie steckte ihre Dienstmarke wieder ein und drohte ihm dann mit dem Finger. Er ließ sich zurückfallen, und sie fädelte sich vorsichtig vor ihm ein. Die Marke hat definitiv ihre Vorteile, dachte sie lächelnd.

Das Lächeln verblasste, als sie an die Ereignisse des Nachmittags dachte. Die übel zugerichtete Babypuppe. Ted Jackmans Geständnis. Janes unerschütterliches Vertrauen.

Sie hatte den Assistenten mit Jane nach oben geschickt, um seine Cola aus dem Papierkorb zu holen. Sie hatte sowohl die Dose als auch die Puppe ins kriminaltechnische Labor gebracht. Danach war sie in die Zentrale gefahren. Es hatte sie überrascht, ihrem Captain zu begegnen. Er hatte ein bisschen blass ausgesehen. Offensichtlich ging die Grippe, die das halbe Revier lahm legte, weiter um. Sie hatte ihn in sicherem Abstand auf den neuesten Stand gebracht. Er war mitfühlend gewesen und hatte ihr erlaubt weiterzumachen. Er hatte auch deutlich gemacht, dass er sich um Wichtigeres kümmern müsse.

Mac war nirgendwo zu finden gewesen. Sie hatte ihre Anrufe durchgesehen, enttäuscht zur Kenntnis genommen, dass er nicht versucht hatte, sie zu erreichen, und war dann weggefahren. Nur um jetzt hier festzusitzen.

Der Verkehr kroch ein Stück weiter, stand dann wieder. Sie zog ihre Augenbrauen zusammen, als ihre Gedanken zurück zu Ted Jackman schweiften. Er hatte Dreck am Stecken. Je länger sie über das nachdachte, was er heute Nachmittag gesagt hatte, desto überzeugter war sie, dass er gelogen hatte. Oder etwas verbarg. Aber was?

Vermutlich würden die Fingerabdrücke eine Antwort liefern. Der zuständige Techniker hatte ihr innerhalb von vierundzwanzig Stunden ein Ergebnis versprochen.

Ihr Handy klingelte. Sie ging dran. „Hier ist Killian."

„Hey, Schönheit", sagte Mac. „Wo bist du?"

„Ich stecke im Stau. Auf dem Weg nach Hause."

„Nach Hause? Das ist kein schönes Ziel für einen Freitagabend."

„Weißt du ein besseres?"

„Aber ja. Smiley's Pub. Kennst du das?"

Allerdings. Jeder Polizist, der auf sich hielt, kannte es. Sie bejahte.

„Gut. Treffen wir uns dort."

Die Leitung war tot. Lächelnd fuhr sie an der Knox Street ab, um zu wenden. In umgekehrter Richtung bot der Expressway eine störungsfreie Fahrt. Sie trat aufs Gas.

Mac hatte sein erstes Bier bereits halb ausgetrunken, als sie ankam. Sie schlüpfte in die Nische, setzte sich ihm gegenüber. Für ihre Kollegen würden sie einfach nur wie Partner wirken, die am Ende der Woche ein bisschen Dampf abließen.

Sie bestellte ein Bier. Als die Kellnerin weg war, wandte sie sich Mac zu. Und stellte fest, dass er sie beobachtete.

„Es war heute verdammt schwer, mich zu konzentrieren", sagte er leise.

Sie musste lächeln. „Ging mir auch so."

„Ich musste immer an das Frühstück denken."

Sie wusste, dass er nicht von der aufgewärmten Pizza sprach. Erregung stieg in ihr hoch. Sie verschränkte die Arme vor der Brust. „Was hast du heute gemacht?"

„Eine Nutte. Zu Tode geprügelt. Furchtbare Sauerei."

Sie zog eine Grimasse. „Du bearbeitest momentan ziemlich viele Fälle."

„Die halbe Welt hat diese dämliche Grippe. Ich und Liberman waren dran. Glücklicherweise ist es sein Fall. Ich assistiere nur."

„Auf wen setzt du? Einen Freier oder den Zuhälter?"

„Ihren Zuhälter. Offensichtlich ist er nicht abgeneigt, bestimmte Maßnahmen zu ergreifen, um seine Mädchen bei der Stange zu halten."

„Toller Job, den wir da haben."

„Ein Quell der Freude."

„Hast du je daran gedacht aufzuhören?" fragte sie und beugte sich vor. „Zivilist zu werden?"

„Nicht ohne einen Haufen Geld. Ein Mann muss arbeiten. Außerdem ist es mein Job. Und du?"

„Ja. Manchmal. Ich …"

Sie hielt den Gedanken zurück. Sie hatte sagen wollen, dass sie sich oft fragte, ob der Beruf sie irgendwie veränderte. Ob der Tod und die Unmenschlichkeit, mit der sie jeden Tag konfrontiert war, normale, gesunde Beziehungen für sie unmöglich machten. Oder ob die Menschen, die zu so etwas in der Lage waren, ihr aus dem Weg gingen.

Doch nun hatte sie Mac gefunden.

„Egal." Sie lächelte. „Was sollte ich tun, wenn ich nicht böse Jungs einlochen würde?"

„Genau." Er wechselte das Thema. „Wie geht es Jane?"

„Sie hat ein weiteres Päckchen von ihrem Psychopathen erhalten. Eine übel zugerichtete Babypuppe. Eine Karte dazu: Tut mir Leid um deinen Verlust."

Mit sorgenvoll zusammengezogenen Brauen nahm er einen Schluck Bier. „Wann?"

Die Kellnerin brachte ihr Bier und ein Körbchen mit Brezeln. Stacy nahm sich eine. „Es wartete auf sie, als sie aus dem Krankenhaus nach Hause kam. Auf ihrem Bett."

„Näher kann man einer Person nicht kommen, wenn man sie nicht berühren darf."

Die Brezel war staubtrocken. Sie spülte sie mit einem Schluck Bier hinunter. So hatte sie es noch nicht gesehen. Aber er hatte vollkommen Recht.

„Was kommt also als Nächstes?" fragte sie. „Will er sie berühren? Ihre Schreie hören?"

„Vielleicht gar nichts."

„Tut mir Leid. Das reicht mir nicht." Sie seufzte. „Nichts von Doobie?"

Er schüttelte den Kopf und machte der Kellnerin ein Zeichen, dass er noch ein Bier wollte. „Wir könnten dem Big Dick's einen weiteren Besuch abstatten, aber es ist nicht einmal vierundzwanzig Stunden her."

Sie stimmte zu, dass das sinnlos sei. So frustrierend Warten auch sein konnte, das war nun mal das Wesen der Polizeiarbeit. Warten auf Laborergebnisse, darauf, dass ein Zeuge auftauchte oder ein weiteres Opfer. Mit einem neuen Opfer gab es neue Beweise, Zeugen und eine Chance, dass der Täter diesmal einen Fehler gemacht hatte. Die Jungs vom Morddezernat nannten das *frisches Blut*.

Sie musste den Bastard schnappen, bevor es dazu kam.

„Das Labor hat die Puppe, die Schachtel, in der sie war, und die Karte. Und eine Coladose mit den Fingerabdrücken von Ted Jackman."

„Gut gemacht, Stacy."

Sie klärte Mac über Teds angebliches Stelldichein in Janes Atelier auf. „Er lügt."

„Du glaubst, er ist Janes kleiner Brieffreund?"

„Er hat Zugang zu Janes Wohnung. Er kennt ihr und Ians Leben in allen Einzelheiten. Wann sie kommen, wann sie gehen. Er war jedes Mal dabei oder in der Nähe, wenn sie eine Botschaft bekam. Am Abend von Ians Verhaftung hätte er nicht im Atelier sein sollen, aber er war es trotzdem. Am Abend der Vernissage war er derjenige, dem der Bote die Blumen gab. Heute habe ich ihm gesagt, wo sie war und wann sie nach Hause kommen würde."

„Und er war derjenige, der den Boten beschrieben hat."

„Genau." Sie sah den Assistenten vor sich, rief sich seinen Gesichtsausdruck bei der Befragung in Erinnerung, die Art und Weise, wie er ihrem Blick ausgewichen war. Wie er irgendwann angefangen hatte, nervös mit seinen Fingern auf dem Oberschenkel zu klopfen.

„Da ist etwas in der Art, wie er sie ansieht", sagte sie und dachte zurück an seine Bemerkung, dass er Jane liebe. „Dahinter steckt mehr Gefühl, als mir lieb ist."

„Und wenn uns die Fingerabdrücke nicht weiterbringen?"

„Das überlegen wir, wenn es so weit ist." Sie schwieg. „Ich denke die ganze Zeit, dass mehr an dem Vanmeer-Fall ist, als wir wissen. Wir haben etwas übersehen, Mac. Ich weiß es. Ich fühle es. Es ist wie ein Jucken, das nicht aufhört."

„Der Schuldige ist im Gefängnis, Stacy. Bis etwas auftaucht, was das Gegenteil beweist, müssen wir davon ausgehen, dass wir den Richtigen haben."

„Ich weiß."

Er schob sein Bier beiseite und nahm ihre Hand. „Polizeiarbeit ist ein Was-wäre-wenn-Spiel. Wir stellen die Fragen, und dann schauen wir, ob die Beweise die Antwort untermauern. Zurzeit tun sie das."

Voller Sorge, dass jemand von ihren Kollegen sie sehen könnte, zog sie ihre Hand weg. „Ich sollte gehen."

„Nein. Noch nicht." Er beugte sich vor und senkte seine Stimme zu einem rauen Flüstern. „Vor einer Minute hast du etwas gesagt, was mich interessiert."

„Hab ich das?"

„Etwas über ein Jucken, dem man abhelfen müsste. Da bin ich der Richtige. Ich garantiere Erleichterung."

„Ach ja?"

„Besser als Benadryl. Wir könnten meine Technik beim Essen diskutieren. Und sie bei mir zu Hause in die Praxis umsetzen."

Sie schüttelte bedauernd den Kopf. „Ich kann nicht."

In einem gespielten Herzanfall schlug er die Hand vor die

Brust. „Du gibst mir einen Korb? Wir reden hier über Weltklasse. Über die beste Zeit deines Lebens."

Verzaubert von seinem jungenhaften Charme, lächelte sie. „Ein anderes Mal?"

„Falsche Antwort. Versuch es noch mal."

„Tut mir Leid. Ich ziehe bei Jane ein, bis wir diesen Typen geschnappt haben. Als du angerufen hast, war ich gerade auf dem Weg nach Hause, um meine Sachen zu holen."

In seiner Enttäuschung sah er fast schon komisch aus. Wie ein großer Hund, der dazu verdonnert wurde, draußen zu schlafen.

Der Mann war anbetungswürdig. Sie entschied, dass es keinen Platz gab, wo sie lieber wäre als in seinem Bett.

Das sagte sie ihm auch.

„Na gut, dann ein anderes Mal. Doch eins verspreche ich Ihnen, Detective Killian. Ich komme darauf zurück."

48. KAPITEL

Freitag, 7. November 2003
18.45 Uhr

Jane vernahm Verkehrslärm von der Straße, hörte die Kaminuhr schlagen und spürte, wie Ranger sich am Fußende des Bettes erhob. Sie schlug die Augen auf. Aus der hellen Nachmittagssonne war gedämpftes Abendlicht geworden.

Sie wandte den Kopf. Und erblickte Ted, der in der Schlafzimmertür stand und sie betrachtete.

Sie richtete sich auf, wobei sie die Bettdecke hochzog. „Ted? Was machst du hier?"

„Ich habe dir ein paar Blumen mitgebracht."

Er deutete neben sie. Sie drehte sich um. Eine kleine Vase mit bunten Blumen stand auf ihrem Nachttisch.

Er war in ihrem Schlafzimmer gewesen, während sie schlief. Hatte neben ihrem Bett gestanden. Auf sie hinuntergeschaut.

Sie schauderte. Noch vor einer Woche hätte sie seine Gegenwart nicht beunruhigt. Doch vor einer Woche war sie noch nicht bedroht worden. Ihr Mann war bei ihr zu Hause gewesen; vor ihnen hatte eine helle, rosige Zukunft gelegen.

Ihre Schwester hatte die Saat des Misstrauens gelegt, die nun aufging.

„Die Schlösser wurden ausgetauscht. Sie sind gerade gegangen."

Während sie geschlafen hatte? Aus den Augenwinkeln erhaschte sie einen Blick auf das Fläschchen mit den Schmerztabletten, die der Arzt verschrieben hatte. Percodan. Sie hatte nur eine genommen. Oder?

„Ich habe deine Tür zugemacht, damit du nicht gestört wirst", sagte er. „Die Anleitung für die Änderung des Alarmcodes liegt auf dem Küchentresen. Ich dachte mir, dass du das selbst tun möchtest."

Stacys Warnung kam ihr in den Sinn.

Wie gut kennst du Ted Jackman wirklich? Würdest du dein Leben auf ihn setzen? Oder Ians Freiheit?

„Jane?" sagte er.

Sie blinzelte, bemühte sich, normal zu wirken. Ihr Unbehagen zu verbergen. „Ja?"

Er sah bekümmert aus. „Ich habe die Grenzen überschritten. Schon wieder."

„Es ist in Ordnung, Ted."

„Nein. Nein, ist es nicht." Er rang die Hände. „Ich wollte dich nicht stören, aber ich wollte etwas wieder gutmachen wegen ... eben. Und weil es mir so Leid tut um dein Baby."

Tränen stiegen ihr in die Augen. Warum verdächtigte sie ihn? Das war Ted. Ihr Freund und Vertrauter. Nicht irgendein Fremder unbekannter Herkunft.

Sie bedeutete ihm, ins Zimmer zu kommen. „Hol den Sessel rüber, wir müssen miteinander reden."

Er ging zu dem antiken Armsessel an der Wand, hob ihn an und trug ihn ans Bett. Ranger wedelte mit dem Schwanz. Ted streichelte ihn kurz und setzte sich dann. Und wartete.

„Nie wieder, Ted. Lass nie wieder einen Fremden in mein Atelier. Setz mich und meine Familie nie wieder dieser Gefahr aus."

„Ich tue es nie wieder. Ich verspreche es."

„Irgendjemand war heute hier. Jemand, der mir Böses will. Möglicherweise hat er wegen deiner Gedankenlosigkeit Zugang zu mir und meinem Haus erlangt. Verstehst du, wie sehr mich das erschreckt? Wie ausgesetzt ich mich dadurch fühle?“

„Bitte, gib mir noch eine Chance.“ Er beugte sich mit ernstem Gesicht vor. „Ich liebe meinen Job. Wenn ich ihn verliere ... oder dich, ich wüsste nicht, was ich tun sollte.“

„Du verlierst meine Freundschaft nicht.“

„Ich würde dir niemals absichtlich wehtun.“

„Das weiß ich.“ Sie wusste es tatsächlich – egal was ihre Schwester dachte. „Du musst mir mehr über diese Frau erzählen. Wie sie aussah. Was sie ...“

Die Nacht in Ians Praxis. Die Frau, die die Akte mitgenommen hatte.

„O mein Gott.“

„Was?“

Sie schlug die Hand vor den Mund. Sie konnte nicht glauben, dass sie auf diese Idee nicht schon vorher gekommen war. Sie war verzweifelt gewesen, hatte nicht klar denken können.

Aber nun konnte sie es.

Sie musste es Stacy sagen. Das konnte der Durchbruch sein, die Spur, die zum wahren Mörder führte. Und zu Ians Freilassung.

„Diese Frau, Ted, ich glaube, sie könnte in Ians Praxis gewesen sein. In der Nacht nach seiner Verhaftung.“

Er runzelte die Stirn. „Ich verstehe nicht.“

„Ich habe das noch niemandem erzählt. In jener Nacht ging ich in seine Praxis. Ich dachte, dass die Polizei möglicherweise etwas übersehen hätte. Etwas, das helfen könnte, seine Unschuld zu beweisen. Es war spät. Ich bin durch den Hintereingang reingegangen. Weil ich keine Aufmerksamkeit erregen wollte, habe ich kein Licht angemacht. Jemand kam nach mir rein. Eine Frau. Ich versteckte mich im Wandschrank.“

Er wurde blass. „Mein Gott, Jane."

Sie fuhr fort, als hätte er nichts gesagt, versuchte sich an Einzelheiten zu erinnern. „Sie kam genauso herein wie ich, durch die Hintertür. Sie war ganz in Schwarz gekleidet und hatte eine Taschenlampe. Sie ging direkt zum Aktenschrank, nahm etwas heraus und verschwand."

„Was hat sie mitgenommen?"

„Ich bin nicht sicher. Ich vermute, eine Patientenakte."

„Damit ihr Name nicht von der Polizei gefunden wird."

„Genau. Warum sonst sollte sie eine Akte mitnehmen? Sie wollte verhindern, dass die Polizei sie mit Ians Praxis in Verbindung bringt."

„Dann hatte sie einen Schlüssel?"

„Vielleicht. Aber ich glaube nicht, dass ich die Tür hinter mir abgeschlossen habe. Ich weiß, dass ich den Alarm nicht aktiviert habe. Er war auch nicht aktiviert, als ich ankam."

Eine Zeit lang sagte er gar nichts. Sie spürte, dass er ihre Erzählung durchging. „Selbst wenn du die Tür hinter dir nicht abgeschlossen haben solltest – was übrigens ziemlich dumm gewesen wäre, obwohl ich als momentaner König aller Dummköpfe kein Recht habe, das zu sagen –, wie hatte sie hineinkommen wollen? Sie war entweder darauf vorbereitet, einzubrechen … oder sie hatte einen Schlüssel."

„Ian und ich haben einen Schlüssel. Ansonsten …"

Marsha. Natürlich.

Hatte die Polizei überprüft, ob ihre Schlüssel vermisst wurden?

Bestimmt nicht. Warum sollte sie auch? Das hätte ja außerhalb ihrer Zuständigkeit gelegen – die darin bestand, Ians Schuld zu beweisen.

Sie sah Ted an, dass er zu dem gleichen Schluss gelangt war. „Wer auch immer Marsha getötet hat, kann ihn genommen und ihr auch den Alarmcode entlockt haben. Und hat dann ein belastendes Beweisstück aus der Praxis entfernt."

Erschöpft ließ Jane ihren Kopf aufs Kissen sinken. „Ehrlich gesagt glaube ich nicht, dass sie sich viele Gedanken um den Alarmcode gemacht hat. Sie wusste genau, was sie suchte. Bis die Polizei kam, wäre sie lange weg gewesen."

„Wie kann ich dir helfen?" fragte Ted.

Sie berührte leicht ihr Gesicht. „Wie hat sie ausgesehen?"

„Dunkles Haar. Kurz und glatt. Sie war eins dieser ernsthaft aussehenden Mädchen. Weißt du, was ich meine?"

Sie schüttelte den Kopf, und er fuhr fort. „Nicht hübsch im herkömmlichen Sinn. Mit scharfen Zügen. Aber sexy."

„Größe? Gewicht?"

„Mittelgroß. Um die eins siebzig. Schlank."

Jane hatte in jener Nacht in der Praxis wenig von der Frau erkennen können, doch die Größe kam hin. Und sie hatte schwarzes Haar gehabt, entweder kurz oder aus dem Gesicht gekämmt.

„Wie war ihr Name?"

„Bonnie."

„Bonnie? Das ist alles?" Er nickte. „Du hast nicht nach ihrer Nummer gefragt?"

„Sie war weg, bevor ich das konnte."

„Hast du sie seitdem noch mal gesehen?"

„Nein."

„Und vor jener Nacht?"

Er schüttelte den Kopf.

„Sie sagte dir, sie sei Studentin an der UT in Dallas, aber das könnte eine Lüge gewesen sein. Das war es wahrscheinlich auch, wenn das, was ich glaube, stimmt."

„Sie hat auf jeden Fall hier gewohnt", wandte er ein. „Wir sprachen über die Stadt. Sie kannte Dallas."

Jane durchforstete ihre Erinnerung. Manchmal erwähnte Ian eine Patientin nur mit Vornamen. Sie konnte sich an keine Bonnie erinnern – falls das überhaupt ihr richtiger Name war. Sie würde Elton trotzdem bitten, Ian danach zu fragen.

„Ich könnte einen Streifzug durch die Bars starten. Schauen, ob ich sie finden kann."

„Wo würdest du anfangen?"

„Sie hatte diverse Tätowierungen. Alles Spinnen. Sie sprach über einige Clubs. Einer hieß Web und war in der Gegend um den Messepark. Ein anderer hieß The Black Widow. Ich glaube, der ist in Greenville. Ich könnte mich von dort aus weiter umsehen."

„Ich weiß nicht, Ted. Wenn sie der Killer ist, ist sie gefährlich. Und wenn sie merkt, dass du hinter ihr her bist …"

„Wird sie nicht." Er lächelte, drückte ihre Hand und stand auf. „Mach dir keine Sorgen um mich. Das Schlimmste, was mir passieren kann, ist, einen mörderischen Kater zu bekommen."

Jane war nicht überzeugt. „Vielleicht sollte ich mit Stacy sprechen. Sie oder Mac könnten sich an dich hängen. Wenn du sie findest, können sie dir helfen."

Er schnitt eine Grimasse. „Deine Schwester und ich können uns nicht ausstehen. Und dieser Partner von ihr macht mir Gänsehaut."

„Mac? Er ist ein bisschen barsch, aber zum Fürchten?"

„Lass uns sehen, was ich allein ausrichten kann. Wenn ich sie gefunden habe, können wir immer noch die Truppe rufen."

Sie willigte ein. „Aber nur, wenn du versprichst, vorsichtig zu sein."

„Ich habe die Navy überstanden, schon vergessen?" Er ging zur Schlafzimmertür, blieb kurz stehen und sah zurück zu ihr. „Was ich vorhin gesagt habe, das habe ich ernst gemeint. Ich liebe dich, Jane. Ich würde dir niemals wehtun."

49. KAPITEL

Samstag, 8. November 2003
1.45 Uhr

Das Telefon riss Jane aus tiefem Schlaf. Sie griff nach dem Hörer, führte ihn ans Ohr. „ Hallo?“

„Jane? Hier ist Ted.“

„Ted?“ Sie setzte sich auf, versuchte ihn trotz des Lärms im Hintergrund zu verstehen. „Wo bist du?“

„Ich hab sie gefunden“, rief er. „Eine Bar im Messep... da...ole...“

„Das was? Hole?“ wiederholte sie, unsicher, ob sie ihn richtig verstanden hatte.

„Ich geh... folge...“

„Nein!“ Sie presste den Hörer fester an ihr Ohr. „Das ist keine gute Idee. Stacy ist hier, ich hole sie ...“

„Nicht nö... ...ter Kontrolle. Gehe jet... sie ist ...“ Sie hörte Stimmen, dann ein scharfes, klickendes Geräusch.

„Ted! Was ...“

„... ruf dich an, wenn ich mehr weiß.“

„Nein, bitte ...“

Die Verbindung war unterbrochen. Mit klopfendem Herzen hielt Jane noch einen Moment den Hörer am Ohr, bevor sie auflegte. Sie ließ sich ins Kissen zurücksinken. Sollte sie Stacy wecken? Sie blickte auf den Wecker. Ted hatte gesagt, er hätte alles unter Kontrolle. Dass er vorsichtig sein würde. Sie war nicht einmal sicher, aus welcher Bar er angerufen hatte.

Ihm würde nichts passieren. Morgen würde er ihr alles erzählen, und dann konnte Stacy übernehmen.

Jane schloss die Augen, obwohl sie wusste, dass die Chance, wieder einzuschlafen, gering war und dass die Stunden bis zum Tagesanbruch lang werden würden, ausgefüllt mit Sorgen.

Und mit der Einsamkeit ihres leeren Bettes. Sie vermisste Ian. Sie sehnte sich nach dem Kind, das niemals auf die Welt kommen würde.

Sie fragte sich, ob ihr Leben jemals wieder leichter, jemals wieder gut werden würde.

50. KAPITEL

Samstag, 8. November 2003
9.10 Uhr

Stacy hielt in Macs Auffahrt, zog die Handbremse an und klappte ihr Handy auf. Sie tippte Macs Nummer ein. Als er sich meldete, war seine Stimme schlaftrunken.

„Raus aus den Federn, McPherson. Ich stehe in deiner Auffahrt."

Ohne zu antworten, legte er auf, und sie stieg aus dem Wagen. Sie schob ihre Handtasche über die Schulter; die Computerausdrucke hatte sie sorgfältig darin verstaut.

Just als sie seine Haustür erreiche, öffnete er. Er trug Boxershorts und sonst nichts. Seine nackte Brust und der Bauch waren atemberaubend.

Anders verhielt es sich mit seinen blutunterlaufenen Augen. „Lange gefeiert gestern?" fragte sie.

„Ich habe mich selbst bedauert. Also habe ich mich mit ein paar alten Kumpels von der Sitte getroffen. Zu viel Alkohol. Zu spät nach Hause. Ich fühle mich wie ausgekotzt."

Sie hob eine Augenbraue. „Willst du dich bemitleiden lassen?"

„Von wegen." Er ergriff ihre Hand, zog sie hinein und schlug die Tür zu, als sie an seiner Brust lag.

Er drückte sie mit dem Rücken gegen die Tür. Sein Kuss war fordernd und ließ keine Gegenwehr zu.

Sie erlaubte sich einen Moment lang, sich ihrer Lust hinzugeben, entwand sich dann seinen Armen. „Tut mir Leid, McPherson. Wir müssen böse Buben fangen."

„Aber es ist Samstagmorgen. Noch dazu früh am Samstagmorgen."

„Verbrecher haben auch kein Wochenende, oder? Wir also auch nicht." Sie gab ihm einen Klaps auf den Hintern. „Beweg dich."

Stattdessen zog er sie mit einem Lachen erneut an sich. In einem halbherzigen Versuch, ihn wegzustoßen, legte sie die Hände an seine Brust.

„Mac ..."

„Hmmm?" Er ließ seine Hände tiefer gleiten, umfasste ihre Brüste, zog sie dichter an sich. Sie konnte seine Erregung spüren, er war bereit. Sie stellte sich vor, wie sie sich dort an der Tür liebten. Wie er in sie eindrang. Wie sie sich ihm entgegendrängte. Wie sie in ihrer Ekstase Schreie der Lust ausstießen.

„Es ist wegen meiner Schwester", brachte sie hervor. „Es ist wich..."

„Ich denke jetzt nicht an deine Schwester. Nur an dich, Stacy Killian. Nur an dich."

Die Worte und das Versprechen darin füllten ihren Kopf aus. Sie machten sie schwindlig, lockten andere, dringendere Gedanken hervor.

Und in genau dem Moment ließ er sie los.

„Wir müssen böse Jungs jagen", sagte er mit einem Grinsen.

Sie blinzelte verwirrt. „Was?"

„Böse Jungs. Wichtig." Er ging in Richtung seines Schlafzimmers.

„Ich fange an zu glauben, dass ich dich nicht mag", rief sie ihm hinterher. „Tatsächlich bin mich mir dessen sogar ziemlich sicher."

Er lachte. „Schon gut. Wir sprechen später darüber."

Während Mac duschte und sich anzog, kochte Stacy Kaffee.

Erfreut stellte sie fest, dass er Brot gekauft hatte, und steckte zwei Scheiben in den Toaster.

Gerade als sie beide Scheiben mit Erdnussbutter bestrichen hatte, kam er herein.

„Du bist ein Engel“, sagte er und nahm das Brot und den Kaffeebecher.

„Und du bist ein Teufel. Ich kann kaum glauben, dass ich so nett zu dir bin nach der Vorstellung, die du da eben gegeben hast.“

„Ich werde es wieder gutmachen.“

„Wenn ich dich lasse.“ Sie leckte Erdnussbutter von ihrem Daumen. „Das Labor hat heute Morgen angerufen. Wir haben eine Übereinstimmung. Du hattest Recht. Jackman benutzt einen falschen Namen.“

„Sein richtiger?“

„Jack Theodore Mann.“

„Vorstrafen?“

„O ja.“ Sie stellte sich auf die Zehenspitzen und küsste ihn kurz. „Ich klär dich unterwegs auf. Ich dachte, ich sollte Mr. Jackman heute Morgen einen kleinen Besuch abstatten. Und ich dachte, du möchtest vielleicht mitkommen.“

„Da hast du richtig gedacht. Aber du fährst. Ich habe mörderische Kopfschmerzen.“

Sie gingen aus dem Haus und stiegen in den Bronco. „Hier.“ Sie nahm die Computerausdrucke aus ihrer Tasche, gab sie ihm und fuhr dann auf die Straße.

„Mr. Mann war ein viel beschäftigter Junge“, sagte Mac. „Diebstahl. Unehrenhafte Entlassung aus der Navy. Körperverletzung. Ein paar Jahre im Staatsgefängnis. Ich wette, dass nichts davon in seinem Lebenslauf auftaucht. Aber das macht ihn noch nicht zum Mörder.“

„Aber wozu macht es ihn?“ entgegnete Stacy und sah ihn an. „Das frage ich mich.“

Ted wohnte in Elm über einem wenig Vertrauen erweckend wirkenden Tattoostudio namens Tiny Tim’s. Stacy fragte sich, ob der Name auf die Figur in Dickens’ *A Christmas Carol* zurückging oder auf den Musiker aus den Siebzigern, der zu der Ukulele davon gesungen hatte, auf Zehenspitzen durch Tulpenfelder zu wandern.

Sie tendierte zu dem Musiker, weil die Wände mit abstrakten, psychedelisch wirkenden Blumen bemalt waren.

Sie klopfte an seine Tür. „Jack. Hier ist Stacy Killian.“

Sie wartete einen Moment, erhielt keine Antwort und versuchte es erneut. „Ted! Ich muss mit Ihnen über Jane reden.“

„Sie suchen Teddy?“

Teddy? Stacy wandte sich um. Ein junger Mann stand hinter ihnen auf der Treppe. Er trug einen Gitarrenkoffer und sah aus, als ob er nach einer langen Nacht eben erst nach Hause käme. Sein schulterlanges Haar konnte eine Bürste vertragen; Stacy schätzte ihn auf Anfang zwanzig.

„Das tun wir. Haben Sie ihn gesehen?“

„Nein. Nicht heute. Nicht gestern Nacht.“

„Und Sie sind?“

„Sein Mitbewohner. Flick.“

„Hallo, Flick. Es ist sehr wichtig, dass wir mit ihm sprechen. Könnten Sie nachsehen, ob er zu Hause ist?“

Der Junge kniff argwöhnisch die Augen zusammen. Plötzlich schien er Polizei zu wittern. „Wer sind Sie?“

„Stacy.“ Sie reichte ihm die Hand. „Ich bin Cameos Schwester.“

„Von der Künstlerin, für die er arbeitet? Sie ist großartig.“ Er fischte in der rechten Tasche seiner hautengen schwarzen Jeans nach seinen Schlüsseln. „Er redet die ganze Zeit von ihr. Ich bin Musiker, wissen Sie. Spiele in einer Gruppe, die Neon heißt. Haben Sie von uns gehört?"

„Nein. Tut mir Leid."

„Oh ... das ist okay. Wir sind noch auf dem Weg nach oben, wissen Sie." Er holte die Schlüssel heraus. Sie traten zur Seite, um ihn an die Tür zu lassen. „Es ist toll, dass Cameo es geschafft hat. Die Branche ist hart."

Das Schloss klickte, und die Tür ging auf. „Kommen Sie rein. Ted, Kumpel", rief er. „Du hast Besuch."

Die Wohnung war spartanisch möbliert: Die Möbelstücke passten nicht zusammen, das eine oder andere schien vom Sperrmüll zu stammen. Eine Holzkiste diente als Tisch, eine Strohmatte als Teppich.

Es war überraschend sauber – sauberer, als man den Bewohnern zugetraut hätte. Es roch auch sauber.

Flick grinste sie an. „Ted ist ein Reinlichkeitsfanatiker, wissen Sie. Das ist okay für mich, solange er deswegen kein Theater macht und hier rumzickt."

„Ted", rief er wieder. „Besuch."

Stacy deutete auf die zwei geschlossenen Türen, die rechts vom Wohnzimmer abgingen. „Ist eins davon ein Schlafzimmer?"

„Ja. Das von Ted. Er zahlt den Löwenanteil, deswegen hat er das Schlafzimmer. Ich schlafe auf der Couch. Wenn ich Besuch habe, nervt das, aber ansonsten ist es okay."

„Vielleicht schläft er noch?"

Flick zuckte die Achseln. „Der Gute hat einen leichten Schlaf. Noch aus Navyzeiten, sagt er."

Wahrscheinlich eher aus Gefängniszeiten, dachte Stacy.

Der Junge ging zu der Tür, öffnete sie einen Spalt und spähte hinein. „Nichts. Er ist nicht zu Hause."

„Sind Sie sicher?"

Er schob die Tür weit auf. Auch hier war es spartanisch. Und sauber. Das Bett war gemacht.

War es überhaupt benutzt worden? fragte sie sich. Vielleicht hatte er nach gestern erkannt, dass sie hinter ihm her war. Vielleicht hatte er die fehlende Coladose bemerkt und zwei und zwei zusammengezählt. Wenn ja, war Ted Jackman schon lange fort.

„Darf ich mal die Toilette benutzen?" fragte Mac plötzlich, um den Jungen abzulenken.

Flick wirkte überrascht. Stacy vermutete, dass er die Anwesenheit des anderen Mannes völlig vergessen hatte. „Sicher."

Stacy lächelte. Während sie sich im Schlafzimmer umsah, würde Mac das Badezimmer überprüfen.

„Ist Ted nachts oft unterwegs?" fragte Stacy, während sie ihren Blick durch den Raum wandern ließ und alles aufnahm: den Nachttisch, eine reparaturbedürftige Kommode, den Schrank.

„Nö." Flick kratzte sich am Kopf. „Manchmal geht er am Wochenende arbeiten. Haben Sie dort schon nachgesehen?"

Sie antwortete nicht. Das Telefon klingelte. „Das könnte er sein", sagte sie.

Flick zögerte; das Telefon klingelte wieder. „Warum gehen Sie nicht dran?" schlug sie vor. „Ich warte solange hier."

Sobald er weg war, ging sie ins Schlafzimmer. Sie sah unter dem Bett nach. Nichts. Trat zu dem kleinen Schrank und durchsuchte schnell den Inhalt. Wieder nichts.

Sie machte mit dem Nachttisch weiter. Dort wurde sie fündig. Ein Päckchen Briefe, die von einem Gummiband zusammengehalten wurden. Die Umschläge waren an den Rändern angestoßen, als ob die Briefe oft gelesen wurden.

Stacy runzelte die Stirn. Sie waren alle an Jane adressiert. Frankiert, doch nach dem fehlenden Poststempel zu schließen niemals abgesendet worden.

Sie löste das Gummiband, nahm den obersten Brief und begann zu lesen.

Ein Liebesbrief an Jane. Von Ted.

Er sprach von seiner unsterblichen Liebe. Seiner Bewunderung. Der Leidenschaft, die ihn nachts wach hielt. Dem Begehren. Seinen Fantasien. Seinem Wunsch, immer bei ihr zu sein.

Sie nahm einen weiteren Brief, überflog ihn, versuchte es mit einem dritten. Er schrieb von seiner Verzweiflung über ihre Heirat. Seinen Hass auf diesen Mann, der sie ihm weggenommen und seine Träume zerstört hatte.

Sie war sein Ein und Alles. Für immer und ewig.

Mein Gott, sie hatte Recht gehabt. Ted war es.

Mac kam aus dem Badezimmer. „Nichts."

„Schau dir das an."

Sie gab ihm einen Brief. Während er las, überflog sie schnell die restlichen Briefe.

„Sind sie alle wie dieser?" fragte Mac.

„Ja."

Stacy reichte ihm den ganzen Stapel und griff tiefer in die Schublade. Neben einer sechs Monate alten Ausgabe von *Art in America* fand sie ein kleines Fotoalbum. Sie schlug es auf. Es war voller Fotos von Jane und Ted. Von Veranstaltungen, bei denen sie niemals gemeinsam gewesen waren. Von Ferien, die sie niemals gemeinsam verbracht hatten. Von gemütlichen Momenten gemeinsam zu Hause, die Ted sich in seiner Fantasie ausgemalt hatte.

Der bittere Geschmack, der in ihrem Mund aufstieg, ließ Stacy schlucken. Der Assistent hatte viel Zeit und Geld auf die Herstellung dieser Bilder verwendet. Er hatte sie möglicherweise sogar in Janes Atelier hergestellt, mit ihrer Ausrüstung.

Um seiner Fantasie Nahrung zu geben.

Was für Fantasien mochte Ted noch haben?

„Gruselig“, sagte Mac, der über ihre Schulter hinweg die Fotos betrachtete.

„Allerdings.“

„Das ist unser Mann.“

„Genau, was ich denke.“

„Hey! Was glauben Sie, was Sie hier tun?“

Stacy wandte sich Teds Mitbewohner zu. Sie holte ihre Polizeimarke heraus, streckte sie ihm entgegen. „Polizei, Flick. Wir müssen Ihnen ein paar Fragen zu Ihrem Mitbewohner stellen.“

51. KAPITEL

Samstag, 8. November 2003
11.00 Uhr

Als Jane aufwachte, stellte sie fest, dass Stacy gegangen war. Sie hatte ihr einen Zettel hinterlassen, der an der Kaffeekanne lehnte.

Bin zur Arbeit. Habe das Handy dabei. Ranger ist gefüttert und ausgeführt.

Überanstrenge dich nicht – egal bei was!

Jane lächelte angesichts des herrischen Mach-keinen-Unfug-Tons in der Nachricht ihrer Schwester. Tatsächlich war es lange her, dass Stacy genug Anteil an ihr genommen hatte, um herrisch zu sein, und sie war froh, ihre Schwester zurückzuhaben.

Sie hatten in der letzten Nacht nicht viel miteinander gesprochen. Stacy war zurückgekommen, nachdem Jane schon zu Bett gegangen war. Später hatte Stacy schon geschlafen, als Jane auf Zehenspitzen ins Wohnzimmer geschlichen war. Die Gedanken an Ian und die Zukunft ließen sie nicht schlafen. Die Gedanken an ihre Fehlgeburt. Und die an Ted.

Jane wollte ihre Schwester wecken, um ihr alles zu erzählen.

Stattdessen blieb sie unter der Tür stehen und beobachtete sie im Schlaf. Voller Zuneigung. Dankbarkeit. Stolz.

Sie liebte ihre Schwester. Sie hatte sie vermisst. Sie wieder in ihrem Leben zu haben war schön. Die einzig gute Sache, auf die sie zurzeit bauen konnte.

Jane war wieder ins Bett gegangen, ohne sie zu wecken. Morgen, hatte sie entschieden, wäre früh genug zum Reden.

Gnädigerweise hatte sie schlafen können.

Jane beugte sich vor und streichelte Ranger, dann goss sie

sich einen Becher Kaffee ein. Sie nippte daran, er war noch frisch. Sie ging mit dem Kaffee zum Telefon und wählte Teds Nummer. Sie hörte das Besetztzeichen, legte auf und versuchte es mit seiner Handynummer. Die Mailbox meldete sich beim ersten Klingeln.

„Ted“, sagte sie. „Hier ist Jane. Was ist passiert? Ruf mich an.“

Jane frühstückte, duschte und zog sich an. Sie programmierte die Alarmanlage neu, wobei sie sich fragte, wie lange sie brauchen würde, um sich die neue Zahlenkombination zu merken. Solange sie zurückdenken konnte, hatten sie und Stacy immer den gleichen Code gehabt: 031387.

Der 13. März 1987. Das Datum, das ihrer beider Leben für immer verändert hatte.

Als sie fertig war, versuchte sie es noch einmal bei Ted und hatte diesmal seinen Anrufbeantworter zu Hause dran. Sie hinterließ wieder eine Nachricht, ihre Besorgnis nahm zu.

Irgendwas war nicht in Ordnung. Er hatte gesagt, dass er sie anriefe.

Ranger schien ihr zuzustimmen. Er stand an der Tür, die zum Atelier führte, und drückte seine Schnauze an den Spalt.

Sie stellte sich neben ihn. „Was ist los, Junge?“

Er knurrte tief in der Kehle. Jane blickte zurück in die Küche und zum Telefonhörer, der auf dem Tresen lag. Sie konnte Stacy anrufen.

Um ihr was zu sagen? Dass Ranger sich seltsam verhielt?

Sie kam sich ziemlich lächerlich vor, als sie das Ohr gegen die Tür presste. Aus dem Atelier drang Musik. Der Jazz, den Ted gerne hörte.

Natürlich. Er kam öfter am Wochenende rein. Manchmal, um

noch zu arbeiten, manchmal, um ihren Computer zu benutzen. Sie hatte versucht, ihn zu erreichen, und er war die ganze Zeit im Atelier gewesen.

Jane schloss die Tür auf. Ranger stürzte los und raste die Stufen hinunter, wobei er sie fast zu Fall brachte.

„Ranger! Herrje, was ist denn los mit dir? Ted?“ rief sie und folgte Ranger. „Ich kann es kaum erwarten zu hören, was passiert ist.“

Er antwortete nicht. Die Musik wurde lauter. Ranger begann zu bellen, schrill und in wilder Raserei.

Die Härchen in ihrem Nacken stellten sich auf.

Obwohl sie wusste, dass sie lieber in die Wohnung zurückkehren und Stacy anrufen sollte, ging sie weiter nach unten. Ihr Herz raste. Ihre Handflächen wurden feucht. Wieder rief sie nach ihrem Freund.

Und wieder kam keine Antwort. Am Fuß der Treppe blieb sie stehen und rief nach Ranger. Der Hund kam um die Ecke, die zum Eingang führte. Er winselte angstvoll in höchsten Tönen. Sie sah auf ihn hinunter.

Seine Pfoten waren feucht. Rot.

Dreh dich um, Jane. Lauf.

Wie von einer unsichtbaren Macht getrieben, bewegte sie sich stattdessen weiter. Ging um die Ecke. Und fand Ted. Er lag mit dem Gesicht in einer großen Blutlache, direkt in der Eingangstür. Neben ihm eine hübsche Pflanze, die ihm aus der Hand gefallen war. Ganz in Rot getaucht. Durchweichte Zeitungen. Rund um den Körper zeichneten sich Rangers Pfotenabdrücke ab, die auf den hellen Fliesen geradezu obszön wirkten.

Jane gab einen erstickten Laut von sich. Sie trat einen Schritt zurück. Dann noch einen.

Sie wirbelte herum, lief zu ihrem Schreibtisch mit dem Telefon. In rasender Hast tippte sie Stacys Handynummer ein.

„Stacy Killi…"

„Sie hat ihn umgebracht!" schrie sie. „Er hat sie verfolgt und … sie hat ihn umgebracht! Sie …"

„Jane? Beruhige dich! Wovon sprichst du? Wer …"

„Die Frau … von jener Nacht. Hier. Diejenige, die … Mein Gott, sie hat ihn umgebracht!"

„Wen, Jane? Wen hat sie umge…"

„Ted", schluchzte sie. „Sie hat Ted umgebracht!"

„Geh hinauf, Jane!" befahl ihre Schwester. „Ich bin unterwegs. Schließ dich in der Wohnung ein. Mit Ranger. Jetzt!"

52. KAPITEL

Samstag, 8. November 2003
12.00 Uhr

Stacy und Mac trafen innerhalb weniger Minuten ein. Ein Streifenwagen mit eingeschalteter Sirene schoss hinter ihnen her. Jane erblickte sie vom Fenster aus und lief los. Sie raste die Stufen zur Straße hinunter und riss die Tür auf, bevor Stacy klingeln konnte.

Schluchzend fiel Jane ihrer Schwester in die Arme. „Es ist alles meine Schuld! Er hat es für mich getan. Ich hätte es nicht zulassen dürfen … hätte dich anrufen sollen … dich wecken, aber …"

„Beruhige dich, Jane. Zuallererst: Wo ist er?"

„Im Atelier. Direkt hinter … der … Eingangstür."

„Ich kümmere mich darum", sagte Mac zu Stacy. Er bedeutete einem der Streifenpolizisten, ihm zu folgen.

„Ist die Tür abgeschlossen?"

„Ich weiß es nicht. Ich kam von oben herein …"

Mac und der Streifenpolizist jagten die Treppe hoch, wobei Mac gleich zwei Stufen auf einmal nahm.

Jane starrte den beiden hinterher und durchlebte noch einmal den Moment, als sie Teds bewegungslosen Körper und die Blutlache erblickt hatte. Sie schlug die Hände vor die Augen und wünschte, sie könnte den Anblick auslöschen. Zum gestrigen Tag zurückkehren. Oder besser zu einem Tag vor drei Wochen, als das Leben so einfach war.

Stacy zog Jane sanft und entschieden die Hände vom Gesicht und sah ihr in die Augen. „Jane, ganz ruhig! Zunächst mal: Bist du wieder in Ordnung?"

Jane fühlte, wie ein hysterisches Lachen in ihr aufstieg. Es verwandelte sich in ein Schluchzen. „Meinst du das ernst? Nein, ich bin nicht in Ordnung."

„Du musst mit mir sprechen, mir genau erzählen, was passiert ist, wie du Ted gefunden hast. Möchtest du dich hinsetzen?"

Sie schüttelte den Kopf.

„Gut. Eins nach dem anderen, Jane. Sag mir, was geschehen ist."

Jane atmete bebend ein. „Okay."

Sie führte Stacy nach oben. Sie erreichten den Flur, als Mac wiederkam. Er blickte Stacy an und nickte.

Er bestätigt seinen Tod, dachte Jane. Keine Lebenszeichen.

„Ruf Pete an", sagte Stacy.

„Hab ich. Die Jungs von der Spurensicherung sind unterwegs."

Stacy wandte sich wieder Jane zu. „Okay, Jane. Erzähl uns, was genau passiert ist."

Jane erklärte, wie Ranger aufmerksam an der Tür gestanden hatte, wie sie die Musik gehört und gedacht hatte, dass Ted im Atelier sei. Sie berichtete, wie der Hund hinuntergestürzt war, als sie die Tür geöffnet hatte.

Sie führte ihre Schwester und Mac die Treppe hinunter. „Ich rief nach Ted … er antwortete nicht. Und Ranger … bellte die ganze Zeit. Ich wusste, dass irgendwas nicht stimmte …"

Sie hatte Mühe, weiter zu sprechen. „Ich hatte Angst. Ich … rief nach Ranger. Er kam. Seine Pfoten … sie … ich sah den Boden, die Abdrücke." Schaudernd deutete sie auf die roten Abdrücke auf den weißen Fliesen. „Da habe ich ihn gefunden."

„Hast du ihn angefasst?" fragte Stacy.

„Nein."

„Den Tatort irgendwie verändert?“

„Nein. Aber Ranger ... er ... das Blut.“

„Warte hier.“

Jane war nur zu froh, dort stehen bleiben zu können. Stacy und Mac gingen um die Ecke. Sie schloss die Augen, musste aber ihren Dialog mit anhören.

„Was glaubst du, wie lange er tot ist?“ fragte Stacy.

„Mit Sicherheit einige Stunden. Die Totenstarre ist ziemlich fortgeschritten.“

„Sieht so aus, als sei er von hinten überrascht worden.“

„Die Kehle durchgeschnitten. Der Kerl wusste, was er tat.“

Jane schlug die Hand vor den Mund. Lieber Gott.

„Überprüf die Tür.“

Jane hörte, wie die Tür nach draußen geöffnete wurde. Sie blickte auf die Alarmanlage unten an der Treppe. Die Lampe leuchtete rot. Nicht grün.

Ted hatte den Alarm nicht eingeschaltet.

„Die ist offen. Tatort gesichert?“

Jane nahm an, dass sich diese Frage an die zwei Streifenpolizisten draußen vor der Tür richtete. Sie mussten sie bejaht haben, denn Stacy schickte den einen zur Befragung der Nachbarn und schärfte dem anderen ein, ihr Bescheid zu geben, sobald der Gerichtsmediziner eingetroffen war.

Stacy kam wieder zurück. „Jane, ich werde dich von einem Polizisten hochbringen lassen ...“

„Nein.“

„Jane, du kannst nichts mehr für ihn tun, und es nützt niemandem, wenn du dich verausgabst.“

„Er war mein Freund. Es ist meine Schuld ... du verstehst das nicht.“

„Dann lass mich das verstehen“, sagte ihre Schwester sanft. „Los, ich bringe dich hoch. Wir reden.“

Sie und ihr Partner wechselten einen Blick. „Lass es mich wissen, sobald Pete hier ist.“

Er salutierte spielerisch und verschwand um die Ecke. Stacy führte Jane hinauf ins Wohnzimmer. Dankbar, sich hinsetzen zu können, sank Jane auf die Couch. Stacy zog einen Stuhl heran, so dass sie einander gegenübersaßen.

Nachdem ihre Schwester sich niedergelassen hatte, atmete Jane tief ein und fing an. „Die Frau, die Ted mit ins Atelier gebracht hat … er hat sie letzte Nacht gesucht.“

„Warum?“

„Wir dachten, sie könnte es sein.“

„Die dich verfolgt?“

„Ja. Und vielleicht diejenige, die Marsha und Lisette getötet hat und …“

„Elle Vanmeer.“

„Ja. Oder dass sie wusste, wer es getan hat.“ Jane verschränkte die Hände im Schoß. „Er hat mich angerufen. Spät. Er hatte sie gefunden.“ Ihre Stimme zitterte. „Er wollte ihr folgen. Ich bat ihn, das nicht zu tun … Ich wollte dich anrufen. Du hättest dich mit ihm treffen können, aber er …“

„Jane“, unterbrach ihre Schwester sie sanft, „das hier sieht nach einem verunglückten Raubüberfall aus.“

Jane blinzelte verwirrt. „Ein Raubüberfall … Ich verstehe nicht.“

„Es sieht so aus, als sei Ted irgendwann spät in der Nacht ins Atelier gekommen. Er hatte eine Pflanze und die Frühausgabe der *Dallas Morning News* dabei. Mit einer Besprechung deiner Ausstellung. Er überraschte jemanden, der eingebrochen war. Der ihn dann umgebracht hat.“

Jane versuchte zu verstehen, was Jane gesagt hatte. Eine Besprechung ihrer Ausstellung? Jemand, der ins Atelier eingebrochen war?

„Er hat sich Sorgen um dich gemacht. Wahrscheinlich wollte er, dass du als Erstes die Pflanze und die Besprechung findest, um dich aufzuheitern."

„Nein. Die Frau …"

„Da war keine Frau, Jane. Ted war zur falschen Zeit am falschen Ort."

„Nein", wiederholte sie, diesmal lauter. „Da gibt es etwas, das du nicht weißt. Das ich dir nicht erzählt habe."

Stacy kniff die Augen zusammen und wartete.

Jane erzählte, wie sie in Ians Praxis gegangen war. Wie sie eine Frau dabei beobachtet hatte, als sie die Akte nahm. „Ich habe zwei und zwei zusammengezählt und gedacht, Teds Bekanntschaft könnte dieselbe Frau gewesen sein."

Stacy sah bestürzt aus. „Du bist alleine mitten in der Nacht in Ians Praxis gegangen? Wie konntest du so etwas Dummes tun?"

„Ich musste versuchen zu helfen. Ich dachte, wenn ich mich umschaue, finde ich vielleicht etwas, das die Polizei übersehen hat. Etwas, das seine Unschuld untermauert."

„Etwas, das die Polizei übersehen hat?" fragte Stacy ungläubig. „Jane, wir sind professionelle Ermittler. Glaub mir …"

„Die Polizei suchte nach Beweisen für seine Schuld, Stacy. Nicht für seine Unschuld."

Stacy öffnete den Mund, um zu argumentieren, und schloss ihn dann wieder. Sie wirkte irgendwie geschockt. „Du hast niemandem davon erzählt?"

„Erst Ted. Und nun dir."

„Warum?"

„Weil ich wusste, dass es dir nicht gefallen würde. Und weil ich … weil ich nichts gefunden habe."

Ein seltsamer Ausdruck huschte kurz über Stacys Gesicht. „Ich weiß nicht, was ich damit anfangen soll."

„Habt ihr Marshas Schlüssel überprüft? Hatte sie den Praxisschlüssel am Bund?"

„Was?"

„Ihren Praxisschlüssel. Die Frau hat eine Patientenakte mitgenommen, damit die Polizei sie nicht findet. Wie wollte sie hineinkommen, wenn nicht mit …"

Stacys Handy klingelte. Sie hob einen Finger, um Jane zu bedeuten, dass sie den Gedanken festhalten solle, und meldete sich. „Okay. Ich bin gleich unten. Schickt einen Streifenpolizisten hoch."

Sie erhob sich. „Ich muss gehen, Jane. Ich bin so bald wie möglich zurück, doch es kann ein Weilchen dauern. Kommst du allein klar?"

Jane nickte, fühlte sich wie betäubt. Sie fragte sich, ob sie sich je wieder gut fühlen würde.

„Vielleicht solltest du Dave anrufen. Damit er dir Gesellschaft leistet."

„Vielleicht."

Stacy ging zur Tür. „Wir klären diese Sache auf, Jane. Zusammen. Das verspreche ich."

Dann war sie fort.

Und Jane war allein – so allein, wie sie es sich niemals hatte vorstellen können.

53. KAPITEL

Samstag, 8. November 2003
20.30 Uhr

Stacy schloss die Tür zu Janes Wohnung auf. Sie lauschte in die Stille. Nichts. Nicht einmal Ranger.

Sie runzelte die Stirn, weil sie es zu still fand. Jane konnte bereits schlafen, doch wo war Dave? Sie hatte ihn selbst angerufen; er hatte versprochen, so lange zu bleiben, bis sie zurückkehrte.

Sie wollte schließlich keinerlei Risiko eingehen.

Lautlos stellte Stacy die Tüte mit dem Essen auf den kleinen Tisch im Eingangsbereich, fasste mit der rechten Hand unter ihrer Jacke nach der Waffe im Halfter und ging langsam vorwärts.

In der Küche fand sie Dave. Wie eine Statue stand er da und blickte aus dem Panoramafenster.

„Hallo“, sagte sie und ließ den Arm sinken.

Er zuckte zusammen und drehte sich um. „Ich habe dich nicht reinkommen hören.“

„Tut mir Leid. Wir Cops sind wie Katzen. Lautlos und schnell. Gehört zum Job.“

Er antwortete nicht. Sie spürte, dass er völlig in Gedanken gewesen war, als sie ihn unterbrochen hatte. Dass er noch immer abwesend war.

„Wie geht es ihr?“ fragte Stacy.

Er blinzelte; seine Miene wirkte nun klarer. „So gut es geht unter diesen Umständen. Ich habe versucht, sie zum Sprechen zu bewegen.“

„Erfolg gehabt?“

„Nicht besonders“, gab er zu. „Vielleicht gelingt es dir besser.“

„Möglicherweise. Wo ist sie?“

„Ruht sich aus.“

Stacy blickte zum Schlafzimmer. Die Tür war geschlossen. Ihr ging auf, dass Ranger im Zimmer sein musste. „Kannst du bleiben? Ich habe chinesisches Essen mitgebracht.“

„Danke, aber ich glaube, es ist besser für sie, wenn ich gehe.“ Er rieb sich mit der Hand übers Gesicht. Er sah erschöpft aus. „Außerdem muss ich ein paar Patienten zurückrufen.“

„Geht es dir gut?“

„Ich mache mir nur Sorgen um sie.“

„Ich auch.“ Sie dachte nach. „Du bist Therapeut, Dave. Sie hat so viele Katastrophen hinnehmen müssen, alle auf einmal. Was soll ich tun? Ich weiß nicht, wie ich mit ihr reden soll. Oder was ich sagen soll.“

„Hör ihr zu. Das ist das Wichtigste.“ Mit sehnsuchtsvollem Blick sah er zu der geschlossenen Schlafzimmertür. „Sie ist eine kluge Frau. Sie wird damit klarkommen.“

Stacy bemerkte, dass das Lächeln seine Augen nicht erreichte. Sie litt mit ihm. Sie konnte sich nur vorstellen, wie hart es sein musste, jemanden zu lieben, dem es schlecht ging, ihm aber nicht helfen zu können.

Sie öffnete den Mund, um ihm das zu sagen, entschied sich aber dagegen. „Danke, dass du für sie da warst. Für uns.“

„Das werde ich immer sein.“ Er nahm seine Jacke von der Stuhllehne und schlüpfte hinein. „Ruf mich an, wenn du etwas brauchst.“

Stacy begleitete ihn nach unten. Sie umarmte ihn, sah ihm nach und ging dann in die Wohnung zurück. Sie sah bei Jane hinein.

Und traf sie wach an. Sie saß im Bett mit Ranger, der sich auf ihrem Schoß breitgemacht hatte.

„Hallo“, murmelte Stacy. „Es gibt Frühlingsrollen. Und Sesam-Hühnchen.“

Jane sah sie an. Stacy war überrascht, wie klar ihr Blick war, wie bestimmt. „Ted wurde von hinten angegriffen. Die Kehle wurde ihm durchgeschnitten. Stimmt doch, oder?“

Stacy zögerte, nickte dann.

„Es war kein Raub. Ich weiß, dass es das nicht war.“

„Jane, tu das nicht.“

„Findest du nicht, dass das zu viele Zufälle sind? In der gleichen Nacht, in der er nach der Frau sucht, die er mit ins Atelier gebrachte hatte, wird er umgebracht.“

„Vielleicht gab es keine Frau im Atelier. Vielleicht war Teds Geschichte eine Ausrede.“

„Eine Ausrede? Warum sollte er lügen?“

„Um sich selbst zu schützen. Um die Wahrheit zu verbergen.“

„Welche Wahrheit?“

„Du kanntest Ted nicht so gut, wie du dachtest. Es sind Dinge aufgetaucht, die vermuten lassen, dass Ted sogar derjenige sein könnte, der dir die Briefe geschrieben hat.“

Jane starrte sie überrascht an, dann wurde ihr Gesichtsausdruck abwehrend.

„Ted war mein Freund. Er hätte nie ...“

„Sein richtiger Name war Theodore Mann. Er war ein Ex-Sträfling, Jane. Er hatte ein Vorstrafenregister, das ein Dutzend Jahre zurückreicht.“

„Ich glaube dir nicht.“

Stacy hatte eine solche Reaktion erwartet und war deshalb nicht überrascht. „Ich hatte ihn im Verdacht, dass er lügt. Dass er etwas vor uns verbirgt. Also haben wir seine Fingerabdrücke in den Zentralcomputer eingegeben.“

Jane wurde bleich. „Mein Freund ist tot, und ich lasse nicht zu, dass du …“

„Er war in dich verliebt. Wir haben einen Stapel Liebesbriefe gefunden, die er an dich geschrieben hatte. Sie waren adressiert und frankiert, doch niemals abgeschickt worden. Er hatte sie in einer Schublade neben seinem Bett. Nach ihrem äußerlichen Zustand zu schließen, hat er sie oft gelesen.“

„Nein.“

„Und Fotos. Von euch beiden. Montagen, die er wahrscheinlich an deinem Computer hergestellt hat.“

Fassungslos schüttelte sie den Kopf. „Ich will das nicht hören.“

„Jane, du musst das wissen …“

„Verstehst du es nicht? Er war mein Freund. Und jetzt ist er tot.“ Ihre Augen füllten sich mit Tränen. „Lass mich einfach allein. Lass mich um den Mann trauern, der mir etwas bedeutet hat.“

Stacy trat einen Schritt zurück, als sie begriff, was sie hier tat. Dave hatte gesagt, dass Zuhören das Wichtigste sei.

Sie hatte das Gegenteil getan. Was war mit ihr los? Warum musste sie immer beweisen, dass sie Recht hatte?

„Ich bin draußen, wenn du mich brauchst.“

Jane erwiderte nichts. Ranger sprang vom Bett und trottete zu Stacy. Sie beugte sich vor und tätschelte ihn. „Musst du raus, Junge?“

Statt einer Antwort verließ er das Schlafzimmer und lief – kein Zweifel – Richtung Wohnungstür. Stacy sah ihm nach und wandte sich dann wieder ihrer Schwester zu. Zusammengerollt wie ein Embryo lag sie da, mit dem Rücken zu Stacy.

„Ich bin deine Schwester, Jane“, sagte sie sanft. „Ich bin auf deiner Seite. Es tut mir Leid, wenn ich manchmal … wenn das manchmal nicht so zu sein scheint.“

Jane antwortete nicht, und voller Mitgefühl verließ Stacy den Raum.

Vierzig Minuten später ging Stacy ruhelos auf und ab. Sie hatte Ranger ausgeführt und gefüttert. Er lag jetzt vor dem Sofa und schlief. Sie hatte den Karton mit Sesam-Hühnchen geöffnet und ihn, ohne sich zu bedienen, wieder geschlossen. Essen war das Letzte, wonach ihr der Sinn stand.

Während sie auf und ab schritt, ging Stacy die Ereignisse des Tages durch. Die Beweise, die sie bei Ted entdeckt hatten, dann seine Ermordung. Sie hatten etwas übersehen. Aber was?

Sie ging in den Flur, schloss die Tür zu Janes Atelier auf, schaltete das Licht ein und ging die Wendeltreppe hinunter. Sie registrierte das metallische Klappern der Treppe, ihre leichte Schwingung.

Sie hielt inne, als sie unten angekommen war, nahm alles in sich auf. Abgesehen von den Geräuschen der Straße war es still. Sie hatte das deutliche Gefühl, dass hier eine Gewalttat stattgefunden hatte. Nahm den Geruch des Todes wahr. Und, stärker, den von Parkettreiniger. Nachdem die Leute von der Spurensicherung und der Gerichtsmediziner ihre Arbeit getan hatten, hatte sie den Tatort zur Säuberung freigegeben und dann selber einen Reinigungsservice angerufen.

Sie war sicher, dass Jane bald wieder arbeiten wollte. Sie brauchte ihre Arbeit als Schutzschild gegen den Schmerz. Das war immer so gewesen.

Stacy wandte sich um und ging in Richtung Eingangstür. Sie erreichte den Flur, hielt an und sah sich um. Keine Fenster, nur ein kleiner Alkoven. Sie hob den Blick. Das Flurlicht brannte nicht. Weder drinnen noch draußen.

Teds Angreifer hatte ihn reinkommen hören. Er hatte sich in den Alkoven gedrückt, in der Dunkelheit versteckt. Stacy sah Ted vor sich, wie er mit beladenen Armen durch die Tür kam. Er versuchte, Licht anzumachen, bemerkte, dass es nicht funktionierte, und ging weiter.

Er hatte nicht begriffen, was geschah. Sein Mörder stürzte aus dem Alkoven und schlitzte ihm die Kehle auf. Auf Wiedersehen, Vögelchen.

Aber warum? Das war die Frage.

Stacy runzelte die Stirn. Nichts war gestohlen worden. Nichts im Atelier schien angetastet worden zu sein. Deep Ellum zog eine wachsende Schar von Drogenabhängigen, Obdachlosen und anderen gescheiterten Existenzen an. Die Straßenfeste lockten sie an. Die alternativen Kneipen und Tattoostudios. Viele lebten vom Schnorren und Klauen.

Doch wer es auch gewesen war, er hatte gewusst, was er tat. Es gab keinerlei Anzeichen dafür, dass der Mörder auch nur einen Moment gezögert hatte. Die Klinge war scharf gewesen, zweischneidig und etwa zehn Zentimeter lang.

Stacy ging zur Tür und blieb dort stehen, wo der Mann gefallen war. Sie musterte die Tür, das Schloss, die Tastatur der Alarmanlage.

Keine Anzeichen für ein gewaltsames Eindringen. Wie war der Mörder hereingekommen? Erst heute Morgen hatte Jane den Alarmcode geändert. *Nachdem* Ted Jackman getötet worden war. Die Schlösser waren vorher getauscht worden. Wie also konnte jemand einfach eingedrungen sein?

Konnte Jane Recht haben, fragte sich Stacy. Konnte Ted beim Atelier gehalten haben und dann von Janes Verfolger überrascht worden sein? Oder war er – oder sie – ihm gefolgt?

Stacy runzelte die Stirn. Hatte Ted die Wahrheit über diese Frau gesagt?

Sie klappte ihr Mobiltelefon auf und wählte die Nummer von Mac. Er meldete sich beim zweiten Läuten. „Was machst du?" fragte sie.

„An dich denken."

Sie spürte, wie ihr Körper auf seine Worte reagierte. „Ich wünschte, ich wäre bei dir."

„Wie geht es Jane?"

„Nicht besonders. Ich lasse sie ein wenig in Ruhe."

„Es tut mir so Leid."

Seine Anteilnahme gab ihr ein beruhigendes Gefühl, das Gefühl, dass sie sich an etwas – an jemandem – festhalten konnte. Bis zu diesem Moment war ihr nicht klar gewesen, wie einsam sie sich gefühlt hatte. Bis jetzt. Bis Mac.

Lieber Gott, sie betrat wirklich gefährliches Terrain.

„Hast du mit ihr über Ted gesprochen? Darüber, was wir in seinem Apartment gefunden haben?"

„Ich habe es versucht. Sie wurde wütend. Hat es abgelehnt, darüber zu sprechen."

„Verständlich. Sie hat viel durchgemacht."

Sie schwiegen eine Weile. „Ich denke gerade daran, wenn es ein Raub war, warum wurde nichts gestohlen?"

„Weil er gestört wurde?"

„Teds Mörder war kein Rumtreiber, der an der Nadel hängt. Er wusste, was er tat. Irgendetwas ist da faul, Mac. Zu viele Teile scheinen nicht zusammenzupassen."

„Vielleicht, weil sie nichts miteinander zu tun haben."

„Vielleicht." Sie hörte ein Geräusch aus der Wohnung, wie schleichende Schritte. Ranger bellte leise auf.

„Mist. Ich muss auflegen."

„Was ist passiert?"

„Ich melde mich später." Sie klappte das Handy zu und zog ihre Waffe. So leise sie konnte, schlich sie die knarrenden Metallstufen der Wendeltreppe hinauf in den ersten Stock.

Stacy betrat den Flur. Aus der Küche kam Licht. Und ein schlurfendes Geräusch. Stacy blickte zum Schlafzimmer. Die Tür war immer noch zu.

Ranger war drinnen. Er kratzte mit der Pfote an der geschlossenen Tür. Die Härchen auf ihrem Arm stellten sich auf. Sie hatte ihn keine dreißig Minuten vorher im Wohnzimmer zurückgelassen. Wie konnte er jetzt in Janes Schlafzimmer eingeschlossen sein?

Verdammt. Sie hätte niemals die Wohnung verlassen dürfen.

Stacy schob sich mit der Glock in der Hand langsam vorwärts, wobei sie im Schatten blieb. Sie hörte, wie in der Küche eine Schublade geöffnet wurde und jemand den Inhalt durchstöberte.

Sie atmete tief ein und stürzte in die Küche. „Keine Bewegung!"

54. KAPITEL

Samstag, 8. November 2003
22.10 Uhr

Jane kreischte auf und wirbelte herum. Die Essstäbchen entglitten ihren Fingern und fielen mit einem Klacken zu Boden.

„Jane!"

„Stacy!"

„Wieso bist du auf?" Stacy schob ihre Waffe zurück ins Halfter. „Du hast mich zu Tode erschreckt."

„Ich dich? Ich habe nicht mit einer Pistole auf dich gezielt!"

„Tut mir Leid." Ihre Schwester sah gereizt aus. „Die Schlafzimmertür war geschlossen. Ich hörte Ranger daran kratzen ... Ich machte mir Sorgen, dass ..."

„Er hat vorhin ins Zimmer gewollt. Ich dachte, du schläfst, und wollte vermeiden, dass er hier bellt und Theater macht."

Sie starrten einander einen Augenblick an, dann lachte Jane.

„Was ist so lustig?" fragte ihre Schwester mit finsterem Blick.

„Die große böse Stacy und ihre Walton und Johnson."

„Sehr witzig." Stacy lächelte. „Du kannst froh sein, dass ich nicht auf dich geschossen habe."

„Vielleicht solltest du es mal mit entkoffeiniertem Kaffee versuchen, Schwesterherz."

Stacy hob die Essstäbchen auf und wedelte damit vor Janes Nase herum. „Und was wolltest du damit?"

„Ehrlich gesagt: mich voll stopfen."

„Möchtest du Gesellschaft dabei?"

„Wenn genug da ist zum Teilen."

„Gierhals."

Jane lachte und ging zum Kühlschrank. Dann wärmte sie das Essen auf und trug es zum Couchtisch im Wohnzimmer. Jane befreite Ranger, der voller Begeisterung, dass er auch eingeladen war, hereingestürzt kam.

Sie aßen direkt aus den Schachteln, die sie untereinander tauschten. Während sie kauten, sprachen sie über das Essen, das Wetter, den Hund und vermieden beide geflissentlich die Themen, die sie am meisten beschäftigten.

Ted. Seine Ermordung. Was Stacy ihrer Schwester über seine Gefühle berichtet hatte.

Wie Jane darauf reagiert hatte.

Als sie schließlich alles bis auf den letzten Krümel verputzt und sich über ihr Glückskeksorakel amüsiert hatten, blickte Jane ihrer Schwester fest in die Augen. „Es tut mir Leid“, sagte sie.

„Was?“

„Wegen vorhin. Weil ich den Überbringer der schlechten Nachrichten angefahren habe.“

„Das ist in Ordnung, Jane. Ich verstehe das.“

Jane senkte den Blick einen Moment, sah ihre Schwester dann wieder an. Sie räusperte sich. „Und noch etwas tut mir Leid. Dass ich unser Leben so durcheinander gebracht habe.“

„Du hast unser Leben durcheinander gebracht?“

„Weil ich an jenem Tag am See ein Risiko eingegangen bin. Über die Absperrung hinausgeschwommen bin. Weil ich so eine Angeberin war.“

Stacy schüttelte den Kopf. „Jane, ich habe dich dazu herausgefordert. Meine Freundinnen auch. Und überhaupt warst du nur dort, weil wir die Schule geschwänzt haben.“

„Es war meine Entscheidung.“

„Ich war die große Schwester. Von mir wurde erwartet, auf

dich aufzupassen. Dir ein Vorbild zu sein. Stattdessen ...“ Sie presste die Lippen zusammen, als ob ihre Gefühle sie übermannten. „Du wärst beinahe gestorben, Jane. Und dein Gesicht ...“

Sie schluckte den Rest des Satzes hinunter. Jane streichelte zart ihre Hand. „Es war nicht deine Schuld. Ich habe niemals dir die Schuld gegeben, Stacy. Niemals.“

Stacys Augen füllten sich mit Tränen. „Ich selbst habe mir die Schuld gegeben. Mom und Dad haben mir die Schuld gegeben.“

„Das haben sie nicht. Ja, sie waren wütend. Aber auf uns beide.“

„Wütend auf dich? Kaum.“ Stacy lachte rau auf. „Sie waren nie wieder wütend auf dich.“

„Das ist nicht wahr.“

„Nein? Nach jenem Tag haben sie dich immer mit Samthandschuhen angefasst. Haben dich niemals angeschrien. Haben dich niemals so hart bestraft wie mich.“

Jane dachte zurück und fragte sich, ob ihre Schwester bis zu einem bestimmten Grad Recht hatte. Ihre Mutter hatte sie immer getadelt, ihr Vater geschimpft. Gelegentlich hatte sie Telefon- oder Fernsehverbot bekommen. Oder war auf ihr Zimmer geschickt worden.

Aber letztendlich war alles wenig mehr als ein Klaps auf die Hand gewesen.

Stacy unterbrach sie in ihren Gedanken. „Ich habe sie eines Nachts gehört. Sie stritten sich, Mom weinte. Du warst gerade wieder operiert worden. Es ging dir sehr schlecht, du hattest zusätzlich eine Infektion bekommen. Er war zornig. Wegen meiner Verantwortungslosigkeit. Er nannte mich *ihre* Tochter.“ Sie hielt inne, als ob die Erinnerung sie noch immer schmerzte. „Er fragte sich, ob ich es mit Absicht getan hätte. Weil ich eifersüchtig auf dich war.“

Die Worte ihrer Schwester trafen sie wie ein Hieb. Weil Jane wusste, dass dies nicht die wahren Gefühle ihrer Eltern gewesen waren. Sie hatten Angst gehabt. Um sie. Um ihre Zukunft. Sie hatten getrauert.

Das sagte sie ihrer Schwester.

Eine Zeit lang schwieg Stacy. Als sie sprach, bebte ihre Stimme. „Das Problem ist, er hatte zum Teil Recht. Ich war eifersüchtig. Vor dem Unfall. Und danach."

„Eifersüchtig, auf mich? Aber warum?"

„Wie kannst du das fragen? Ich wollte zu Dad gehören. Wirklich zu ihm gehören. Ich lag immer im Bett und fragte mich, warum mein richtiger Vater gestorben war. Warum nicht du die andere Tochter sein konntest und die Außenseiterin, nicht ich."

„Du warst niemals die Außenseiterin", sagte Jane voller Mitgefühl mit ihrer Schwester. „Nicht für mich. Nicht für Dad."

„Du hast leicht reden."

„Dad hat dich geliebt wie eine eigene Tochter." Angesichts des Zweifels im Gesicht ihrer Schwester nahm Jane ihre Hand und drückte sie fest. „Doch. Er hat dich immer mit so viel Liebe angesehen. So viel Stolz. Bei deiner Abschlussfeier bei der Polizeiakademie dachte ich, er platzt gleich, so stolz war er."

Tränen stiegen in Stacys Augen. Sie schlang die Finger um Janes Hand. „Ich habe ihn so geliebt. Und nach dem Unfall ..."

Sie beendete den Satz nicht, und Jane rief sich in Erinnerung, wie ihr Gespräch begonnen hatte. „Was war nach dem Unfall?"

Stacy löste ihre Hand, stand auf und trat zu dem Fenster, das zur Commerce Street hinausging. „Ganz ehrlich? Ich war sogar noch eifersüchtiger auf dich. Ich hatte kein Recht dazu, das weiß ich. Und ich fühle mich furchtbar deswegen."

„Eifersüchtig auf mich? Mein Gott, Stacy ... Ich war entstellt.

Und mein Leben war so … schrecklich. Ich hätte es niemandem gewünscht."

„Genau das ist der Punkt, verstehst du das nicht? Es ging immer nur um dich. Alles drehte sich immer nur um dich. Von dem Tag an. Für mich hatte niemand Zeit. Nicht einmal für die kleinen Dinge. Hilfe bei den Hausaufgaben. Ein Rat wegen der Schule, einer Freundin oder eines Freundes. Keine Außenseiterin? Von wegen. Wenn ich es vorher nicht war, dann hat spätestens der Unfall dafür gesorgt."

Jane erhob sich verblüfft. „Ich wusste nicht, dass du so empfindest."

Stacy wandte ihr das Gesicht zu, ihre Wangen brannten. „Natürlich wusstest du das nicht. Niemand wusste es. Unser Leben kreiste um dich, um deine Gesundheit. Deine Stimmung. Deine Zukunft. Die Operationen. Die Rechnungen dafür. Nur gut, dass du es warst, die verletzt wurde. Großmutter hätte kein Geld ausgegeben, damit mein Gesicht wiederhergestellt wird."

„Natürlich hätte sie das. Sie war kein Unmensch, Stacy."

„Nein? Das ist eine Frage des Standpunkts. Die traurige Wahrheit ist, dass diese Frau mir keinen Krümel Brot gegeben hätte, auch wenn ich verhungert wäre."

Jane reichte ihr eine Hand. Sie zitterte. „Wie kann ich das wieder gutmachen?"

„Das kannst du nicht. Weil …" Ein Kloß bildete sich in Stacys Hals. Sie räusperte sich und fuhr fort. „Weil es nicht um dich geht. Es ist nicht deine Schuld. Es geht um mich. Es ist mein Problem."

Unser beider Leben hat sich an jenem Tag verändert, dachte Jane. Warum hatte sie das nicht früher begreifen können? Kein Wunder, dass ihre Schwester zornig war. Voller Groll. Niemand hatte sich darum gekümmert, wie sie mit den Ereignissen fertig wurde. Keiner hatte sich um ihre Gefühle Gedanken gemacht. Um ihr Leben.

„Ich war so blind“, sagte sie leise und trat einen Schritt nach vorn. Ihre Stimme bebte. „Verzeihst du mir?“

„Dir verzeihen? Da gibt es nichts zu … Es ist nicht deine Schuld. Aber ich fühle mich so … schuldig. All diese Jahre, in denen ich sauer auf dich war. Ich wusste, dass es falsch war, aber ich konnte einfach nicht anders.“ Sie atmete tief durch. „Kannst du mir vergeben?“

Janes Augen wurden feucht. „Machst du Witze? Da ist nichts zu vergeben. Alles, was ich je wollte, war die Liebe meiner großen Schwester.“

Sie fielen einander in die Arme. Jane spürte, wie die Jahre der Verletzungen und der Missverständnisse von ihnen abfielen, fühlte sich fast schwindlig vor Erleichterung.

Stacy ging es ebenso. Sie sah es in ihren Augen.

Sie redeten noch ein wenig, räumten dann die Reste ihrer Mahlzeit fort und spülten das wenige Geschirr. Jane fühlte sich daran erinnert, wie gut sie sich als Kinder verstanden hatten.

Das hatte sie vermisst. Sie war überglücklich, ihre Schwester zurückzuhaben.

Stacy warf das Geschirrtuch auf den Tresen. „Es ist schon ziemlich spät. Meinst du, dass du schlafen kannst?“

„Noch nicht. Ich … ich möchte über Ted sprechen. Darüber, was du mir über ihn erzählt hast.“

Sie bemerkte, wie ihre Schwester sich versteifte, und fuhr trotzdem fort. „Mag sein, dass er nicht ehrlich war, was seine Vergangenheit betraf, doch er hätte mir niemals etwas angetan.“

„Er hat gelogen, was seine Vergangenheit betraf“, korrigierte Stacy sie. „Er war ein Ex-Sträfling. Das ist eine ziemlich große

Lüge, Jane." Jane öffnete den Mund, um zu widersprechen, doch Stacy hob die Hand. „Du hast diese Briefe nicht gesehen. Oder die Fotos. Seine Gefühle für dich waren unangebracht und krank."

Jane erinnerte sich an die Male, die sie ihn dabei ertappt hatte, wie er sie anstarrte. Die Intensität seines Blicks hatte sie unangenehm berührt. Sie hatte das abgetan als seine spezielle Art. Nun wusste sie es besser.

Sie rieb über die Gänsehaut auf ihren Armen. Sie konnte nicht auf diese Weise an ihn denken. Das wollte sie nicht.

„In seinem Tagebuch", fuhr Stacy fort, „schrieb er, dass er Ian hasst. Weil er dich ihm weggenommen hat."

Jane runzelte die Stirn. Keiner der Männer hatte den anderen besonders gemocht, aber Hass? Sie schüttelte den Kopf. „Ted hat die Briefe nicht geschickt. Derjenige, der sie geschrieben hat, hasst mich, Stacy, und nicht Ian. Er will mir wehtun. Ted wollte das nicht. Er hat mich geliebt. Und er wurde getötet."

„Von deinem Verfolger? Dem Fahrer des Bootes von vor sechzehn Jahren?"

„Ja."

„Und du glaubst noch immer, dass Ian unschuldig ist?"

„Absolut."

„Als du in seiner Praxis warst, hast du Beweismaterial gefunden, das ihn noch mehr belastet, oder? Darum hast du niemandem erzählt, dass du dort warst."

„Ich fand Dinge, die mich an ihm zweifeln ließen", erklärte Jane. „An seiner Treue. Ich konnte darüber nicht sprechen. Ich hätte das Gefühl gehabt, ihn zu verraten. Unsere Ehe zu verraten."

„Du hast mit Ian das letzte Mal, als du ihn besucht hast, darüber gestritten."

„Ja. Woher weißt du das? Hat Dave ..."

„Ian hat es mir erzählt." Stacy sah kurz zur Seite. „Er hat sich entschuldigt und bat mich, dir das auszurichten."

„Und du hast damit bis jetzt gewartet?" Jane hörte den Vorwurf in ihrer Stimme.

„Ich war mir nicht sicher, ob ich ihm glauben soll."

„Ich denke nicht, dass du das Recht hattest, darüber zu entscheiden. Er ist mein Mann ..."

„Und er ist im Gefängnis und erwartet einen Mordprozess. Ich bin Polizistin, Jane. Und deine große Schwester."

„Du kannst mich nicht beschützen, Stacy. Weil du mich nicht davon abhalten kannst, ihn zu lieben."

Stacy sah sie lange an und nickte dann. „Er behauptet, Marsha hätte zweimal im Monat zwei Stunden für Papierkram reserviert. Nach seiner Aussage hat Marsha jede Nummer aus seinem Adressbuch auf seinen Palm übertragen. Viele seien noch aus der Zeit vor eurer Ehe gewesen."

Jane dachte darüber nach. Das ergab einen Sinn. Es konnte die Wahrheit sein.

„Er hat mich gebeten, dir zu sagen, dass er dich liebt. Dass ihm euer Streit Leid tut. Er hätte dich niemals betrogen, sagte er. Du seiest alles für ihn."

„Danke", murmelte Jane erstickt und wünschte, diesen Worten noch so blind glauben zu können, wie sie es früher getan hatte.

„Du bist dran."

Jane berichtete eingehend, was sie auf Ians Palm gefunden hatten: die nicht näher bestimmten Mittagstermine, die Telefonnummer von Elle Vanmeer und vom La Plaza. Und die Entdeckung, dass drei ihrer Modelle Ians Patientinnen geworden waren, nachdem sie sie einander vorgestellt hatte.

„Wer noch außer Lisette Gregory?"

„Gretchen Cole und Sharon Smith."

„Bei deinem Anruf bei Lisette ging es also nicht um die Vernissage."

„Nein." Jane erklärte, warum sie alle drei angerufen hatte und was Gretchen und Sharon über Ians Integrität und Professionalität gesagt hatten. Lisette hatte sie –natürlich – nicht erreicht.

Weil sie tot war. Ermordet.

„Jane", unterbrach Stacy ihre Gedanken, „Elle Vanmeers Exmann behauptet, sie und Ian hätten eine Affäre gehabt. Er sagt, sie hätte mehr Zeit in Ians Bett als in ihrem verbracht. Wenn das stimmt, hat Ian gelogen. Dir gegenüber und uns. Warum?"

Jane schlang schützend die Arme um sich. Die Frage war verhängnisvoll. Sie schmerzte. Mehr, als sie ertragen konnte.

„Ich weiß, dass ich dich das schon gefragt habe, aber ich muss es noch einmal tun. Bist du immer noch sicher, dass Ian dir treu war?"

Jane konnte ihrer Schwester nicht in die Augen sehen. „Früher war ich das. Ich wäre eher gestorben, als daran zu zweifeln. Aber jetzt ..."

Sie verstummte und bemühte sich, ihre Gedanken zu ordnen. Ihre Gefühle. „Wohin ich mich auch wende", sagte sie schließlich, „werde ich mit Indizien gegen ihn konfrontiert. Seine Ex-Frau sagte mir, er hätte mich nur wegen des Geldes geheiratet. Dass er sexsüchtig sei und nicht einmal die Bedeutung von Monogamie kenne. Dann die Nummern in seinem Palm und das, was du mir erzählt hast." Sie faltete die Hände. „Aber wenn ich ihn sehe, glaube ich ihm. Glaube an seine Liebe und seine Treue. Ich habe mich immer gefragt ... was er in mir sieht. Ich dachte immer, seine Liebe sei zu schön, um wahr zu sein. Und jetzt ..." Mit Tränen in den Augen blickte sie wieder ihre Schwester an.

„Jetzt muss ich mich fragen, ob sie nicht tatsächlich zu schön war."

„Ich weiß, warum er sich in dich verliebt hat, Jane. Mein Gott, jeder Mann, der dir begegnet, verliebt sich in dich. Und ich weiß, warum. Du bist so stark – aber es ist eine sanfte Stärke, die die Menschen anzieht. Du verurteilst nicht. Du bist großzügig und mitfühlend. Verwundbar. Und schön."

Jane wollte etwas einwenden, doch Stacy unterbrach sie. „Du siehst dich immer noch als entstelltes, traumatisiertes Mädchen. Alle anderen sehen in dir eine schöne, erfolgreiche und selbstbewusste Frau. Eine, die das Schlimmste erlebt und überstanden ..."

Sie verschluckte den Rest, fluchte leise.

„Was?"

„Das ist es", sagte sie. „Der Grund, Jane. Du hast gewonnen. Du hast diesen Mistkerl besiegt. Deshalb ist er zurückgekommen." Stacy schlug sich mit einer Hand an die Stirn. „Einer der Zeitungsartikel hat seine Aufmerksamkeit auf dich gelenkt. Das letzte Mal warst du ein gebrochenes, entstelltes Mädchen. Nun bist du erfolgreich. Sowohl beruflich als auch privat." Sie sah Jane an. „Du hattest Recht. Er will dich bestrafen. Aber nicht nur, weil du lebst. Sondern weil du gewonnen hast. Ich glaube, das macht ihn krank."

„Also hat er mich gefunden", spann Jane den Faden aufgeregt weiter. „Mich beobachtet. Und Ian. Hat unsere Gewohnheiten und Zeitabläufe ausspioniert. Er hat alles sorgfältig geplant. Zuerst tötete er Elle Vanmeer ..."

„Ich sage nicht, dass ich an Ians Unschuld glaube, sondern ich halte es für möglich, dass du Recht hast und die Drohungen von dem Fahrer des Bootes stammen."

„Alles, was ihr gegen Ian in der Hand habt, sind Indizienbeweise. Das hat Elton gesagt."

„Viele Verdächtige sind wegen weniger verurteilt worden.“

Jane ballte ihre Hand zur Faust. „Er ist unschuldig. Warum kannst du mir das nicht glauben?“

„Weil ich Polizistin bin. Weil ich zu viele Männer – und Frauen – ihre Unschuld habe beteuern hören, obwohl sie schuldig waren. Weil ich die Beteuerungen, die Entrüstung und Empörung ihrer Angehörigen erlebt habe – und ihre fassungslose Ungläubigkeit, wenn die angeblich Unschuldigen als Täter überführt wurden. Tut mir Leid, Jane.“

„Du glaubst mir, was ich über den Fahrer des Bootes gesagt habe. Geh einen Schritt weiter, und glaub mir, dass er hinter allem steckt.“

Stacy sah sie streng an. „Du zweifelst an Ians Treue. Geh einen Schritt weiter, und zweifle an seiner Unschuld.“

Jane streckte flehend die Hand aus. „Ich brauche deine Hilfe, Stacy. Bitte hilf mir.“

„Wie? Indem ich für alles offen bleibe? Gut, das kannst du haben. Solange es keine Beweise gibt, die Ians Anwesenheit am Tatort belegen, werde ich offen sein.“

Das war nicht genug. Gott stehe ihr bei, sie wollte mehr.

„Was hat die Polizei an Beweisen?“

„Das darf ich dir nicht sagen.“

„Na gut. Ich sage dir, was ich weiß.“ Jane begann mit ihrer Aufzählung. „Sie glauben, dass sie das Motiv haben. Seine Untreue und meine Millionen. Eine Menge Umstände sprechen dafür. Und ich nehme an, sie glauben, dass er die Gelegenheit dazu hatte. Die Zeit am Abend von Elle Vanmeers Ermordung, als ich schlief; die Tatsache, dass er draußen gewesen war.“

Jane erhob sich, ging zum Panoramafenster und starrte in den mitternächtlichen Himmel. „Und natürlich Elle Vanmeers

Mobiltelefon, das mit Lisette Gregory in dem Müllcontainer gefunden wurde. Seine Verbindung zu allen drei Opfern." Sie blickte über die Schulter zu ihrer Schwester. „Was noch?" Als Stacy nicht antwortete, zog sie die Augenbrauen zusammen. „Welchen Schaden kann mein Wissen über den aktuellen Stand des Falls anrichten? Glaubt ihr, dass ich Beweise vernichte? Oder meinem eingesperrten Mann stecke, dass man ihm auf der Spur ist? Ich bitte dich."

Stacy atmete tief aus, als ob sie sich zu einer Entscheidung durchgerungen hätte. „Ein kirschroter Audi TT beim La Plaza, zur Tatzeit."

„Und die Durchsuchung hier, was wollten sie finden?"

„Kleidung."

„Kleidung? Warum ..."

„Eine Sicherheitsaufzeichnung vom La Plaza zeigt den Mann, den wir für Elle Vanmeers Mörder halten. Offensichtlich wusste er, wo die Kameras sind, und hat darauf geachtet, dass sein Gesicht nie zu sehen ist. Nach Größe und Figur könnte es Ian sein."

„Ich möchte das Band sehen."

Stacy lachte. „Keine Chance."

„Ich würde ihn erkennen, wenn er es wäre. Bitte, Stacy, lass es mich anschauen. Für mich. Für meinen inneren Frieden."

„Ich könnte nicht nur meinen Job verlieren, sondern auch angeklagt werden. Das ist Beweismaterial des Staates in einem Mordprozess. Außerdem wird sich die Verteidigung auch damit vergnügen dürfen."

„Wann?"

„Bei der Beweisaufnahme für den Prozess."

Von dem Zeitplan, den Elton für sie aufgestellt hatte, wusste Jane, dass er innerhalb von dreißig Tagen Anträge auf Einsichtnahme in die Beweise stellen würde. Die Beweisaufnahme würde abgeschlossen sein, bevor der Prozess begann.

„So lange kann ich nicht warten“, sagte sie und stellte sich vor ihre Schwester. Sie sah ihr direkt in die Augen. „Ich weiß, dass ich Recht habe mit diesem Typen. Dass Ian unschuldig ist.“

„Was, wenn du dich irrst? Jane, was, wenn du dir das Band ansiehst und deinen Mann erkennst?“

Die Worte, die Möglichkeit, brachten sie ins Wanken. Sie dachte daran, was Ted an dem Tag gesagt hatte, als sie auf dem Weg zu Ians Ex-Frau gewesen war.

Was, wenn sie dir etwas erzählt, das du nicht hören möchtest?

Genau das hatte seine Ex-Frau getan. Bei jedem Versuch, Ian zu entlasten, war das Schlimmste geschehen. Warum nicht dieses Mal?

Sie wappnete sich innerlich gegen diese Möglichkeit. „Aber was, wenn ich Recht habe, Stacy? Bis es zur Einsichtnahme in die Beweise kommt, kann ich schon längst tot sein.“

55. KAPITEL

Montag, 10. November 2003
6.30 Uhr

„Ich glaube, ich habe es mir anders überlegt“, sagte Jane, als sie den Jeep einparkte, zu ihrer Schwester. „Ich möchte nicht, dass du das tust.“

„Zu spät“, sagte Stacy. „Wir haben einen Plan, und wir ziehen ihn durch.“

Sie klang weit zuversichtlicher, als sie sich fühlte. Tatsächlich war sie zu dem Schluss gekommen, dass sie nicht ganz bei Trost war. Sie wollte das Sicherheitsband vom La Plaza aus der Asservatenkammer holen, damit Jane es sich anschauen konnte. Sie könnte gefeuert werden. Um Himmels willen, sie könnte sogar vor Gericht gestellt werden.

Doch sie war bereit, alles zu riskieren.

Für ihre Schwester. Weil sie ihr das schuldete. Und weil sie niemals deren Leben aufs Spiel setzen würde.

Bis es zur Einsichtnahme in die Beweise kommt, kann ich schon längst tot sein.

„Gib mir zwanzig Minuten, um das Band zu holen und in den Videorecorder einzulegen. Ich sage Kitty, dass du kommst. Wegen einer Zeugenaussage.“

„Über Ted.“

„Ja.“

„Was, wenn Mac da ist? Er wird uns diese ganze Geschichte mit der Zeugenaussage nicht abkaufen. Er ...“

„Er wird nicht da sein. Ich bin zu fünfundneunzig Prozent sicher. Aber falls er es doch ist oder ich aus einer anderen Richtung

Schwierigkeiten bekomme, blasen wir den Plan ab. Achte auf meine Zeichen.“

Jane nickte, obwohl sie nicht überzeugt aussah. Tatsächlich wirkte sie verängstigt.

Stacy drückte ihr aufmunternd die Hand. „Es sind nur Polizisten. Sie beißen nicht.“

Jane lachte, und Stacy stieg aus. Sie und Jane hatten den Plan am Tag zuvor ausgeheckt. Das Timing war wichtig. Schichtwechsel war erst in vierzig Minuten. Ein paar Frühaufsteher wären anwesend, ebenso all jene, die an wichtigen und dringenden Fällen arbeiteten. Die Jungs von der Spätschicht würden schon nur noch halb anwesend sein. Sie freuten sich darauf, nach Hause zu kommen. Niemand würde sich über ihr Eintreffen wundern.

Sie sah zurück zu ihrer Schwester. „Zwanzig Minuten.“

Jane nickte. „Sei vorsichtig.“

Stacy salutierte und lief die Straße hinauf. Sie hatten einen ganzen Block vom Department entfernt geparkt, damit sie nicht zusammen gesehen wurden. Stacy rieb ihre Hände aneinander und sehnte sich nach Handschuhen. Stattdessen schob sie ihre Hände in die Manteltaschen und schauderte in der Kälte des grauen Tages.

Die Videokassette mitzunehmen würde eine Spur in den Akten hinterlassen. Der Beamte in der Asservatenkammer dürfte zwar kaum stutzig werden, doch wenn irgendjemand Bekanntes darüber stolperte, hatte sie ein Riesenproblem.

Wenn es um Beweise ging, waren die Sicherheitsbestimmungen streng. Die Anklage musste jederzeit nachweisen können, dass sich niemand an den Beweismitteln zu schaffen gemacht hatte. Deshalb musste sie jederzeit wissen, wo die Beweismittel waren. Anderenfalls platzte die Anklage.

Sie näherte sich dem Gebäude. Als sie es betrat, nickte sie mehreren Beamten zu, die gerade hinausgingen. Der Publikumsverkehr ließ noch auf sich warten, und die Eingangshalle war zum Glück ruhig.

Der Mann am Empfang saß an seinem Tresen und sah müde aus. „Morgen“, sagte sie.

Ohne aufzusehen, grunzte er eine Entgegnung. Sie ging um die Ecke zu den Fahrstühlen. Ein Aufzug wartete gerade mit geöffneten Türen. Sie blickte auf die Uhr darüber. Sechs Uhr dreißig. *Genau im Zeitplan.*

Sie betrat den Aufzug. Die Asservatenkammer befand sich im fünften Stock. Sie drückte den entsprechenden Knopf und fuhr sich mit den Fingern durchs Haar. Ihre Müdigkeit war nicht zu verleugnen. Seit ihrem improvisierten Picknick im Wohnzimmer am Samstagabend hatten sie und Jane die letzten sechzehn Jahre aufgearbeitet.

Sie hatte ihrer Schwester von Mac erzählt. Dass sie ein Paar waren. Dass sie in ihn verliebt war. Sehr verliebt.

Dass er vielleicht *der Richtige* war. Jane hatte sich für sie gefreut.

Die Türen des Fahrstuhls öffneten sich; sie verließ den Aufzug und ging nach rechts.

Die Asservatenkammer war mit einer Person besetzt, einem Beamten in Uniform. Er sah etwas schläfrig aus. „Hallo, Sam. Eine Zusatzschicht eingelegt?“

„Morgen, Detective. Ja, mal wieder Pech gehabt. Was machen Sie hier so früh?“

„Bisschen aufarbeiten, nachdem ich einige Tage weg war. Ich brauche ein Beweisstück aus dem Vanmeer-Fall. Eine Videokassette.“

Er nickte. Schob eine Liste und einen Stift zu ihr hinüber. „Hier unterschreiben.“

Während sie das tat, ging er zum Computer und gab die Suchbegriffe ein. Er hielt inne, runzelte die Stirn. „Sieht so aus, als sei sie nicht mehr da."

Sie brach die Unterschrift ab, fühlte eine plötzliche Leere im Magen. Nicht die Anklage, betete sie. Wenn die Anklage sie hatte, war es zu spät. „Sind Sie sicher?"

„Nein … warten Sie, hier ist es. Ich habe sie. Bin gleich wieder da."

Mit pochendem Herzen sah sie ihn im Innern der Asservatenkammer verschwinden. Als er zurückkehrte, hielt er das Band, das er in einen sorgfältig beschrifteten Plastikbeutel gesteckt hatte, in der Hand. Er nahm den Zettel, prüfte, ob sie sowohl den Gegenstand als auch ihren Namen richtig eingetragen hatte, und gab ihr die Kassette.

„Ich bringe sie im Nu zurück."

„Keine Eile. Schließlich weiß ich, wo ich Sie finde."

Seine Worte hatten nichts zu bedeuten; trotzdem kamen sie ihr merkwürdig vor. Der Captain würde sie kreuzigen, wenn er herausbekäme, was sie da tat. Sie fragte sich, was sie tun sollte, wenn man sie feuerte. Wieder zur Schule gehen? Es bei einem privaten Sicherheitsdienst versuchen? Auf Janes Großzügigkeit hoffen?

„Und ob Sie das wissen." Sie warf Sam ein – wie sie hoffte – zwangloses Lächeln zu. „Schönen Tag noch."

Sie ging zurück zu den Aufzügen. Zehn Minuten waren vergangen. Perfekt. Sie betrat einen Fahrstuhl, fuhr in den dritten Stock und stieg aus. Sie ging an dem Bürostuhl-Friedhof vorbei in ihre Abteilung.

Kitty war bereits da. Sie saß mit einem Becher Kaffee an ihrem Schreibtisch und frühstückte einen Doughnut mit Puderzucker.

„Sie sind früh, Detective", sagte sie zwischen zwei Bissen.

„Mmm. Mac schon da?“

„Hab ihn nicht gesehen.“ Die Frau blätterte einen Stapel Notizen durch und reichte ihr einige. „Montage sind schrecklich.“

Stacy ging die Notizen durch. Ein Anruf vom Captain. Vom Büro des Gerichtsmediziners. Einige von der Familie eines Opfers. Sie hielt inne, als sie den Namen Benny Rodriguez las, ein Kollege von der Sitte, mit dem sie vor ein paar Jahren bei einem Fall zusammengearbeitet hatte. Was konnte er wollen?

Sie steckte die Notizen ein. „Ist der Captain da?“

„Nein. Hat ein frühes Meeting mit dem Polizeichef. Wird ein paar Stunden dauern.“

„Danke. Dann werde ich mich später bei ihm melden.“ Sie ging in Richtung ihres Schreibtischs, hielt an und blickte zurück zu Kitty. „Ach ja, meine Schwester wird heute wegen einer Zeugenaussage herkommen. Sagen Sie mir Bescheid, wenn sie da ist?“

„Mache ich.“

Stacy ging direkt zum Verhörraum. Sie schob die Kassette in den Recorder. Kaum hatte sie das erledigt, klingelte ihr Handy.

Es war Kitty. Ihre Schwester sei da. „Schicken Sie sie in Verhörraum drei.“

Stacy empfing Jane an der Tür. Ihre Schwester sah unbehaglich aus. Sogar ängstlich. Doch das würde keinerlei Verdacht erregen; ein Termin bei der Polizei hatte auf die meisten Menschen diese Wirkung.

Stacy schloss die Tür und lehnte sich dagegen, um Wache zu stehen. „Die Kassette ist fertig zum Start. Du musst nur auf Play drücken.“

Was Jane tat. Sie sah sich die Sequenz schweigend an, spulte zurück und schaute sie noch einmal an. Danach hielt sie das Band an und blickte sichtbar aufgeregt über die Schulter zu ihrer Schwester. „Das ist er nicht."

„Bist du sicher?"

„Ja."

„Warum?"

„Er besitzt keine solche Mütze und auch nicht so eine Jacke."

„Das heißt gar nichts. Er kann sich beides extra für den Mord gekauft und es dann weggeworfen haben."

Ihre Schwester seufzte. Harte Worte. Aber wahr. „Ian hat eine andere Körperhaltung. Bewegt sich anders."

„Wie anders?"

„Ich weiß nicht, wie ich es beschreiben soll."

„Lass das Band noch mal laufen. Zeig es mir."

„Sieh hier", sagte sie. „Seine Schultern. Wie sich der Kerl in seine Jacke duckt. Ian hält sich sehr gerade. Das gehört zu den Dingen, die mir sofort an ihm auffielen." Auf dem Band hielt der Fahrstuhl an, die Türen glitten auf, und der Mann trat hinaus. „Da, wieder", deutete Jane auf den Bildschirm. „Ian bewegt sich elegant. Geschmeidig. Dieser Kerl … ich weiß nicht, er stolziert irgendwie. Wie ein Gockel."

Stacy kniff die Augen zusammen, während sie auf den Bildschirm sah, und versuchte sich Ian in Erinnerung zu rufen, seinen Gang, seine Gesten. Es gelang ihr nicht.

„Es tut mir Leid, Jane, aber …"

Es klopfte an der Tür. Stacy gab Jane ein Zeichen, den Recorder auszuschalten. Dann öffnete sie die Tür einen Spalt. Es war Mac. Verdammt. Jetzt steckte sie in der Klemme.

„Hallo", sagte sie und zog die Tür auf.

„Ebenfalls hallo. Was machst du hier so früh?"

„Bisschen was aufarbeiten." Ihr gelang ein Lächeln. „Was ist mir dir?"

Er antwortete nicht, sein Blick wanderte von ihr zu Jane, die hinter ihr stand. „Morgen, Jane."

„Hallo, Detective."

„Nennen Sie mich Mac."

Stacy sah, wie es in ihm arbeitete. Registrierte sein leichtes Stirnrunzeln, als er den Videorecorder sah. Er blickte wieder Stacy an. „Was ist los?"

„Jane wollte gerade gehen."

„Tatsächlich?" Er sah Jane an. „Kitty sagte, Sie seien wegen einer Zeugenaussage hier."

Jane wurde blass. Stacy schaltete sich ein. Sie wollte zwar nicht lügen – doch die Wahrheit konnte sie ihm nicht sagen. „Ich sehe keine Veranlassung dazu. Was meinst du, Mac?"

„Ich meine, dass du und ich miteinander sprechen sollten."

„Ich finde selber hinaus." Jane ging schnell zur Tür. Sie blickte Stacy an. „Ruf mich später an. Auf Wiedersehen, Detective."

Beide schauten Jane hinterher, dann schloss Mac die Tür und sah sie an. „Ich war gerade im fünften Stock."

Stacy sagte nichts. Sie wusste, was jetzt kam.

„Ich machte mir Gedanken wegen Teds Tod. Darüber, was du über die Puzzleteile gesagt hast. Ich kam extra früh rein, um das Band vom La Plaza zu holen. Und es noch mal anzuschauen. Und als ich oben war, passierte was Komisches." Er ging zum Videorecorder, holte die Kassette heraus. Kam wieder zu ihr. „Sam sagte mir, dass sie ausgeliehen sei. Von dir."

Sie konnte ihm nicht in die Augen schauen.

„Was tust du da, Stacy?"

„Ich weiß nicht, was du meinst."

„Blödsinn. Du hast der Frau des Mannes, der des Mordes angeklagt wird, ein wichtiges Beweisstück gezeigt."

Sie öffnete den Mund, um es abzustreiten, stattdessen entschlüpfte ihr: „Sie ist sicher, dass es nicht Ian ist."

„Natürlich ist sie das."

„Ich habe über diese Sache nachgedacht, Mac. Über Teds Tod und ..."

„Hör auf! Es ist vorbei. Kapierst du das nicht? Es liegt jetzt bei seinem Anwalt, dem Richter und der Jury."

„Gehst du mit dieser Sache zum Captain?"

Er beugte sich zu ihr vor. „Ich werde wegen deiner Schwester nicht meine Karriere wegwerfen. Bist du dir sicher, dass du das willst?"

Er gab ihr die Videokassette, drehte sich um und ging zur Tür. „Du warst eine gute Polizistin, Stacy. Eine, die ich bewundert habe. Ich wollte mit dir arbeiten. Ich habe mich für dich entschieden. Aber du wirst tief fallen. Und ich bin nicht sicher, ob ich dabei sein möchte, um die Reste aufzufegen."

Und dann war er fort.

56. KAPITEL

Montag, 10. November 2003
9.00 Uhr

Noch lange, nachdem Mac gegangen war, saß Stacy allein im Verhörraum und dachte darüber nach, was er zu ihr gesagt hatte. Über den Ausdruck in seinen Augen, als er es sagte.

Sie hatte ihn enttäuscht. Ihn angelogen. Sein Vertrauen missbraucht.

Ich werde wegen deiner Schwester nicht meine Karriere wegwerfen. Bist du dir sicher, dass du das willst?

Du wirst tief fallen. Und ich bin nicht sicher, ob ich dabei sein möchte, um die Reste aufzufegen.

Sie warf ihm nicht vor, dass er enttäuscht von ihr war. Sie fuhr sich mit der Hand über das Gesicht. Sie würde ihm keine Vorwürfe machen, wenn er die Versetzung beantragte. Er hatte Recht, wenn er zum Captain ging.

Trotzdem betete sie, dass er es nicht tat.

Und sie betete, dass sie sein Vertrauen wiedergewinnen konnte. Die Frage war, wie. Sie nahm an, dass Aufrichtigkeit ein Anfang wäre.

Stacy brachte die Kassette zurück in die Asservatenkammer und machte sich dann auf die Suche nach ihrem Partner.

Mac saß nicht an seinem Schreibtisch. Sie wusste, dass er im Haus war, weil sein Mantel über der Stuhllehne hing.

Mac hatte viele gute Eigenschaften, aber Ordnungssinn gehörte nicht dazu. Sein Schreibtisch war ein einziges Durcheinander aus Berichten, Akten, leeren Kaffeebechern und einer Ausgabe von *US Today*.

Als sie nach der Zeitung griff, landete ihr Blick auf einem Foto, das aus einer Aktenmappe lugte. Sie zog es heraus. Es war ein Tatortfoto. Das Opfer war eine Frau. Sie sah aus, als ob man sie zu Tode geprügelt hätte. Die Schläge hatten einen Großteil ihres Gesichts unkenntlich gemacht. Von der Taille aufwärts war sie nackt.

Stacy starrte das Bild an; irgendetwas daran rührte an ihrer Erinnerung. Sie war dieser Frau schon einmal begegnet. Aber wann? Und warum?

„Unsere tote Nutte", sagte Mac hinter ihr.

Sie drehte sich um. „Haltet ihr noch den Zuhälter fest?"

„Wir wissen nicht, wo er ist. Wahrscheinlich hat er die Stadt verlassen." Er zuckte die Achseln. „Er kommt zurück. Sie kommen immer zurück."

„Irgendetwas an ihr kommt mir bekannt vor."

Er nahm das Foto. „Bekannt? Was?"

„Ich weiß nicht. Wie ist ihr Name?"

„Sie wurde Sassy genannt. Ihr richtiger Name war Gwen Noble."

Wieder klingelte nichts bei ihr. Stacy schüttelte den Kopf, und er steckte das Bild in Aktenmappe zurück.

„Es tut mir Leid, Mac", sagte sie leise. „Verdammt Leid."

„Was?"

„Du weißt schon."

Er schwieg einen Moment. Seine Miene verriet nichts von seinen Gedanken. Schließlich sagte er: „Ich möchte dir vertrauen, Stacy, aber ich weiß nicht, ob ich das kann. Partner lügen einander nicht an."

Er betonte das Wort *Partner*. Sie wusste, dass er nicht nur von ihrer beruflichen, sondern auch von ihrer persönlichen Beziehung sprach.

Sie hatte so lange auf ihn gewartet, dass sie darum betete, es nicht verdorben zu haben.

„Du hast Recht“, sagte sie. „Gib mir noch eine Chance. Ich werde dich nicht wieder enttäuschen.“

„Auch wenn es um deine Schwester geht? Bevor du mir das versprichst, denk gut darüber nach, Stacy.“

Ein anderer Detective ging am Schreibtisch vorbei und warf ihnen einen neugierigen Blick zu. Stacy wich einen Schritt von Mac zurück. „Das habe ich. Ich möchte, dass du mir vertraust. Das ist wichtig.“

Sein Blick folgte dem Kollegen. „Okay … Partner.“

Ihr wurde schwindlig vor Erleichterung. „Hat die Gerichtsmedizin sich wegen Jackman gemeldet?“

„Noch nicht. Aber ich habe von Doobie gehört.“

Stacy erstarrte. Vor Aufregung lief ihr ein Schauer über den Rücken. „Wo ist er?“

„Im Moment habe ich keine Ahnung. Aber heute um Mitternacht wird er in der Gasse hinterm Big Dick’s sein.“

Stacy lächelte. Jetzt kamen sie endlich weiter. Wenn keine Naturkatastrophe oder der Jüngste Tag dazwischenkäme, würde sie heute Nacht den Namen des Bootsfahrers wissen.

57. KAPITEL

Montag, 10. November 2003
23.15 Uhr

Jane saß auf dem Gästebett und sah zu, wie ihre Schwester sich für das Treffen mit Doobie anzog. „Ich will mitgehen."

„Vergiss es."

„Das ist nicht fair."

„Akzeptier es."

Jane runzelte die Stirn. „Wirst du mir wenigstens zuhören?"

„Nein."

Jane fuhr trotzdem fort. „Wer sonst könnte Doobie überzeugen, diesen Kerl hochgehen zu lassen? Ich war dort. Ich war diejenige, die verletzt wurde."

„Du bist Zivilistin."

„Und soweit ich weiß, ist dieses Treffen keine offizielle Polizeiermittlung. Von meiner Warte aus ist es *meine* Sache."

„Hat dir schon mal jemand gesagt, dass du eine Nervensäge bist?"

Jane ignorierte das und beugte sich vor. „Schau mal, Stacy. Wer könnte ihn eher überzeugen, den Namen rauszurücken? Nach seiner eigenen Aussage verfolgt ihn das, was geschah. Was er mir angetan hat. Ich kann betteln. Pathetisch werden. Ich werde meine Augenklappe tragen."

„Nein."

„Er ist ein Spitzel. Er verrät Freunde für Geld. Wenn alles nichts nützt, biete ich ihm Geld an. Viel Geld."

Am Gesichtsausdruck ihrer Schwester erkannte sie, dass sie einen Nerv getroffen hatte. „Es könnte gefährlich sein", sagte Stacy.

„Ich habe zwei Spitzenpolizisten des DPD als Bodyguards."

„Mac wird das nicht mitmachen."

„Ich werde ihn überreden."

Es läutete an der Tür. „Das wird er sein", sagte Stacy trocken. „Gib dein Bestes."

Jane stand auf und ging zur Gegensprechanlage. Es war tatsächlich Mac.

Sie ließ ihn hinein und empfing ihn mit Ranger an der Tür. Er trat in den Flur. „Ist Stacy fertig?"

„Wir sind beide fertig."

„Bitte?" Er sah an ihr vorbei zu Stacy, die aus dem Gästezimmer gekommen war.

„Sie meint, dass sie mitkommen will."

„Nein", sagte Mac. „Auf keinen Fall."

Im Handumdrehen brachte Jane ihre Argumente vor.

Offensichtlich war er nicht beeindruckt. „Da wird nichts draus." Mac sah Stacy an. „Sag ihr, dass es keinen Zweck hat."

Stacy wirkte amüsiert. „Dickköpfigkeit liegt in der Familie."

„Ihr könnte mich nicht aufhalten", sagte Jane. „Die Gasse hinterm Big Dick's. Um Mitternacht. Ich werde selbst hinfahren."

Mac warf Stacy einen hilflosen Blick zu. Sie zuckte die Achseln. „Sie hat ein paar gute Argumente."

„Verdammt. Ich sollte euch tatsächlich allein hinfahren lassen."

Jane lächelte freundlich. „Möchte noch jemand einen Kaffee für den Weg?"

Beide bejahten, und Jane ließ sie allein, um den Kaffee vorzubereiten. Sie lächelte, als sie sie flüstern und dann Stacy lachen hörte. Es war ein belegtes Lachen, halb lockend, halb amüsiert.

Es ist an der Zeit, dachte sie. Stacy hatte sich danach gesehnt, jemand Besonderes kennen zu lernen; sie hatte Liebe verdient.

Sie machte die drei Becher zum Mitnehmen fertig und rief das Paar dann in die Küche. Stacy wirkte erhitzt, als ob sie sich gerade geküsst hätten. Jane wandte den Blick ab, Verlangen durchflutete sie. Nach ihrem Mann. Seiner Zärtlichkeit. Seiner emotionalen Unterstützung.

Sie vermisste ihn schmerzhaft.

Als ob sie ihre Gedanken lesen könne, umarmte Stacy sie kurz. „Es wird alles gut, Schwesterherz."

Das würde es, versicherte sich Jane, als sie zu Macs Sedan gingen. Nach dieser Nacht wäre sie einen Schritt weiter, um diesem Alptraum ein Ende zu machen. Und um ihren Mann – und ihr Leben – zurückzubekommen.

Während der kurzen Fahrt durch die Stadt sprachen sie wenig. Kurz nachdem sie die Wohnung verlassen hatten, hatte es schon angefangen in Strömen zu regnen. Abgesehen von dem unangenehmen, regelmäßigen Quietschen, das der Scheibenwischer verursachte, war es still im Auto.

Als sie das Big Dick's erreichten, fuhr Mac zum Eingang der Gasse. Er parkte, schaltete den Motor aus und sah Jane an. „Warten Sie hier. Stacy und ich werden uns überzeugen, dass keine Gefahr besteht."

Sie willigte ein, doch sobald die beiden Detectives außer Hörweite waren, stieg sie aus dem Wagen. Sie würde nicht das Risiko eingehen, Doobie zu verpassen, weil er kalte Füße bekam und abhaute. Nicht, wenn die Antwort, nach der sie so lange gesucht hatte, so greifbar nahe war. Nicht, wenn ihr und Ians Leben von dieser Antwort abhingen.

Der Regen war kalt, er prickelte schmerzhaft auf ihren Wangen. Mit pochendem Herzen lief sie in die dunkle Gasse. Sie hörte, wie Mac und Stacy miteinander sprachen. Hörte, wie Mac Doobies Namen rief.

Alles blieb still. „Sind wir zu früh?"

„Er ist zu spät."

„Und natürlich muss es regnen."

„Hast du Licht?"

„Hab ich", antwortete Stacy.

Kurz darauf durchschnitt der Lichtstrahl einer Taschenlampe die Dunkelheit und den Regen. In der Ferne grollte Donner. Mac fluchte.

„Ist er das?"

Einer Sekunde des Schweigens folgte sein knappes „Ja, das ist Doobie".

„Ist er tot?"

„So tot, wie man nur sein kann."

Jane entfuhr ein gequälter Laut. Nein! *Das durfte nicht sein.*

Sie rannte los und hielt abrupt, als sie Mac und Stacy sah. Sie hockten neben einem Körper, der mit dem Gesicht nach unten auf dem schmutzigen, feuchten Asphalt lag.

Dem Winkel seines Kopfes nach zu urteilen, war sein Genick gebrochen.

58. KAPITEL

Dienstag, 11. November 2003
6.45 Uhr

Der Captain starrte sie an, und sein Gesicht wurde noch röter. Er sah aus, als ob er gleich platzen würde. Wie ein Feuerwerkskörper, der gleich hochging. Dass sie in der Tinte saßen, war offensichtlich. Und es war ihr Fehler.

Stacy warf Mac einen entschuldigenden Blick zu. Im nächsten Moment verlor der Captain die Beherrschung. „Sie beide kriege ich dran! Was zur Hölle haben Sie gedacht, was Sie da tun?"

„Wir haben ein Treffen mit einem Spitzel vereinbart …"

„Sie haben eine Zivilistin mitgenommen! Zum Teufel!"

„Wir wollten einen Hinweis überprüfen …"

„In welchem Fall? Dem Ihrer Schwester?"

Sein sarkastischer Ton ließ Stacy sich aufrichten. „Ja, Sir. Ich habe Sie auf dem Laufenden gehalten über ihre Situation, die Drohungen, die zerstörte Babypuppe, die jemand in ihrer Wohnung gelassen hatte. Und vielleicht erinnern Sie sich an den gestrigen Mord an ihrem Assistenten …"

Er sprang wie von der Tarantel gestochen auf. „Natürlich erinnere ich mich. Ich erinnere mich an jeden einzelnen Mord, der in meinem Gebiet geschieht!"

„Natürlich, Sir. Ich meinte nur …"

„Meine Detectives haben keine Befugnis, ihre eigenen Ermittlungen anzustellen."

„Sie haben mir erlaubt, der Sache nachzugehen, Sir …"

„Halten Sie den Mund, Killian."

Sie gehorchte sofort. Was sie sagen wollte, würde ihr Vorgesetzter nicht gerne hören. Aber sie musste es sagen – Doobies Tod hatte für sie alles verändert. Er bewies – ihrer Meinung nach –, dass Janes Bootsfahrer nicht einfach nur ein gestörter Mistkerl war, sondern ein eiskalter Killer.

„Bei allem gebotenen Respekt, Captain Schulze, ich beginne zu glauben, dass der falsche Mann im Gefängnis ist. Ian Westbrook hat weder Elle Vanmeer noch Marsha Tanner oder Lisette Gregory getötet. Ich glaube, die jüngsten Ereignisse beweisen, dass es derjenige war, der meiner Schwester die Drohungen schickte. Er hat Ted Jackman getötet. Und jetzt Doobie, um ihn zum Schweigen zu bringen. Ian Westbrook wurde hereingelegt."

„Sie sind befangen, Killian!" schrie er sie an. „Wir haben unsere Festnahme. Der Schuldige sitzt im Gefängnis." Er atmete tief ein und wandte sich Mac zu. „Von Ihnen erwarte ich ein bisschen mehr gesunden Menschenverstand, McPherson."

„Ja, Sir." Mac räusperte sich. „Wenn die Geschichte, die Doobie mir über diesen Bootsfahrer erzählt hat, wahr ist – und ich glaube, dass sie das ist –, dann ist die Person, mit der wir es hier zu tun haben, ein Psychopath, der nicht zögert zu töten. Höchstwahrscheinlich hat er Doobie umgebracht. Und ebenso Jackman. Trotzdem teile ich nicht die Auffassung von Detective Killian, was Westbrooks Unschuld angeht. Die Beweislage unterstützt unsere Festnahme, und daran halte ich fest."

„Endlich", murmelte der Captain und kehrte zu seinem Sessel zurück, „ein bisschen Vernunft."

„Ich bitte um Erlaubnis, weiter zu ermitteln", sagte Mac. „Ich werde Doobies Vergangenheit durchleuchten. Seine Familie. Vielleicht kennt einer von ihnen diesen Freund. Und weiß einen Namen."

„Gut." Captain Schulze zog die Schublade seines Schreibtisches auf und nahm ein Fläschchen mit Magentabletten heraus. Er warf sich zwei der weißen Pillen in den Mund und zerkaute sie wütend. „Hören Sie auf zu spekulieren und lösen Sie den Fall. Ich will einen Verdächtigen. Und ich will, dass er ins Gefängnis kommt."

„Ja, Sir", murmelte Mac. „Danke, Captain."

Stacy warf Mac einen dankbaren Blick zu und zog sich in Richtung Tür zurück. Captain Schulze hielt sie auf, bevor sie den Raum verlassen konnte. „Ich habe niemals Ihre Prioritäten angezweifelt, Killian. Ich möchte jetzt nicht damit anfangen. Ist das klar?"

Sie antwortete, dass es das sei. Sonnenklar.

59. KAPITEL

Donnerstag, 13. November 2003
9.45 Uhr

Jane wartete darauf, dass Ian in den Besucherraum geführt wurde. Vor einer Woche hatte sie ihn zuletzt gesehen. Siebenmal vierundzwanzig Stunden – nichts im Vergleich zu einem ganzen Leben, geschweige denn der Ewigkeit, und doch waren in dieser Zeit zwei Menschen umgebracht worden, und sie hatte ihr Kind verloren.

Doobies Genick war gebrochen gewesen. Weil sie keine Spuren eines Kampfes gefunden hatten, gingen Stacy und Mac davon aus, dass er seinem Angreifer den Rücken zugekehrt hatte. Dass sein Mörder jemand gewesen war, dem er vertraute. Eine nicht angezündete Zigarette und ein Plastikfeuerzeug waren unter dem Körper gefunden worden. Sie nahmen an, dass er sich gerade abgewandt hatte, um sich eine Zigarette anzuzünden.

Sie war so nahe dran gewesen, den Namen des Mannes zu erfahren, der sie terrorisierte, des Mannes, der ihr nicht nur ihr Gesicht, sondern auch ihre Jugend gestohlen hatte.

Nicht nah genug.

Es war, als ob er jeden ihrer Schritte voraussah.

In jener Nacht hatte sie keinen Schlaf gefunden und gebetet. Um Kraft. Um Hilfe. Um Gerechtigkeit.

Heute Morgen hatte sie für ihren Mann gebetet. Für ihre Beziehung. Die Ereignisse der letzten Woche trennten sie ebenso sehr wie die Glaswand vor ihr. Tatsächlich spürte sie, wie er, wie ihre Liebe ihr entglitt. Ein Verlust, der ebenso schmerzte wie der Verlust des neuen Lebens, das sie in sich getragen hatte.

Ian und sein Wärter betraten den Raum. Er kam zu ihr und

legte eine Hand an das Glas, unternahm jedoch keine Anstalten, den Hörer abzunehmen. Er bewegte nur die Lippen: „Ich liebe dich."

Sie legte ihre Hand gegen seine und spürte, wie sich das Glas erwärmte. Ihr wurde die Brust eng, und Tränen stiegen in ihr auf. Sie konnte sich nicht überwinden, die Liebeserklärung zu erwidern.

Etliche Minuten standen sie so da, schauten einander an. Schließlich griff er zum Hörer. Sie tat es ihm nach.

„Es hat mir das Herz gebrochen", sagte er erstickt. „Ich weiß nicht, was ich sagen soll. Um den Schmerz zu lindern."

„Es gibt keine Möglichkeit, den Schmerz zu lindern."

„Wir werden andere Kinder haben. Ich verspreche es."

Seine Worte verletzten sie. Machten sie wütend. „Wie kannst du das versprechen? Wie … mit allem …" Ein Kloß bildete sich in ihrem Hals, erstickte ihre Worte.

„Es tut mir Leid, dass wir uns gestritten haben. Dass ich den Streit vom Zaun gebrochen habe. Ich war eifersüchtig. Wütend." Er senkte die Stimme. „Gekränkt, dass du mir nicht geglaubt hast. Zu Tode erschrocken. Weil ich dich verlieren könnte."

„Wohin ich mich auch wende, finde ich Indizien gegen dich. Alles, was ich wollte, war eine Erklärung."

„Die hast du verdient. Hat Stacy es dir erzählt? Ich bat sie, es dir zu erklären."

„Das hat sie." Jane sah einen Moment zur Seite, um ihn dann wieder anzuschauen. „Aber nicht sie hätte es mir sagen sollen. Ich bin deine Frau. Du solltest mir die Antworten selbst geben."

„Alles, was du wissen willst. Frag nur, bitte", bettelte er. „Ich möchte nicht, dass irgendetwas zwischen uns steht."

„Dafür ist es vielleicht zu spät."

Er sah aus, als ob sie ihn ins Gesicht geschlagen hätte. „Sag das nicht, Jane. Das könnte ich nicht ertragen. Alles. Frag mich alles."

„Hattest du eine Affäre mit Elle Vanmeer?"

Er zögerte keinen Augenblick. „Bevor du und ich uns kennen gelernt haben – ja, da hatten wir etwas miteinander. Es war nichts Besonderes. Elle hatte mit vielen Männern etwas."

Jane schluckte schwer und versuchte zu begreifen, was er da sagte. „Erzähl weiter."

„Das ist der Grund, warum ihr Name in meinem Palm gespeichert war. Und die Nummer vom La Plaza. Wir trafen uns im La Plaza. Es gefiel ihr. Sie mochte wilden Sex. Die Abwechslung."

Jane wollte die Hände auf die Ohren pressen. Wollte sich verstecken. Die Wahrheit nicht hören.

„Hast du mit anderen Patientinnen geschlafen?"

„Mit einigen. Nicht während sie meine Patientinnen waren. Danach. Wir trafen uns zufällig bei irgendeinem Anlass, und eins führte zum anderen. Ich war kein Heiliger, Jane. Das habe ich niemals behauptet."

„Warst du mir treu?"

„Ja."

Sie wollte es glauben. So sehr, dass es schmerzte.

Lieber Gott, warum konnte sie es nicht?

„Ich traf dich", sagte er weich, „und ich wusste, dass ich niemals mehr eine andere Frau begehren würde."

„Du hast die Polizei angelogen."

„Schon als ich das tat, wusste ich, dass es ein Fehler war. Doch du hast danebengestanden, und ich … ich konnte es einfach nicht sagen. Ich wusste, dass es dich verletzt hätte. Ich wollte dir niemals wehtun."

„Deine Lüge lässt dich erst recht schuldig aussehen."

„Das weiß ich jetzt … Aber ich habe mit ihrem Tod nichts zu tun. Ich ging davon aus, dass unsere damalige Beziehung nicht von Bedeutung sei."

„Eine Lüge ist immer von Bedeutung."

„Und jetzt zweifelst du an mir."

„Nicht an deiner Unschuld, Ian. Ich weiß, dass du diese Frauen nicht umgebracht hast."

Seine Augen weiteten sich. Sie sah, dass die Hand, mit der er den Hörer hielt, zitterte. „Und was ist mit meiner Liebe? Zweifelst du daran?"

Jane befragte ihr Herz. Sie antwortete nicht; sie konnte es nicht. „Ted ist tot", sagte sie stattdessen. „Er wurde ermordet. Im Atelier."

Ian wurde bleich.

„Die Polizei glaubt, dass er einen Räuber überrascht hat."

„Du glaubst das nicht?"

„Nein. Da ist mehr dran. Dieser Spitzel, von dem ich dir erzählt habe, der auf dem Boot war, damals, vor sechzehn Jahren, er ist auch tot. Ebenfalls ermordet. Detective McPherson war mit ihm in Kontakt getreten und hatte ein Treffen vereinbart. Als wir eintrafen, war er …"

„Wir? Willst du etwa sagen, dass …"

Sie unterbrach ihn. Sie hatte weder die Zeit noch die Geduld für die Besorgnis ihres Mannes. Dafür passierte alles viel zu schnell. Sie beugte sich vor. „Stacy hilft uns. Dasselbe tut ihr Partner, Mac. Wir holen dich hier raus, Ian. Das verspreche ich dir."

„Unternimm nichts … Lass sie das Risiko tragen. Lieber verrotte ich hier drin, als dass dir etwas passiert."

Der Wärter trat vor; die dreißig Minuten waren vorbei. Beide erhoben sich, obwohl sie noch den Hörer in der Hand hatten.

„Versprich es mir, Jane“, bat er. „Versprich mir, dass dir nichts passiert.“

„Ich werde vorsichtig sein“, sagte sie, machte eine Pause und fügte hinzu: „Ich liebe dich, Ian.“

Als sie hinausging, erkannte sie, dass es ihr fast unmöglich war, ihn nicht zu lieben.

Eine Erkenntnis, die sie schwindlig machte vor Angst.

60. KAPITEL

Donnerstag, 13. November 2003
11.45 Uhr

Nach ihrem Besuch bei Ian fühlte sich Jane auf seltsame Weise gestärkt. Voller Hoffnung. Sie rief Stacy auf dem Handy an, hinterließ eine Nachricht und machte sich dann auf den Weg zum Atelier. Vor Monaten hatte sie an einem regnerischen Nachmittag ein Porträt von Ted begonnen. Sie hatte die Abdrücke genommen, sie aber noch nicht für das Metall vorbereitet.

Das würde sie heute tun. Als Erinnerung für seine Familie.

Mit Ranger ging sie die Wendeltreppe zum Atelier hinab. Winselnd stürzte der Hund voran. Er verschwand um die Ecke, die zum Straßeneingang des Ateliers führte.

Ted. Mit dem Gesicht nach unten in einer Lache von Blut.

Jane erstarrte. Ihr Atem ging stoßweise; das unheimliche Gefühl eines Déjà-vu ließ sie schaudern. Ranger kehrte zurück. Sie blickte auf seine Pfoten.

Kein Blut, keine blutigen Pfoten. Gott sei Dank.

Der Hund neigte den Kopf und jaulte. Das Fell in seinem Nacken sträubte sich. Jane begriff, dass das Tier noch immer den Geruch des Todes witterte. Dass die Reinigungsmittel gegen seine empfindliche Nase nichts auszurichten vermochten.

„Glaubst du, wir werden uns daran gewöhnen, Kumpel?" sagte sie zu dem Hund. Er blickte zu ihr auf, als ob er über die Antwort nachdächte, drehte sich dann um und lief schnell zurück in den Flur. Sie hörte, wie er dort aufgeregt herumschnüffelte; zweifellos verwirrten ihn die unterschiedlichen und strengen Gerüche.

Sie musste sich daran gewöhnen. Dies war ihr Atelier, und sie würde sich von dem Mistkerl nicht daraus vertreiben lassen.

Jane schluckte schwer, als sie die letzte Stufe nahm. Sie suchte die Abdrücke von Teds Gesicht zusammen und legte sie auf einen hohen Arbeitstisch im hinteren Bereich des Ateliers. Sie ließ ihre Finger über den Gips wandern, über die vertrauten Gesichtszüge. Tränen schossen ihr in die Augen. Er war ihr Freund gewesen. Nichts, was Stacy oder sonst jemand sagte, konnte sie vom Gegenteil überzeugen.

Sie holte einen der Rollwagen und bestückte ihn mit allem, was sie brauchte, um die Abdrücke zu bearbeiten: Feines und extrafeines Schmirgelpapier, einen Bottich mit Wasser, Papiertücher und ihre Bohrmaschine mit Schleifaufsätzen, um die größeren Unebenheiten schnell zu beseitigen.

Die Minuten vergingen, und die Arbeit zog sie in ihre tröstliche Umarmung. Dorthin, wo alles, was jenseits ihrer Kunst lag, aufhörte zu existieren.

Sie hielt inne, tastete mit einem Finger über die Oberfläche des Abdrucks. Fast fertig, entschied sie. Nur noch ein paar Details. Als sie nach dem extrafeinen Schmirgelpapier griff, fiel ihr Blick auf einen kleinen silbernen Schlüssel, der unter einer Gummimatte oben auf dem Rollwagen hervorschaute.

Sie hob die Matte an und nahm den Schlüssel. Er gehörte zum Rollwagen. Er hatte die richtige Größe. Sie prüfte die Tür des Aufbewahrungsschränkchens und fand sie verschlossen. Seltsam, dachte sie. Warum hatte Ted sie abgeschlossen?

Sie hockte sich vor den Wagen, führte den kleinen Schlüssel ins Schloss und öffnete das Schränkchen. Keine Werkzeuge, erkannte sie, aber etwas anderes: Kleidung. Sie griff rasch hinein und zog sie hervor.

Sie starrte die Kleidungsstücke an und unterdrückte einen Schrei. Einen Schrei der Verleugnung, der Abwehr.

Eine lederne Bomberjacke. Handschuhe. Und eine Baseball-Mütze der Atlanta Braves.

Die Kleidungsstücke rochen schwach nach Parfum. Ein Frauenduft, Moschus mit etwas Blumigem.

Nicht ihr Duft. Eher von der Art, wie ihn eine Frau wie Elle Vanmeer tragen würde.

Jane ließ die Sachen fallen und taumelte vorwärts. Sie schlug eine Hand vor den Mund. An dem Abend, an dem Elle Vanmeer ermordet worden war, war Ian im Atelier gewesen. Sie war aus ihrem Alptraum aufgewacht, und er hatte in der Tür ihres Videoraums gestanden. Er hatte sie in die Arme genommen. Die Kälte war noch an seiner Kleidung spürbar gewesen.

Aber er hatte keine Jacke getragen.

Weil er sie schon ausgezogen hatte. Mein Gott. Sie schloss die Augen und sah ihn vor sich, wie er das Atelier betrat. Jacke, Mütze und Handschuhe hatte er schon vor dem Eintreten abgelegt, für den Fall, dass er ihr begegnete. Er war zum Rollwagen gegangen, hatte die Kleidungsstücke ins Schränkchen gestopft, es abgeschlossen und den Schlüssel unter der Matte versteckt.

Warum im Atelier? fragte sie sich. Warum war er nicht in die Wohnung gegangen und hatte die Sachen in einem Schrank oder einer Schublade versteckt? Oder warum hatte er sie nicht im Auto gelassen, unter dem Sitz oder im Kofferraum?

Ein Schluchzer entrang sich ihr. Ihr war übel. Das konnte nicht sein. Nicht Ian.

Sie drehte sich um, wankte zu der Korbcouch und sank darauf nieder. Ihr Blick fiel auf die Jacke und die Mütze. Sie dache an Lisette. An Marsha.

Und an Ted.

Ted. Mit seinem Tod hatte Ian nichts zu tun. Ted war in jener Nacht ins Atelier gekommen und hatte einen Herumtreiber überrascht.

Oder jemand anders. Sie hob den Kopf. Jemand, der aus einem anderen Grund in ihrem Atelier war.

Um die Kleidungsstücke hier zu verstecken. Beweise, die Ian ohne jeden Zweifel mit dem Mord an Elle Vanmeer in Verbindung brachten.

Jane sprang auf. Natürlich!

Sie musste Stacy anrufen. Musste ihr berichten, was sie entdeckt hatte. Was sie erkannt hatte.

Sie taumelte zum Schreibtisch. Sie versuchte es mit Stacys Handy und bekam nur ihre Mailbox. Statt eine Nachricht zu hinterlassen, legte sie auf und probierte es mit ihrer Dienstnummer.

„Kriminalpolizei.“

Kitty. Sie begrüßte sie und fragte nach Stacy.

„Es tut mir Leid, Detective Killian ist heute nicht da. Kann ich Sie mit einem der anderen Detective verbinden?“

Nicht da? Das stimmte nicht.

„Ma'am? Ist dies ein Notfall? Wenn, dann ...“

„Nein. Es ist ... Ich bin ihre Schwester.“ Ihre Stimme kam ihr fremd vor, hoch und dünn.

„Haben Sie es unter ihrer Handynummer ver...“

„Ja, danke.“

Sie legte auf. Sie musste Stacy jetzt sehen. Musste mit ihr sprechen, bevor irgendjemand erfuhr, was sie gefunden hatte. Sie musste sie überzeugen, dass die Kleidungsstücke hier platziert worden waren. Dass Ian kein Mörder war.

Jane schlug die Hände vor die Augen. Sie musste nachdenken.

Kitty hatte gesagt, dass Stacy nicht da sei, doch sie war heute Morgen ins Department gefahren. Auf dem Weg hatte sie gesagt, dass sie im Lauf des Tages zu Hause vorbeifahren wollte, um einige ihrer Sachen zu holen, die Post reinzuholen, den Anrufbeantworter abzuhören und die Pflanzen zu gießen.

Natürlich, dort war sie gerade. Sie wählte die Privatnummer ihrer Schwester – und hatte den Anrufbeantworter dran. Ohne weiter nachzudenken, nahm sie ihre Handtasche, rief Ranger und eilte zum Wagen.

Sie erreichte die M Streets und bog ein. Ein roter Ball rollte vor ihr über die Straße, ein lachendes Kleinkind hüpfte hinterher. Sie stieg auf die Bremse und kam quietschend zum Halten. Die Mutter des Kindes schnappte sich den Kleinen, drehte sich dann um und starrte sie vorwurfsvoll an.

Sie war schnell gefahren. Etwas zu schnell für ein Wohnviertel mit Kindern. Lieber Gott, alles Mögliche hätte geschehen können.

Reiß dich zusammen, Jane.

Sie fuhr weiter. Langsam diesmal. Vorsichtig. Als sie nach rechts schaute, erblickte sie Marshas Haus. Ihr Herz schlug bis zum Hals. Das letzte Mal, als sie es gesehen hatte, war das hellgelbe Absperrband der Polizei davor gespannt gewesen. Das Band war fort, nun stand ein blau-weißes Verkaufsschild dort.

Jane fuhr die restlichen zwei Blöcke zu Stacys Haus. Sie parkte in der Auffahrt, kurbelte für Ranger die Fenster etwas herunter, stieg aus und eilte zur Haustür. Das Garagentor war geschlossen. Sie klingelte. Ihre Schwester öffnete nicht. Sie schaute durch das Seitenfenster. Das Wohnzimmer dahinter wirkte leer.

Von irgendwo in der Nachbarschaft erklang das Bellen eines Hundes. Ranger antwortete.

Das beklemmende Gefühl eines Déjà-vu überkam sie schon

wieder. Sie dachte an Marsha. Sah sich selbst, wie sie das Haus der Frau betrat, erinnerte sich an den Geruch. An den Klang ihrer Stimme, als sie schrie.

Sie sah Marsha vor sich, wie sie an den Stuhl gebunden war, das Gesicht purpurrot.

Jane erstarrte, schmeckte die Angst auf ihrer Zunge. Stacy war zum Department zurückgefahren. Was, wenn sie dort niemals angekommen war?

Sie kämpfte die Furcht nieder, streckte die Hand aus und versuchte die Tür zu öffnen. Sie war abgeschlossen.

Jane ging um das Haus herum. Der kleine Hintergarten war leer. Sie trat an die Küchentür. Ebenso wie das Wohnzimmer war die Küche leer.

Stacy ging es gut. Sie war hier gewesen und bereits wieder fort. Bestimmt.

Sie musste sich trotzdem vergewissern.

Jane holte die Schlüssel aus ihrer Handtasche. Als Stacy das Haus kaufte, hatten die Schwestern für den Notfall ihre Schlüssel ausgetauscht. Sie schloss die Haustür auf und trat ein. Als die Alarmsirene losging, lief sie zur Tastatur und gab Stacys Zahlencode ein, wobei sie hoffte, dass Stacy ihn nicht geändert hatte.

Hatte sie nicht. Die Sirene verstummte, und Jane atmete aus. Ihr war gar nicht bewusst gewesen, dass sie den Atem angehalten hatte. Sie rief nach ihrer Schwester, als sie weiter ins Haus ging. Es roch sauber, nach Reinigungsmitteln mit Pinien- und Zitronenduft.

Jane sah in die Toilette, das Esszimmer, das Gästezimmer. In Stacys Schlafzimmer.

Hier fand sie erstmals Anzeichen von Unordnung. Das Bett war offensichtlich hastig gemacht worden. Verschiedene Kleidungsstücke lagen neben dem Bett in einem Haufen auf dem Boden. Darunter die hübsche Seidenbluse, die sie ihrer Schwester letzte Weihnachten geschenkt hatte.

Jane trat darauf zu. Sie beugt sich hinunter, um sie aufzuheben und ordentlich auf dem Bett zusammenzulegen. Dabei landete ihr Blick auf einer Aktenmappe, die aus der unteren Ablage des Nachttischs hervorsah. Ein pinkfarbenes Etikett, auf dem der Name ihrer Schwester stand.

Eine medizinische Akte. Wie jene, die Ian für seine Patienten anlegte.

Mit zitternden Fingern zog sie sie heraus. Schlug sie auf. Sie enthielt nur zwei Blätter. Das erste ein Patientenformular. Das zweite mit den Notizen des Arztes. Jane erkannte die Handschrift ihres Mannes, noch bevor sie das Logo seiner früheren Klinik oben auf der Seite wahrnahm.

Verwirrt starrte sie auf das Blatt. Ihre Schwester hatte Ian konsultiert. So hatten sie sich kennen gelernt. Doch Jane verstand nicht, warum sie die Akte hier zu Hause hatte.

Die Frau. In jener Nacht in Ians Praxis.

Doch als sie Stacy von dem Vorfall erzählte ...

... hatte ihre Schwester nichts gesagt.

Jane bemerkte, dass sie zitterte. Ihr war schwindlig. Vage fragte sie sich, wie spät es sein mochte. Sie schloss die Akte und legte sie zurück.

Sie verließ das Haus auf dem gleichen Weg, den sie gekommen war, durch die Haustür. Sie ging zu ihrem Wagen, startete gedankenverloren den Motor und fuhr rückwärts aus der Auffahrt. Stacy hatte die Wahrheit vor ihr verborgen. Sie hatte sie angelogen. Warum? Was bedeutete das?

Sie hatte vor, das herauszufinden.

61. KAPITEL

Donnerstag, 13. November 2003
14.15 Uhr

Nur dank der Wachsamkeit ihres Schutzengels kam Jane heil zu Hause an. Sie wusste nicht mehr, wie sie es dorthin geschafft hatte, konnte sich weder an den Verkehr noch an die Ampeln erinnern. Nun, da sie im Hausflur vor ihrem Atelier stand, konnte sie nicht einmal mit Sicherheit sagen, wo sie den Wagen abgestellt hatte.

Ihre Gedanken jagten einander, die unterschiedlichsten Emotionen von Ungläubigkeit und Abwehr bis Wut und Ärger flackerten in ihr auf. Im besten Fall hatte Stacy ihr die Wahrheit vorenthalten. Im schlechtesten hatte sie gelogen. Und wenn sie gelogen hatte, was bedeutete das dann?

Immer wieder kam sie auf diese Frage zurück.

Die Antwort gefiel ihr nicht.

Begierig darauf, endlich hineinzukommen, stupste Ranger sie mit der Schnauze an. Sie schloss die Tür auf und ging ins Atelier. Wo sie Stacy vorfand. Sie stand vor dem Rollwagen und hatte ihr Handy am Ohr. Sie klappte es zu, als sie Jane sah. „Da bist du ja! Ich habe mir solche Sorgen gemacht."

„Mit wem hast du gesprochen?" fragte Jane mit einer Stimme, die ihr selber fremd vorkam.

Stacy runzelte die Stirn. „Kitty sagte mir, dass du angerufen hättest, und ich kam, so schnell ich konnte, hierher. Du hast mich zu Tode ... Warum siehst du mich so an?"

„Du hast mir nicht geantwortet. Mit wem hast du gesprochen?"

„Mit Mac. Er ist auf dem Weg."

Jane sah die Jacke, die Mütze und die Handschuhe.

Die Wahrheit überfiel sie wie ein Blitz aus heiterem Himmel.

„Bleib mir vom Leib."

„Jane, was …"

„Ich weiß es, Stacy." Ihre Stimme wurde lauter. „Ich weiß es."

Stacy machte einen Schritt nach vorne, streckte die Hand aus. „Wovon sprichst du?"

Jane wich zurück. „Ich sagte, bleib mir vom Leib."

„Ich glaube, du solltest dich setzen."

„Du hast sie hier versteckt. Um Ian zu belasten."

„Versteckt … diese Sachen?"

Es sprach für ihre Schwester, dass die Ungläubigkeit in ihrer Stimme echt klang. Jane kämpfte gegen ihr Zittern an, sie konnte sich kaum noch auf den Beinen halten. „Du hast einen Schlüssel von mir. Kennst den Sicherheitscode für meine Alarmanlage. Es ist der gleiche wie bei dir."

„Wovon sprichst du?"

„Ich habe die Akte gefunden, Stacy. Aus Ians Praxis. Du warst es, die ich in jener Nacht gesehen habe."

Stacys Gesicht zeigte Überraschung. Dann Begreifen. „Wie hast du …"

„Sie gefunden? Als ich dich nicht erreichen konnte, erinnerte ich mich daran, dass du nach Hause fahren wolltest, um einige Dinge zu holen." Sie lachte schrill. Fast hysterisch. „Wenn ich daran denke, dass ich in Sorge um dich war. Ich dachte, dir sei etwas zugestoßen."

„Jane", sagte Stacy sanft, freundlich. „Es ist nicht so, wie du denkst."

„Natürlich ist es das nicht. Sagen sie das nicht alle?" Ihre Stimme bebte; sie fing sich wieder. „Warum, Stacy? Hasst du mich so sehr? Warst du so eifersüchtig, dass du mir alles wegnehmen wolltest?"

„Ich habe Ian um Rat gefragt. Wegen Brustimplantaten. So haben wir uns kennen gelernt. Ich dachte, wenn ich mein Äußeres überhole, kann ich vielleicht das haben, was andere Frauen auch haben."

Erneut trat Stacy einen Schritt vor. Jane wich wieder zurück. „Ich rufe die Polizei."

„Ich wollte eine Beziehung. Später Kinder. Ich sah andere Frauen an und fragte mich, warum die Männer sie anziehend fanden und mich nicht. Ich fragte mich, warum sie in der Lage waren, eine Beziehung zu haben. Und ich nicht. Glücklicherweise habe ich mich besonnen und erkannt, dass Körbchengröße D niemanden dazu bringt, mich zu lieben." Sie streckte eine Hand aus. „Ich habe diese Beweisstücke nicht hierher gelegt, Jane. Denk darüber nach. Ich sehe kein bisschen wie die Person auf dem Überwachungsvideo auf. Ich bin kräftig, aber nicht kräftig genug, um einen Mann wie Ted einfach zu überwältigen. Ja, ich war in jener Nacht in Ians Praxis. Um meine Akte zu holen. Ich wollte nicht, dass meine Kollegen das über mich erfahren."

„Ich soll glauben, dass du in die Praxis eingebrochen bist, um eine Akte zu entwenden, die so gut wie ... nichts enthält?"

„Ja. Weil mein Name darauf stand. Verstehst du das nicht?" Stacy fuhr sich mit Hand durchs Haar. Jane bemerkte, dass sie zitterte. „In der Abteilung reden sie von Partyballons", sagte Stacy. „Es ist ein einziger blöder Witz. Große Titten stehen für Blödheit. Trotzdem", fügte sie bitter hinzu, „muss man sie haben, um auf ihrer Liste für Verabredungen zu stehen." Sie begegnete Janes Blick. „Wenn sie erfahren, dass ich mich deswegen beim Arzt habe beraten lassen, bin ich nur noch eine Witzfigur.

Deswegen bin ich in jener Nacht zu Ians Praxis gefahren und habe die Akte gestohlen."

„Hast du meinen Wagen nicht gesehen?"

„Wenn ich ihn gesehen hätte, wäre ich niemals hineingegangen. Ich hörte einen Hund bellen, dachte aber, das sei in der Nachbarschaft."

Sie hatte auf der anderen Seite des Müllcontainers geparkt.

Jane verschränkte die Arme vor der Brust. „Du hast mich angelogen, Stacy. Ich dachte, dass die Frau, die Ted ins Atelier mitgebracht hatte, dieselbe Frau war, die in jener Nacht in der Praxis war. Und du wusstest das. Du hast mir die Wahrheit verschwiegen. Wir waren Partner in dieser Sache, und du hast mir die Wahrheit verschwiegen."

„Es tut mir Leid", sagte Stacy leise. „Ich war im Unrecht. Bitte glaube mir. Ich sage dir jetzt die Wahrheit."

„Warum sollte ich dir glauben?"

„Weil ich deine Schwester bin."

Janes Zorn wich der Verzweiflung. Sie ging zu der Korbcouch und ließ sich hineinfallen. Vergrub ihr Gesicht in den Händen.

Stacy war keine Mörderin. Natürlich war sie das nicht. Und sie steckte mit niemandem unter einer Decke.

Aber das hier konnte nicht sein, was es zu sein schien. Durfte es nicht sein.

Sie hob den Blick, ihre Augen schwammen in Tränen. „Jemand hat diese Sachen hier platziert. Um Ian zu belasten."

„Er ist schuldig, Jane."

„Nein. Bitte."

Stacy trat zu ihr und hockte sich vor sie. „Ich hatte ebenfalls angefangen zu glauben, dass Ian unschuldig sei. Ich habe mich geirrt. Es tut mir Leid."

„Die Frau, die Ted mit ins Atelier gebracht hat …"

„Es gab keine Frau."

„Teds Mörder. Er kam, um diese Sachen zu verstecken. Ted überraschte ihn und …"

„Jane." Stacy nahm ihre Hand. „Liebes. Dies sind Beweisstücke, die eine Verbindung zwischen Ian und dem Mord an Elle Vanmeer belegen. Zusammen mit dem Überwachungsvideo und den anderen Indizien werden sie die Jury von seiner Schuld überzeugen."

Jane schüttelte den Kopf und spürte, wie ihr alles entglitt. Der letzte Schlag.

Der Fahrer des Boots, der wendete, um es zu beenden.

Sie kämpfte gegen die Verzweiflung an. Gegen die Hoffnungslosigkeit. Kämpfte darum, weiter an ihren Mann zu glauben. An den Traum ihrer Liebe. An ihr Leben, das sie geteilt, die Familie, die sie geplant hatten.

„Vielleicht ist es nicht so, wie es scheint?" flüsterte sie. „Wie kann Ian ein Mörder sein? Ich liebe ihn."

Das Letzte ging in einem Schluchzen unter, und Stacy drückte ihre Hand. „Ich weiß, dass du das jetzt nicht hören willst, Jane, aber ich muss es sagen. Ian wusste, dass der Durchsuchungsbefehl nicht das Atelier einschloss. Er stopfte die Jacke, die Mütze und die Handschuhe hier hinein, nur für den Fall, dass wir zwei und zwei zusammenzählten und ihn verdächtigten. Er wusste, dass du, seine ergebene Ehefrau, seine Unschuld und Treue verteidigen würdest, bis zur höchsten Instanz. Ian war dir untreu. Er tötete Elle, weil sie drohte, dir von ihrer Affäre zu erzählen. Er tötete Marsha, um sich selbst zu schützen. Sie kannte all seine Geheimnisse. Ich vermute, dass er auch mit Lisette geschlafen hat", fuhr Stacy fort. „Sie war der wunde Punkt. Wenn wir davon erführen, würden wir es gegen ihn verwenden. Damit hätte er dich verloren – und dein Geld. Also hat er sie umgebracht."

Jane schlang die Arme um sich. Noch angesichts der überwältigenden Beweislage wollte sie an ihren Mann glauben. „Was ist mit Ted?"

„Nach allem, was wir über ihn erfahren haben, glaube ich, dass er die Briefe geschrieben hat. Vielleicht dachte er in seiner verdrehten Art, dass die Angst dich ihm näher bringen würde. Dass, wenn Ian im Gefängnis wäre, du dich ihm zuwenden würdest. In der Nacht, in der er ermordet wurde, hat er einen Einbrecher überrascht."

Es klang logisch. Doch sie konnte es nicht akzeptieren. „Die Briefe sind von dem Fahrer des Bootes. Er steckt hinter dem Ganzen. Der Mord an Doobie beweist es."

Stacy runzelte die Stirn. „Doobie hat sich in übler Gesellschaft rumgetrieben. Er war ein Spitzel. Er hat einige wirklich gefährliche Typen in den Knast gebracht. Das hat ihn zur Zielscheibe gemacht. Ich weiß, ich habe noch nicht alle Antworten, aber ich werde sie bekommen. Das verspreche ich dir."

Es klingelte. Stacy erhob sich. „Das wird Mac sein."

„Ich möchte nicht mit ihm sprechen. Ich fühle mich nicht gut."

„Eine kurze Aussage. Ein paar Fragen."

Stacy ließ Mac herein. Ein weiterer Detective begleitete ihn. Liberman, erinnerte sie sich.

Mac trat zu Jane. Sie las Mitgefühl in seinen Augen. „Bitte erzählen Sie mir genau, was heute Morgen geschah und wie Sie Jacke, Handschuhe und Mütze gefunden haben."

Sie nickte und begann mit emotionsloser Stimme zu erzählen, wobei sie nichts davon erwähnte, dass sie zu Stacy gefahren war und die Akte gefunden hatte.

„Das Schränkchen war abgeschlossen?“

„Ja. Ich fand den Schlüssel unter der Gummimappe oben auf dem Wagen.“

„War das ungewöhnlich? Dass es abgeschlossen war?“

„Ja. Ted und ich lassen gewöhnlich alles ...“ Sie verstummte.

Mac schaute Liberman fragend an. Der andere Detective schüttelte den Kopf. „Das reicht vorerst, Jane. Vielleicht haben wir später noch ein paar Fragen.“

Sie nickte und entschuldigte sich. Stacys Angebot, ihr Gesellschaft zu leisten, lehnte sie ab. Sie rief Ranger zu sich und ging die Treppe hinauf, wobei sie die Blicke der drei Detectives deutlich spürte.

Ein beklemmender Schauer fuhr ihr über den Rücken, wie ein kühler Windhauch. Sie schaute zurück. Keiner der drei sah ihr hinterher, stattdessen sprachen sie leise miteinander.

Hatte sie sich das Gefühl nur eingebildet? fragte sie sich. Oder war es eine Vorahnung?

Sie lief die restlichen Stufen hinauf und schloss die Tür hinter sich ab.

62. KAPITEL

Donnerstag, 13. November 2003
15.15 Uhr

Als Stacy zum Atelier zurückkehrte, war nur noch Mac da. „Wo ist Liberman?“ fragte sie.

„Hat die Beweisstücke eingepackt und ist ins Department gefahren.“

„Gut.“ Sie trat zu ihm, schmiegte sich in seine Arme. Er zog sie an seine Brust.

„Es tut mir Leid, Stacy.“

„Mir auch.“

Sie atmete tief ein, sog seinen Duft ein. Ihr wurde bewusst, dass sie sich in seinen Armen geborgen fühlte. Und – Gott helfe ihr – geliebt.

Sie zwang sich, einen Schritt zurückzutreten. „Ich komme mir wie eine Idiotin vor. Du hast es mir gesagt … und der Captain auch. Die Beweise, um Himmels willen. Aber ich wollte es nicht einsehen.“

„Du bist emotional befangen. Kein Wunder, er ist der Mann deiner Schwester.“

Sie schüttelte den Kopf. „Ein Teil von mir kann es noch immer nicht glauben. Warum, Mac? Er hatte alles.“

Er zog mit einem Finger die Linie ihrer Wange nach. „Offenbar wollte er mehr. Manche Menschen“, murmelte er, „würden alles für Geld tun. Das solltest du wissen, Stacy.“

„Das sollte ich wohl. Man lernt es in dem Job, oder?“

„Genau.“ Er küsste sie auf den Mund und trat dann einen Schritt zur Seite. „Ich muss zurück. Kommst du mit?“

„Gleich nach dir. Auch wenn ich mich nicht gerade freue, dem Captain gegenüberzutreten."

„Keine Angst, alles wird gut."

„Versprochen?"

Er küsste sie wieder. „Du kannst dich darauf verlassen, Baby."

Stacy lächelte. „Ich sehe noch nach Jane, um sicher zu sein, dass es ihr gut geht. Ich komme nach."

Sie sah ihm hinterher, als er das Haus verließ, ging dann nach oben. Während sie die quietschenden Metallstufen hinaufstieg, dachte sie an Mac, an seine Worte. Dass sie ihr Happy End auf Kosten von Jane bekam. Sie fühlte sich schrecklich deswegen. Es tat ihr Leid.

Stacy betrat Janes Schlafzimmer. Ihre Schwester lag auf der Seite, mit dem Rücken zur Tür. Stacy rief leise ihren Namen. Ranger, der neben dem Bett auf dem Boden lag, öffnete ein Auge und blickte sie an. Jane rührte sich nicht.

Stacy blickte sich um. Ein Fläschchen Tabletten und ein halb leeres Glas Wasser standen auf dem Nachttisch. Sie ging quer durch den Raum, nahm das Fläschchen.

Das Schlafmittel, das ihr der Arzt nach Ians Verhaftung verschrieben hatte.

Ängstlich schüttelte sie die pinkfarbenen ovalen Tabletten heraus und zählte sie. Laut Etikett waren dreißig Tabletten in der Flasche. Fünfundzwanzig waren übrig, und sie war sicher, dass Janes mindestens einmal erwähnt hatte, die Tabletten genommen zu haben.

Nur teilweise erleichtert blickte sie auf die regungslose Gestalt ihrer Schwester. Sie hatte ihr Baby verloren und einen guten Freund, nun schien es so gut wie sicher, dass ihr Mann wegen Mordes verurteilt werden würde. Wie verzweifelt musste sie sein?

Jane hatte Schlimmeres durchgemacht als dies. Sie war stark. Eine Kämpferin. Menschen wie Jane schluckten keine Hand voll Tabletten. Sie schlugen zurück.

Sie konnte nicht das Risiko eingehen, dass sie sich irrte.

Sie steckte die Tabletten ein und machte sich auf die Suche nach dem Telefonhörer. Sie fand ihn im Flur und wählte Daves Nummer. Sein Anrufbeantworter meldete sich. „Dave, hallo. Hier ist Stacy. Kannst du mich anrufen, sobald du dies hörst? Es ist wegen Jane."

Er nahm ab. „Stacy? Was ist los?"

Sie erklärte ihm kurz die Sache mit den Schlaftabletten. „Ich glaube nicht, dass sie irgendwas Verrücktes tut, aber ich zögere, sie allein zu lassen. Könntest du dich ein paar Stunden zu ihr setzen?"

„Jane hasst Medikamente", sagte er. „Wie ist es dazu gekommen?"

Stacy glaubte zu hören, wie Jane sich regte. „Bleib kurz dran." Sie ging ins Schlafzimmer. Ihre Schwester schien sich nicht gerührt zu haben.

Stacy senkte die Stimme. „Ich kann jetzt nichts ins Detail gehen. Um es kurz zu machen, sie ist in sehr schlechter Verfassung, und ich habe Angst, sie allein zu lassen. Aber ich muss ins Department."

Dave schwieg einen Moment, als ob er im Geiste seinen Terminplan durchging. „Ich bin mit meinem einen Patienten gleich fertig, ein anderer wartet. Ich könnte in, sagen wir, einer Stunde und fünfzehn Minuten da sein. Wäre das eine Hilfe?"

„Und wie! Danke, Dave. Was würden wir ohne dich tun?"

Eineinviertel Stunden später hielt Dave vor Janes Haus. Stacy hatte ihn vom Vorderfenster aus gesehen und eilte ihm entgegen.

Ihr Captain hatte angerufen, er wollte sie dringend im Büro sehen.

„Was ist passiert?" fragte Dave, der erschüttert wirkte.

„Ich kann jetzt nicht alles erklären, nur dass wir einige Beweise für Ians Schuld gefunden haben und … Ich erzähl dir alles später, okay?"

Er stimmte zu, und sie lief zu ihrem Wagen. Als sie wenige Augenblicke später losfuhr, blickte sie in den Rückspiegel. Dave war schon im Haus verschwunden. Er liebte Jane. Wenn ihre Schwester sich erst einmal erholt hatte, konnten er und Jane vielleicht zusammen glücklich werden.

Sie hoffte es. Hoffte es von ganzem Herzen.

63. KAPITEL

Donnerstag, 13. November 2003
16.30 Uhr

Stacy erreichte das Department rechtzeitig. Sie machte sich auf den Weg zu ihrer Abteilung und nahm die Nachrichten entgegen. „Ist der Captain zu sprechen?“ fragte sie Kitty.

„Nein.“ Die junge Frau schnalzte mit dem Kaugummi. „Er sitzt mit Williams und Cooper von der Dienstaufsicht zusammen.“

Ein Besuch von dieser Behörde bedeutete niemals etwas Gutes.

War es möglich, dass sich das Gespräch um sie drehte?

Stacy unterdrückte eine Grimasse. „Dienstaufsicht? Was wollen die hier?“

„Fragt sich eher, wen die wollen.“ Die Blondine zuckte die Achseln. „Keine Ahnung.“

„Der Captain wollte mich sprechen. Lassen Sie es mich wissen, wenn er Zeit hat.“

„Ist in Ordnung.“

An der Tür zum Büro blieb Stacy stehen. „Ist Mac da?“

„Der ist vor fünfzehn Minuten gegangen. Wollte zum Büro des Gerichtsmediziners, dann nach Hause, glaube ich. Sie können ihn auf dem Handy erreichen.“

Stacy nickte und ging zu ihrem Schreibtisch. Wie sich der Nachmittag entwickelte, gefiel ihr nicht. Ein Besuch der Dienstaufsicht, nachdem der Capain sie dringend hatte sprechen wollen. Konnte Mac ihm erzählt haben, dass sie Jane das Band gezeigt hatte? Oder hatte die Dienstaufsicht Wind davon bekommen, dass ihre Schwester bei einem Treffen mit einem Spitzel dabei gewesen war? Einem Treffen, das sich als Schauplatz eines Mordes entpuppt hatte?

Egal welches Szenario, geschweige denn beide zusammen – sie steckte in Schwierigkeiten.

„Hallo, Killian. Bist du immer noch der größte Drachen im Department?"

Sie wirbelte herum. Detective Benny Rodriguez stand im Türrahmen. Kaum erkannte sie ihn, fiel ihr auch seine Nachricht wieder ein. Sie hatte sich nie darauf gemeldet.

„Ich gebe mein Bestes. Was ist mit dir? Immer noch der aufstrebende Stern des DPD?"

„Aber sicher, *chaquita*." Er wechselte zum Akzent seiner Vorfahren. Doch er konnte sie nicht täuschen. Sie wusste, dass er den größten Teil seiner Jugend an der Westküste verbracht und eine Eliteausbildung genossen hatte. Er war nach Texas zurückgekehrt, um etwas zu bewegen.

„Was führt dich in meine bescheidenen Gefilde?" fragte sie.

„Ich wollte mal sehen, wie die andere Hälfte der Welt so lebt."

„Prachtvoll, nicht wahr?"

„Es verschlägt mir den Atem."

„Das liegt wahrscheinlich an Camp. Er hat vergessen zu baden."

Der angesprochene Detective schnüffelte demonstrativ an seinen Achseln, seine Augen signalisierten Fehlanzeige und kehrte schulterzuckend zu seinem Bericht zurück, den er gerade am Computer schrieb.

Benny lachte. „Eigentlich bin ich vorbeigekommen, um McPherson wegen der toten Nutte zu sprechen. Ich dachte, ich könnte eine paar Minuten mit dir dranhängen und zwei Fliegen mit einer Klappe schlagen."

„Tut mir Leid, dass ich nicht zurückgerufen habe. Aber es war die Hölle los. Was ist das Problem?"

Er blickte zu Camp. „Können wir unter vier Augen sprechen?"

„Sicher. Komm mit."

Sie führte ihn in einen der Verhörräume und schloss die Tür. „Schieß los."

„Du bist eine Freundin von David Nash, oder?"

„Dave? Natürlich." Sie war nicht überrascht, dass Benny Dave kannte. Ihr Freund wurde nicht nur bei einigen Fällen als Gutachter herangezogen, viele Polizisten waren auch bei ihm in Behandlung.

„Wir ermitteln verdeckt gegen einen lokalen Buchmacher. Der hat seine Finger überall drin, Stacy. Drogen. Prostitution. Das ganze schmutzige Paket."

„Mafia?"

„Ja." Er hakte die Daumen in die Vordertaschen seiner Jeans. „Und jetzt kommt's. Wir haben Dave auf Band. Mehrere Male."

Stacy konnte nicht glauben, was sie da hörte. Dave ein Spieler?

Glücksspiel war illegal in Texas. Eine Ausnahme bildeten nur private Spiele zu Hause. Wettbüros waren strikt verboten.

Benny runzelte die Stirn. „Nach dem, was ich gehört habe, hat Nash kürzlich sehr viel verloren. Er schuldet einigen gefährlichen Leuten ziemlich viel Geld."

Verdammt, wie hatte Dave so dumm sein können? Stacy zögerte einen Moment.

„Dave ist ein guter Kerl, und ich mag ihn, aber ich kann ihn in dieser Sache nicht schützen. Wir werden ihn verhören müssen, ihn unter Druck setzen. Damit er vielleicht die Seiten wechselt. Das wird schon bald sein. Wenn es so weit ist, sag ihm, dass es mir verdammt Leid tut."

64. KAPITEL

Donnerstag, 13. November 2003
17.10 Uhr

Ein Geräusch ließ Jane langsam und mit großer Anstrengung aufwachen. Ranger. Er winselte. Kratzte an der Tür seiner Hundehütte.

Da stimmte etwas nicht, er war mit ihr im Zimmer gewesen.

Er musste hinaus.

Sie schlug die Augen auf. Ihr Kopf und ihre Gliedmaßen fühlten sich schwer an. Sie versuchte, sich trotzdem zu bewegen.

Dann kehrte die Erinnerung zurück. An die Schlaftabletten. Und wie sie davor die Jacke gefunden hatte. Die Mütze und die Handschuhe. Beweise für die Schuld ihres Mannes.

Die Wahrheit schlug über ihr zusammen, und sie stöhnte auf.

„Jane?“

Ihr Blick fiel auf Dave. Er stand am Fenster und lächelte sie an. Das Lächeln berührte sie seltsam. Wie konnte er lächeln nach allem, was geschehen war?

Sie blinzelte und versuchte, sich die Ereignisse wieder ins Gedächtnis zu rufen. Vage erinnerte sie sich daran, dass Stacy ihn angerufen hatte. Ihn gebeten hatte, bei ihr zu bleiben. Wie lange war das her?

„Wie fühlst du dich?“ fragte er.

Sie richtete sich zum Sitzen auf. „Wie zerschlagen. Wie lange habe ich geschlafen?“

„Keine Ahnung. Ich bin vor etwa einer Dreiviertelstunde gekommen.“

„Du musst nicht auf mich aufpassen.“

„Stacy hat mich angerufen.“ Er trat ans Bett. „Du hast uns beiden Angst eingejagt.“

Sie runzelte die Stirn. „Warum?“

„Wegen der Schlaftabletten, Jane. Das sah dir so gar nicht ähnlich. Und dann direkt nach diesen bösen Überraschungen.“

„Ich werde mich nicht umbringen, Dave. Kennst du mich denn gar nicht?“

„Vielleicht besser als irgendjemand anders.“ Er nahm ihre Hand. „Deswegen weiß ich, was für ein Schock das heute für dich gewesen sein muss. Was für ein Verrat. Entdecken zu müssen, dass Ian Beweisstücke in deinem Atelier versteckt hat. Um sich zu schützen. Du hast ihm dein Herz und dein Vertrauen geschenkt, und er hat beides missbraucht.“

Sie erwiderte den Druck seiner Hand. Ihre Augen schwammen in Tränen. „Ich möchte nicht darüber sprechen. Noch nicht.“

„Das verstehe ich.“ Er beugte sich vor und küsste ihre Fingerknöchel. „Mir würde es genauso gehen.“

Ein Kloß bildete sich in ihrem Hals. Sie sehnte sich nach dem Vergessen des Schlafs. Nach dem blinden Vertrauen, an dem sie noch vor wenigen Stunden festgehalten hatte.

Fing es so an? fragte sie sich. Bei Alkoholikern oder Drogenabhängigen? Dass man wünschte zu vergessen? Betäubt zu sein oder bewusstlos? Sie hatte sich niemals für gefährdet gehalten, doch jetzt, wo sie hier saß und sich so entsetzlich fühlte, dass sogar das Atmen Anstrengung kostete, verstand sie, wie es dazu kommen konnte.

Er rieb ihre Hand. „Es tut mir so Leid, Jane. Ich wünschte, ich könnte dir helfen. Glaub mir, mit der Zeit wird der Schmerz geringer. Und irgendwann ist er ganz fort.“

„Versprochen?“

„Versprochen." Er beugte sich über sie, küsste sie auf die Stirn und richtete sich dann wieder auf. „Was würdest du ohne mich tun?"

Jane sah ihren alten Freund an, irgendetwas stimmte nicht. Aber was?

Sie bemühte sich, die Nachwirkungen der Schlaftabletten abzuschütteln. Dann erinnerte sie sich. Was hatte Stacy am Telefon zu ihm gesagt? Sie hatte aus dem Flur angerufen. Jane hatte zwar gedöst, war aber wach genug gewesen, um mitzubekommen, um was es gegangen war. Sie hatte nicht reden wollen und deshalb so getan, als ob sie schliefe.

Ich kann jetzt nichts ins Detail gehen. Um es kurz zu machen, sie ist in sehr schlechter Verfassung, und ich habe Angst, sie allein zu lassen.

Jane erinnerte sich an das, was Dave vor einigen Minuten zu ihr gesagt hatte. *Ich weiß, was für ein Schock das heute für dich gewesen sein muss. Entdecken zu müssen, dass Ian Beweisstücke in deinem Atelier versteckt hat.*

Stacy musste ihm davon erzählt haben, als er angekommen war. Sie entschied sich, ihn trotzdem zu fragen. „Woher wusstest du davon, Dave?"

„Wovon, Liebes?"

„Den Kleidungsstücken in meinem Atelier."

„Stacy hat es mir gesagt, Dummchen. Als sie mich anrief."

Jane starrte ihn an, während seine Worte in ihr Bewusstsein drangen und sie ein Schauer überlief. Er log. Aber warum? Und wenn Stacy ihm nichts von den Beweisstücken gesagt hatte, wie konnte er davon wissen?

Weil er sie dort platziert hatte.

Nein. Das war unmöglich. Verrückt. Ihre Gedanken überschlugen sich. Dave war ihr bester Freund. Er war für sie da gewesen, als niemand anders das war. Nicht einmal ihre Schwester.

Aber er kannte ihren Tagesablauf. Ihre Vorlieben und Abneigungen. Er hätte sich mit Leichtigkeit einen Schlüssel zum Atelier und auch den Alarmcode beschaffen können. Weil sie ihm völlig vertraute.

„Warum siehst du mich so an?"

„Wie denn?" brachte sie mit unsicherer Stimme heraus.

„Als ob ich dein Feind sei."

Der Feind. Konnte er es sein? Derjenige, der hinter allem steckte?

„Du zitterst ja", sagt er sanft und schlang seine Finger fester um ihre. „Du musst keine Angst haben. Ich bin für dich da. Ich war immer für dich da, oder?" Er beugte sich weiter vor, seine Augen glänzten. „Oder?"

Unfähig zu sprechen, nickte sie.

„Ich liebe dich, Jane. Das habe ich immer getan."

Er meinte es genau so. Das wusste sie.

Aber wenn das stimmte, wie hatte er dann das tun können, was sie vermutete? Wie hatte er versuchen können, sie zu zerstören?

Liebe und Hass, erinnerte sie sich ihn sagen zu hören, sind gleich starke Emotionen. Beide haben die Macht, etwas zu erschaffen. Und zu zerstören.

„Erinnerst du dich an den Tag, als wir uns kennen gelernt haben?" Er wartete nicht auf die Antwort. „Ich, ja. Dein Leben hat nach dem Unfall begonnen. Das verstehe ich. Aber meins hat vorher begonnen. An dem Tag, als wir uns trafen."

Vorher? Sie suchte in ihrer Erinnerung. Das konnte nicht stimmen, oder? Sie hatten sich nach dem Unfall kennen gelernt. Er war ihr zu Hilfe gekommen. Hatte sie verteidigt.

Sein Gesichtsausdruck war fast träumerisch. „Es war der sechzehnte Februar. Zwei Tage nach dem Valentinstag. Ich dachte immer, dass das ein Irrtum gewesen sein muss. Als ob Amors Pfeil Verspätung gehabt hätte."

Der sechzehnte Februar? Sie versuchte, sich an diesen Tag zu erinnern, daran, ihn kennen gelernt zu haben. Nichts.

„Es war in dem Einkaufszentrum. Vor dem Gap-Laden. Dort habe ich dich getroffen. Im wahrsten Sinne des Wortes. Du trugst einen lavendelfarbenen Pullover. Du warst das hübscheste Mädchen, das ich je gesehen hatte." Er machte eine Pause. „Ich habe dich gleich dort gefragt, ob du mit mir ausgehen würdest."

Jane erinnerte sich. Er war in sie hineingelaufen und hatte ihr geholfen, ihre Sachen wieder aufzuheben. Die ganze Zeit hatte er gequatscht – dass er gerade erst nach Dallas gezogen sei und noch niemanden kenne. Dann hatte er sie gefragt, ob sie sich mal treffen könnten. Ihre Freundinnen hatten über ihn gelacht. Jane hatte ihn höflich abgewiesen und war davongegangen.

Sie hatte den Vorfall sofort vergessen – ebenso wie ihn.

„Du warst mit diesen hochnäsigen Freundinnen zusammen", fuhr er fort. „Abbie Benson war so ein Miststück. Ich habe sie gehasst. Sie hat mich einen Trottel genannt. Mich ausgelacht. Ich habe mich zu Tode geschämt."

Abbie Benson. Jane hatte jahrelang nicht mehr an sie gedacht. Abbie hatte sie nach dem Unfall links liegen lassen – wie so viele andere auch.

Sie war vor etwa sechs Jahren bei einem Autounfall mit Fahrerflucht ums Leben gekommen. Soweit Jane wusste …

Der Fahrer war niemals gefunden worden.

Diesem Gedanken folgte sofort ein anderer. *Daves Vater hatte ein Boot besessen.*

Jane hatte sich niemals etwas dabei gedacht – viele Leute in der Gegend von Dallas hatten ein Boot. Sie war niemals damit draußen gewesen; nach dem Unfall hatte sie jede Freude an Wassersport verloren.

Als ob er ihr Schweigen nicht bemerkte, erging sich Dave weiter in Erinnerungen. Er ließ Menschen und Geschehnisse aus ihren Jahren an der Highschool wiederauferstehen, Dinge, die sie schon lange vergessen hatte. Er erinnerte sich an ihren Stundenplan, die Namen ihrer Freundinnen, die Zeit, die sie miteinander verbracht hatten – erstaunlich detailliert.

Lieber Gott, war das möglich? Konnte Dave derjenige sein, der die Botschaften schickte? Konnte er derjenige sein, der sie vor sechzehn Jahren mit dem Boot überfahren hatte?

„Das Schicksal hat uns zusammengeführt", sagte er. „Damals und heute wieder. Siehst du das nicht? Wir sind füreinander bestimmt."

Sie blinzelte, wandte ihm wieder ihre volle Aufmerksamkeit zu. Die Art, wie er sie ansah, verursachte ihr Gänsehaut. In seiner Stimme hörte sie Verzweiflung. Sie erkannte jetzt die Anspannung in seinem Gesicht. Die Risse in der Maske.

Er hatte Mühe, die Fassade aufrechtzuerhalten.

Sie musste Stacy erreichen.

Jane suchte nach etwas, das sie sagen konnte. Das ihn beruhigen würde. Dann würde er gehen. Würde sie lange genug allein lassen, damit sie ihre Schwester anrufen konnte.

Ranger bellte.

Jane ergriff die Gelegenheit. „Stacy wollte nicht, dass Ranger während dieser ganzen Sache in der Hundehütte ist. Eingesperrt ist er kein Schutz für mich."

„Deshalb bin ich ja hier, Jane. Um dich zu beschützen."

Sie machte Anstalten, aus dem Bett zu steigen. „Aber es hört sich so an, als müsste er mal raus."

Dave schob sie wieder zurück. „Es geht ihm gut."

„Aber ich habe nicht ..."

„Schsch... Mach dir keine Sorgen. Ich war mit ihm draußen, als du geschlafen hast."

Noch eine Lüge. Sie konnte es deutlich an seinem Gesicht ablesen. Wie hatte er es geschafft, sie so lange anzulügen?

Sie gab vor, beruhigt zu sein. „Na gut. Aber könntest du trotzdem nach ihm sehen? Und wenn du schon einmal dort bist – ich hätte gerne eine Tasse Earl Grey."

„Sicher." Er lehnte sich vor und küsste sie auf die Stirn. „Ich bin gleich zurück, Liebes."

Sobald er das Zimmer verlassen hatte, sprang sie aus dem Bett und sah sich nach dem Telefonhörer um. Er lag nicht auf dem Nachttisch.

Wo ...

Im Flur. Von dort aus hatte Stacy Dave angerufen. Auf Zehenspitzen schlich Jane aus dem Schlafzimmer. Sie hielt inne, um zu lauschen, hörte Dave in der Küche und eilte in den Flur. Der Hörer lag auf dem Tischchen neben dem Eingang.

Jane griff danach und wählte die Nummer von Stacys Handy. *Antworte, Stacy. Bitte ...*

„*Detective Stacy Killian ist nicht erreichbar. Sie können entweder eine Nachricht hinterlassen oder unter ...*"

„Was machst du da, Jane?"

Sie wandte sich um, spürte, wie alle Farbe aus ihrem Gesicht wich. „Sta-Stacy anrufen. Um ihr zu sagen, dass es mir gut geht."

Er trat zu ihr, nahm ihr den Hörer aus der Hand und schob ihn in seine Jackentasche. „Dummerchen, dafür bin ich doch da. Und jetzt zurück ins Bett."

„Es geht mir gut. Ich möchte aufstehen."

„Das denke ich nicht." Er nahm sie am Ellbogen und führte sie zurück ins Schlafzimmer, zum Bett. In der Küche ertönte das Pfeifen des Teekessels. „Du hast einen Schock. Du bist nicht so stark und kräftig, wie du glaubst."

Damit hatte er Unrecht. Doch das würde sie ihm nicht sagen. Diese Fehleinschätzung war vielleicht die einzige Chance, die sie hatte.

65. KAPITEL

Donnerstag, 13. November 2003
17.30 Uhr

Stacy saß an ihrem Schreibtisch und starrte an die Wand. Dave hatte immer auf großem Fuß gelebt: Auto mit Klimaanlage, teure Kleidung. Er reiste gern, war etliche Male in Las Vegas gewesen. Er hatte vom Wagenrennen von Santa Anita erzählt, nachdem er in Kalifornien gewesen war.

Doch sie hatte ihn niemals für einen Spieler gehalten.

Wie hat es bloß angefangen? fragte sie sich. Bei seinem ersten Aufenthalt in Las Vegas? Beim Besuch eines Hunderennens? Mit einer Footballwette vielleicht? Wann war aus dem gelegentlichen Vergnügen eine zerstörerische Abhängigkeit geworden, die alles in ihren Strudel riss?

Denn wenn das, was Benny gesagt hatte, der Wahrheit entsprach, war Dave kein Gelegenheitsspieler. Er hatte ein ernsthaftes Problem und steckte in Schwierigkeiten.

In Texas war einfaches Glücksspiel ein minder schweres Vergehen, das mit einer Geldstrafe von bis zu fünfhundert Dollar geahndet wurde. Daves Situation schien wesentlich komplizierter zu sein. Er hatte sich mit einem Buchmacher eingelassen, der Verbindungen zur Mafia hatte und der Ziel einer verdeckten Ermittlung der Polizei war. Er schuldete diesem Buchmacher Geld. Viel Geld, das er nicht hatte.

Wie hatte er so dumm sein können?

Sie überlegte, ob Benny sich wegen Dave geirrt haben konnte, schüttelte dann aber angesichts der Absurdität dieses Gedankens den Kopf. Kaum. Sie hatten Dave auf Video. Sie beabsichtigten, ihn in die Ermittlungen hineinzuziehen, ihn zur Mitarbeit zu bewegen.

Der Gedanke an Benny erinnerte sie an die tote Prostituierte. Daran, dass ihr irgendwas an der Frau bekannt vorgekommen war.

Es hatte die ganze Zeit an ihr genagt und tat es auch jetzt. Sie musste herausfinden, wieso. Benny konnte ihr helfen. Sie schaute auf die Uhr. Sie hatte Zeit; der Captain schien es nicht eilig zu haben, sie zu sich zu bitten.

Sie ging den Stapel der unbeantworteten Nachrichten auf ihrem Schreibtisch durch. Sie fand die von Benny, sah, dass er seine Handynummer hinterlassen hatte, und wählte sie.

Er meldete sich sofort. „Rodriguez."

„Benny, hier ist Stacy. Diese tote Prostituierte, hast du eine Akte über sie?"

„Natürlich, eine dicke sogar. Was brauchst du?"

„Ich dachte, ich könnte sie mir mal anschauen."

„Jederzeit. Macht's dir was aus, mir zu sagen, warum?"

Sie erklärte es ihm. Er schwieg einen Moment. „Interessant. Aber bevor du dich zu einem Abstecher bei uns Jungs von der Sitte herablässt, schau bei Liberman oder Mac nach. Sie haben fast alles, was ich auch habe."

Stacy bedankte sich und legte auf. Sie trat an den Schreibtisch ihres Partners und blätterte durch die Papierstapel, bis sie die Akte von Gwen Noble gefunden hatte. Sie schlug sie auf und begann zu lesen. Erste Verhaftung mit sechzehn. Wegen Prostitution. Das Gleiche noch zwei Dutzend Male.

Ziemlich typisch. Nichts Auffallendes. Sie blätterte die Seiten um und konzentrierte sich auf die Fotos der Toten.

Und sah sofort, was sie vorher nicht gesehen hatte, weil sie zu abgelenkt gewesen war.

Sie trug ein Kruzifix wie jenes, das Stacy der Obdachlosen in der Gasse gegeben hatte. Gold, mit Türkisen und einer Perle in der Mitte.

Stacys Blick wanderte zu dem Gesicht der Toten, wobei sie sich die Obdachlose in Erinnerung rief. Wie sie ausgesehen hatte, wie alt sie wohl gewesen war.

Die Hure war vierundzwanzig gewesen. Stacy hatte die Pennerin für wesentlich älter gehalten. Doch das Gesicht der Frau war dreckig gewesen, der Schmutz hatte sich in jede Pore eingegraben, was sie hatte älter wirken lassen.

Stacy erinnerte sich an die Hände der Frau. Wie sauber sie gewesen waren. Sie war überrascht gewesen, hatte sich aber nichts dabei gedacht.

Weil sie hatte glauben wollen, was sie sah.

Doch was sie gesehen hatte, war eine Täuschung gewesen.

Der Mistkerl. Stacy ging die Fotos durch, bis sie auf eine Nahaufnahme des gebrochenen Genicks der Frau stieß. Die Halskette war ebenfalls mit auf dem Bild, und Stacy hielt den Atem an.

Nicht nur ein Kruzifix wie jenes, das sie der Frau gegeben hatte. *Es war genau dasselbe.*

Die Frau, die ihnen ein wichtiges Beweisstück geliefert hatte, das Ian Westbrook mit dem Mord an Lisette Gregory in Verbindung brachte, war nicht echt gewesen. Keine Obdachlose. Sondern eine Nutte, die man für diese Rolle engagiert hatte.

Und jetzt war die Frau tot.

War sie ermordet worden, damit sie den Mund hielt?

Sie sprang auf die Füße. Mac. Sie musste ihn so bald wie möglich erreichen. Er würde …

Sie erstarrte, als ihr seine Worte vom Vormittag in den Sinn kamen. *Manche Menschen tun alles für Geld.*

Dave steckte in Schwierigkeiten. Er brauchte Geld. Jane hatte eine Menge davon. Millionen, um genauer zu sein.

Manche Menschen würden alles tun für Geld – oder für Liebe. Wenn beide Motive zusammenkamen, entstand ein mächtiges Potenzial. Ein tödliches.

Wie weit würde er gehen, um sie und ihre Millionen zu bekommen? Wie verzweifelt war er?

Es schien unmöglich. Doch die Teile passten zueinander. Dave hatte Zugang zu Jane. Zu ihren Gedanken und Ängsten. Ihrem Tagesablauf. Ihrem Zuhause und ihrem Atelier. Stacy rief sich die Nacht im Krankenhaus in Erinnerung, sein Gesicht, als er an Janes Bett saß. War die Qual Ausdruck seiner Liebe gewesen? Oder Schuldbewusstsein angesichts dessen, was er getan hatte?

Von ihrem Handy aus rief sie Mac an. „Dave Nash ist es", sprach sie auf das Band. „Er ist Janes Verfolger. Der Fahrer des Bootes, vor dem Doobie so viel Angst hatte, und Teds Mörder. Er hat die Jacke, die Mütze und die Handschuhe im Atelier versteckt, da bin ich mir sicher." Sie bemühte sich, ihre Stimme gefasst klingen zu lassen. „Und er ist jetzt bei Jane, auch wenn er keine Ahnung hat, dass ich ihm auf der Spur bin. Triff mich dort. Sobald wie möglich."

Als sie fertig war, piepte ihr Handy und zeigte an, dass sie einen Anruf verpasst hatte. Sie schaute auf die Nummer auf dem Display. Janes Wohnung. Vor zehn Minuten.

Das Herz schlug ihr bis zum Hals, als sie Janes Nummer eintippte. Dave meldete sich sofort, seine Stimme war gedämpft.

Sie entschied, nichts von dem verpassten Anruf zu erwähnen. Wenn er angerufen hatte, würde er es erwähnen. Als Allererstes. „Hier ist Stacy."

„Hallo, Stacy. Hat dich mein Anruf erreicht?"

Erleichterung überkam sie. „Das warst du?“

„Sicher.“ Er klang verblüfft. „Ich dachte, du möchtest auf den aktuellen Stand gebracht werden. Sie ist aufgewacht, es scheint ihr gut zu gehen. Ich habe ihr etwas Tee gemacht.“

„Kann ich mir ihr sprechen?“

„Tut mir Leid. Sie ist gleich wieder schlafen gegangen.“

Stacy atmete tief aus. „Und ist Ranger da?“

„Natürlich, Stacy. Wo sollte er sonst sein?“

Sie rang sich ein Lachen ab. „Diese ganze Sache hat mich nervös gemacht. Bitte, Dave ... sperr ihn nicht ein, ja? Nur für den Fall, dass du Schutz brauchst.“

„Gibt es da etwas, das du mir verschweigst?“

Die Frage war, was hatte er ihr verschwiegen?

Vielleicht gar nichts. Vielleicht war er der gleiche alte Dave, den sie immer gekannt hatte. Sie hatte einen ziemlich gewagten Bogen geschlagen von Spielsucht bis Mord.

„Wie ich sagte, ich bin nur nervös. Ich komme bald zurück.“

Sie legte auf. Während sie das Handy einsteckte, ging sie noch einmal seine Worte durch, suchte nach einem Hinweis für seine Schuld. Und fand keinen. Er schien der Dave gewesen zu sein, den sie kannte.

Was absolut nichts zu bedeuten hatte, wenn man die Wendung der Ereignisse berücksichtigte.

Oder aber alles, wenn man sich irrte.

Ein verdammt großes Wenn.

Sie konnte mit schwerem Geschütz auffahren, ein halbes Dutzend Beamte zur Wohnung schicken. Aber wenn sie sich irrte, würde der Captain ihr einen Tritt in den Hintern geben.

Dave hatte keine Ahnung, dass sie ihm auf der Spur waren, was bedeutete, dass sich Jane in keiner unmittelbaren Gefahr befand.

Das Letzte, was sie wollte, war, ihn zu alarmieren. Ihn dazu zu zwingen, etwas Entscheidendes zu tun. Eine Verzweiflungstat zu begehen.

Tatsächlich glaubte er wahrscheinlich, dass er davongekommen war. Das letzte Stück des Puzzles, das Ians Verurteilung endgültig sicherstellte, war heute gefunden worden.

Wenn, dann fühlte er sich sicher beschwingt. Selbstbewusst.

Tief durchatmen, Killian. Reiß dich zusammen, dachte sie. Die Fahrt würde dreißig Minuten dauern, mindestens. Die Chancen, dass Mac sie dort traf, standen gut. Er würde nichts unternehmen, bis sie kam – sofern Jane nicht in unmittelbarer Gefahr war.

Sie schnappte sich ihre Jacke und rannte zur Tür. Kitty stand auf, als sie sie sah. „Der Captain hat jetzt Zeit", sagte sie. „Er bat mich, Ihnen ..."

„Nicht jetzt", antwortete Stacy. „Ich komme später zu ihm ..."

„Jetzt, Killian." Ihr Captain trat aus seinem Büro, sein Gesicht war ernst.

Sie schaute auf die Uhr, das Herz hämmerte in ihrer Brust. „Aber da gibt es etwas ... Ein Notfall. Meine Schwester ..."

„Ja", schnitt er ihr das Wort ab, „Ihre Schwester." Zwei Männer erschienen hinter ihm im Türrahmen. „Killian, das sind Williams und Cooper. Dienstaufsicht. Sie würden gern mit Ihnen sprechen."

66. KAPITEL

Donnerstag, 13. November 2003
18.30 Uhr

Jane beobachtete, wie Dave auf und ab ging. Er murmelte vor sich hin, blieb gelegentlich stehen und fuhr sich mit der Hand durchs Haar. Seine Erregung grenzte an Verzweiflung.

Sie hatte sein Gespräch mit Stacy belauscht, obwohl er in den Flur gegangen war und die Schlafzimmertür geschlossen hatte. Es war ihm gelungen, normal zu klingen. Er hatte aufgelegt und wortlos damit begonnen, auf und ab zu gehen. Warum? Weil er wusste, dass er sich vor ihr verraten hatte? Weil er spürte, dass ihm die Zeit weglief?

Sie hätte schreien können, Stacy hätte es gehört. Doch damit würde sie ihn zwingen, gewalttätig zu werden. Und sie glaubte, dass sie mit ihm reden konnte.

Sie betete nur, dass sie diese Entscheidung nicht bereuen würde.

„Dave?" fragte sie leise. Er blickte sie an. Sie klopfte neben sich auf das Bett. „Du wirkst verärgert."

„Mir geht es gut. Ich mache mir Sorgen um dich."

Sie zwang sich zu einem Lächeln. „Brauchst du nicht. Komm, setz dich zu mir. Ich glaube, dass wir miteinander sprechen sollten."

Mit argwöhnischem Gesichtsausdruck kam er ihrer Bitte nach.

„Warum hast du Stacy gesagt, dass ich schlafe?"

„Weil du deine Ruhe brauchst."

„Wir sind seit langer, langer Zeit Freunde, du kannst mit mir reden." Sie versuchte, ihrem Ton eine Mischung aus Vorwurf und Verständnis zu verleihen. „Sag mir die Wahrheit, Dave."

„Ich glaube, du kennst die Wahrheit schon. Weil ich es vermasselt habe. Weil ich von den Beweisstücken wusste." Er verschränkte die Hände. „Du hast nicht geschlafen, als Stacy mich anrief."

Sie entschied sich für Aufrichtigkeit. „Nein, habe ich nicht."

„All das und dann so etwas Dummes ..." Er sah ihr in die Augen. „Ich fühle mich wirklich schrecklich wegen dieser ganzen Sache, Jane."

Plötzliche Wut stieg in ihr auf, verschlug ihr fast den Atem. Sie bemühte sich, sie zu unterdrücken, doch ein wenig schlich sich dennoch in ihren Ton. „Fühlst du dich schrecklich, weil du alles geplant hast? Oder weil du dich verraten hast?"

„Ich liebe dich, Jane. Du musst mir glauben. Ich würde dir niemals wehtun."

„Nein? Und wie würdest du das nennen, was du mir angetan hast? Glaubst du, Ians Verhaftung hat mir nicht wehgetan? Was ist mit dem Tod von Menschen, die mir nahe standen? Dem Verlust meines Kindes?"

Sie rang um Beherrschung, mit begrenztem Erfolg. „Glaubst du, dieser Tag am See hat nicht wehgetan? All die Jahre habe ich geglaubt, du wärst mein Freund. Ich habe dir vertraut. Und nun finde ich heraus, dass du es warst."

Er machte Anstalten aufzustehen; sie hielt ihn zurück. „Hast du uns belauscht, als wir planten, die Schule zu schwänzen? Um zum See zu gehen? Bist du uns gefolgt? Hast du dich dort entschieden, mich zu bestrafen, als du mich gesehen hast? Waren meine Schreie die Strafe dafür, dich abgewiesen zu haben?"

Er sah verletzt aus, dann zornig. „Ist das vielleicht der Lohn? Dafür, dass ich dein Freund war? Dein Fürsprecher und Beschützer war?"

„Wolltest du nicht sagen: mein Schöpfer? Schließlich fing mein Leben erst nach dem Unfall an. Deine Worte, Dave."

Zornesröte stieg ihm ins Gesicht. „Du warst dazu bestimmt, mir zu gehören. Dein Geld war dazu bestimmt, mir zu gehören. Wer war denn immer da für dich? Ich." Er sprang auf die Füße und riss sie mit hoch. „Ich!" wiederholte er, seine Stimme wurde lauter. „Nicht Ian!"

Er schüttelte sie so stark, dass ihre Zähne aufeinander schlugen. Ihre Wut wich der Angst. Verzweifelt blickte sie im Zimmer umher. Aus der Küche drang Rangers aufgeregtes Bellen. Wenn sie zu ihm könnte, ihn aus der Hundehütte befreien ... oder zur Wohnungstür und hinunter auf die Straße.

Um diese Zeit waren Menschen auf der Straße ... Snake, seine Kunden. Wenn sie es bis zum Fenster schaffte und schrie, würde einer von ihnen reagieren?

„Du hast mir die kalte Schulter gezeigt. Was glaubst du, wie ich mich danach gefühlt habe?"

„Ich wusste doch nicht ...", brachte sie heraus. „Wenn ich gewusst hätte ..."

„Blödsinn!" schrie er. „Miese Lügnerin! Du hast mich zurückgewiesen."

„Das habe ich nicht. Es tut mir Leid." Ihre Stimme bebte. „Bitte vergib mir. Ich liebe dich, Dave."

Tränen stiegen ihm in die Augen. Er ließ sie so unvermittelt los, dass sie zurücktaumelte und gegen den Nachttisch stieß. Die Lampe kippte um und warf zuckende Schatten an die Wand.

„Vergib mir, dass ich dich angerührt habe." Flehend streckte er die Hand nach ihr aus. „Ich will dir doch nichts tun. Wie könnte ich? Es ist nur ... Es ist einfach zu viel ..."

Er schlug die Hände vors Gesicht. Sie zitterten. „Ich kann

nicht ... so weitermachen. Diese Männer ... Ich schulde ihnen ... eine Menge Geld. Ich habe Kredite aufgenommen, aber jetzt ... die Polizei ..."

Sie bewegte sich vorsichtig rückwärts, wobei sie mit den Händen nach etwas tastete, das sie als Waffe verwenden konnte. Sie streifte die umgekippte Lampe und griff danach. Ein Versuch, sagte sie sich, das war alles, was sie hatte.

„Sie wissen davon. Ich bin überführt. Es kommt alles heraus. Aber wir könnten zusammen weggehen. Du und ich. Dave und Jane bis in alle Ewigkeit."

„Hier kommt deine Ewigkeit!" Sie holte mit aller Kraft aus. Dave blickte hoch und sah für einen Sekundenbruchteil die Lampe, die seitlich seinen Kopf traf.

Ein widerliches Knacken ertönte. Blut spritzte. Sein Gesichtsausdruck zeigte Überraschung und Ungläubigkeit. Er starrte sie an, sein Mund bewegte sich lautlos, Blut rann ihm übers Gesicht.

Aber er fiel nicht zu Boden.

Mit einem Aufschrei ließ Jane die Lampe fallen, drehte sich um und lief Richtung Wohnungstür.

Sie hörte ihn hinter sich. Er kam näher. Sie zögerte, dachte an Ranger. Wenn sie seinen Zwinger erreichte, ihn befreien ...

Es klingelte. Schluchzend griff Jane nach der Gegensprechanlage. „Hilfe!" rief sie in den Hörer. „Helfen Sie mir!"

„Jane! Hier ist Mac. Lassen Sie mich rein."

Schluchzend vor Erleichterung drückte sie auf den Summer und griff nach der Tür. Sie fand das Sicherheitsschloss und entriegelte es. Als sie nach dem Knauf griff, legte sich etwas um ihren Hals und zog sie zurück. Eine Schnur. Sie griff danach. Sie war feucht und klebrig.

Von Blut. Die Schnur von der Lampe. Daves Blut.

Sie hörte Dave, wie er sie abwechselnd beschimpfte und dann wieder um Verzeihung bat. Er zog fester zu, schnürte ihr den Atem ab. Sie klammerte sich mit der einen Hand an die Schnur, mit der anderen schlug sie nach ihm. Trat nach ihm. Alles ohne Erfolg.

Von draußen hörte sie ein Donnern. Der Druck in ihrem Kopf stieg, bis sie das Gefühl hatte, er würde explodieren, ihr Blick verschwamm.

Die Tür sprang auf, und Mac stand mit gezogener Waffe vor ihr. „Lass sie los, Nash! Jetzt!"

Dave gab einen Laut der Überraschung von sich. Oder der Ungläubigkeit. Sein Griff lockerte sich. Jane entwand sich ihm und fiel auf die Knie, wo sie nach Luft rang.

Dave begann zu sprechen, Mac feuerte.

Der Knall hallte im Flur wider. Daves Körper zuckte beim Einschlag der Kugel. Mac feuerte noch einmal. Und noch einmal. Wie in Zeitlupe drehte sich Dave zu ihr. Er hob den Arm, streckte ihn nach ihr aus, versuchte ihren Namen zu sagen.

Dann fiel er zu Boden.

67. KAPITEL

Donnerstag, 13. November 2003
19.10 Uhr

Mit einem Aufschrei stürzte Jane auf Mac zu. Er zog sie in seine Arme und drückte sie an seine breite Brust. Zitternd klammerte sie sich an ihn.

Gott sei Dank, dachte sie. Gott sei Dank. Ein paar Minuten nur, und es wäre zu spät gewesen.

Er hielt sie von sich fort und musterte sie. „Sind Sie in Ordnung?"

„Ja, ich ..." Wie magisch angezogen wanderte ihr Blick zu Dave. Eine von Macs Kugeln hatte ihn direkt zwischen den Augen getroffen. Er lag mit dem Gesicht nach oben im Flur, der Mund war offen, die Augen starrten ins Leere. Eine Blutlache breitete sich langsam auf dem honigfarbenen Parkettboden aus.

Jane schwankte, ihr war schwindlig. „Mir ist übel."

Mac zog den Sessel von der Wand heran. „Setzen Sie sich", befahl er. „Den Kopf zwischen die Knie. Und tief atmen."

Das tat sie. Sie hörte, wie er sein Handy aufklappte und wählte. Die Zentrale, dachte sie. Um zu berichten, was geschehen war. Damit Unterstützung kam.

Stattdessen begrüßte er ihre Schwester. „Stacy, ich habe deine Nachricht bekommen. Ich bin fast da. Mach dir keine Sorgen. Ich habe alles abgeschirmt. Beim ersten Anzeichen von Schwierigkeiten rufe ich die Verstärkung."

Mac senkte die Stimme zu einem rauen Murmeln. „Ich habe nachgedacht. Über dich und mich. Ich ... ich liebe dich, Stacy."

Jane hob den Kopf. Verwirrt starrte sie Mac an.

Er legte auf und blickte sie an. Und lächelte. Das Lächeln erreichte nicht seine Augen. Die waren ausdruckslos, die Augen eines Mannes ohne Seele.

Sie starrte ihn voller Panik an und begriff die Wahrheit.

Nicht Dave. Mac. Er interpretierte ihren Gesichtsausdruck richtig, sein Lächeln wurde breiter. „Genau, der Freund der großen Schwester ist der böse Junge."

Ihr Blick fiel auf Dave und die sich ausbreitende Blutlache. Mac folgte ihrem Blick. „Andererseits wird unser guter Dave hier den Sündenbock geben."

Mac steckte das Handy wieder ein und holte aus der Jackentasche ein Paar Latexhandschuhe, wie sie Chirurgen oder Kriminaltechniker trugen.

Oder Verbrecher, die keine Fingerabdrücke hinterlassen wollten.

Er zog sie an. „Ich nehme an, Sie möchten, dass ich Ihnen alles erkläre? Die Geschichte endlich auflöse? Ich schätze, das bin ich Ihnen schuldig."

Unfähig zu sprechen, nickte sie.

„Ich habe Dave kennen gelernt, während ich bei der Sitte arbeitete. Wissen Sie, Ihr alter Freund hat – hatte", korrigierte er sich – „ein Spielproblem. Und zwar ein gewaltiges." Mac bewegte die Finger in den Handschuhen, damit sie richtig saßen. „Er hat sich mit einem Buchmacher eingelassen, hinter dem die Mafia steht. Unser guter Junge steckte ganz schön in der Klemme. Auf der einen Seite die Cops, vertreten übrigens durch mich, auf der anderen Seite die Schläger des Buchmachers."

„Also ist er schließlich zu Ihnen gekommen", sagte sie und war überrascht, wie kräftig ihre Stimme klang, obwohl sie sich innerlich ganz und gar nicht so fühlte.

„Ja. Und hat gebettelt. Wenn ich ihm helfen würde, könnten wir beide reich werden. Er hätte einen todsicheren Plan."

Jane wurde schlecht. „Meine Millionen."

„Kluges Mädchen." Er fuhr fort. „Ich bezahlte seine dringendsten Schulden, und wir schmiedeten den Plan. Dave war überzeugt davon, dass, wenn Ian erst mal von der Bildfläche verschwunden wäre – und erst recht auf so tragische Weise –, Sie sich ihm zuwenden würden. Sie würden heiraten, und Dave hätte Zugang zu Ihren Millionen. Unglücklicherweise würde die Ehe auf tragische Weise enden, versteht sich."

Mac trat zu Dave, beugte sich zu ihm hinunter und löste vorsichtig die Schnur aus seinen leblosen Fingern.

„Wir haben alles so sorgfältig geplant", murmelte er. „Bis ins letzte Detail. Aber unser guter Dave hier hatte Probleme mit dem Vertragsabschluss. Falls Sie verstehen, was ich meine?"

Sie schüttelte den Kopf.

„Er hat Sie wirklich geliebt, auf seine eigene kranke Weise. Mir wurde klar, dass er die Sache nicht bis zum Ende durchziehen würde. Ich hatte Grund anzunehmen, dass er schließlich als reicher Ehemann dastünde – und ich leer ausginge."

Er sah auf die Uhr, als ob er abschätzen wollte, wie viel Zeit ihm noch blieb. „Aber ich brauche Dave nicht. Stacy ist meine Fahrkarte zum Reichtum."

Jane begriff, was er da sagte. Er und Stacy waren ein Paar geworden. Stacy hatte ihr anvertraut, dass Mac möglicherweise der Richtige war. Und wenn sie starb, wäre Stacy ihre Erbin.

„Also haben Sie die Dinge selbst in die Hand genommen", sagte sie mit bebender Stimme. „Und den Plan geändert."

„Ja. Jeder wird davon ausgehen, dass der Fahrer des Bootes, der Sie verfolgte, der Mann, der Doobie umbrachte, Sie schließlich erwischt hat. Sie haben jedem, der es wissen wollte, erzählt, dass dieser Typ ein Mörder sei. Doobies Tod beweist das. Stacy haben Sie ebenfalls überzeugt. Auch mich." Er grinste. „Es ist uns sogar gelungen, unseren Captain zu überzeugen."

„Aber Ian …"

„Ian wird der Morde an Elle Vanmeer und Marsha Tanner und vielleicht auch des Mordes an Lisette Gregory für schuldig befunden werden. Die Beweise gegen Ihren Mann sind ziemlich erdrückend. Er wird höchstwahrscheinlich zum Tode verurteilt."

Er hatte alles geplant. Ians Tod … ihren. Stacys. Es gab kein Entrinnen. Ein Laut der Verzweiflung entschlüpfte ihr, wie von einem Tier, das in der Falle saß.

„Natürlich wissen wir nun, dass der Fahrer des Bootes Ihr guter Freund Dave Nash war." Er grinste. „Schockierend, nicht wahr?"

Die diebische Freude in seiner Stimme erregte ihre Aufmerksamkeit. „Was sagen Sie da?"

Mac lachte. „Sie haben es immer noch nicht kapiert, nicht wahr? Es gab keinen Bootsfahrer, der aus der Vergangenheit auftauchte. Keine Geschichte, die ein Spitzel namens Doobie erzählt hat."

Verwirrt schüttelte sie den Kopf. „Aber Doobie, er hat existiert. Ich habe ihn tot in der Gasse liegen sehen."

„Er hat existiert, richtig. Die Geschichte aber war eine Erfindung. Und zwar eine verdammt gute."

Jane starrte ihn an, das Blut gefror ihr in den Adern. „Das verstehe ich nicht. Was …"

„Wir haben Ihre Ängste gegen Sie verwendet, Jane. Dave kannte sie alle. Er wusste, dass Sie die Mitteilungen für echt halten würden, dass Sie den Fahrer des Bootes, der Sie fast umgebracht hat, für den Absender halten würden. Und er wusste, dass es Ihnen auch gelingen würde, Stacy davon zu überzeugen."

Jane schlug eine zitternde Hand vor den Mund. Dave hatte ihre tiefsten und dunkelsten Ängste gekannt. Ihre schlimmsten Alpträume. Er hatte sie deswegen behandelt.

Du hast alles zu verlieren, Jane. Du hast Angst, dass er wieder zurückkommt. Und dir alles wegnimmt.

Und genau so setzte er es in die Tat um. Zu dieser Zeit war er bereits dabei, es in die Tat umzusetzen.

Lieber Gott, sie hatte ihm alle Schlüssel gegeben – alles, was er zu tun hatte, war, die Türen zu öffnen. „Was ist mit Ted?" fragte sie.

„Hat mich überrumpelt, als ich die Jacke und die Mütze versteckte."

Damit hatte sie also Recht gehabt. „Aber der Alarmcode ... Wie sind Sie ..."

„Reingekommen? Ich bin von der Polizei, Jane. Ich habe ihn von der Überwachungsgesellschaft."

„Sie haben Ted getötet."

„Tatsächlich habe ich sie alle umgebracht. Dave hatte nicht die Nerven dazu. Es ist wirklich kein Verlust, dass er tot ist."

„All diese Menschen ausgelöscht." Ihre Stimme bebte. „Wie können Sie ..."

„Damit leben?" Er lachte. „Machen Sie sich keine Sorgen, das schaffe ich schon. Und zwar stilvoll. Danke der Nachfrage."

Er fühlte keinerlei Bedauern. Keinerlei Reue wegen seiner Taten. Wegen der Menschen, deren Leben er ausgelöscht hatte. Er war ein Psychopath. Auf erschreckende Weise normal und zugleich völlig amoralisch.

„Jeder diente einem bestimmten Zweck", fuhr Mac in beiläufigem Ton fort. „Niemand starb vergebens. Doobies Tod überzeugte die Polizei, dass es Ihren Verfolger wirklich gab. Und dass er gefährlich war."

„Und die Frauen?"

„Natürlich um Ian ins Gefängnis zu bringen. Um ihn aus dem Weg zu räumen. Ich brauchte Sie isoliert und verängstigt. Mit niemandem, an den Sie sich wenden konnten."

Wie an jenem Tag im Wasser.

„Das erste Opfer war der Schlüssel zu allem. Wir mussten eine Frau finden, die sowohl Ians Patientin als auch seine Geliebte gewesen war. Ein Frau, die nicht zögern würde, mit mir ins Bett zu gehen. Elle war perfekt."

„Sie haben das Treffen im La Plaza arrangiert."

„Sie selbst hat das getan", korrigierte er sie. „Die Frau hatte in sexueller Hinsicht einen unersättlichen Appetit."

„Wie sind Sie auf sie gekommen?"

„Über unseren guten Dave. Marsha hat ihm vertraut, wegen Ihnen. Rein zufällig lief er ihr in ihrem Lieblingscafé über den Weg. Daraus wurde ein regelmäßiges Treffen. Er bequatschte sie. Gab großes Interesse an ihren Geschichten aus der Praxis vor."

Jane bemühte sich, den Anschein von Ruhe zu bewahren. „Elle war also eine der Geschichten, die Marsha erzählte."

„Erraten. Sie mochte die Frau nicht. Sie konnte nicht verstehen, warum ihr Chef jemals eine Affäre mit ihr gehabt hatte."

„Aber wieso?" flüsterte sie. „Wieso haben Sie mir das alles angetan?"

Er beugte sich vor, und sie las Belustigung in seinen Augen. Sie begriff, dass er sich prächtig amüsierte. „Das Geld, Jane. Natürlich geht es nur um das Geld. All Ihre wunderbaren Millionen."

Er nahm die Schnur an beiden Enden, schlang sie um seine

Hände und straffte sie. „Unglücklicherweise bin ich zu spät gekommen, um Sie zu retten. Natürlich wusste ich das nicht und musste Nash niederschießen, damit er Sie freigibt."

Sein Anruf bei Stacy. Daves Fingerabdrücke auf der Schnur. Es passte alles.

„Stacy wird am Boden zerstört sein, aber ich werde da sein, um ihr in der Trauer beizustehen. Ich werde der Mann sein, von dem sie immer geträumt hat." Er bewegte sich auf sie zu, sein Lächeln erstarrte. „Dave kannte auch Stacys Ängste."

„Sie Mistkerl!" schrie sie. „Lassen Sie sie in Ruhe!"

Er lachte leise. „Tut mir Leid, das kann ich nicht. Tatsächlich glaube ich, dass sie und ich heiraten werden. Je eher, desto besser. Wir werden glücklich sein bis in alle Ewigkeit ... oder zumindest, bis einer von uns stirbt. Vorzeitig. Tragisch."

Stacy blickte panisch umher und begriff, dass sie in der Falle saß. Wenn sie ihn wenigstens provozieren konnte, zur Waffe zu greifen. Damit würde sie es ihm schwerer machen davonzukommen.

Stacy würde das nicht einfach so hinnehmen; sie wäre argwöhnisch. Sie würde die Wahrheit aufdecken. Sie würde nicht auf seine Tricks hereinfallen.

Lieber Gott, bitte lass sie nicht darauf hereinfallen.

Jane versuchte wegzulaufen. Er hatte sie im Nu eingeholt. Lachend zog er sie an seine breite Brust. Legte ihr die Schnur um den Hals. Aus der Küche drangen laute Geräusche, Ranger schien sich gegen die Zwingertür zu werfen.

Jane kämpfte. Sie hatte nicht die geringste Chance zu entkommen, das wusste sie. Sie hoffte nur, dass sie ihm eine Wunde zufügen konnte, die Verdacht erregen würde. Stacys Verdacht. Den der anderen Cops.

„Das reicht“, murmelte er und verstärkte seinen Griff.

Lichtpünktchen tanzten vor ihren Augen. Jane schlug ihre Fingernägel in seine Hände; die Handschuhe schützten ihn. Sie trat nach ihm, doch ihre Anstrengungen waren vergebens. Ihre Füße glitten unter ihr weg. Aus den Augenwinkeln nahm sie einen schwarzweißen Blitz wahr. Ranger, dachte sie, während ihr Blick verschwamm. *Er hatte seinen Zwinger zerstört.*

Im nächsten Augenblick lag sie auf dem Boden. Frei. Hustend, nach Luft schnappend. Sie hörte Macs schmerzerfülltes Stöhnen und das Knurren des Tieres. Ein Schuss fiel. Ein hohes Winseln folgte.

Ranger! Mein Gott, nein!

„Das war's!“ rief Mac und zog sie auf die Füße. „Los jetzt. Es ist Zeit, Jane sterben zu sehen.“

68. KAPITEL

Donnerstag, 13. November 2003
17.35 Uhr

Unten im Hausflur hörte Stacy den Schuss und das schmerzerfüllte Winseln des Hundes. Sie steckte ihr Handy in die Tasche und stürzte mit hämmerndem Herzen und gezückter Pistole die Treppe hinauf, wobei sie sich dicht an der Wand hielt und mühsam ein verräterisches Schluchzen unterdrückte.

Ihre Wangen waren nass. Im Gespräch mit ihrem Captain und den Beamten der Dienstaufsicht hatte sie die Wahrheit erfahren: Dave war nicht in der Lage, diesen Plan allein durchzuziehen. Er hatte einen Komplizen gehabt.

Jemanden, der die Komplexität eines Tatorts und die Gesetze zur Beweisführung kannte. Jemanden, der eine Verbindung zu allen wichtigen Figuren im Spiel hatte: einem Spitzel, einer Prostituierten, der Staatsanwaltschaft und dem Morddezernat der Polizei Dallas.

Und eine Verbindung zu ihr.

Mac war es. Er hatte bei der Sitte gearbeitet. Höchstwahrscheinlich war er Dave im Zusammenhang mit seinem Spielproblem begegnet. Nach seiner eigenen Aussage hatte er Doobies Dienste in Anspruch genommen. Sie hätte darauf wetten können, dass sich bei Durchsicht von Sassys Akte herausstellen würde, dass Mac McPherson bei einer oder mehrerer ihrer Festnahmen dabei gewesen war. Und er war der Einzige, der davon gewusst hatte, dass sie das Videoband aus dem La Plaza ihrer Schwester gezeigt hatte.

Er hatte sie hereingelegt. Bei der Dienstaufsicht angeschwärzt.

Um sie festzusetzen, während er den letzten Teil seines Plans ausführte. Jane zu töten.

Während die Typen von der Dienstaufsicht und ihr Captain sie verhörten, hatten sich alle Puzzleteile plötzlich zusammengefügt. Es stand mit einem Mal alles ganz klar vor ihr. Als er zum Morddezernat wechselte, hatte Mac darum gebeten, ihr Partner zu werden. Sie hatte immer angenommen, dass der Captain das angeordnet hatte.

Sie hatte den Captain danach gefragt. Er hatte bestätigt, dass es Macs Wunsch gewesen war.

Das letzte Teil des Puzzles.

Natürlich hatten sie ihr nicht geglaubt. Hatten ihre Behauptung, dass Mac der Mörder sei, für ein jämmerliches Ablenkungsmanöver gehalten. Um sich zu entlasten. Also hatte sie darum gebeten, auf die Toilette gehen zu dürfen, und war einfach abgehauen.

Sie wusste, dass sie ihr folgen würden. Sie betete sogar darum.

Janes Tür stand offen. Sie hörte die Geräusche eines Handgemenges: einen Mann, der vor Anstrengung keuchte, Rangers schmerzerfülltes Winseln. Ihr Herz schlug bis zum Hals, als sie mit gezogener Pistole eintrat.

Keine Zeit, um auf Verstärkung zu warten.

„Zurück, du Mistkerl!“ rief sie. „Sofort zurück!“

Mac lockerte seinen Griff, ließ Jane aber nicht los. Er schnitt eine Grimasse. „Du hast es geschafft. Ich bin überrascht. Ich dachte, der Nachmittagsbesuch von der Dienstaufsicht würde dich länger beschäftigen.“

„Ich habe sie hereingelegt.“ Ihre Augen wurden schmal. „Der anonyme Tipp an die Dienstaufsicht kam von dir.“

„Ja, das stimmt. Und die Liste in der Asservatenkammer bestätigt seine Richtigkeit. Schlau, nicht wahr?“

Sie dachte an das Handy, von dem aus sie eben noch telefoniert hatte, bevor sie die Treppe hinaufgelaufen war. *Nicht so schlau, wie er dachte. Wenn ihr Anruf durchgegangen war.*

„Und als du in unsere Abteilung kamst, hast du darum gebeten, mir als Partner zugeteilt zu werden."

„Wieder richtig. Ich sagte, dass ich deine Arbeit bewundern würde. Dass wir ein gutes Team abgeben würden. Der Captain ergriff die Gelegenheit beim Schopf. Wegen deiner Vergangenheit als Killer-Killian." Er grinste. „Keiner von diesen Verlierern wusste, wie man dich nehmen muss. Alles keine richtigen Männer."

Er war so stolz auf sich, dass ihr schlecht wurde. „Du bist nicht so schlau, wie du denkst, McPherson."

„Und du bist nicht so überrascht, wie ich dachte. Was hat dich auf die richtige Spur gebracht?"

„Ein Tatortfoto von der toten Prostituierten. Oder soll ich lieber sagen: von der Obdachlosen in der Gasse?"

Als er sie verständnislos anschaute, fuhr sie fort. „Ich gab ihr mein Kruzifix für das Telefon. Ich muss vergessen haben, es dir zu erzählen. Tut mir ja so Leid."

„Und es war auf dem Foto zu sehen. Verdammter Mist."

Sie umklammerte ihre Pistole fester und achtete darauf, ihren Blick weiter auf Mac zu heften, sich darauf zu konzentrieren, die Sache zu beenden. Wenn sie der Versuchung nachgab und Jane ansah, fürchtete sie, nur abgelenkt zu werden.

„Du bist der Einzige, der eine Verbindung zu allen wichtigen Figuren hat." Er fluchte wieder, und sie lächelte grimmig. „Weißt du", sagte sie, „als ich die Halskette eintauschte, hatte ich ein seltsames Gefühl. Als ob Gott nicht mehr bei mir sein würde, wenn ich sie nicht trug. Sieht so aus, als ob das Gegenteil wahr wäre. Er hat die ganze Zeit auf mich aufgepasst."

Mac grinste höhnisch. Wegen ihre Vorstellung von einer höheren Macht, die dafür gesorgt hatte, dass eine winzige Panne seine Pläne durchkreuzte. Aber sie hatte nichts anderes erwartet von einem amoralischen, gemeinen Mörder. Das sagte sie ihm auch.

Er wurde rot. „Du brauchtest eine Stütze. Einen Trick. Du bist vielleicht eine miese Polizistin. Die ganze Zeit habe ich dir Hinweise gegeben. Habe ich dir nicht gesagt, du wärst emotional involviert? Und dass du deswegen Fehler machen würdest? Was hast du gemacht? Bist sofort mit dem bösen Jungen in die Kiste gehüpft. Habe ich dir nicht wieder und wieder gesagt, dass Jane Unrecht hatte mit dem Fahrer des Bootes? Dass sie es glauben wollte? Herrje, Stacy, kapier es doch!"

Er hatte Recht. Sie war in seine Falle getappt, weil sie es sich so verzweifelt gewünscht hatte. Sie hatte so lange auf einen Mann wie ihn gewartet. Den Mann, für den sie ihn gehalten hatte.

„Lass sie los", sagte sie gleichmütig. „Tritt vorsichtig zurück. Lass deine Waffe fallen."

„Sei nicht dumm, Stacy. Denk darüber nach. Wir können zusammen sein. Leben wie Könige."

„Das könnten wir, Mac. Aber da gibt es einen Haken. Ich würde leben wie eine Königin, jedoch mit einer Schlange neben mir. Das klingt nicht sehr verlockend."

„Das Geld sollte trotzdem zur Hälfte dir gehören. Jane hat immer alles bekommen, oder? Das ganze Geld. Die ganze Aufmerksamkeit. Dann hat sie sogar den Mann bekommen. Den du zuerst kennen gelernt hast. Den du wolltest."

Ein triumphierendes Lächeln umspielte bei diesen Worten seine Lippen. Doch auf sie hatten sie keine Wirkung mehr. Ihre Bitterkeit, ihre Eifersucht und ihr Ärger über Janes Glück waren längst verflogen.

„Manche Menschen tun alles für Geld. Hast du das nicht gesagt? Sie morden. Schicken einen unschuldigen Mann in den Todestrakt. Machen sich an eine einsame Frau heran. Der Punkt ist, Mac, dass ich nicht kapiert habe, dass du von dir selbst sprichst."

„Keine Entschuldigungen. Aber du brauchst dich nicht allzu schlecht fühlen, Süße. Es war nicht alles rein geschäftlich. Du bist eine attraktive Frau und verdammt gut im Bett. Wir könnten eine schöne Zeit haben. Viel Spaß."

„Da hast du Recht", stimmte sie zu. „Und Letzteren werde ich gleich haben."

Mit ihrer freien Hand angelte sie nach dem Handy in ihrer Tasche und legte es ans Ohr. „Haben Sie alles, Captain?"

Macs Gesichtszüge entgleisten vor Überraschung und verzerrten sich dann vor Wut. Er ließ Jane los, griff nach seiner Waffe. Stacy ließ das Telefon fallen und feuerte. Sie traf ihn in die Brust, bevor er überhaupt seine Waffe gezogen hatte. Sie feuerte wieder und wieder, leerte das ganze Magazin.

Die Pistole entglitt seinen Fingern, sein Gesicht war seltsam ausdruckslos – als ob ihn das Leben schon lange vorher verlassen hätte. Als ob er niemals existiert hätte.

Er fiel zu Boden. Stacy starrt ihn einen Moment an, machte dann einen Schritt über seinen reglosen Körper, um sich neben ihre Schwester zu knien. „Bist du in Ordnung?" fragte sie.

Jane versuchte zu sprechen. Sie brachte ein Wort heraus, ein schmerzerfülltes Krächzen. „Ranger ..."

„Wir kümmern uns um ihn. Schone deine Stimme." Sie sah, dass der Hals ihrer Schwester schwere Quetschungen aufwies. Die Abdrücke der Schnur zeichneten sich wie ein purpurfarbener Halsreif ab.

Mac könnte Janes Speiseröhre verletzt haben. Eine Minute länger, und sie wäre tot gewesen. Fünf Minuten länger, und er wäre vielleicht damit davongekommen. Wäre es ihm gelungen, ihr seine Version der Geschehnisse glaubhaft zu machen?

Stacy war sich nicht sicher. Sie hatte ihm glauben wollen.

Mit zitternden Händen hob sie das Telefon auf. „Sind Sie noch dran, Captain?"

„Und ob ich das bin. Was zum Teufel ist gerade passiert?"

„McPherson ist tot", sagte sie ausdruckslos. „Ein Hund braucht medizinische Hilfe."

„Wird erledigt." Sie hörte, wie er nach einer Ambulanz rief. „Sie werden einiges zu erklären haben, Detective Killian."

Gerade als sie zustimmte, stürmte ein halbes Dutzend Polizisten durch die Tür. „Die Kavallerie ist da", sagte sie.

„Wird auch Zeit", antwortete er. „Fragen Sie sie, wo sie so lange waren."

„Mache ich. Aber das muss warten. Ich rufe Sie zurück."

Sie beendete das Gespräch und reichte Jane das Telefon. „Ruf Ians Anwalt an. Dein Mann kommt nach Hause."

EPILOG

Samstag, 20. März 2004
22.45 Uhr

Jane saß in ihrem dunklen Schneideraum, den Blick auf den flackernden Bildschirm gerichtet.

„Sagen Sie mir, wovor Sie sich fürchten, Joyce. Wenn Sie ganz allein mit sich sind, wovor haben Sie dann Angst?"

Jane versuchte sich auf die Antwort der Frau zu konzentrieren. Trotzdem ertappte sie sich dabei, wie ihre Gedanken abschweiften. Tatsächlich hatten die jüngsten Ereignisse ihre Leidenschaft für ihre Arbeit etwas abgeschwächt. Für die Botschaft, die sie transportierte. Sie wusste noch nicht, wohin ihre Gedanken und Gefühle sie tragen würden, sie wusste nur, dass sie ihnen vertrauen würde.

Vertrauen. Sie dachte an Stacy. Ihre Schwester war heute Nachmittag vorbeigekommen, um einschneidende Neuigkeiten zu verkünden.

Sie hatte ihren Job bei der Polizei gekündigt. Sie hatte genug von Blut und Tod, sie wollte neu anfangen. Sie plante, wieder zur Schule zu gehen, und hatte sich für mehrere Erwachsenen-Bildungsprogramme außerhalb des Staates beworben.

Jane war konsterniert gewesen. Sie hatte Stacy angefleht, es sich noch mal zu überlegen. Sie durfte nicht wegziehen, nicht jetzt, nachdem sie endlich zueinander gefunden hatten.

Doch Stacys Entscheidung war gefallen.

„Niemand außer ich selbst kann mein Leben ändern, Jane. Und das werde ich tun."

Ranger hinkte in den Schneideraum, das Halsband des Hundes

klimperte. Macs Kugel hatte seine Schulter zerschlagen und einen Nerv durchtrennt, sodass er seitdem stark hinkte. Eine ständige Erinnerung an jene schreckliche Zeit – und seine unerschütterliche Treue. Jane wäre tot, wenn er nicht die Holzverriegelung seiner Hundehütte zerbissen hätte.

Er trottete zu ihr und legte seinen großen, hässlichen Kopf in ihren Schoß. „Mein Held“, sagte sie und beugte sich zu ihm. Der Hund schien zu lächeln und fuhr ihr mit der Zunge durchs Gesicht.

„Ich glaube, du liebst diesen Hund wesentlich mehr als mich.“

Sie hob den Blick. Ian stand in der Tür, die Hände hinterm Rücken verborgen. Sie lächelte. „Er hat mir das Leben gerettet.“

„Und mir ebenfalls.“

Ein erschreckendes *Was wenn?* durchfuhr sie. Sie schob den Gedanken von sich. Angst konnte sie nur überwältigen, wenn sie es erlaubte. Nur sie konnte die Angst zum Leben erwecken, ihr Macht geben. Niemals wieder. Wahrscheinlich würde sie nie erfahren, wer an jenem Tag das Boot gesteuert hatte, würde nie erfahren, ob derjenige es absichtlich getan hatte.

Und es spielte keine Rolle mehr.

„Nur noch das Beste für Ranger“, sagte sie. „Von jetzt an.“

„Keine Einwände meinerseits, Liebling.“ Er deutete auf den Bildschirm. „Wie läuft die Arbeit?“

„Gut.“

Sie tauschten einen langen Blick. Er verstand. Die Ereignisse des letzten Herbstes hatten sie beide verändert. Nicht nur äußerlich – die Linien um seine Augen waren tiefer, die Anflüge von Grau in ihrem dunklen Haar stärker geworden.

Ihre Beziehung hatte sich verändert.

Sie hatten die Verletzungen überstanden, die ihre Zweifel und seine Lügen verursacht hatten, hatten ihre Schuld und ihr Bedauern überwunden. Gemeinsam hatten sie ihre Verluste betrauert: ihr ungeborenes Kind; ihrer frühere Ehe; ihre Unschuld.

Letzteres war vielleicht der schlimmste Verlust – sie hatten etwas erlebt, das sie sich nicht einmal in ihren schlimmsten Alpträumen hätten vorstellen können.

Am Ende hatte es sie und ihre Ehe stärker gemacht. Niemand würde sich je zwischen sie stellen können.

Sie stand auf und ging zu ihm. Schlang ihre Arme um seine Taille und legte eine Wange an seine Brust. Die Kälte hing noch in seiner Kleidung, und sie legte den Kopf in den Nacken, um ihm in die Augen sehen. „Du warst draußen?"

„Ich habe Ranger ausgeführt."

„Tatsächlich? Er war aber hier, bei mir." Schelmisch zog sie eine Augenbraue hoch. „Verschweigen Sie mir etwas, Dr. Westbrook?"

„Schuldig im Sinne der Anklage, Mrs. Westbrook." Er lächelte geheimnisvoll und holte eine weißrosa Tüte hinter dem Rücken hervor. „Pistazien-Mandel-Eiskrem. Wie es unser Baby bestellt hat."

– ENDE –

Heather Graham

Ihr letzter Tanz

Zwei Todesfälle in der Tanzschule Moonlight Sonata – tragischer Zufall oder Mord? Der Privatdetektiv Quinn O'Casey ermittelt und verliebt sich dabei in die aparte Tanzlehrerin Shannon O'Connor ...

Band-Nr. 25130
7,95 € (D)
ISBN 3-89941-169-2

Heather Graham

Am Anfang war der Tod

Endlich kann die hochbegabte Polizeischülerin Ashley Montague bei ihrem ersten Fall zeigen, was in ihr steckt. Doch sie ahnt nicht, dass sie selbst zur Zielscheibe eines brutalen Frauenmörders wird.

Band-Nr. 25083
7,95 € (D)
ISBN 3-89941-108-8

Jennifer Blake

Die Zisterne

Der blanke Hass steht hinter den Anschlägen, die auf Laurel verübt werden. Sie kann niemandem mehr trauen. Nicht einmal ihrem Geliebten Alec ...

Band-Nr. 25131
7,95 € (D)
ISBN 3-89941-170-6

MIRA®

Sharon Sala

Das Tattoo

Francescas Leben ist zu einem Albtraum geworden: Zwei Jahre war sie in der Gewalt eines Entführers. Sie weiß nicht, wer er ist, und auch nicht, wie sie ihm entkommen konnte. Doch sie ahnt, dass er sie ein zweites Mal entführen will ...

Band-Nr. 25122
7,95 € (D)
ISBN 3-89941-161-7

Anne Stuart

Das Haus der toten Mädchen

Die Sehnsucht treibt Sophie eines Abends zu John. Doch er ist nicht da. Dafür findet sie Aufzeichnungen, die ihr Grauenhaftes über ihren Geliebten verraten ...

Band-Nr. 25123
7,95 € (D)
ISBN 3-89941-162-5

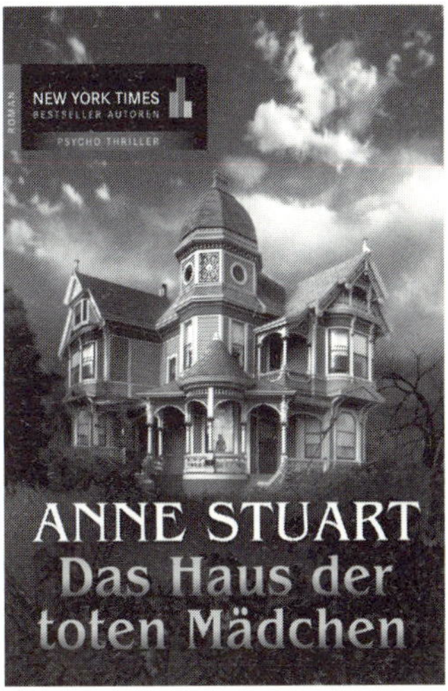

Vorschau
Dieser Roman erscheint im Juli 2005

Christiane Heggan
der Duft des Mörders

Band-Nr. 25140
7,95 € (D)
ISBN 3-89941-179-X

Vorschau
Dieser Roman erscheint im Juli 2005

Emilie Richards
Das Geheimnis des Priesters

Band-Nr. 25141
7,95 € (D)
ISBN 3-89941-180-3

Vorschau
Dieser Roman erscheint im Juli 2005

Sharon Sala
Eiskalte Versuche

Band-Nr. 25142
7,95 € (D)
ISBN 3-89941-181-1